Dokumente zur Theatergeschichte XV
Theatermuseum der Landeshauptstadt Düsseldorf

Michael Matzigkeit

Der Dandy vom Rhein

Hermann Harry Schmitz

in Zusammenarbeit mit Sabine Brenner-Wilczek

Droste

Gefördert durch
Anton Betz Stiftung der Rheinischen Post e.V., Düsseldorf
Dembach Goo Informatik, Köln
Maturity Consulting GmbH, München

Abbildungen auf dem Einband:
(Vorderseite) Hermann Harry Schmitz, o.J. und Ring,
Heinrich-Heine-Institut, Sammlung Quast;
(Rückseite) Telegramm von HHS, 7.8.1913, Stadtarchiv Düsseldorf;
Totenschein von HHS, Bad Münster am Stein, 9.8.1913, Kopie Sammlung Meyer;
Fotopostkarte „Huttental“, o. J., Sammlung Matzigkeit

Für Hermann Quast – den Neffen, der den Säugling kannte

Die Deutsche Bibliothek verzeichnet diese Publikation in der Deutschen Nationalbibliothek;
detaillierte bibliographische Angaben sind im Internet unter http://dnb.ddb.de abrufbar.

Gestaltung: Becker-Sikau, Atelier für visuelle Kommunikation, Düsseldorf
Druck und Bindung: B.o.s.s Druck und Medien GmbH, Kleve
ISBN 3-7700-1217-8

www.drosteverlag.de

INHALT

Lactens redivivus oder: Der wiedererstandene Säugling

Zweifellos – dieser Autor hat immer noch eine besondere Ausstrahlung auf mich, fesselt mich, entlockt mir ein herzhaft befreiendes Lachen, obwohl ich zugeben muß, daß ich ihm in den fünfundzwanzig Jahren unserer Bekanntschaft nie so richtig nahe gekommen bin. Er wußte es offenbar zu verhindern, daß mit Leidenschaft und Forschergeist tieferer Einblick in sein kurzes, bizarres Leben genommen werden konnte. Nur mit großem Aufwand ließen sich bisher dürre Lebensdaten ermitteln, zerfaserten sich die Beweise seines „unendlichen Humors" in den Anekdoten seiner „Freunde und Förderer". Hermann Harry Schmitz bleibt – zumindest für mich – bis heute eine Chimäre.

Daran kann eine noch so akribische Spurensuche wenig ändern. Im Gegenteil: sie führt zu dem Paradox, daß, je mehr Daten gesichert erscheinen, Erkenntnisdefizite umso deutlicher zu Tage treten. Kein Grund, weitergehende Nachforschungen einzustellen, auch wenn trotz fieberhafter Suche sein Nachlaß bis heute nicht aufgespürt werden konnte. Vielleicht gibt es ja auch gar keinen mehr. Günstige Bedingungen, um einen Mythos am Leben zu halten...

Allein die zahlreichen Fundstücke und Splitter, Strandgut eines luziden Geistes, ergeben das changierende Bild eines Menschen, der zur Beschäftigung reizt. Das vorliegende Buch bietet die Chance dazu. Es erscheint zu seinem 125. Geburtstag und umfaßt erstmals alles, was bis heute über den Düsseldorfer Groteskenautor bekannt geworden ist.

Auch Hermann Harry Schmitz war ein Mann mit mehreren Masken. Seine extravagante Kleidung, die er von Jugend an liebte, bot ihm das Gefühl von Luxus und Décadence, mit dem er später nur noch spielte. Seine überzeugend vorgetragene Lebensart als verspäteter Dandy schloß zudem jede Oberflächlichkeit aus. Gleich seinem Vorbild Oscar Wilde hätte er diese öffentlich - mit Humor - schonungslos exekutiert.

Einige Opfer seines Sprachwitzes und seiner Schlagfertigkeit sind überliefert. Respekt vor falscher Autorität hatte er schon mit Kindesbeinen verloren. Im Breidenbacher Hof von einer prominenten Person gestellt, antwortete er auf die Frage: „Ah, Sie sind also der Mann, über den man lacht" mit der knappen Replik „jawohl, Herr Graf, aber über mich lacht man nur, wenn ich es will!"

Bis heute sind von Hermann Harry Schmitz, dem glänzenden Conférencier und Unterhaltungskünstler, vor allem seine grotesken Erzählungen und Kurzdramen überliefert, von denen sein Freund Herbert Eulenberg einmal behauptete, sie seinen nur die exotischen Blüten einer weitaus komplexeren Persönlichkeit. Eine wohlklingende, aber pauschale Äußerung, die den Mythos erneut anzuheizen vermag.

Doch es gilt genauer hinzusehen: Hermann Harry Schmitz ist nicht nur der Spaßvogel, der „fidele Rheinländer", als der er sich selbst gelegentlich karikiert hat. Er ist ein genauer Kenner der Welt, die ihn umgibt, weil er genau beobachtet. Keine Peinlichkeit seiner eigenen Gesellschaftsschicht ist ihm zu schlicht, um sie nicht lustvoll aufzuspießen und der Lächerlichkeit preiszugeben. Angriffspunkt für seine Lachsalven erzeugenden Attacken ist der Bürger im anbrechenden Industriezeitalter. Durch seine eigene Tätigkeit im Büro der Piedboeuf'schen Röhrenwerke in Düsseldorf-Eller konnte er reichlich eigene Eindrücke sammeln, die den feinnervigen Ästheten zum Seismographen seiner Zeit werden ließen.

Schmitz hat aber auch den Blick für das Tragikomische von Situationen: Die „Helden" seiner Geschichten mit ihren sinnentleerten Genüssen, ihrem Technikfetischismus, Statusproblemen, aber auch Fluchtbewegungen, wie Reisewut oder falschverstandenem Naturkult, enden zumeist katastrophal. Da wird eine Kaffeemaschine zum lebensbedrohlichen Instrument im scheinbar kleinbürgerlichen Idyll und die Wellen-badewanne von Onkel Theobald überschwemmt die ganze Stadt...

Schmitz nimmt innerhalb des in Deutschland wenig entwickelten Genres der Groteske eine Sonderstellung ein. Mit seinen Katastrophengeschichten ist der „Dandy vom Rhein" der Vertreter eines eher britischen schwarzen Humors.

Der 125. Geburtstag von Hermann Harry Schmitz ist nicht nur ein willkommener Anlaß mit einem Hör- und Lesebuch an den vielfach verleugneten, und doch so lebendigen Sohn der Stadt zu erinnern.

Er wird auch mit einer umfangreichen Ausstellung geehrt, die das Theatermuseum der Landeshauptstadt Düsseldorf in Zusammenarbeit mit dem Heinrich-Heine-Institut und dem Düsseldorfer Geschichtsverein vom 11. September bis zum 11. Oktober 2005 im Stilwerk an der Grünstraße ausrichtet.

Es ist zweifellos eine Ausstellung der besonderen Art: Exponate und Bildmotive, die in Beziehung stehen zum kulturellen und technischem Wandel um 1900 und zur Stadtgeschichte Düsseldorfs vor 1914, sollen – durch die grotesken Geschichten von Hermann Harry Schmitz akustisch kommentiert - präsentiert werden. Darüber hinaus erhalten die Besucher Einblick in sein kurze Leben und Schaffen, das bis heute großes Interesse bindet.

Mein Dank gilt allen, die – in welcher Form auch immer – zum Gelingen beigetragen haben.

Düsseldorf, Juli 2005 Michael Matzigkeit

Hochzeit der Schwester Bertha Schmitz, Düsseldorf 20.5.1910, Foto: Rudolf Franck. Heinrich-Heine-Institut, Sammlung Quast

Die Schmitzens

Die Anfänge der Familie Schmitz in Düsseldorf fallen in eine Zeit, in der sich der Wandel der ehemaligen Residenz von einer stillen, geruhsamen Kunst- und Gartenstadt zu einer vielbewegten Stätte der stahlerzeugenden und stahlverarbeitenden Industrie vollzogen hatte. Bereits zwischen 1850 und 1860 errichteten mehrere belgische Fabrikanten – fast zehn Jahre vor Poensgen – in Oberbilk die ersten Düsseldorfer Puddel-, Walz-, Kessel- und Nagelwerke. Am gleichen Standort wurde zusätzlich noch ein Hüttenwerk mit zwei Hochöfen geplant.

Diese ersten Stahlwerke beschäftigten zunächst zahlreiche belgische Facharbeiter, die die qualifizierten Schlüsselstellungen in der anlaufenden Produktion besetzten. Bald folgten auch ihre Familien nach. Sie ließen sich, ebenso wie später ihre deutschen Kollegen, im damals noch ländlichen Oberbilk nieder. Die deutschen Facharbeiter stammten vorwiegend aus der Eifel oder kamen von damals berühmten Hüttenplätzen, wie Eschweiler, Borbeck und Dortmund.

Unter den belgischen Fabrikanten in Düsseldorf spielte Piedboeuf-Bourdouxhe die bedeutendste Rolle. Im Mai 1857 ersuchte die Firma bei der königlichen Polizeidirektion in Düsseldorf um die Genehmigung, auf dem Gelände der Gemeinde Oberbilk ein Puddel- und Walzwerk zu errichten, das über einen Anschluß an die Köln-Mindener Eisenbahn verfügte. Bereits 1861 wird die Arbeiterbelegschaft des Walz- und Hammerwerks Piedboeuf, Dawans & Comp., wie sich die Firmengruppe nun nannte, mit 270 angegeben. Damit war das Werk zu dieser Zeit der größte Einzelbetrieb der Eisenindustrie in Düsseldorf.

Das Piedboeuf'sche Röhrenwerk in Eller nach einem Gemälde von Ernst von Perfall, in: Hans Arthur Lux, Düsseldorf 1921, S. 217

Das Piedboeuf'sche Röhrenwerk in Eller, Fotopostkarte, Sammlung Matzigkeit

Die Firma J. P. Piedboeuf & Co. war 1871 gegründet und 1903 in die J.P. Piedboeuf & Co. Röhrenwerke A.G. umgewandelt worden, wobei sämtliche Aktien im Familienbesitz verblieben. Das Werk befand sich ursprünglich in Düsseldorf-Oberbilk, wurde aber, nachdem in den Jahren

1896 bis 1898 in Düsseldorf-Eller ein neues Werk errichtet worden war, dorthin verlegt. Das neue Werk wurde Ende 1898 in Betrieb genommen, die kaufmännischen Büros wurden 1899 von Oberbilk nach Eller verlegt. Zwischen der Firma und der Gelsenkirchener Bergwerks-Aktien-Gesellschaft wurde 1910 eine Interessengemeinschaft geschlossen; nach Ablauf des Liquidationsjahres erfolgte die endgültige Verschmelzung und vollständige Angliederung an Gelsenkirchen im Jahre 1913.

Düsseldorf. Bearbeitet und herausgegeben von Hans Arthur Lux. Deutsche Kunst- und Verlagsanstalt: Düsseldorf 1921/22, S. 216

Ein so großes Unternehmen mußte neben der technischen Innovationsbereitschaft auch über eine gut geführte Verwaltung verfügen, wollte es konkurrenzfähig bleiben. Ein Bedarf für qualifizierte Kräfte im kaufmännischen Bereich war sicherlich vorhanden.

Der Vater
Fritz Schmitz,
Foto: Heinrich-Heine-Institut,
Sammlung Quast

Die Vermutung liegt nahe, daß der Vater Friedrich Schmitz von diesen Beschäftigungsmöglichkeiten in Düsseldorf durch einen der Facharbeiter aus der Eifel erfahren hat, der seinen Heimatort wieder einmal aufsuchte. Als ältestes von zehn Kindern war er am 31.7.1844 in dem kleinen Ort Roggendorf bei Mechernich geboren worden. Sein Vater Wienand Schmitz war Bergmann, die Mutter Cäcilia Schmitz, geborene Lahmen, Hausfrau. Ob der Sohn Friedrich die beengten familiären Verhältnisse bereits als Buchhalter verließ und wo er seine Ausbildung erhielt, muß im dunkeln bleiben. Als einer der zahlreichen Arbeitssuchenden ließ er sich 1865 im Alter von 21 Jahren in Düsseldorf nieder.

Heute läßt sich kaum noch mit Gewißheit sagen, wo er zuerst eine Anstellung fand. Sicher bleibt aber, daß er schon damals großen Ehrgeiz besessen haben muß. 1870 wird er als Buchhalter geführt. Das Düsseldorfer Adreßbuch aus dem betreffenden Jahr gibt seinen Wohnort mit Oberbilk 78a an.

Am deutsch-französischen Krieg von 1870/71 nahm er als Leutnant teil. Seine deutsch-nationale Gesinnung verband ihn mit vielen aus dem aufsteigenden Bürgertum, die in der stabilen Einheit des neu gegründeten Reichs Bismarck'scher Prägung ihre eigene politische Emanzipation zu verwirklichen hofften.

Nach Beendigung des Krieges kehrte er in seine alte Stellung zurück und bezog das Haus Oberbilk 245. Erst 1875 erhielt Oberbilk, damals noch ein industrieller Vorort im Osten Düsseldorfs, eigene Straßenbezeichnungen. In dieses Jahr fiel auch der Umzug der jungen Familie Schmitz in das angemietete Haus auf der Ellerstraße 14. Ihre Nachbarn kamen aus den verschiedensten sozialen Schichten. Handwerker, Tagelöhner und die Arbeiter der umliegenden Fabriken überwogen jedoch bei weitem. Die Ellerstraße nahm bereits den Verlauf, wie wir ihn heute kennen. Es war der alte Kommunalweg, der in östlicher Richtung fortlaufend an dem damals noch bestehenden städtischen Fuhrpark vorbeiführte, um dann in die Kölner Straße zu münden. Weite Teile der Straße waren allerdings noch nicht bebaut.

Wo sich das Ehepaar Schmitz kennengelernt hat, ist nicht bekannt. Zu Caroline Schmitz, geborene Hörner aus Ihringen im Breisgau, fehlt fast jede detaillierte Angabe. Nur soviel ist bekannt, daß sie am 9.10.1852 in dem kleinen Ort in der Nähe von Freiburg zur Welt kam und stets eine schwache gesundheitliche Konstitution besaß. In späterer Zeit wurde sie zusätzlich von einem nervösen Leiden befallen.

Nur drei ihrer insgesamt sieben Kinder überschritten das Alter von drei Jahren. Obwohl die Säuglings- und Kindersterblichkeit noch erheblich höher lag als heute, verweisen die betreffenden Eintragungen im Geburts- und Sterberegister des Standesamts Düsseldorf auf eine familiäre Tragödie, wie sie auch für die damalige Zeit nicht mehr typisch war.

Der Bruder Christian Robert Schmitz, Foto: Heinrich-Heine-Institut, Sammlung Quast

Friedrich Wilhelm, am 8.9.1874 in Düsseldorf geboren, wurde gerade sieben Monate alt; der zweite Sohn Carl Friedrich, geboren am 6.2.1876, etwas über drei Jahre. Erst der dritte Sohn Christian Robert, geboren am 31.10.1877, erreichte ein höheres Alter. Über die einzelnen Stationen seines Lebenswegs ist nichts Näheres bekannt. Er starb, fast dreißigjährig, am 14.2.1907 im Haus der Eltern auf der Schumannstraße 13. Seine jüngste Schwester Emma wurde gerade vier Monate alt.

Kein Wunder also, daß der Vater, der in den vergangenen Jahren trotz aller privaten Schicksalsschläge seine berufliche Position ausgebaut hatte, die ganze Hoffnung auf seinen nächsten Sohn setzte, der ganz im Gegensatz zu seiner späteren Lebensweise den heroisch germanischen Namen Hermann erhielt.

Die Schwester Bertha Schmitz, Foto: Heinrich-Heine-Institut, Sammlung Quast

Am 31.5.1882 wurde Cornelia Berta geboren, zu der Hermann zeit seines Lebens einen engen Kontakt pflegte und sich häufig bei ihr aufhielt, als sie bereits standesgemäß mit dem Baumeister Heinrich Quast in Minden verheiratet war. Das letzte Kind Eduard wurde dagegen nicht einmal ein Jahr. Es starb am 8.6.1886.

1883 war die Familie in das Haus Zimmerstraße 1 umgezogen. Der Hinweis auf den damaligen Besitzer, Louis Piedboeuf, kann als ein zusätzliches Indiz dafür gewertet werden, daß der Vater Friedrich Schmitz bereits seit längerer Zeit im Kontor der Dampfkesselschmiede Piedboeuf an der Werdener Straße einen verantwortungsvollen Posten gefunden hatte. Im gleichen Jahr verfaßte er ein Pamphlet gegen die englische Konkurrenz im Dampfkesselbau, das ein heftiges Echo auslöste. Aggressiv im Ton, aber nicht ohne bissigen Humor ergriff er Position für seine Firma. Unfreiwillig oder gewollt zeigte sich hier bereits ein Hang zum Grotesken, der beim Sohn Hermann Harry zum tragenden stilistischen Element seiner Geschichten werden sollte. In einer Schrift des Vaters von 1908, die sich diesmal gegen die amerikanische Konkurrenz richtete, wird diese Tendenz noch deutlicher:

„Der Kessel fliegt in die Luft,
der Yankee erhält seine Dollars
von der Versicherungsgesellschaft,
die Toten werden begraben und
das Geschäft ist gemacht."

Aber diese Stellung schien den ehrgeizigen Mann nicht ausgefüllt zu haben. 1887 muß er sich – wenn auch nur für kurze Zeit – selbständig gemacht haben, um ein Jahr später mit noch umfangreicheren Funktionen betraut in seine alte Firma zurückzukehren.

Eine Kleinigkeit soll den eigenwilligen Charakter des Vaters beleuchten. Als erster in der fast endlosen Reihe der Schmitz' aus Düsseldorf änderte er seinen Vornamen in „Fritz" um. Folgte er damit nur einer Zeitmode, oder war es sein Zeichen, sich bewußt von der Masse abzuheben?

Wie es sich auch immer im Einzelnen verhalten haben mag, sicher bleibt, daß der Vater bereits in dieser Zeit zu nicht unbedeutendem Wohlstand gekommen sein muß. 1889 kehrte die Familie Schmitz als Eigentümer in das Haus auf der Ellerstraße zurück. Das Straßenbild hatte sich seit ihrem Wegzug deutlich verändert. Die Häuserfronten ergaben ein nahezu lückenloses Bild. Oberbilk war sichtbar ein Teil der Stadt Düsseldorf geworden; die Stadtgrenzen hatten es längst eingeholt.

Der soziale Aufstieg von Fritz Schmitz spiegelt sich auch in seinen Titeln wider. 1892 wurde er zum Fabrikdirektor der Firma Piedboeuf ernannt; gleichzeitig bekleidete er den Posten eines Geschäftsführers („Gerant") des Königlich-Belgischen Konsulats-Comptoirs auf der Albertstraße 3.

Trotz seines ausgefüllten Berufslebens, ließ Fritz Schmitz den Kontakt zu seinem Heimatort Roggendorf nicht ganz abreißen. Seinen Sohn Hermann schickte er regelmäßig zu seiner Verwandtschaft in das kleine Eifeldörfchen. 1894 verbrachte Hermann dort seine Sommerferien und hinterließ – nicht zur Freude seines Vaters – einen bleibenden Eindruck bei den Roggendörflern.

Hermann Harry Schmitz, 1880er Jahre,
Foto: Heinrich-Heine-Institut, Sammlung Quast

Eines Sommersonntags des Jahres 1894 drängten sich zu Roggendorf in der Eifel die Kirchgänger an dem Wirtshaus, das hier wie in allen Dörfern deutscher Nation dicht neben der Kirche liegt, truppweise vor einem ausgehängten Zettel.

Hermann Harry Schmitz, 1890er Jahre,
Foto: Heinrich-Heine-Institut, Sammlung Quast

Eine Tanzmusik konnte es nicht sein, davon wüßte man schon. Eine politische Versammlung ebensowenig, denn es stand weder Wahl in Aussicht, noch gab es irgend etwas, dessentwegen flammender Protest zu erheben gewesen wäre. Um nichts dergleichen handelte es sich, sondern der verschnörkelt mit Rot- und Blaustift beschriebene weiße Bogen lud, wie die tüchtigsten Alphabeten entzifferten, zu einer großen Gala-Zaubervorstellung ein. Ein Zauberer phantastisch-ausländisch klingenden Namens, der vor Kaisern, Königen und Sultanen sich schon produziert hatte, versprach aufzutreten.

Roggendorf in der Eifel hat noch nie seit Bestehen unter einem Übermaß von lokalen Sensationen gelitten, was Wunder, daß der Tanzsaal der Krone am Abend zur festgesetzten Stunde pickepacke voll war. Mit der Blüte Roggendorfs harrten auf ungestrichenen Bänken starke Kontingente Neugieriger aus den Nachbardörfern, aus Stremp und Kommern, Satzvey und Vussen, der verheißenen Zauberdinge. Es ist ja merkwürdig, mit welcher Schnelligkeit draußen auf dem platten Lande Neuigkeiten auf Reisen gehen. Wenn sie mit der Trommelsprache weitergegeben würden, wie sie bei den Negern in den Urwäldern Afrikas im Schwange ist, könnten sie sich nicht schneller verbreiten.

Ein Klingelzeichen, das eine geraume Weile fortdauerte, obwohl es sofort mäuschenstill geworden war, und der zerschlissene Vorhang, der die Reste von aufgemalten Stoffwellen trug, schnurrte auf, in ruckweisen Etappen, wobei die linke Seite die rechte immer um etliche Nasenlängen schlug.

Mit stupidem Schweigen wurde der große Zauberer empfangen, als er gravitätisch die enge Bühne betrat, auf der vor acht Tagen erst der sitzfleischgewichtige Vorstand des Landwirtschaftlichen Vereins sich zusammen gequetscht hatte. „Meine Damen und meine Herren", konnte er in fremdländischem Akzent noch sagen, dann brach ungemessene Heiterkeit aus, die sich klatschend auf die Schenkel schlug und die wohlgesetzte Ansprache völlig verschluckte.
Ein toller Junge Schmitzens Hermann.

Wer es noch nicht wußte, erfuhr es von Nachbar oder Nachbarin, daß der Zauberer kein anderer war als der Sohn des Düsseldorfer Fabrikdirektors Schmitz, der Gymnasiast, der wieder einmal seine Schulferien in Roggendorf verbrachte. Seltsam genug mutete der Magier an. Vierzehnjährig etwa, spillerig aufgeschossen, war er von einem Schlafrock umschlottert, der, rotgeblümt auf gelbem Grunde, durch eine Kordel nur notdürftig zusammengehalten ward und seine dünnen, in kurzen Hosen steckenden Pennälerbeine freigab bei jedem Schritt, den der tat. Auf schmalem Schädel trug er ein rotes Fes mit blauer Troddel, es schnitt ein Gesicht ab, das vielleicht das seltsamste der ganzen Erscheinung war, das lang und hager, mit schon fast alten, absonderlich ausgebildeten Zügen unerschütterlich ernst in die Welt sah.

Roggendorf lachte bald nicht mehr, sondern sperrte das Maul vor Erstaunen auf.
Wie machte der Teufelsjunge das bloß? Ging das überhaupt mit rechten Dingen zu?
„Ein Hühnerei, meine Herrschaften - fupp, fupp, fupp - ein Kanarien-Vogel!"

„Eine Roggendorfer Kartoffel, meine Herrschaften, nicht sehr groß, nicht eben schmeichelhaft groß

- fupp, fupp,

fupp -

eine goldene Damenuhr!"

„Hier ein Köfferke, ein schönes Köfferke, meine Herrschaften, in der Schadowstraße zu Düsseldorf gekauft für siebenhundertachtundfünfzig Mark dreiundvierzig Pfennig. Ich tue Häcksel hinein, frisches Häcksel, bei Tante Setta geschnitten, ich gieße aus einer grünen Gießkanne Wasser hinein, klares Wasser aus dem Bleibach. Ich mache das Köfferke, das liebe, kleine Köfferke zu, decke ein schwarzes Tuch darüber, klopfe mit meinem Zauberknöcksken - peng, peng - ich nehme das Tuch fort, ich öffne und - fupp, fupp, fupp, Geschwindigkeit ist keine Hexerei - -" Rosensträußchen flogen in das Publikum, das aber zu verdutzt war, als daß es sie aufgefangen hätte.

- peng, peng -

So unterhielt Schmitzens Hermann Roggendorf und Umgegend mit Zauberkunststücken, während durch die geöffneten Fenster mit der lauen Luft des Sommerabends dann und wann das ferne Muh einer Kuh drang, die zu melken vergessen worden war. Er holte mit verbundenen Augen aus einem Kartenspiel jedes gewünschte As, er zog, von der Bühne herabspringend, Bauern und Bäuerinnen Taler aus der Nase, er ließ den scheppen Mätes, der bei Großbetrieb in der Krone als Kellner aushalf, – fupp, fupp, fupp – verschwinden, er verzapfte Hokuspokus über Hokuspokus. Und alles das mit himmlisch unverfrorenem Gleichmut, von keinerlei Menschenfurcht und Menschenscheu angekränkelt, mit der etwas eckigen, etwas bizarren Grazie, wie sie damals unter den Söhnen der guten Düsseldorfer Familien aufzukommen begann.

Seitdem pflegten ihn etliche Roggendorferinnen älteren Datums bedenklich von der Seite anzuschauen. Es war offenbar, daß sie in ihm einen sahen, der mehr konnte als Brot essen. Auf Wochen hinaus bildete die Zaubervorstellung in der Krone das Dorfgespräch. Vater Schmitz freilich, der geborene Roggendorfer, der gestrenge Fabrikherr, soll weniger entzückt gewesen sein, als er von ihr, insbesondere von der zweckwidrigen Verwendung seines neuen Schlafrockes hörte. Zeitlebens hielt er von strikter Pflichterfüllung mehr als von originellen Einfällen und brotlosen Künsten.

Mai 1925, S. 3-5

Schumannstrasse, Düsseldorf um 1910, Foto: Stadtarchiv Düsseldorf

Ein erneuter Umzug deutete sich 1895 an. Der Wohnungswechsel in das vornehme Villenviertel der Zoogegend, Schumannstraße 13, lag sicherlich nicht nur im gewachsenen Sozialprestige des Vaters begründet, der seiner Familie nun ein Heim bieten konnte, das seiner Stellung entsprach. Kurze Zeit später wäre die Familie ohnehin gezwungen gewesen, sich nach einer anderen Wohnung umzusehen, denn die Errichtung des Düsseldorfer Hauptbahnhofs mit seiner neuen Streckenführung machte einen Abriß der Häuser auf der Ellerstraße 2-20 erforderlich. So fiel das Geburtshaus Hermann Harry Schmitz' 1897 der Spitzhacke zum Opfer. Ein Tribut an den Fortschritt, dem der Düsseldorfer Autor zeit seines Lebens kritisch gegenübergestanden hat.

Aber auch das Haus auf der Schumannstraße 13 steht seit langem nicht mehr. Auf diesem Grundstück befindet sich heute eine Schule.

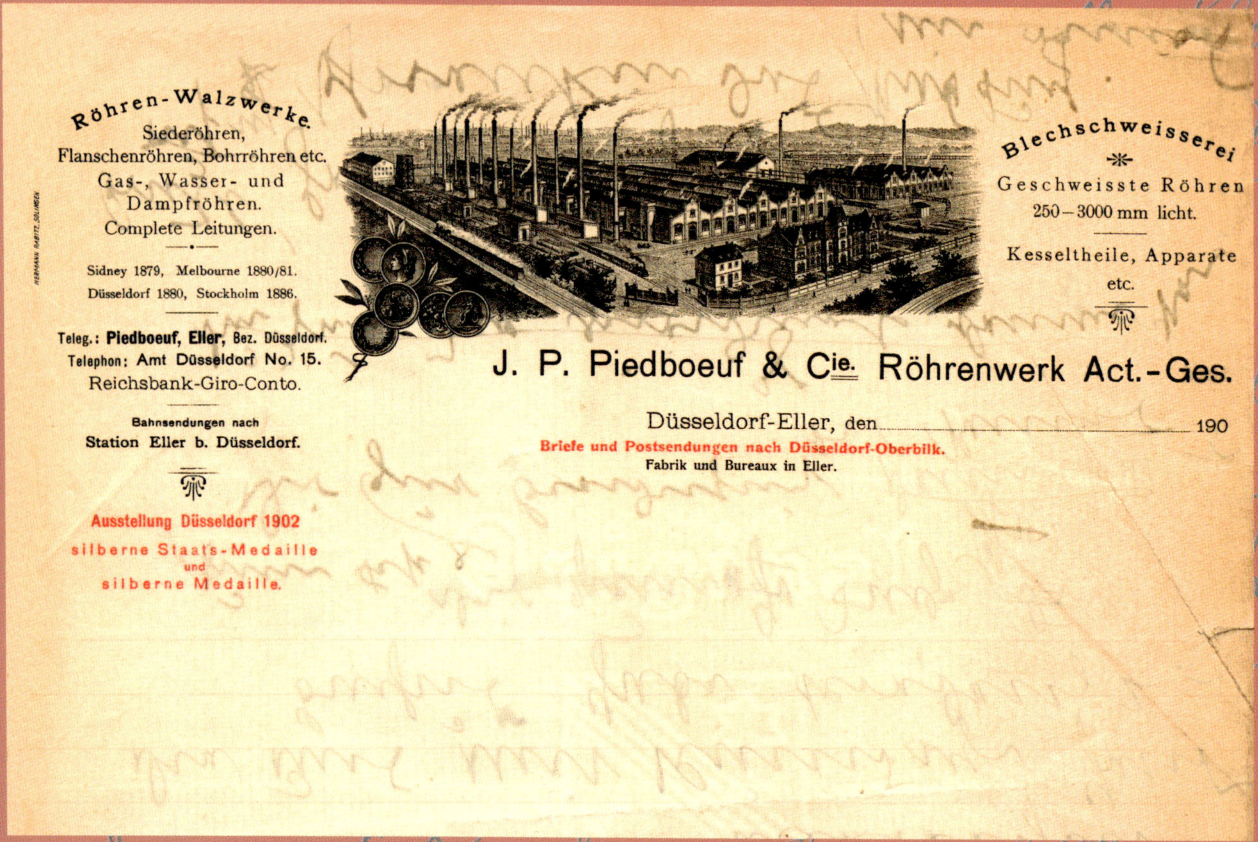

Röhren-Walzwerke.
Siederöhren,
Flanschenröhren, Bohrröhren etc.
Gas-, Wasser- und
Dampfröhren.
Complete Leitungen.

Sidney 1879, Melbourne 1880/81.
Düsseldorf 1880, Stockholm 1886.

Teleg.: **Piedboeuf, Eller,** Bez. Düsseldorf.
Telephon: Amt Düsseldorf No. 15.
Reichsbank-Giro-Conto.

Bahnsendungen nach
Station Eller b. Düsseldorf.

Ausstellung Düsseldorf 1902
silberne Staats-Medaille
und
silberne Medaille.

Blechschweisserei
Geschweisste Röhren
250 – 3000 mm licht.
Kesseltheile, Apparate
etc.

J. P. Piedboeuf & Cie. Röhrenwerk Act.-Ges.

Düsseldorf-Eller, den 190

Briefe und Postsendungen nach Düsseldorf-Oberbilk.
Fabrik und Bureaux in Eller.

Das ungeliebte Leben

Hermann Harry Schmitz wurde am 12.7.1880 in Düsseldorf geboren. Er verlebte eine Kindheit, die nicht gerade glücklich verlief. Der frühe Tod seiner Geschwister, der kränkelnde Zustand der Mutter, zu der er eine besondere Zuneigung empfand, und das erfolgsorientierte Vorbild seines Vaters, der für das berufliche Fortkommen seines Sohnes die gleichen Maßstäbe ansetzte wie für sich selbst, haben seine Entwicklung nachhaltig beeinflußt. Scheinbar war damit der weitere Lebensweg vorherbestimmt. Doch immer wieder regte sich in ihm Widerspruch gegen eine Welt der Pflichterfüllung und verordneter Sachzwänge. Über seine Volksschulzeit fehlt leider jede Information. Er wird wohl die Friedrichstädter Schule auf der Kirchfeldstraße besucht haben, da die Familie zu dieser Zeit auf der Zimmerstraße 1 wohnte. Nachhaltigen Eindruck hat die Schulzeit auf ihn nicht gerade gemacht. Sein späteres literarisches Werk blieb jedenfalls davon vollkommen unberührt.

Weltanschauliche und pragmatische Überlegungen haben den Vater wohl bewogen, Hermann auf das Städtische Realgymnasium an der Klosterstraße zu schicken. Die deutsch-nationale Ausrichtung der Schule und die praxisnahe Ausbildung des Realgymnasiums, das unter ihrem damaligen Direktor Adolf Matthias eine Schule von überregionalem Ruf war, werden letztlich den Ausschlag gegeben haben.

Der Rektor des Realgymnasiums an der Klosterstraße Adolf Matthias, Foto: Schulfestschrift 1938

Städtisches Realgymnasium an der Klosterstrasse 7, Foto: Schulfestschrift 1913

Doch bereits bei Matthias zeigte sich eine Tendenz zu behutsamen Reformen. Neben den altbekannten pädagogischen Richtlinien, wie Gewöhnung an Gehorsam, Ordnung und Pünktlichkeit sollte der Schüler zur Selbsttätigkeit, und Selbständigkeit angeregt werden. Weitere Orientierungshilfen für den Lehrer und die Eltern waren: „Kein beständiges Verbieten, Gebieten, Nörgeln, Modeln und Dressieren! Nicht die Mühe des Nachdenkens abnehmen! Keine Moralpredigten, Jeremiaden und viele Worte! Nicht zu früh in Konzerte und Theater schleppen! Schutz vor dem Vielerlei, vor viel Leserei, auch vor Kinderbällen und ähnlichen Torheiten! In den sogenannten ‚Flegeljahren‘ nicht alles gleich tragisch nehmen! Maßhalten in Belohnung und Bestrafung! Maßhalten auch in den körperlichen Übungen und Märschen!“

Ob diese wohlgemeinten pädagogischen Vorstellungen des Direktors ihren Niederschlag im Unterrichtsalltag gefunden haben, bleibt fraglich. Dem Schüler Hermann Schmitz gaben sie jedenfalls keine weitere Motivation zum Lernen.

Hermann Harry Schmitz, vermutlich der zwanzigste bis fünfundzwanzigste unter seinen vierzig Mitschülern, von denen fünf bis acht in der Regel sitzen blieben, begann offenbar schon auf der Schulbank zu grübeln. Leider grübelte er nicht über den Rheinbrückenbau Cäsars oder die vier Kongruenzsätze der Dreiecke oder das Aufsatzthema: „Die Ähnlichkeit zwischen Schillers ‚Taucher' und Goethes ‚Fischer' oder „Iphigeniens Verhältnis zum König Thoas" oder: „Was hat der schwarze Ritter in der Jungfrau von Orleans zu bedeuten?" - vielmehr über ganz einfache Dinge, Dinge, die viel zu einfach waren, als daß man sie als Aufsatzthemata geben konnte wie: „Warum sitzen wir hier so dicht gedrängt nebeneinander in der schlechten Luft?" oder: „Was heißt und zu welchem Ende lerne ich Trigonometrie?" oder: „Was für ein Vergnügen findet der Lehrer daran, immer in seiner Nase zu bohren?" oder: „Wie kommt es, daß der Sohn des Oberlehrers Knollenhose weniger durch Fragen belästigt wird als ich?"

Man weiß nicht genau mehr - und es bleibt künftigen germanistischen Studenten vorbehalten, dies in verschiedenen Doktorarbeiten noch klarzulegen - wie er gleich Odysseus verschmitzt an den Kikonen der Quarta, den Lästrygonen der Untertertia, an den malmenden Irrfelsen der Obertertia uns schließlich durch die Szylla und Charybdis der Untertertia hindurchgekommen ist. Tatsache ist, daß man ihm die Befähigung, als Einjährig-Freiwilliger in die preußische Armee einzutreten, zuerkannt hat, was man weniger seiner lükkenhaften lateinischen und mathematischen Kenntnisse halber hätte tun sollen als wegen seiner Fertigkeit, mit der er in der Religionsstunde Fliegen fing und sie in einem ausgehöhlten Kork sperrte oder mit Tinte vorher durchnäßte Papierklümpchen mittels kleiner frei nach Cäsar konstruierten Ballisten an die weißgetünchte Klassenzimmerdecke schleuderte. Im übrigen machte unser Hermann Harry von der ihm zugesprochenen Qualität beim Militär keinen Gebrauch. Er hatte sich von früh an ein höchst zartes anfälliges Nervensystem zugelegt, das ihn von vornherein unfähig machte, eine Pickelhaube auf seinen schmalen feinen Schädel zu stülpen oder die Kniewelle oder die Fahne am Reck zu exerzieren.

Eulenberg: Zum Geleit, Buch der Katastrophen, Leipzig 1916, S. 12-14

Im Zeichensaal (Aufnahme aus den 1890er Jahren), Foto: Schulfestschrift 1938

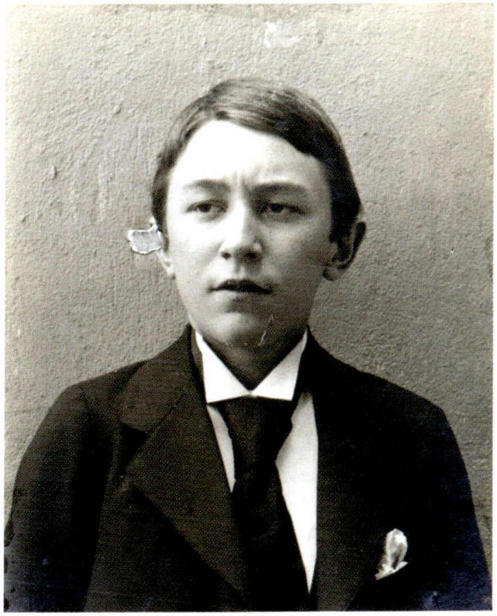

Hermann Harry Schmitz, 1890er Jahre, Foto: Heinrich-Heine-Institut, Sammlung Quast

In diese Zeit fällt auch Hermanns erste ernsthafte Erkrankung. Die Umstände, die dazu geführt haben, veranlaßten seinen späteren literarischen Berater und Nachlaßverwalter Victor M. Mai zu einem Vergleich mit den rührseligen Begebenheiten aus einem der damals viel gelesenen Unterhaltungsromane von Courths-Mahler.

Als er 15 Jahre alt war und auf Obertertia saß, ereignete sich etwas, daß seinem Schulleben eine Wendung geben sollte. ... In kalter Winternacht lief er oberflächlich bekleidet in die Stadt, um für die erkrankte Mutter den Arzt zu holen, und in Schnee und Sturm mußte er volle zwei Stunden klingeln, bis er den würdigen Herrn seiner Ruhe entrissen hatte. Die Folge war ein schwerer Knacks der ohnehin nicht festen Lunge, an dem er dann lange laborierte.

Mai, 1925, S. 8

Er mußte die Schule unterbrechen. Ein Erholungsurlaub wurde dringend empfohlen und Korsika ins Auge gefaßt. Mitte November 1896 verließ er Düsseldorf.

In Paris hielt er sich mehrere Wochen auf und genoß das gesellschaftliche Leben fern der väterlichen Kontrolle – nicht gerade zum Besten seiner Lunge. Dann nahm er seinen Weg über Marseille, wo er einen berühmten Facharzt für Lungenkrankheiten konsultierte. Der Arzt attestierte Schwindsucht und riet ihm, auf einer schematischen Zeichnung der Lunge täglich ein Stück abzustreichen, um so den Verfall seines Organs zu verfolgen. Schmitz hat diese Begebenheit später in der Groteske „Von meiner Lunge" selbstironisch und mit spielerischem Sprachvermögen nachempfunden.

Ich habe keine Lunge mehr. Ich bin eigentlich tot oder aber ein anatomisches Phänomen.
Ich muß wohl schon letzteres sein, da mir das Totsein niemand so recht glauben will. Meine Gläubiger zum Beispiel wollen nichts davon wissen. So habe ich meinem Schneider, der die verfluchte Manie hat, für längst verschlissene Anzüge beharrlich Geld zu fordern, durch meine Aufwartefrau sagen lassen, ich sei gestorben. Ich hätte keine Lunge mehr, ich hätte das schwarz auf weiß. Und ohne Lunge könne man nicht leben, das sei doch eine klare Sache.
Der Mann hat mich verklagt, und man hat mir meinen Phonographen, die Kuckucksuhr, einen Haussegen und acht Flaschen Eierkognak gepfändet.
Gut, bin ich also ein anatomisches Phänomen.
Ich gehöre von Rechts wegen in ein Museum, auf ein Podium oder in einen Glaskasten. Mein rätselhafter Zustand müßte von allerersten medizinischen Autoritäten des In- und Auslandes begutachtet und beglaubigt sein, Fürstlichkeiten der höchsten Häuser nebst Familien müßten mich besichtigt und ihre Anerkennung ausgesprochen haben. Ich müßte genannt werden mit den

Schwestern Blaczek, dem Mann mit dem Stiernacken, der bärtigen Dame, dem Mann mit dem Straußenmagen, mit Lola Hirschtalg, der Pantherdame usw. Ich bin aber ein furchtbar bescheidener Mensch, und es gelüstet mich nicht nach Ruhm.

Rosa-Josepha Blaczek.

Es ist möglich, sehr leicht möglich, daß man eines Tages unter ein Auto oder die Elektrische kommt, oder daß einem der Propeller eines Luftschiffes oder ein Geraniumtopf aus der dritten Etage auf den Kopf fällt, oder daß man von einer Hutnadel aufgespießt wird, oder sich über eine Dame im Hosenrock kaputtlacht, oder auf irgendeine andere Weise einen plötzlichen Tod findet. Man kann nie wissen. Und es wäre wirklich ein Verlust für die medizinische Wissenschaft, wenn mein Fall unbekannt bliebe. Darum halte ich es als fanatischer Arbeiter an dem großen Werk der menschlichen Erkenntnis und Aufklärung für meine Pflicht, meinen Fall in Nachstehendem niederzulegen. Auf Anfragen von Ärzten wegen einer eingehenden Untersuchung gebe ich keine Antwort. Ich lasse mich nicht untersuchen, ich bin nämlich wahnsinnig kitzlig. –

So kam es also, daß ich meine Lunge verlor:

Ich lebte seiner Zeit in Marseille und hatte eines Tages einen starken Husten und schmerzhafte Stiche in der Brust. Mein Urgroßvater war an Altersschwäche gestorben, meine Großmutter am Knochenfraß, ein Mann, der neben uns wohnte, am Delirium, und eine Waschfrau meiner Eltern an einem Magenleiden. Das gab mir zu denken. Da hieß es rechtzeitig vorbeugen.

Ja, damals hatte ich noch Sorge um mein Wohlergehen. Damals lebte ich noch in bangen Ängsten um den nächsten Tag, setzte alles auf Wechsel auf die Zukunft. Der Tod war mir eine schreckliche Katastrophe und nicht die befreiende, erlösende Antwort auf den Scherzrebus »Leben«.

Schleunigst eilte ich zu einem Arzt, der mir als weltberühmter Lungenspezialist allseitig aufs wärmste empfohlen worden war.

Er wohnte am Boulevard Baille und hieß Jean Maurice Ragoût-Fin. Ein eigentümliches Lärmen klang mir aus dem palaisartigen Gebäude entgegen. Ein Bellen, Krächzen, Schnaufen; Tiere konnten nur solche Töne hervorbringen.

Voller Grauen betrat ich das Haus. Sechs Diener nahmen mich in Empfang und führten mich in einen riesigen Saal, aus dem das unheimliche Getön herausschallte.

Ein tolles Gehuste, ein Chaos von Grunzen umfing mich und verwirrte meine Sinne. Einige hundert Menschen befanden sich in diesem Saal, die fortgesetzt husteten und diese merkwürdigen Geräusche von sich gaben. Sie warteten alle auf Jean Maurice Ragoût-Fin.

Vier Tage habe ich in dem Wartesaal gesessen, bis ich dran kam. Es war schon ein recht ungemütlicher Aufenthalt inmitten der vielen hundert Hustenden, die sich immer wieder durch neue Ankömmlinge ergänzten. Es war wie ein wildes, kakophonisches Tonstück; es hätte von Strauss sein können. Ich wundere mich überhaupt, daß der Komponist der »Elektra« derartige animalische Geräusche in seinen Tondichtungen noch nicht praktisch verwandt hat. Wird schon noch kommen.

Also nach vier Tagen kamen zehn Diener zu mir und führten mich in das Studierzimmer ihres berühmten Herrn.

An einem Schreibtisch, so groß wie das Fürstentum Reuß, saß ein hagerer, glattrasierter Mann mit blitzenden, stechenden Augen. Sein Alter war schwer zu taxieren. Er konnte seine dreißig sein, mit der gleichen Möglichkeit indessen mochte er auch fünfzig oder sechzig Jahre auf dem Rücken haben. Es gibt solche Typen, die vor allen Dingen in gern gelesenen Romanen öfters vorzukommen pflegen. Im Leben sieht man sie nie.

Seine schmale, ein wenig krampfige, natürlich elfenbeinweiße Hand, deren Zeigefinger mit einem grünen Malachitring geschmückt war, wies stumm auf einen roten Saffianledersessel, in dem ich ein wenig verschüchtert Platz nahm.

»Ihr Urgroßvater starb an Altersschwäche, Ihre Großmutter am Knochenfraß, der Mann, der neben Ihnen wohnte, am Delirium, eine Waschfrau Ihrer Eltern an einem Magenleiden. Bei Ihrem Fall kommt ohne Zweifel eine Prädisposition, direkte Hereditär in Frage«, begann er mit leiser, verschleierter Stimme, und seine Augen prüften mich scharf und durchdringend.

»Sie haben etwa 40 Halsweite, Reife für Unterprima, eine Freimarkensammlung, sind glattrasiert und haben eine schwere Lungensache«, fuhr dieser unheimliche Mensch fort; »ja, eine schwere Lungensache. Ich sage meinen Patienten stets die Wahrheit. Ich hoffe, Sie sind Philosoph, Fatalist. Finden Sie sich mit Ihrem Schicksal ab. – Sie kennen meine Taxe?« warf er in einem andern Tonfall plötzlich ein.

Ich griff bebend nach meinem Scheckbuch und fragte devot: »Wieviel?«

»Drei«, war die lakonische Antwort.

Ich klappte mein Scheckbuch zu und suchte in meinem Portemonnaie, hocherfreut über den geringen Honorarsatz, nach drei Franken. »Tausend, mein Herr. Dreitausend, mein Herr«, riß mich Jean Maurice Ragoût-Fins Stimme aus meiner angenehmen Verwunderung.

Zitternd füllte ich einen Scheck über 3000 Franken aus und reichte ihn dem Doktor.

»Stellen Sie sich bitte gegen diesen Apparat«, wies mich Ragoût-Fin gegen einen großen Kasten, an dem eine komplizierte Sache mit gebogenen Glasröhren und blanken Metallkugeln angebracht war. Dann machte es einige Sekunden »zisch«, und ein bläulicher Schein füllte das Zimmer.

Der Doktor saß am Schreibtisch, hatte einen großen Bogen Papier vor sich ausgebreitet und zeichnete, immer scharf nach mir herüberschauend, etwas auf.

»So«, er erhob sich plötzlich, prüfte noch einmal seine Zeichnung und reichte sie mir. »Hier sehen Sie Ihre Lunge, genau in Ihrem jetzigen Zustand. Die Lungenspitzen sind schon sehr mitgenommen. Die rechte Spitze fast ganz weg. Sie können nun nach meiner Methode den Fortschritt der Auszehrung genau verfolgen, wenn Sie strikte nach nebenstehender Skala, es würde ungefähr alle drei Tage sein, mit Rotstift, ich habe so die kranken Stellen bereits markiert, eine Linie breit von der Lunge abstreichen. Sie sind auf diese Weise völlig über den Fortschritt Ihrer Erkrankung orientiert und haben einen bestimmten Anhaltspunkt über den Termin Ihrer Auflösung. Ich taxiere, daß die noch vorhandene Lungenmaterie in etwa $4^1/_2$ Monaten verbraucht ist. Es ist doch glänzend, so über sich im klaren zu sein! Sie werden sich nicht überflüssigerweise einen neuen Anzug bestellen oder bereits für den nächsten Winter ein Schlittschuhbahn-Abonnement nehmen. Schauen Sie, das ist der enorme Vorzug meiner Methode. Bitte sehr«, er reichte mir die Zeichnung, drückte auf eine Schelle, und fünfzehn Diener erschienen, die mich zur Tür führten.

Da stand ich nun, ein völlig gebrochener Mensch, auf der Straße mit meinem Todesurteil in der Hand und 3000 Franken ärmer. In $4^1/_2$ Monaten sterben! Tränen schossen mir in die Augen. Ich dachte an die Lieben zu Hause, an meine sechs Verhältnisse, besonders an Margot, an meine Freimarkensammlung, an meine Braut, an meinen Teckel Toni, an alles, an dem mein Herz hing. Diese entsetzliche Galgenfrist von $4^1/_2$ Monaten! Leben mit dieser schrecklichen Perspektive!

Irgendwo auf einer Terrasse eines Cafés in der Rue Cannebière habe ich mich an einem Marmortisch niedergelassen, mein Lungenporträt vor mir ausgebreitet und die schauerliche Zeichnung angestiert und dazu einen Absinth nach dem anderen getrunken.

So bin ich mehrere Tage umhergeirrt im Taumel vieler, vieler Absinthe und hatte das Empfinden meiner Tragödie im Alkohol überschrien. Aber ein großer Kater kam, ein monumentaler, moralischer. Fast mehr über mein würdeloses Benehmen diesem Schicksalsschlag gegenüber. Diese hündische, bürgerliche Angst, diese Hilflosigkeit einer Tatsache gegenüber!

Ich habe mich zu den Philosophen des Ostens und Indiens geflüchtet und habe mich mit meinem traurigen Geschick heldenhaft abgefunden. Ich habe den Willen zum Leben mit dem Gefühl absoluter Wurschtigkeit gegen alles, was das Morgen betraf, erschlagen. Ich habe mir einen Rotstift gekauft und genau nach der Skala und Vorschrift an meiner Lunge abgestrichen.

Ein seltsames, starkes wissenschaftliches Interesse für die Theorie Ragoût-Fins erwachte und schob die Gedanken an mich selbst völlig in den Hintergrund. So wollte es mir gar häufig erscheinen, als handele es sich überhaupt um einen anderen wildfremden Menschen.

Alle drei Tage ließ ich meinen Rotstift von der Lunge fressen.

Dabei lebte ich intensiv mein Leben, eigentlich glücklicher denn je. Ich trank den Becher bis zur Neige. Das Morgen starb, es lebe das Heute! Ich hatte noch für etwa drei Wochen Lunge, als ich von meiner entzückenden Freundin Margot aus Deutschland Bescheid bekam, sie werde mich in etwa drei Wochen in Marseille besuchen. Das durfte nicht sein, daß sie einen Toten vorfand. Ich fing an, nur jede Woche einmal abzustreichen. Zwar schlug mein wissenschaftliches Gewissen bei diesem Betrug. Als Margot kam, hatte ich noch für etwa zehn Tage Lunge. Sie war schöner und liebenswerter denn je. Meine Philosophie der Negation erlitt elend Schiffbruch, und eine Gier nach Leben, ein Hunger nach Jahren voll Genießens nahm von mir Besitz. Ich versündigte mich schwer an der Wissenschaft. Ich habe, als die Lunge abgestrichen war, noch ein Stück angemalt und die Lunge dann immer wieder vergrößert und schließlich, als der Bogen zu klein wurde, neues Papier angeklebt und die Lunge nach Bedarf ausgedehnt.

Schließlich war meine Lunge so groß wie eine Tischplatte und laut Theorie des Doktors Jean Maurice Ragoût-Fin völlig zersetzt. Und als Margot mir mit einem reichen Amerikaner eines Tages durchbrannte und ich beim besten Willen meine Lunge nicht weiter – aus rein wissenschaftlichem Schamgefühl – mehr zu vergrößern wagte, habe ich mir ein reines Nachthemd angezogen, habe mein Testament gemacht, zwei Kränze an mein Bett gestellt, eine schwarze Schleife an die Tür gemacht, habe mich ins Bett gelegt, die Hände gefaltet und den Tod erwartet. Ohne Lunge konnte ich nicht weiterleben. Das war doch klar.

Hermann Harry Schmitz mit Landgerichtsdirektor Maurer auf Korsika 1896/97, Foto: Heinrich-Heine-Institut, Sammlung Quast

Nach einigen Tagen merkte ich, daß ich nicht tot war und mich in demselben fidelen Zustand befand, der mir unter der Bezeichnung »Leben« bekannt war. Da bin ich zur Überzeugung gekommen, daß ich ein Phänomen sein müsse: Der Mann ohne Lunge. Etwas noch nie Dagewesenes. Die Zeichnung Jean Maurice Ragoût-Fins, ergänzt von mir, kann bei mir als Beweis für meine Lungenlosigkeit jederzeit eingesehen werden. Düsseldorfer General-Anzeiger vom 23.4.1911

Auf der Überfahrt nach Korsika lernt er den Landgerichtsdirektor Maurer aus München kennen, dem er später in der Erzählung „Der Ästhet" mit der Figur des Professor Mauzfies ein satirisches Denkmal gesetzt hat.

Im Mai 1897 kehrte er von Korsika nach Düsseldorf zurück. Seine Gesundheit war wieder einigermaßen hergestellt. Nach den Monaten der Freiheit fiel es ihm schwer, noch einmal die Schulbank zu drücken. Doch der Vater ließ nicht locker, und Hermann Schmitz besuchte noch ein Jahr lang „Doktor Wenderholds Höhere Lehranstalt" in Kassel, die er mit dem Einjährigen Freiwilligen-Zeugnis verließ und damit endgültig seine Schulzeit abschloß, die er ohnehin nur als langweilig empfunden hatte, wie der Brief von Dr. Wenderhold, Leiter der nach ihm benannten Höheren Lehranstalt in Kassel an den Vater Friedrich Schmitz in Düsseldorf, zeigt.

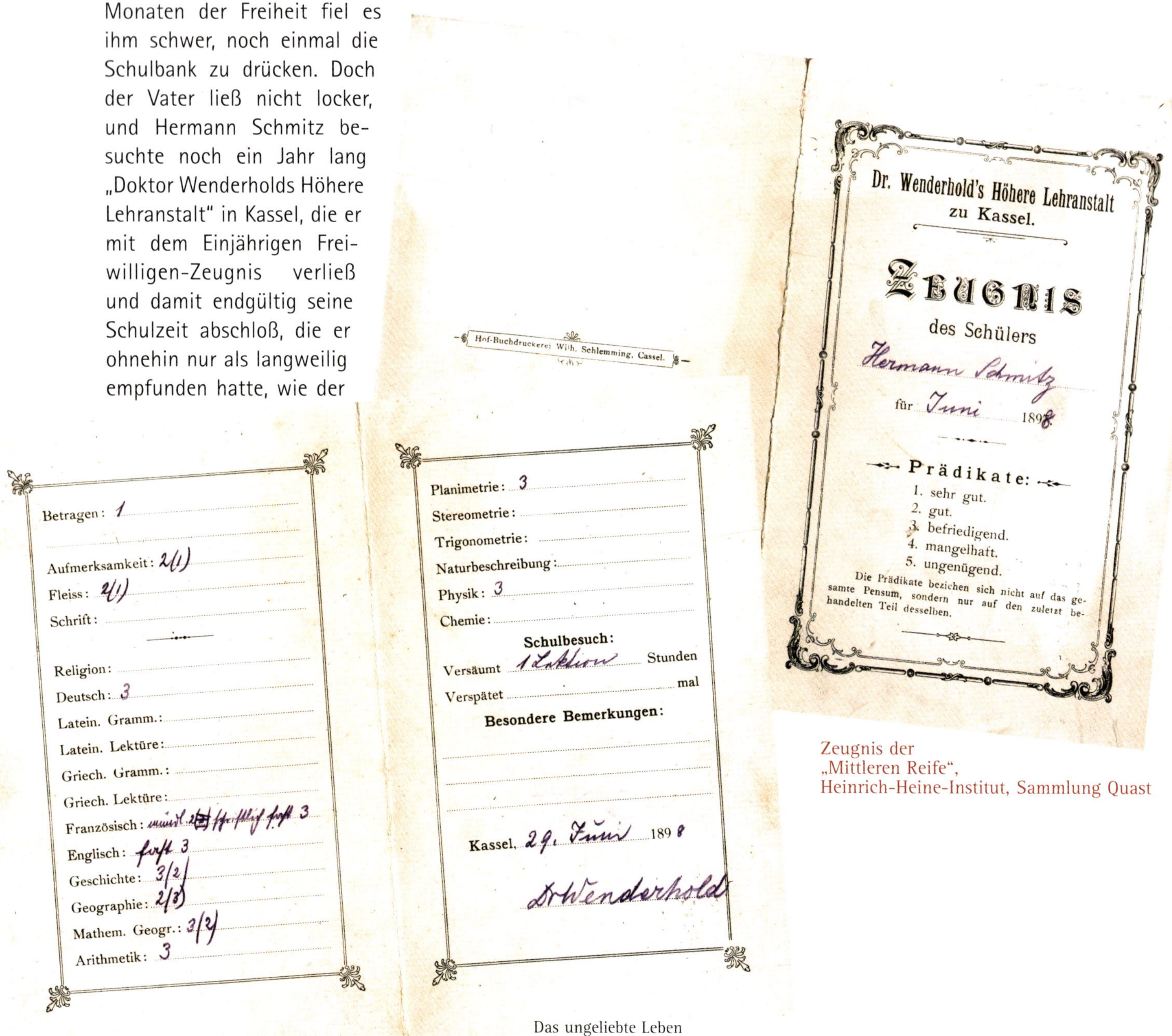

Betragen: 1

Aufmerksamkeit: 2(1)

Fleiss: 2(1)

Schrift:

Religion:

Deutsch: 3

Latein. Gramm.:

Latein. Lektüre:

Griech. Gramm.:

Griech. Lektüre:

Französisch: mündl. 2(3) [illegible] 3

Englisch: [illegible] 3

Geschichte: 3/2

Geographie: 2/3

Mathem. Geogr.: 3/2

Arithmetik: 3

Hof-Buchdruckerei Wilh. Schlemming, Cassel.

Planimetrie: 3

Stereometrie:

Trigonometrie:

Naturbeschreibung:

Physik: 3

Chemie:

Schulbesuch:

Versäumt 1 Lektion Stunden

Verspätet mal

Besondere Bemerkungen:

Kassel, 29. Juni 1898

Dr Wenderhold

Dr. Wenderhold's Höhere Lehranstalt zu Kassel.

Zeugnis

des Schülers

Hermann Schmitz

für Juni 1898

Prädikate:

1. sehr gut.
2. gut.
3. befriedigend.
4. mangelhaft.
5. ungenügend.

Die Prädikate beziehen sich nicht auf das gesamte Pensum, sondern nur auf den zuletzt behandelten Teil desselben.

Zeugnis der „Mittleren Reife“, Heinrich-Heine-Institut, Sammlung Quast

Hotel Bayrischer Hof
Carl Richter

Sehr geehrter Herr! Hildesheim, den 3. April 1899

Bezüglich der weiteren Studien Ihres Sohnes möchte ich Ihnen heute folgende Mitteilung machen.

Ihr Sohn ist ein guter, gutmütiger, bescheidener und recht gut begabter Mensch. Leider aber hat sein längeres Kranksein, das lange Zeit hindurch eine wirklich straffe geistige Thätigkeit bei ihm ausschloß, bei ihm in dieser Richtung eine gewisse Schlaffheit entwickelt, er ist zu nachgiebig gegen sich selbst geworden. Ich glaube nicht, dass dieser Zustand bei ihm in der Tiefe des Charakters wurzelt; es geht ihm eben nur wie manchem Studenten, der auch einmal ein paar Semester bummelt und dann doch ein arbeitstüchtiger Mann wird. Nun sind <u>für Ihren Sohn</u> die Verhältnisse in Kassel leider etwas studentischer Art; er lebt, was ich von Anfang an sehr bedauert habe; für sich allein; da er wirklich noch leidend ist, so fehlt er sehr häufig im Unterricht oder er bittet während der Stunde wegen Unwohlsein nach Hause gehen zu dürfen. Daß er hierbei unwahr ist, glaube ich nicht, wenigstens habe ich einmal, als er wegen Krankheit morgens um halb neun aus der Schule wegging, ihn eine Stunde später besucht und traf ihn wirklich zu Hause im Bett liegend. Ich glaube aber, daß sein häufiges Unwohlsein durch eine Lebensführung verursacht wird, die nicht so solide ist, wie es bei seiner noch nicht völlig wieder erstarkten Natur nötig wäre. Eigentliche Thatsachen, dass er unsolide ist, sind mir allerdings kaum bekannt geworden, aber sein Verkehr scheint mir nicht der beste zu sein.

Für die Primaner-Prüfung, die Ende Mai oder Anfang Juni hier stattfindet, ist er also leider noch <u>nicht</u> reif. Da er mithin zu diesem Zweck doch noch ein halbes Jahr weiter zu arbeiten hat - die folgende Prüfung ist im Dezember - so halte ich es für den besten Rat, den ich Ihnen erteilen kann, daß Sie ihn aus meiner Anstalt und, worauf es hauptsächlich für ihn ankommt, auch aus Kassel wegnehmen und ihn vielleicht an einen Ort bringen, wo er neben tüchtigem Unterricht auch in Beziehung auf seine Lebensführung nicht ohne Kontrole ist. Wir könnten es ja allerdings auch so machen, daß wir ihn hier in meiner Anstalt ließen und ihn, wie das bei den übrigen auswärtigen Schülern geschieht, bei einem meiner Lehrer wohnen ließen. Hingegen bin ich aber entschieden, es ist dazu nicht mehr an der Zeit.

Ich bitte diese offene Darlegung nicht übel aufzufassen; ich hege für Ihren Sohn großes Wohlwollen, glaube aber, daß es so für ihn eben das beste ist. Ich kann gegen ihn nicht viel Einzelnes positiv aufführen, da er nicht sehr unter meiner Kontrole sich befindet, der allgemeine Eindruck aber ist sicher: er ist nur halb bei der Sache. Unter Umständen, die für ihn zuträglicher sind, wird er gewiss wieder ebenso schnelle Fortschritte machen, wie bei der Einjährigen-Prüfung.

Mit vorzüglicher Hochachtung zeichnet
Ihr ergebenster

Dr. Wenderhold,
Kassel, Bismarckstr. 7.
(Heinrich-Heine-Institut, Düsseldorf)

Doch wie sollte es nun weitergehen? Eine militärische Karriere, wie sie dem Vater zunächst vorgeschwebt hatte, kam wegen des gesundheitlichen Zustands von Hermann nicht in Frage.

Kurz entschlossen wurde er als kaufmännischer Lehrling in das Kontor der Piedboeuf'schen Röhrenwerke in Eller geschickt, wo er später einmal eine führende Position übernehmen sollte.

Schon bald zeigte sich, daß diese Stellung Schmitz' Neigung zur schöpferischen Betätigung kaum entsprach. In den freien Minuten während seiner Arbeitszeit begann er zu schreiben und skizzierte seine ersten literarischen Ideen auf den Rückseiten von Geschäftsbögen.

Diese Form der Kompensation ließ ihn immerhin mehr als zehn Jahre in der Firma inmitten einer nüchternen Welt von Zahlen aushalten. Er bewahrte sich so vor beruflich bedingter Einseitigkeit und geistiger Verödung, schärfte seinen Blick für die Verkehrsformen seiner profitorientierten Umgebung und „es dauerte nicht lange", bis „die staats- und welterhaltende Tätigkeit des Kaufmannslehrlings ... in ihm einen blutigen Spötter gefunden hatte." Schmitz führte nun ein Doppelleben.

Hermann Harry Schmitz, ca. 1897,
Foto: Heinrich-Heine-Institut, Sammlung Quast

Rückseite eines Geschäftsbogens der Piedbouef'schen Röhrenwerke in Eller mit literarischen Stilübungen von HHS, Archiv Bilker Heimatfreunde, Sammlung Smeets

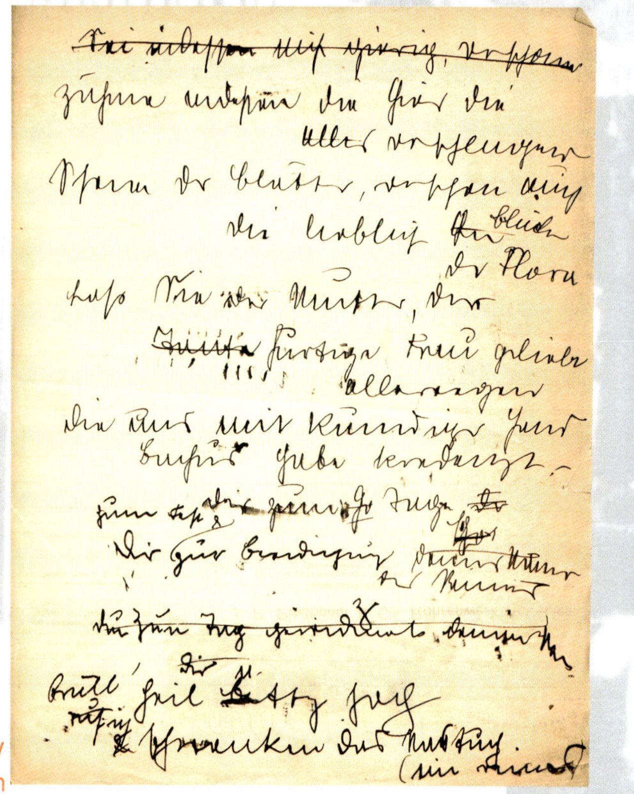

Der Vater unseres anmutigen Staatskrüppels, der noch nicht ahnte, welch ein sonderbar gefärbtes Kuckucksei ihm von dem undefinierbaren Weltgeist mit diesem Sohn ins Nest gelegt war, beschloß nach kurzem Familienrat, dem unser Harry nichtsahnend beiwohnte, den Sohn in seine eigenen Fußstapfen treten zu lassen. So wanderte unser guter Harry denn eine ganze Reihe von Jahren auf seinen Traumschuhen in eine Kesselfabrik am schwarzen Rande von Düsseldorf, allwo nach der Prädestinationslehre schon ein Kontorbock stumpfsinnig, wie Böcke zu sein pflegen, auf ihn wartete.

Zwischen Schloten, Maschinen, Röhren und Treibriemen, zwischen Flanschen und Stanzen, die ihm immerzu im Kopf durcheinandergingen, wuchs er auf und kam langsam zum Bewusstsein, über sich und die merkwürdige Welt, die ihn umgab. Aber trotz all der Nüchternheit und Präzision, die ihn umgab, gelang es ihm doch, aus dem Puppenstand des Kommis und angehenden Fabrikdirektors sich in einen noch höheren, schmetterlingshaften Zustand zu entwickeln. Das feine geistige Merkmal, das ihm vor seiner Geburt schon aufgeprägt war, drückte sich durch alle Stahlplatten und Eisenringe, mit denen sein Beruf ihn umschloß, siegreich hindurch. Er triumphierte schließlich lachend über die dickste Materie und schwang sich um die gleiche Zeit, da Zeppelin das Fliegen erlernte und die ersten Aeroplane die Luft durchkreuzten, auf den Flügeln seines Humors in ein Gebiet, wo keine andere Fachkenntnis von ihm verlangt wurde als nur das Wissen um das Wesen der Menschen im Singularis wie im Pluralis. Und siehe da, es zeigte sich, dass er in dieser Materie viel besser Bescheid wußte als in jener anderen, und dass er die Zeit, da er über Kontorbücher und Lohn- oder Dividendenabrechnungen sitzen mußte, zu nichts anderem benutzt hatte, als die Tierart zu studieren, zu der er sich wohl oder übel zählen mußte.

Eulenberg, Zum Geleit, Buch der Katastrophen, Leipzig 1916, S. 14f.

Nach Charles Baudelaire ist der Dandy ein

„...Mann mit Geld und Muße, der trotz einer gewissen Blasiertheit keine Beschäftigung kennt als den Wettlauf nach dem Glück; der im Luxus aufgewachsen und von Jugend an gewohnt ist, daß ihm andere gehorchen; kurz – ein Mann, der keinen anderen Beruf hat als die Eleganz ...“

Sein hervorstechendstes Merkmal ist „... das verzehrende Verlangen nach Originalität, nach einer Originalität innerhalb der Grenzen der Schicklichkeit.“ Der Dandy, aus: L'Art Romantique

„...der Dandy strebt nicht nach Geld als einer Sache von wesentlicher Bedeutung. Ein unbeschränkter Kredit würde ihm genügen, und die grobe Geldgier überläßt er den gewöhnlichen Sterblichen.“ Ein Schilderer des modernen Lebens Constantin Guys

„Das sind die Auserwählten, denen schöne Dinge nichts bedeuten als Schönheit.“ Oscar Wilde, Das Bildnis des Dorian Gray, Vorrede

Das Wesen des Dandys

Schmuck von Hermann Harry Schmitz, Heinrich-Heine-Institut, Sammlung Quast

Der junge Dandy

Während der Ausbildungszeit im Kontor der Firma Piedboeuf erwachte in Schmitz großes Interesse für die zeitgenössische Literatur. Als Ausgleich und Reflex auf den nüchternen Arbeitsalltag verschlang er förmlich die Autoren der französischen Symbolisten wie Barbey D'Aurevilly und Villiers de l'IsleAdam. Huysmans „Gegen den Strich“, die „Bibel der Décadence“, war ihm bald ebenso ein Begriff, wie die Erzählungen von Edgar A. Poe. Besonders aber Oscar Wilde wurde zu seinem erklärten literarischen Liebling und diese Vorliebe ging so weit, daß er nicht eher ruhte, bis er sämtliche Erstausgaben von Wilde im Original besaß.

Hermann Harry Schmitz, ohne Jahr.
Foto: Visit Portrait.
Heinrich-Heine-Institut, Sammlung Quast

Diese oft nervenaufreibende Literatur von der Nachtseite des Lebens, die als eine bewußte Gegenströmung zum deutschen und französischen Naturalismus entstanden war, wurde gerade auch im Düsseldorf der Jahrhundertwende begierig aufgenommen und fand unter den hiesigen Dichtern und Schriftstellern häufig nicht nur begeisterten Zuspruch, sondern gelegentlich auch unverkennbare Nachahmung.

Besonders der Kreis um den Düsseldorfer Dichter Hanns Heinz Ewers gab sich nicht mit der bloßen Rezeption der Texte zufrieden. Er selbst und seine erste Frau, die Malerin Ilna Ewers-Wunderwald, übersetzten zunächst den französischen Romantiker Theophile Gautier, der als einer der ersten in Frankreich überhaupt E.T.A. Hoffmanns Werke bekannt gemacht hatte. Neben Nerval muß vor allem Gautier als ein wichtiges

Verbindungsglied zu Baudelaire, dem späten Maupassant und anderen Vertretern der „schwarzen Romantik" betrachtet werden. Von dem bereits erwähnten Villiers de l'Isle-Adam gab Ewers die gesammelten Werke in deutscher Sprache heraus und seine Mutter Maria Ewers übersetzte mehrere Beiträge von den Autoren der „schwarzen Romantik" für die Literaturbeilage des „Düsseldorfer General-Anzeiger".

Aber auch Hedda Maase, die Tochter des Lehrers und Musikkritikers Wilhelm Maase, in zweiter Ehe mit Herbert Eulenberg verheiratet, war durch die Veröffentlichung von E. A. Poes Gesamtwerk, das sie mit ihrem ersten Mann Arthur Moeller van den Bruck übertragen hatte, zu bescheidenem Ruhm gelangt. Ob Hermann Harry Schmitz auf diesem Wege die häufig grotesken Geschichten der erwähnten Autoren kennengelernt hat, läßt sich heute kaum noch rekonstruieren. Die Vermutung liegt allerdings nahe, denn wenig später verband ihn mit Ewers und den Eulenbergs eine lebenslange Freundschaft.

Besonders im Frühwerk von Schmitz ist der Einfluß von Oscar Wilde und Poe unverkennbar. Ohne bereits einen eigenen, seinen später so typischen Schmitzstil gefunden zu haben, orientierte er sich - kurz nachdem er seine Lehre bei Piedboeuf abgeschlossen hatte – nicht nur vom Sujet, sondern auch sprachlich-formal an diesen literarischen Vorbildern. So verweist die Gruselgeschichte „Der Fremde", die dann noch einmal 1941 in der von Mai bearbeiteten Fassung unter dem Titel „Die Flucht ins Nichts" erschienen ist, eindeutig auf Poes geistige Patenschaft.

Durch Victor M. Mai ist uns ein Fragment überliefert, in dem Hermann Harry Schmitz noch ganz im manie-rierten und schwülstigen Stil der Märchen und Szenen Oscar Wildes schwelgt.

Ex Libris von Hermann Harry Schmitz, signiert: L. H., zweifarbige Ausführung, Sammlung Matzigkeit

„Gedämpft tönen die Klänge des Walzers der sterbenden Liebe in die Stille des Palmengartens, wo ein unbestimmtes, opalisierendes Licht herrscht, eine seltsame Müdigkeit ausgebreitet liegt, wie nach einem wilden Fest, dessen letzter brünstiger Aufschrei noch in der Luft nachzittert. Sinnend sitzt die schlanke Herzogin, das Wunder ihres elfenbeinfarbenen Märchenleibes verhüllt von einem kostbaren, von sibirischem Blaufuchs verbrämten Seidenmantel, in einem reichgeschnitzten gotischen Stuhl und starrt in die Glut des offenen Kamins." Mai, 1925, S. 9

Schmitz scheint sich aber auch im Lebensstil zunächst seinen Idolen angepaßt zu haben. Er legte besonderen Wert auf korrekte Kleidung und trug den neusten Chic, wann immer es seine finanziellen Möglichkeiten zuließen. Strümpfe und Krawatte stimmte er farblich ab. Daneben liebte er Extravaganz. Er besaß ein schwarzes Paletot mit rotem Innenfutter; seine beiden Hände schmückte er mit Ringen, die teils durch ihre Größe, teils durch ihre originelle Arbeit auffielen.

Als er bereits im Rampenlicht der Öffentlichkeit stand und sich für ihn der Reiz des Neuen gelegt hatte, konnte er sich ungehemmt über die Modenarren lustig machen und wählte dieses Thema sogar zum Inhalt einer seiner Conférencen anläßlich eines Wohltätigkeitsfestes für die „Rheinische Volksakademie" im Düsseldorfer Schauspielhaus.

Spätestens hier zeigt sich, daß sein eleganter Frack längst zur stilvollen Maske geworden war, um vor den geladenen Gästen um so ungeschminkter seine kleinen, unangenehmen Wahrheiten zu verkünden. Und auch in seinen Geschichten sparte er nicht mit vernichtendem Spott vor dieser Welt des schönen Scheins.

Hermann Harry Schmitz, 1911.
Foto: Hans Grubenbacher, Düsseldorf.
Heinrich-Heine-Institut, Nachlaß Herbert Eulenberg

„Er nannte diese Sammlung von Likörfäßchen seine Mundorgel. ...Des Esseintes trank hier und da einen Tropfen, spielte sich innere Symphonien vor und verschaffte sich im Gaumen Genüsse ähnlich denen, welche die Musik den Ohren bietet. Übrigens entsprach, seiner Ansicht nach, jeder Likör, als Geschmack, dem Ton eines Instruments. Der herbe Curaçao zum Beispiel der Klarinette, deren Klang spitzig und samtig ist; der Kümmel der Oboe, deren wohlklingender Ton näselt; Pfefferminz und Anis der Flöte, die zugleich zuckersüß und gepfeffert, quarrend und weich ist, während um das Orchester zu vervollständigen, der Kirsch wütend Trompete bläst und Gin und Whisky den Gaumen mit kreischenden Piston- und Posaunentönen verbrennen. Der Weinbrand tobt wie der betäubende Lärm der Tuba; mit den Rakis von Chios und dem Arale rollen die Donnerschläge der Zimbel und der großen Trommel. ...Dank seiner gelehrten Erfahrung hatte er es allmählich dahin gebracht, sich auf der Zunge leise Melodien, stumme Trauermärsche in großer Besetzung vorzuspielen, in seinem Munde Pfefferminz-Soli und Ratafia-und Rum-Duette zu hören. Ja er brachte es fertig, wirkliche Musikstücke in seinen Gaumen zu übertragen, indem er dem Komponisten Schritt für Schritt folgte...“

Joris K. Huysmans, A Rebours / Gegen den Strich

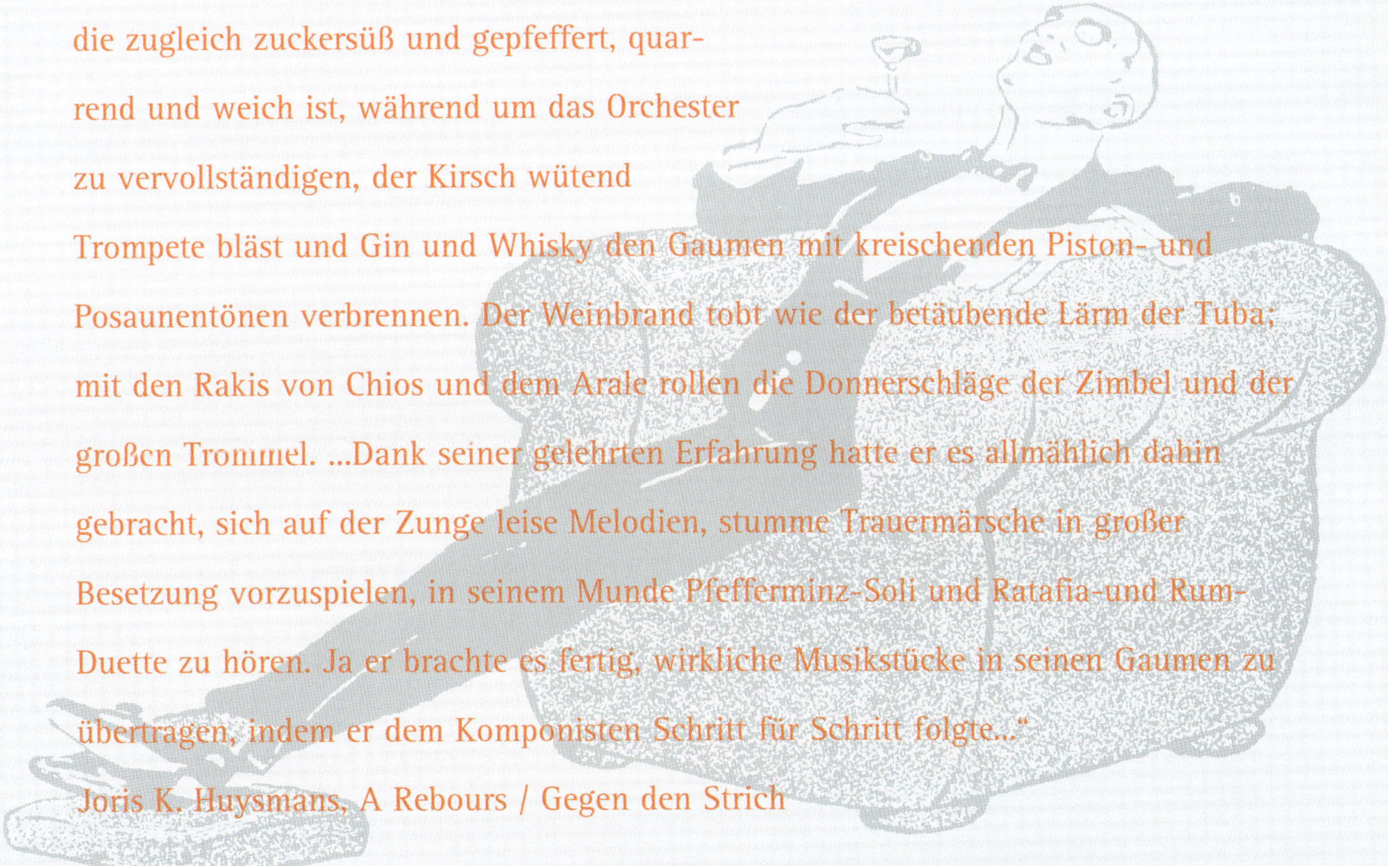

(Festschrift) XV. Stiftungsfest A.V. Lätitia,
Düsseldorf: August Bagel, 1894.
Archiv Künstlerverein Malkasten, Düsseldorf

Hermann Harry Schmitz und der Akademische Verein „Laetitia“

Hermann Harry Schmitz hatte mittlerweile längst seine Lehrzeit hinter sich gebracht. Abends trieb er sich unter allerlei Künstler- und Malervolk herum. Vielleicht hat ihn Erich Nikutowski zum ersten Mal zu einem der Kneipabende der „Laetitia“ mitgenommen, die für einen Spaßvogel, wie ihn, immer eine offene Tür hatte. Er muß ihnen jedenfalls gefallen haben. Schmitz, der bei seiner Abneigung gegenüber der Schule keine akademische Zulassung vorweisen konnte und auch kein Maler war, wurde außerordentliches Mitglied.

Als Hermann Harry Schmitz 1905/06 der Laetitia beitrat, konnte der Verein bereits auf eine längere Tradition zurückblicken. Der ‚A.V. Laetitia‘ war als studentische Vereinigung für die angehenden Künstler der Düsseldorfer Kunstakademie entstanden und wurde am 4. Dezember 1879 in der Gastwirtschaft Winzen auf der Klosterstraße gegründet. Zu den Mitgliedern gehören Namen, die heute in der Kunstgeschichte noch ihre Geltung haben.

Gründer waren Klein-Chevalier (Lisa), Riese (Adam), die Gebrüder Schachstein (Spitz und Schippel, Amerikaner), Barthelmeß (Ludewig), Wislicenus (Anna), Spatz (Moses), Hegeler (Loch), Tillmanns (Spund), Reigers (Manns) und Kainsbauer (Pepi).

„Die Freunde, die ein erstes Streben zusammengeführt, kamen zu der Einsicht, daß es bei allem Schaffenseifer auch ein Bedürfnis sei, zur Erfrischung der Lebensgeister bei kräftigem Humpenschwingen der heiteren Geselligkeit zu pflegen.... Als nun auch bei Peter Pütz auf der Flingerstraße in einem geeigneteren Lokal ein fester Sitz erworben wurde, ging man sofort an eine würdige Ausschmückung. Die erste Dekoration bestand in einer großen allegorischen Darstellung von Lisa: ‚Triumph der Laetitia‘, eine Cartonzeichnung auf braunem Meterpapier mit Weiß gehöht, natürlich in unglaublich überschwänglicher Formengebung.“

Auch die Überlegungen zu einem geeigneten Verbindungszeichen trieb die skurrilsten Blüten.

„Eine Kopfbedeckung in Form einer Palette wurde in Vorschlag gebracht, trotz lebhafter Fürsprache aber wieder verworfen. Schließlich wurde zum Beschluß erhoben, in den Sitzungen als Dekoration einen palettenförmigen Orden aus Blech, mit Kneipnamen und Insignien geschmückt zu tragen, während der Vorsitzende einen Malstock als Zeichen seiner Würde erhielt ... Unter den ersten der Neuaufgenommenen befand sich A. Frenz (Escamillo), Henrici (Allah, Amerikaner) und Weihe (Troubadour). Letzterer war als begnadeter Sänger namentlich für die Pflege des musikalischen Teils der Unterhaltung eine hervorragende Kraft und wurde hierin von verschiedenen Seiten harmonisch unterstützt. Hermann Neuhaus, René Reinicke, Th. [Th.] Heine und Strathmann folgten und ihnen noch viele andere.“

Festschrift XV. Stiftungsfest A.V. Lätitia, Düsseldorf 1894

Durch die zahlreichen Neuzugänge konnten schon bald die musischen Ambitionen der Mitglieder verwirklicht werden. Höhepunkte dieser Art waren die alljährlichen Stiftungsfeste. So gelang beispielsweise Ludewig (Barthelmeß), dem ersten „Poeta laureatus" des Vereins, mit seiner parodistisch-humoristischen Bühnenaufführung „Faust III. Teil" eine besondere Überraschung für das Festprogramm des ersten Stiftungsfestes. Bereits ein Jahr später waren die musikalischen Kräfte in der Laetitia so stark angewachsen, daß zum zweiten Stiftungsfest ein Orchester von 18 Personen unter der Leitung von Moses (Willy Spatz) aufgeboten werden konnte. Poetische, musikalische und szenische Ausdrucksformen sind neben der Malerei die wesentlichen kreativen, wie unterhaltenden Betätigungsfelder geblieben, die sich bis zur Selbstauflösung des Vereins im Jahre 1929, wenn auch nicht immer in gleicher Intensität, feststellen lassen.

Cantate Laetitiae. Liederbuch zur 25jährigen Jubelfeier.
Düsseldorf: O. Jesinghaus, 1904.
Archiv Künstlerverein Malkasten, Düsseldorf

Geselligkeit wurde groß geschrieben. Man unterhielt freundschaftlichen Kontakt mit dem „Demokrit", einer Verbindung von Studierenden des Aachener Polytechnikums, und geriet nach ausgiebigem Alkoholgenuß und in tollster Stimmung des öfteren mit den staatlichen Ordnungshütern aneinander, die in der „Bomben"-stimmung der achtziger Jahre des vorletzten Jahrhunderts hinter den harmlosesten Scherzen die gefährlichsten Komplotte und Attentate witterten.

Obwohl sich der ‚A.V. Laetitia' in vielem an den studentischen Traditionen anderer Verbindungen orientierte, sind seine Zeremonien und Rituale doch bester Ausdruck einer ungebundenen und kreativ-künstlerischen Haltung. Der zeremonielle Taufakt, der bei der Neuaufnahme von Mitgliedern vollzogen wurde, geht auf eine besondere Begebenheit zurück. Während der großen Überschwemmung in Düsseldorf im Jahre 1882 war auch das ganze Versammlungslokal der Laetitia unter Wasser gesetzt. Die Aktiven des Vereins ließen sich nicht davon abhalten, ihre wöchentliche Kneipe abzuhalten.

„So wurde dies wichtige Ereignis denn auch gebührend gefeiert und, nachdem sich die Getreuen auf Brettern und Nachen bis zum Festsaal durchgeschlagen, die offizielle Kneipe auf den schwimmenden Tischen abgehalten. Allah (Henrici) benutzte die Gelegenheit zum Fischen und soll einmal einen richtigen Salamander, später aber einen höchst fidelen Harung an der Angel gehabt haben."

Von dieser Zeit an wurden die neuen Mitglieder mit einer Taufe in den Kreis der Laetitianer aufgenommen. Das Taufzeremoniell selbst verlief so:

„In einer Beleuchtung, wie sie unheimlicher und mysteriöser schwerlich bei den Tauffeierlichkeiten in den Katakomben gewesen sein kann, wird dem entblößten Katechumenen eine tiefergreifende Standpauke gehalten. Aus dem entzückend malerischen Halbdunkel leuchten ein paar demüthig gebeugte Rücken, auf die nun klatschend der dunkelsprühende Strom des edlen Gerstensaftes wolkenbruchähnlich niedersaust. Vater Rhein und Mutter Laetitia beglückwünschen ihre neuen Söhne mit heller Freude."

Festschrift XV. Stiftungsfest A.V. Lätitia, Düsseldorf 1894

Künstlerischer Übermut und Originalität zeigten sich aber auch in anderen Ritualen. Die Kneipen wurden nicht etwa mit dem Schläger (Säbel) geschlagen, wie es bei den traditionellen Studentenverbindungen heute noch üblich ist; bei der ‚Laetitia' verwandte man dafür eine Eselskinnbacke. Zu Beginn einer jeden Kneipe wurde auf dem Kopf einer Negerfigur, dem Hl. Laetitius, eine Kerze entzündet.

Mittlerweile hatte der Verein nach mehrfachem Umzug einen festen Platz „Zum Storch" gefunden (Ecke Camphausenstraße/Derendorfer Straße). Im ersten Stock richtete man sich mit allerlei skurrilen Gegenständen ein, die von Studienreisen mitgebracht worden waren. Das Mobiliar für das Sitzungszimmer bestand aus dem Chorgestühl und der Kanzel der nahegelegenen Rochuskapelle, die im Jahr 1894 der heutigen Rochuskirche weichen mußte. Kein Wunder, daß dieses Refugium der Düsseldorfer Künstlerschaft bald in die Liste der sehenswerten Gebäude aufgenommen wurde, die ein kunstinteressierter Besucher der Stadt Düsseldorf um die Jahrhundertwende gesehen haben sollte.

Restaurant zum Storchen, Bildpostkarte, 1906, Sammlung Matzigkeit

Auch Hermann Harry Schmitz hat sich hier häufig aufgehalten, sei es, um seine neuesten Geschichten einer interessierten und kritischen Zuhörerschaft vorzutragen oder um mit anderen Mitgliedern der ‚Laetitia', anläßlich eines Stiftungsfestes oder einer Nikolaus-Kneipe seine grotesken Sketche und Einakter aufzuführen, ganz in der Tradition der kulturell-unterhaltsamen Formen, wie sie vom Verein gepflegt wurden. Zu einer dieser Aufführungen wurde Victor M. Mai von dem Maler und Karikaturisten Carl Maria Seyppel mitgenommen, der ihm einen unvergeßlichen Abend verhieß. Mai verlebte dort ein paar Stunden, die für ihn in der Tat unvergeßlich wurden.

NIKOLAUS-KNEIPE

Werter Herr!

Es wird Sie immerhin interessieren, daß der akademische Verein

LAETITIA

den 7. Dezember 1907 (Samstag)

den Tag, der in der Geschichte der Menschheit gewiß nicht den schlechtesten Klang hat, an welchem sich jene bedeutenden Ereignisse abspielten,* die von einschneidender Wirkung für unsere Zeit werden sollten, jenen Tag, auf welchen große Männer wiederholt und eindringlich hingewiesen haben (vergl. Theobald Gottfried Selm** Bd. II Kap. 5), jenen Tag, der überhaupt ein ganz enorm fabelhafter Tag ist, durch eine

grandiose Kneipe mit Aufführung

festlich begehen wird, zu der Sie hiermit submissest eingeladen werden.
Zur Aufführung gelangt:

Nr. 42

ein Albdruck von H. H. S.

Es treten auf:

Cheviot der Vierte, der König : : : : : Vogelsang.
Mell von Mell-Tronningen, ein Höfling : : : : : Jupp.
Dr. Schwenkmann, ein Irrenarzt : : : : : Cato.
Toni Knochkrach, ein Wärter : : : : : Zöbbel.

Irre:

Zochór, das Genie : : : : : Marius.
Gustav Kirsten, ein Weichensteller : : : : : Krumbiegel.
Karl Plautz, der Mann einer Hebamme : : : : : Maase.
Emil Dünkelbold-Mehlen, ein Oberer-Zehntausend : : : : : Atti.
Nr. 42, ein Kretin : : : : : Eja.
Josef Weltle, ein harmloser Irrer : : : : : Jacques.

Epilog:

Friedel Klotz, ein Patriot : : : : : Collega.

Spielt in einer älteren, ziemlich rückständigen Irrenanstalt, in der Abteilung für harmlose Irre ohne Selbstmordmanie. Der Epilog in einem Lokal, das seinen Saal Vereinen etc. zur Abhaltung von Festlichkeiten, Versammlungen in empfehlende Erinnerung bringt.

* Siehe oben. ** Sprich „Selm".

I. A.:
Das Präsidium des A.V. Laetitia.
Marius.
Leo M. Heidkamp.

Anfang 8 1/2 Uhr. Anfang 8 1/2 Uhr.

Vereinslokal der Laetitia, Camphausenstraße 23 I.

AUGUST BAGEL, DÜSSELDORF.

Theaterzettel zur Uraufführung des grotesken Einakters „No. 42. Ein Albdruck" von HHS am 7.12.1907. Stadtarchiv Düsseldorf

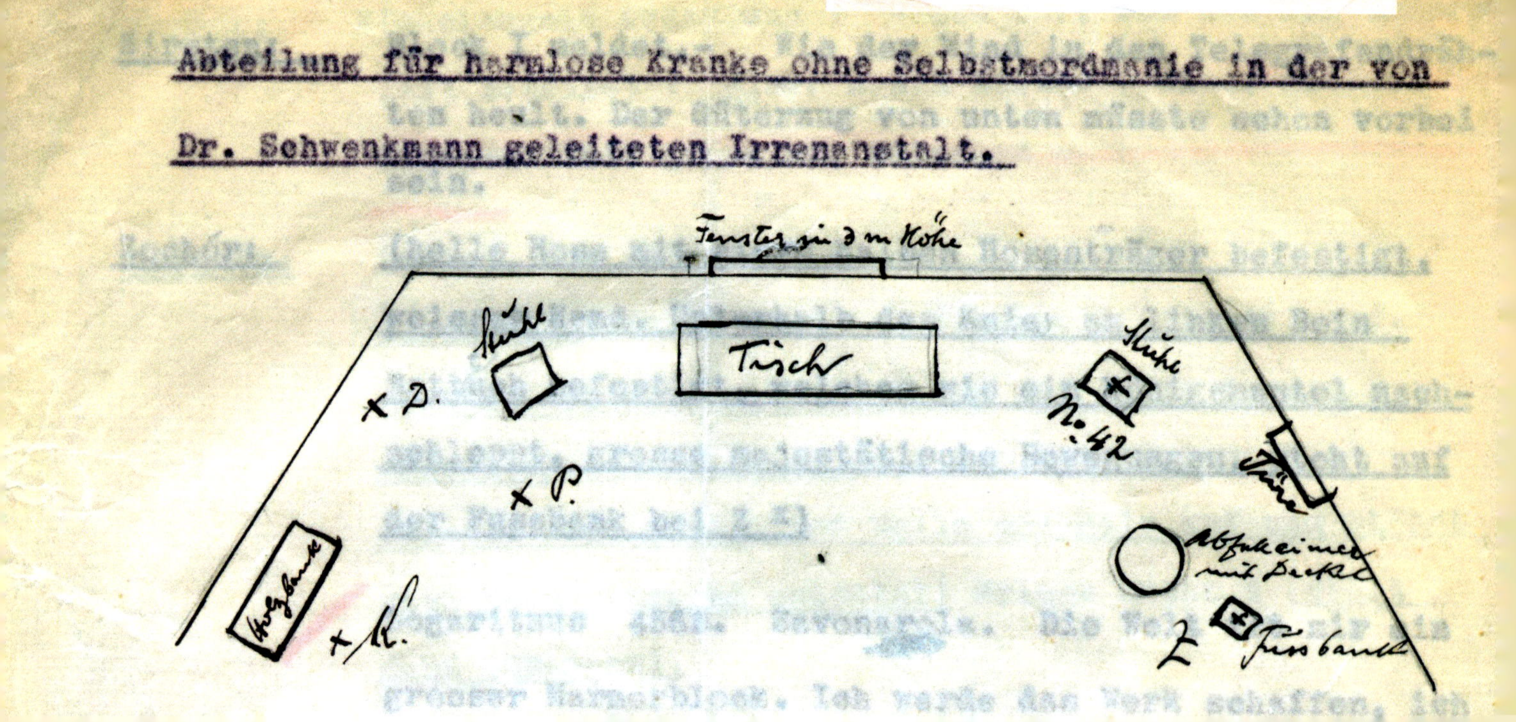

1.

Abteilung für harmlose Kranke ohne Selbstmordmanie in der von Dr. Schwenkmann geleiteten Irrenanstalt.

„Mit kurzen dramatischen Grotesken, die er für den Akademischen Verein „Laetitia" verfaßte, und die von den jungen Akademikern an Kneipabenden in einer Viertelstunde, in zwanzig Minuten heruntergewichst wurden, verdiente er sich die ersten silbernen Sporen als Humorist. Es ist an der Zeit, zu erzählen, bei welcher Gelegenheit ich Hermann Harry kennenlernte. Es geschah dies eben im ersten Stock des Restaurants „Zum Storch", ganz in der Nähe der Rochuskirche (Ecke Derendorfer Straße und Camphausenstraße), wo sich die „Laetitia" mit Hilfe alten Klostergerümpels stimmungsvoll eingerichtet hatte. Vom Malerhumoristen Carl Maria Seyppel mitgeschleppt, der mir einen unvergeßlichen Abend verhieß, verlebte ich hier ein paar Stunden, die für in der Tat unvergeßlich wurden. In Szene ging, von einer Reihe junger Maler gemimt, die Groteske „Nummer 42, ein Alpdruck" von Hermann Harry, der auch Regie führte.

Tolleres als das, was da passierte, läßt sich kaum ersinnen. Milieu: ein Irrenhaus sehr zurückgebliebener Art, bevölkert von mit wenigen Strichen gezeichneten Irren-Typen, und unter ihnen ein Verrückter, der an dem Wahn leidet, daß er König von Gottes Gnaden sei. Es erscheint der Landesvater Cheviot IV., ein reichlich schwachsinniger Herr, zur Besichtigung der Anstalt. Ein Tumult bricht aus, dabei verkriecht sich Cheviot IV. und erbeutet jener Größenwahnsinnige Zylinder, Frack und Ordensband des Besuchers. Krankenwärter nahmen schließlich den echten König in Behandlung, während von der Straße her Hochrufe auf den Verrückten ertönen. Ich zögerte keinen Augenblick, den Verfasser zur Mitarbeit an den „Düsseldorfer Nachrichten", damals noch „Düsseldorfer General-Anzeiger", aufzufordern.

Mai, Victor M.: Hermann Harry Schmitz. In: Das Tor, Düsseldorfer Heimatblätter, 19 Jg.,1953, H. 2, S. 25

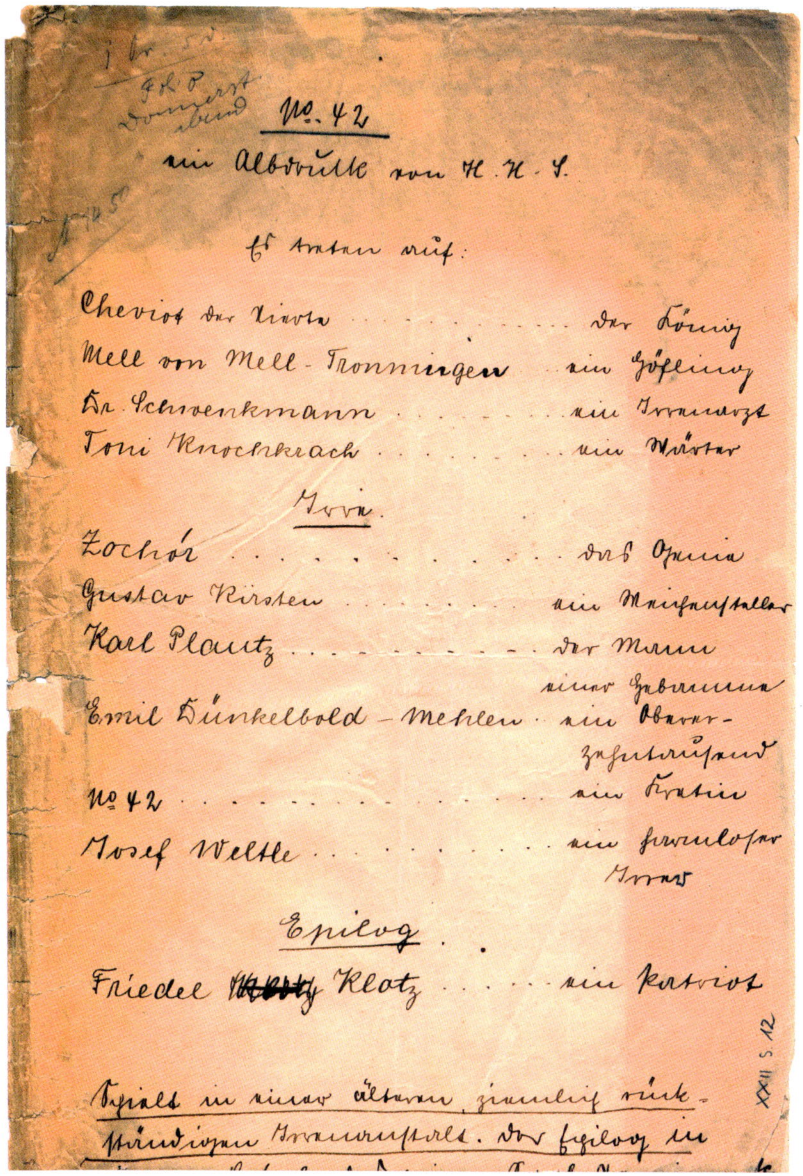
No. 42

ein Albdruck von H. H. S.

Es treten auf:

Cheviot der Vierte .... der König
Mell von Mell-Tronningen ..... ein Höfling
Dr. Schwenkmann .... ein Irrenarzt
Toni Knackkrach .... ein Wärter

Irre.

Zochór .... das Opium
Gustav Kirsten .... ein [illegible]
Karl Plautz .... der Mann einer Geborenen
Emil Dünkelbold-Mehlen ... ein [illegible]
No 42 .... ein Kretin
Josef Weltle ...... ein harmloser Irrer

Epilog.

Friedel ~~[illegible]~~ Klotz ..... ein Patriot

Spielt in einer älteren, ziemlich rückständigen Irrenanstalt. Der Epilog in [illegible]

Titelblatt des handgeschriebenen grotesken Einakters „No. 42. Ein Albdruck" von HHS. Stadtarchiv Düsseldorf

Sicherlich ist für uns heute der Reiz dieses Stückes nicht mehr recht nachvollziehbar. Wo liegt der Witz? Ein wesentliches Tabu der wilhelminischen Gesellschaft, die Monarchie von Gottes Gnaden, wird in diesem Einakter der Lächerlichkeit preisgegeben. Dieses, aber auch die zu fragmentarisch-skizzenhafte Ausführung der Groteske, könnte ein Grund dafür gewesen sein, daß Mai das Stück nicht für eine spätere Veröffentlichung aus dem Nachlaß vorgesehen hat, obwohl eine kaiserliche Zensur nicht mehr zu befürchten war. Und dennoch ist dieses Spielen mit den Symbolen der Macht, schließlich deren Zerstörung durch die Waffe des Humors, ein wichtiger Aspekt in der Entwicklung von Schmitz' Werk.

„Ein anderes für die ‚Laetitia' geschriebenes Stückchen betitelt sich: ‚Die Philosophen. Das Mysterium des Sonnenstichs'. An einem Augusttag, bei 40 Grad Hitze, ward solange wegen der Beseitigung einer überreifen Leiche geredet, bis diese sich nicht mehr riechen konnte und sich kurzerhand selber beseitigte. Wieder andere Laetitia-Grotesken hießen: ‚Ist wohlgetan, ist wohlgetan', ‚Titti, das Schneelämmchen auf der Pfarrwiese'. Sie trugen alle bereits, so flüchtig hingeworfen sie waren, das deutliche Gepräge Hermann Harrys." Mai, 1925, S.25

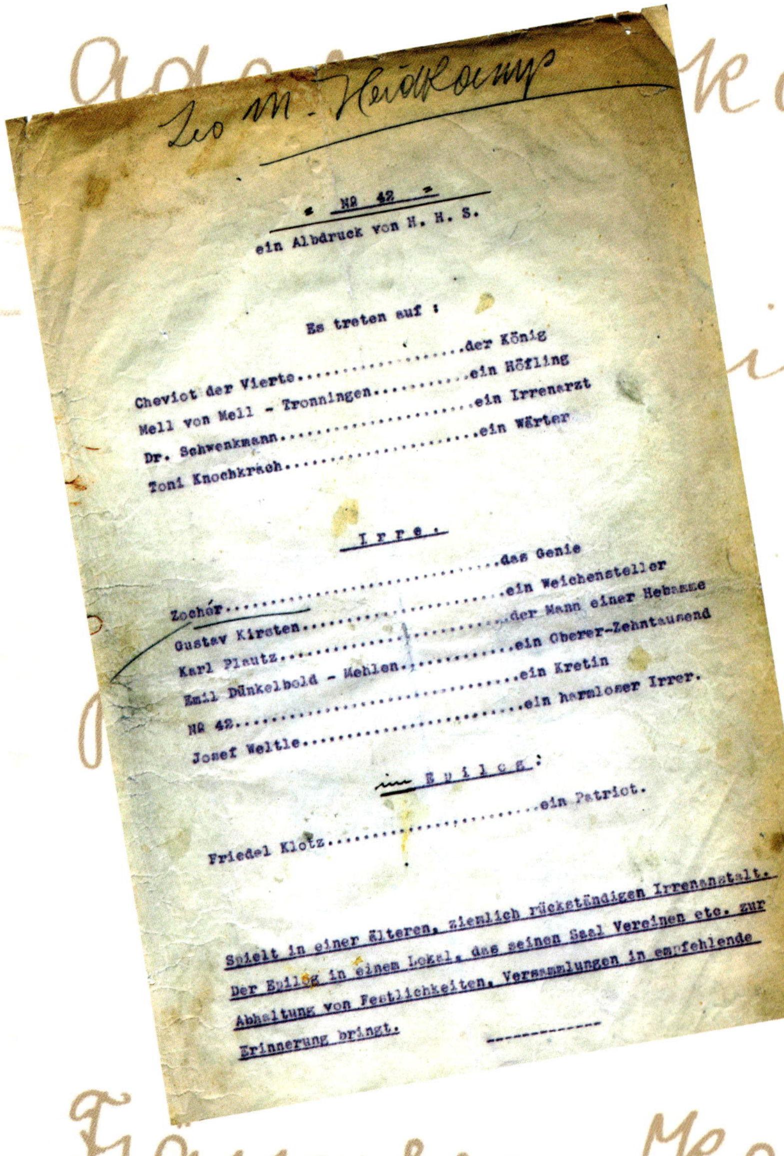

Leo M.-Heidkamp

= Nr 42 =

ein Albdruck von H. H. S.

Es treten auf :

Cheviot der Vierte..................der König
Mell von Mell - Tronningen...........ein Höfling
Dr. Schwenkmann......................ein Irrenarzt
Toni Knochkrach......................ein Wärter

Irre.

Zochór...............................das Genie
Gustav Kirsten.......................ein Weichensteller
Karl Plautz..........................der Mann einer Hebamme
Emil Dünkelbold - Mehlen.............ein Oberer-Zehntausend
Nr 42................................ein Kretin
Josef Weltle.........................ein harmloser Irrer.

im Epilog:

Friedel Klotz........................ein Patriot.

Spielt in einer älteren, ziemlich rückständigen Irrenanstalt.
Der Epilog in einem Lokal, das seinen Saal Vereinen etc. zur
Abhaltung von Festlichkeiten, Versammlungen in empfehlende
Erinnerung bringt.

Titelblätter und Theaterzettel weiterer grotesker Einakter von HHS, die im Vereinsdomizil des A.V. Laetita ab 1908 uraufgeführt wurden. Stadtarchiv Düsseldorf

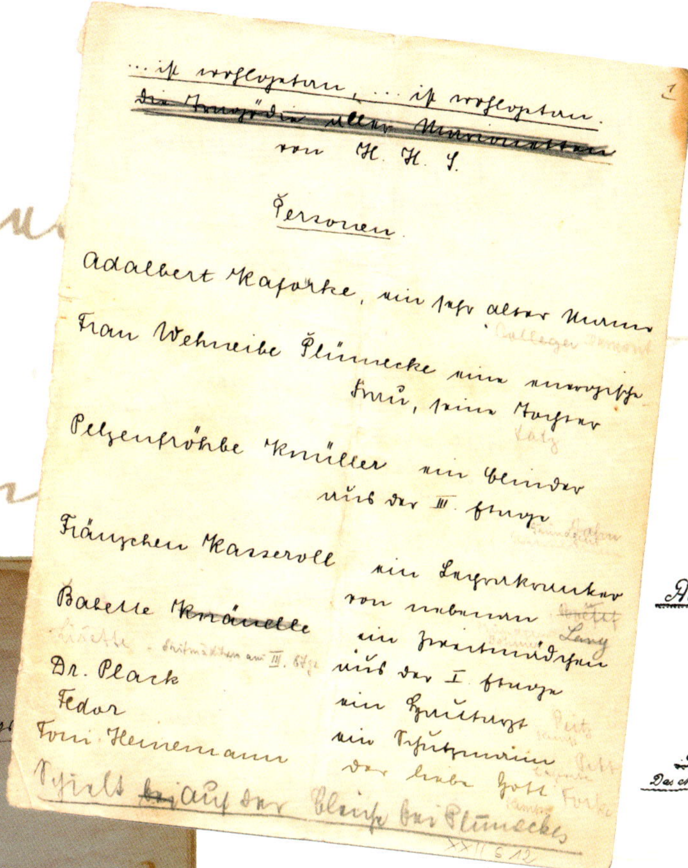

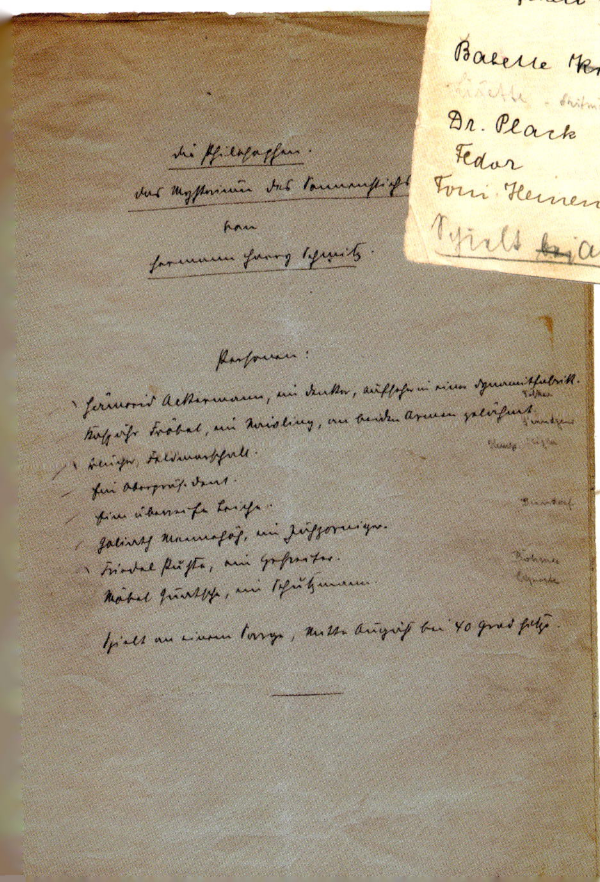

Acad. Verein Laetitia.
29. Stiftungsfest.

Die Philosophen.
Das Mysterium des Sonnenstiches.
von H. H. S.

Personen.

Hämorid Ackermann ... ein Denker, Aufseher in einer Dynamitfabrik ... Bethuer
Knoto von Tuambau-Schlimen ... ein Oberpräsident ... Pitt.
Kaspär Fröbel ... ein Naivling, an beiden Beinen gelähmt ... Jöbbel.
Blücher ... Feldmarschall ... Lang.
Graf Dbadjy-Stunka ... eine überreife Leiche ... Petti.
Goliath Mennehöh ... ein Jähzorniger ... Jacques.
Friedel Puste ... ein Gefreiter ... Dietz.
Möbel Quatsche ... ein Schutzmann ... Jupp.

Spielt an einem Tage, Mitte August, bei 40 Grad Hitze.

Lith: Anst: v. L. Thielen, Düsseldorf Ratingerstr: 44.

Erich Nikutowski: Kaub. Farblithographie, um 1905.
In: Die Rheinlande, Düsseldorf, Jg. 3, (1904), Bd. 7, H.4.

„Mein Freund Nikotin"

Von grundlegender Bedeutung für Schmitz' weitere literarische Entwicklung wurde seine Begegnung mit dem Landschaftsmaler Erich Nikutowski (1873-1921), dessen düstere und melancholische Bilder ganz im Gegensatz zu seinem augenscheinlichen Äußeren standen.

Erich Nikutowski in seinem Kauber Turmatelier, o. J., Heimat- und Kulturverein Kaub

„Erich Nikutowski – von seinen näheren Bekannten Nikotin genannt – gehörte zu diesen Eigenen, die dem Spießertum unbekümmert in das verdutzte Antlitz lachen und jede Feierlichkeit des Umgangs zur grotesken Verzerrung bringen. Die durch Geburt, Beruf und Gesellschaftsstufe geheiligte Verkehrssitte war ihm nicht fremd, aber er machte möglichst wenig Gebrauch von ihr.

Als ich mich seinerzeit mit der üblichen Verbeugung und Namensnennung ihm bekannt machte, sah er wie erstaunt durch seine funkelnden Brillengläser auf, deutete eine Verbeugung an und stellte sich vor: „Der verstorbene liebe Gott". Ich empfand diese verblüffende Mitteilung durchaus nicht als Blasphemie oder übel angebrachten Witz, sondern war nach wenigen Minuten mit dem lachenden Alltagsphilosophen ebenso vertraut wie damals mit Paul Scheerbart, der mit den Worten: „Wir kennen uns noch nicht, dann ist es wohl höchste Zeit, daß wir Brüderschaft trinken", die Bekanntschaft seiner phantastischen Persönlichkeit übermittelte.

Gemessene Umgangsform ist etwas sehr Gutes, sie macht sicher und frei, ist aber doch nicht immer angebracht, bei Nikotin war sie es meistens nicht. Er wäre sicherlich im feinsten Salon niemals verlegen gewesen, aber sich ihn im Frack mit eleganten Frauen auf einem Ball zu denken – groteske Vorstellung!"

Kurt Kamlah, in: Düsseldorfer General-Anzeiger, Januar 1921

Das Portrait dieses „radikalsten Lukasjünger, der je die Stadt Jan Wellems seine Vaterstadt genannt hat" ähnelt sich nach den Quellen der Zeitgenossen.

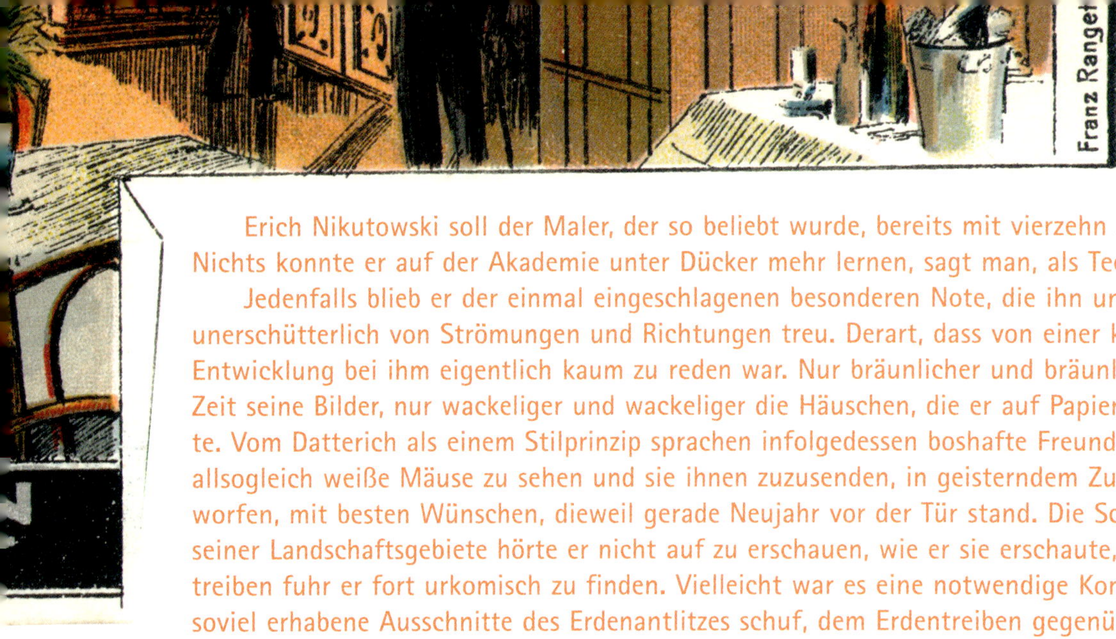

Erich Nikutowski soll der Maler, der so beliebt wurde, bereits mit vierzehn Jahren gewesen sein. Nichts konnte er auf der Akademie unter Dücker mehr lernen, sagt man, als Technik.

Jedenfalls blieb er der einmal eingeschlagenen besonderen Note, die ihn unverkennbar machte, unerschütterlich von Strömungen und Richtungen treu. Derart, dass von einer künstlerischen Entwicklung bei ihm eigentlich kaum zu reden war. Nur bräunlicher und bräunlicher wurden mit der Zeit seine Bilder, nur wackeliger und wackeliger die Häuschen, die er auf Papier und Leinwand zauberte. Vom Datterich als einem Stilprinzip sprachen infolgedessen boshafte Freunde, was ihn veranlaßte, allsogleich weiße Mäuse zu sehen und sie ihnen zuzusenden, in geisterndem Zuge auf Karton geworfen, mit besten Wünschen, dieweil gerade Neujahr vor der Tür stand. Die Schönheiten und Reize seiner Landschaftsgebiete hörte er nicht auf zu erschauen, wie er sie erschaute, und das Menschtreiben fuhr er fort urkomisch zu finden. Vielleicht war es eine notwendige Korrelation, wenn er, soviel erhabene Ausschnitte des Erdenantlitzes schuf, dem Erdentreiben gegenüber soviel unverwüstlich originellen Humor bewies. Denn wie Jean Paul erklärt, ist ja der Humor weiter nichts als das umgekehrt Erhabene.

So ließ er Berge und Burgen im Rheine sich spiegeln, türmte phantastische Dome und Wolken, umfriedete geruhsam romantische Städtchen und idyllisch stille Mühlen, zog fränkische Skamander aufblinkend durch Wiesen und Erlenbüsche und krönte schwäbische Ackerhügel mit herbstlichen Waldsäumen. Alles das war voll bürgerlicher Tugend, war gute deutsche Hausmusik. Aber während er sie malte, lebte er selber - die Beglückung von Amerika her war uns zwar noch nicht zuteil geworden, indes war dem trotzdem so - lebte er selber Jazz.

Ja, wer seine persönliche Bekanntschaft in der Annahme machte, hinter diesen poetischen Bildern müsse auch ein annähernd poetischer Mensch stehen, konnte unter Umständen eine wüste Enttäuschung erleben, die dann allerdings meistens schnell in Gelächter sich auflöste.
Nicht als ob man mit einem Aussehen wie dem seinen, mit einem so prosaisch runden, roten Gesicht, wie er es besaß, mit einer so wurstig uneleganten, mehr an einen schrulligen Apotheker oder Hämorrhoidarier von Postsekretär als an einen Maler erinnernden Erscheinung, wie er sie, bar jeder Künstlereitelkeit darbot, kein poetischer Mensch sein könnte. Gottfried Keller und Wilhelm Raabe haben auch nicht gerade sehr poetisch ausgesehen und sind es gleichwohl gewesen. Aber Nikutowski war nun eben Nikotin und wurde in seinem Kreise so genannt, damit auch der andere Nikutowski einen Namen hatte. Außer seiner Kunst und dem Weintrinken vermochte er verteufelt wenig ernst zu nehmen auf dieser süperbesten aller Welten. Das Leben erschien ihm doch zu ausgesprochen wie ein Leben im Lachkabinett, als daß er leicht und ohne weiteres für vernünftige, gebildete Gespräche oder auch nur für Höflichkeiten zu haben gewesen wäre.

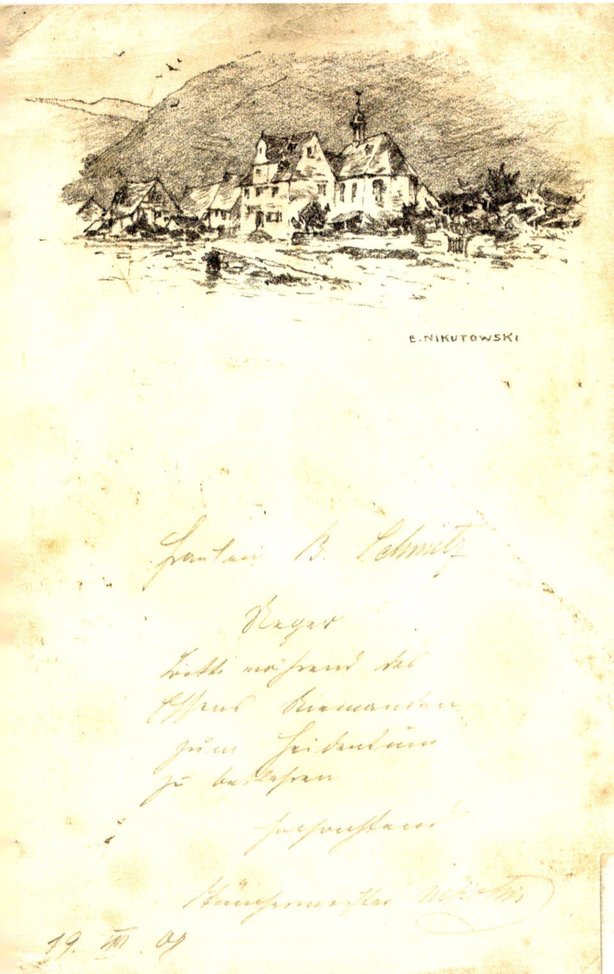

Illustrierter Scherzbrief von Erich Nikutowski an Bertha Schmitz, Heinrich-Heine-Institut, Sammlung Quast

Das heißt, er für seine Person lachte keineswegs. Als einmal in einer kleinen Gesellschaft ein höherer Regierungsbeamter sich ihm bekannt machte, konnte er ohne Wimperzucken, mit angedeuteter Verbeugung sich seinerseits vorstellen: ‚Der verflossene Kuchenbackesamstag'. Weder für Feierlichkeit, noch für Phrasen hatte er einen Sinn, und korrekte Umgangsformen weckten bei ihm oft ein grausliches Echo.

Nikotin ... das war der Freund und Mentor des Hermann Harry Schmitz, in dessen tollen Geschichten mancherlei von seinem eigenen zwerchfellgefährdenden Humor literarisch werden sollte. Das war der Mann, der wie der Rodensteiner einen süffigen Tropfen durch die Kellerluke witterte, der einem frischgebackene Brötchen aus dem Ohr und silberne Gabeln aus der Nase zog und als Tierstimmenimitator sogar die Ölsardine Laut geben ließ.

Nicht ungefährlich, ihm Beistand leisten zu wollen, wenn er um die Frühschoppenszeit im Rebstock an seinem Stammplatz saß und eines Herren aus Gelsenkirchen oder Oberbrügge oder Remscheid harrte, der einen Nikutowski zu erwerben gelüstig

Das Weinrestaurant „Zum Rebstock“ war das Stammlokal von Erich Nikutowski. Bildpostkarte, Sammlung Matzigkeit

war. So konnte dann geschehen, daß man, gänzlich erschlagen, nicht so sehr vom Alkohol als von dem Hokuspokus, dem ungeheuerlich blühenden Blödsinn, der wie eine Idiosynkrasie gegen Plattheiten und Abgegriffenheiten über ihn kam, fünfzehn Stunden später noch im selben Lokal, am selben Tisch und auf demselben Stuhl verweilte.

Gewechselt hatten inzwischen lediglich die Themata, die Weinmarken und die Gesichter der im Verlaufe der Tageszeit von der Korona der Unentwegten vorübergehend festgehaltenen Citoyens, die sich retteten, offensichtlich mehr um ihr seelisches, denn um ihr körperliches Gleichgewicht bemüht.
Wie des bewußten Herrn aus Gelsenkirchen oder Oberbrügge oder Remscheid letzter Zug fällig wurde, beorderte Nikotin ein Auto, und leitete die Verladung unter all den Ehrenbezeugungen, deren ein Mäzen würdig erscheint, der soeben nicht nur von ihm ein Kloster Eberbach und ein Eifelnest, sondern auch noch von Ernst Hardt eine bergische Abendsonne und von Andeas Dirks ein Seestück gekauft, sowie Edmund Schwarzer das Porträt seiner Gemahlin Änne, geborene Unterbergeborbeck, in Auftrag gegeben hatte.
Von der Straße zurückgekehrt, klopfte Nikotin mit den Knöcheln auf den Tisch und sagte: „Jetzt, Kinder, wird Kaffee getrunken!" Und bestellte eine Pulle Macon.

Aber so leicht er produzierte und so flott seine Bilder abgingen, in Geldnöten befand er sich gleichwohl ewig. Was nicht verwunderlich war bei seinem imposanten Mangel an haushälterischem Talent, bei seinen rabelesken Neigungen, bei der generösen Hand, die er hatte, bei der lakonischen Selbstverständlichkeit, mit der er hilfreich das Portefeuille herauszuholen pflegte. Oft genug war er in irgendeinem Weinort des Rheins oder der Mosel festgefahren und mußte von Hermann Harry Schmitz wieder flott gemacht werden. Die herrlichsten Brandbriefe verfaßte er aus solch heiklen Situationen heraus; sie bildeten im Nachlaß des ihm im Tode vorangegangenen Freundes ein dickes Konvolut. Immer aufs neue zerrann ihm unversehens der schnöde Mammon, immer aufs neue konnte Hermann Harry zusehen, wie er „umgehend", „postwendend" wem ein Ölgemälde oder ein Aquarell des Meisters aufhängte, in Marsch gesetzt durch Epistel etwa wie diese:

Vieledler Herr und Gönner!
Vielleicht darf ich noch ein einzig Mal um der letzten Bitte Erfüllung flehen?
Denken sich Eur Hochwohlgeboren:
Unlängst reiste ich nach Paderborn – im Speisewagen. Ich hatte nur ein Billett dritter Klasse, gleichzeitig hatte nämlich ein vornehmer Herr eines erster genommen, und so waren meines und ich gelb vor Neid geworden ... Na ja!
Also im Speisewagen bekam ich Hunger. Ich bestellte mir ein Filet und eine Salzgurke.
Wie bitte? Sagte der Kellner.
Eine Salzgurke!
Mir fiel das Komische und schier unglückliche Gesicht des Kellners Fritz auf – oder hieß er Karl?
Das Filet kam ohne die Salzgurke.

Ich wartete eine Stunde, zwei Stunden – –
Paradongtscheng ... Glyzerinathgeschwürköksmilbensift ... ging es und ... nun – –
Der Kellner Wilhelm brachte statt einer Salzgurke ... er hatte im Gerumpel der Bahn falsch verstanden ... ‚Salzburg' ... die ‚Stadt Salzburg'!
Verstehen Eur Hochwohlgeboren die milde Andeutung?
Dieses Salzburg bitte ich zu verkloppen – sofort – eilenden Fußes!
Oder auch Dörfchen in Schwaben.
Oder auch Ediger an der Mosel.
Oder auch Oberkaufungen in Hessen.
Oder auch Virneburg in der Eifel.
Ich nehme an, Sie hoffen sehr, den Betrag umgehend telegraphisch überweisen zu können.
Die nackte, nur mit einem Badehöschen bekleidete Tatsache ist, dass ich in der Patsche sitze wie noch nie, werter Jüngling. Man hat zu viel Verpflichtungen. So feiert morgen zum Beispiel wieder die Familie Bäulsens Freitag, und ich muß hingehen, obschon ich gestern erst mit Erlenbachs Mittwoch gefeiert habe.
Der Bacharacher Fuhrmann läßt grüßen. Er hat einen wundersam niedlichen Kirschkern verschluckt und wird ihn später durch mich als Vorstecknadel überreichen lassen. Freust du dich?
Über Geschenke, die vom Herzen kommen, soll man sich freuen, Bürschlein.
Dies sagt dir dein Milchbruder väterlicherseits Niku.

Es kam eine Zeit, wo Nikotin nicht mehr zu Fuß ging, sondern nur noch Auto fuhr. Von seinem Atelier in der Augustastraße zu seinem Stammtisch im Rebstock, vom Rebstock zu den Rosenkränzlern am Stiftsplatz, der vergnügten, um Hermann Harry Schmitz, Kurt Kamlah und Otto Boyer sich kristallisierenden Gesellschaft, vom Rebstock zu den American-Excentriques des Apollotheaters, die er Shakespeare und Hauptmann, Wagner und Lehar vorzog. Bei den Düsseldorfer Kraftdroschkenführern genoß er schlechthin Popularität, und dies nicht einfach deshalb, weil er ihre Dienste so oft in Anspruch nahm – bezahlte er doch jede Fahrt, auch die kürzeste, mit fünf Mark – in der Regel mit einem Fünfmarkstück.

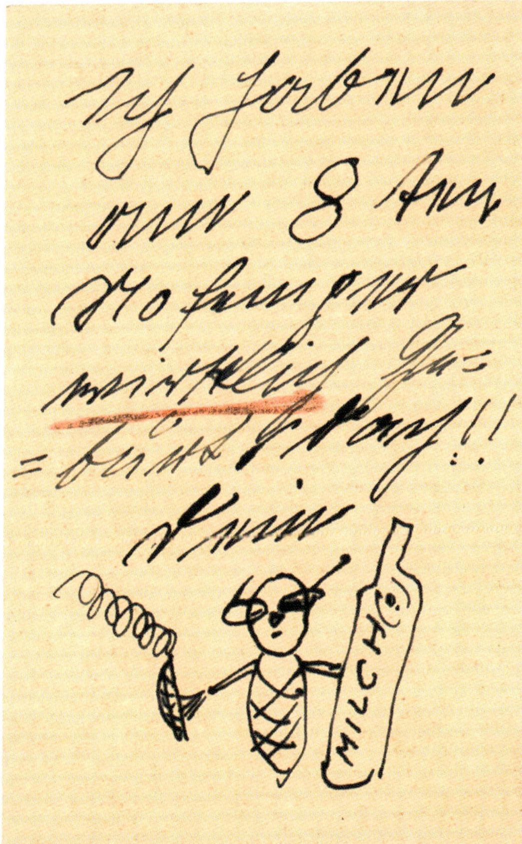

Erich Nikutowski, handgezeichnetes Selbstporträt als Säugling mit Zigarre, ohne Jahr. Archiv Bilker Heimatfreunde, Sammlung Smeets

Das gewichtige Silberstück war ihm damals die geläufigste kleinere Münze, ständig trug er es in wuchtender Menge bei sich. Cinquetitis nannte Hermann Harry die Marotte.

Mittels des Fünfmarkstückes konnte Nikotin auch einmal einwandfrei identifiziert werden. Er war verschollen seit Wochen, niemand wußte, wo er steckte; eines Vormittags jedoch kehrte Edmund Schwarzer von einer Besorgung in sein Atelier zurück und fand ein Mägdlein vor, das schluchzend erzählte, wie da, während es auf ihn wartete, ein fremder Herr gekommen sei und sich hingesetzt und geguckt habe, ohne ein Wort zu reden, mindestens eine halbe Stunde lang. Wie furchtbar gefunkelt seine Augen hätten, und wie unheimlich es gewesen sei. Und wie er endlich aufgestanden sei, heiser „kß, kß, ich bin der Scharfrichter von Hamburg" geflüstert und ihm ein Fünfmarkstück in die Hand gedrückt habe und wieder fortgegangen sei. Und die fünf Mark, nein, die wolle es nicht haben...

Mai: Nikotin. Die Beschwörung eines fröhlichen Schattens [Auszug]. In: Der Düsseldorfer Almanach 1929. Düsseldorf: Verlag des Kunstvereins für die Rheinlande und Westfalen, 1929, S. 95-100

Nikutowskis Humor und seine ungezügelte Phantasie drückten sich in einem eigenen Wortschatz aus, dessen witzig-konstruierte Wortkollagen für ihn so typisch waren. Glücklicherweise konnte die Malerin Ilna Ewers-Wunderwald eines dieser absurd-komischen Gespräche zwischen Schmitz und Nikutowski aufzeichnen, das nach den Angaben der Chronistin im Kaffeehaus Weitz auf der Königsallee stattgefunden hat.

Konditorei Café Weitz, Königsallee 70. Ein Treffpunkt für Erich Nikutowski und HHS. Fotopostkarte, Sammlung Matzigkeit

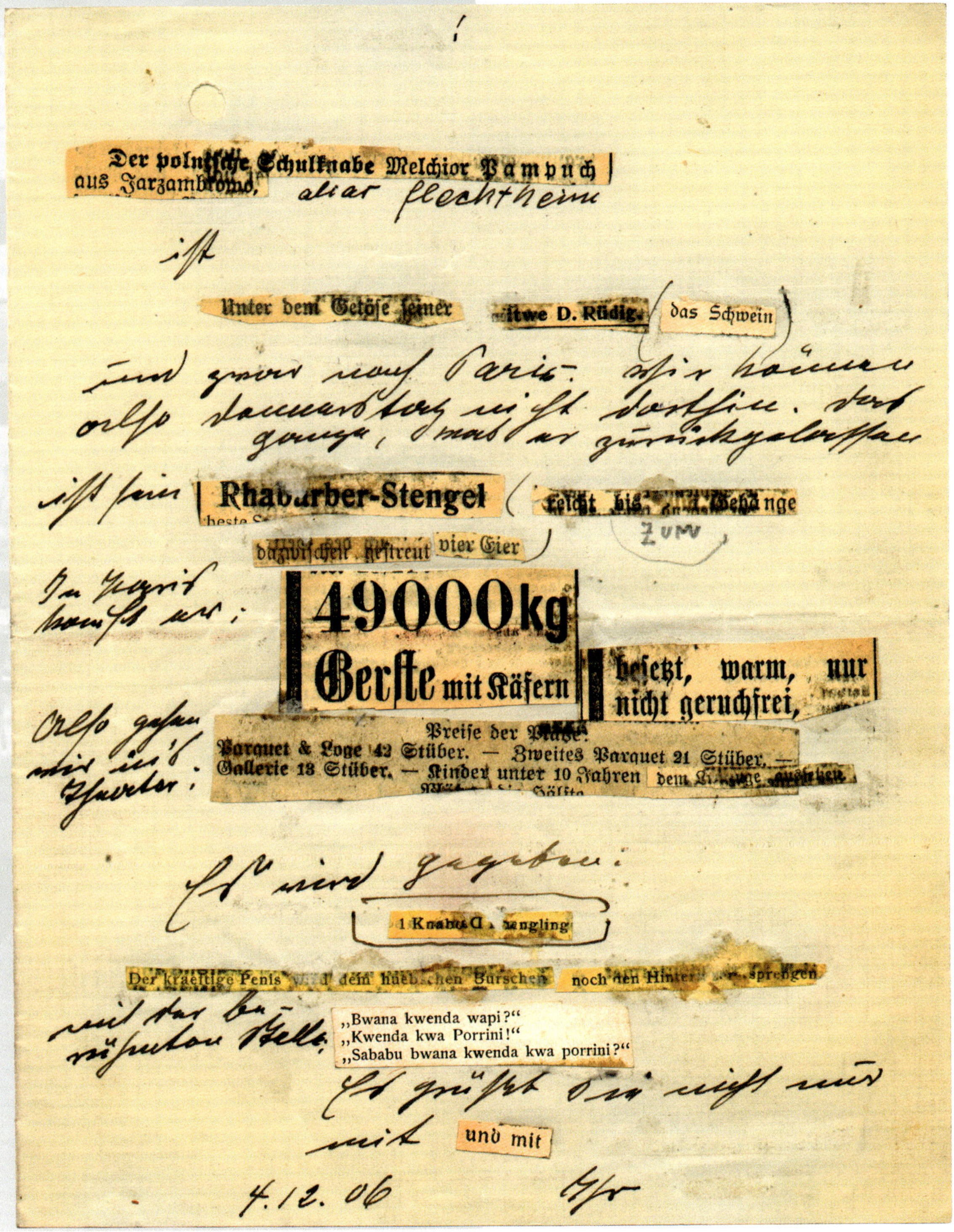

Der polnische Schulknabe Melchior Pampuch aus Jarzambrowo, alias Flechtheim

ist

Unter dem Getöse seiner [...]itwe D. Rüdig. (das Schwein)

und zwar nach Paris.

ist sein Rhabarber-Stengel (leicht bis [...] Gehänge dazwischen gestreut vier Eier)

In Paris kauft er:

49000 kg Gerste mit Käfern besetzt, warm, nur nicht geruchfrei,

Also gehen wir in's Theater:

Preise der Plätze:
Parquet & Loge 42 Stüber. — Zweites Parquet 21 Stüber. — Gallerie 18 Stüber. — Kinder unter 10 Jahren dem [...]

Es wird gegeben:

1 Knabe & [...]angling

Der kraeftige Penis [...] dem huebschen Burschen noch den Hinter[...] sprengen

„Bwana kwenda wapi?"
„Kwenda kwa Porrini!"
„Sababu bwana kwenda kwa porrini?"

Es grüßt Dich nicht nur

mit und mit

4.12.06

Klebebrief von Erich Nikutowski, 4.12.1906, Archiv Bilker Heimatfreunde, Sammlung Smeets

Wie fast täglich, saßen wir auch eines Nachmittags im Kaffeehaus Weitz in der Königsallee, in dem wir Künstler uns damals zusammenfanden. Diesmal war auch Erich Nikutowski erschienen, der sich aus irgendeinem gewichtigen Anlaß von seinem geliebten Turm in Caub, in den er fast wie ein Verwunschener verbannt zu sein schien, getrennt hatte. Hermann Harry aber und ich freuten uns sehr, ihn einmal wieder hier zu haben.

Natürlich hatten wir uns furchtbar viel zu sagen und jedem drückte der Schuh irgendwo. Doch keinem wäre es eingefallen über seine Kümmernisse in ernsten Worten zu sprechen. Hätte es aber einer doch gewagt, vernünftig sein zu wollen, so würde ihn zweifellos ein schallendes Gelächter rasch belehrt haben, daß seine ernsten Worte den anderen wie ein gelungener Witz erschienen. – Der Witz aber und der sinnloseste Unsinn war unseren verdrehten Köpfen verständlich, so daß unsere Kümmernisse gar bald sich in befreiendes Lachen auflösten.

Behaglich, in seiner ganzen sorgfältigen, aber stark betonten bürgerlichen Kleidung, saß Erich Nikutowski uns gegenüber. – Ich glaube, er ließ sich immer stets sechs gleiche Anzüge machen und alle immer viel zu weit. Sein kurzgeschorener Kopf, sein bartloses rundes Gesicht strahlte ebensoviel Güte wie Geist und Klugheit aus. Hermann Harry, dessen tiefliegende Augen in dem hageren langen Gesicht müde glänzten, hatte etwas Knabenhaftes und Kindliches, einen liebenswürdigen Charme, dem sich niemand entziehen konnte. Er trug sich im Gegensatz zu Nikutowski mit ausgesuchter Eleganz. Er legte größten Wert darauf, daß seine Strümpfe und Krawatten farbig abgestimmt waren. Seine langen, schmalen Finger waren bedeckt mit Ringen, die teils durch ihre Größe, teils durch ihre originelle Arbeit auffielen. Auch hatte er eine ganze Sammlung origineller Spazierstöcke, am meisten aber liebte er einen, dessen Kopf ein ungewöhnlich fein modelierter Negerkopf aus schwarzgefärbtem Elfenbein bildete.

Jeder, der Hermann Harry und den guten „Nikotin" gekannt und geliebt hat, – wer sie kannte, hat sie auch lieben müssen – wird sich leicht bei diesem Versuch, eines ihrer Gespräche festzuhalten, die beiden eigenartigen Freunde und ihren wechselnden komischen Gesichtsausdruck vorstellen können.

Während Hermann Harry nun ein Stück Torte nach dem anderen verzehrte, dazwischen irgendeine geheimnisvolle Pille schluckte, und Erich Nikutowski sich einen besonders steifen Grog bringen ließ, kam folgendes Gespräch zwischen den Freunden zustande:

„Was ich noch sagen wollte", begann Nikotin, uns durch seine dicken, großen Brillengläser freundlich anblitzend, „meine Tante Cystira Klümpke ist unter die Schwebebahn gekommen. – Der Abdecker hat fünfunddreißig Pfennig pro Kilo gezahlt. – Sie wog 204 Kilo. – Immerhin also eine Hinterlassenschaft, die des Aufhebens wert ist. Nicht wahr?"

„Gott ja!" sagte Hermann Harry und zog die Augenbrauen hoch und seine Stirn in tanzende kummervolle Falten.

„Ich sage Euch, man soll überhaupt nie den Viktor Scheffel ins Korn stellen und nicht leichthin den Nabel für andere über's Feuer rösten."

„Nein, das soll man nicht!"

„Lebensregeln - alte, uralte Lebensregeln! – Hab' sie durchgemacht – kann mitsprechen! – Aber es hieße Eilboten nach Athen tragen, wollte man den Brunnen zumauern, ehe das Kind hineingefallen."

„Ja, ja. – Bohnensuppe – Lärm im Hause! Wie schon ganz richtig die schöngeistige Fürstin sagte", sagte Nikotin.

„Gute, alte Rübe!" vollendete Hermann Harry mit innigem Ausdruck.

„Gott ja", meinte Nikotin, „es ist ein eigen Ding mit der Kunst, man muß sie verstehen, angebären läßt sie sich nicht – da ist mir gestern abend was Peinliches passiert: Ihr wißt, im Schauspielhaus wird ‚Schneewittchen' gegeben. Im ersten vollständig unbekleideten Akt gab ich die sieben Zwerge – das strengt an.

– Im zweiten war ich als Schneewittchen bezaubernd – der Glaskasten lief immer an –, und so konnte das zahlreich erschienene Publikum nichts von meiner elfenhaften Erscheinung gewahr werden. – Bei der Schlußszene, wo bekanntlich Pipin, der Haarige, Schneewittchen eine Hammelkeule in die Visage schlägt, daß die Zähne ins Publikum rasen, versagte die Hammelkeule. – Nachher stellte sich heraus, daß der Souffleur sie aufgegessen. – Was tun? Ich nicht faul – splitternackt aus dem Glaskasten – die Hosen runter und hast du nicht gesehen... Ja, ja, es ist ein eigen Ding mit der Kunst!"

„Hm – hm, nun ja. – Der Kümmel steht an der Börse auch noch immer 18 zu 24. Und überhaupt bei den teuren Brillantkollierpreisen werde ich diesmal keins kaufen", sagte furchtbar vornehm tuend Hermann Harry.

„Dabei fällt mir ein: was macht den deine Gräfin Filiale Zissepietz?"

„O schreckliches Schicksal! Sie bekam hinten die Bartflechte, dazu die Blattern – aber die gute Seele gab jedem eine mit. – Es war ein schöner, ergreifender Moment, als der Abt, Herr Morchel Hrabanus Magnentius Klabus, der sie aus der Taufe gehoben und konfirmiert hat, ihr das: ‚Wie sag' ich es meinem Kinde' beibrachte. Jetzt ist er Nackttänzer und tritt abends von 10 bis 12$^1/_2$ Uhr auf dem Dach der Synagoge auf. Sie vermachte mir testamentarisch ihre Trichinen und ihre ersten Gehversuche."

„Ah – dachte ich's nicht!" rief Nikotin, der rot angelaufen war und dessen Augen hinter den Brillengläsern nur so funkelten. „Kein Wort glaub' ich dir, du garstiger Fant! – Jawohl, das könnte dir so passen! – Grüne Pfingsten - weiße Bohnen! – das könnte dir passen!"

„Guter, alter, alter, guter Nikotin!"

„Ja, nicht wahr?"

Hermann Harry sah seinen Freund, dessen helle Augen aber ganz harmlos blickten, etwas mißtrauisch von der Seite an und antwortete entrüstet:

„So, so! – meinst du? - Ich aber erinnere dich nur daran, daß du in der Tertia dreimal sitzen geblieben bist, – daß dein Großvater Xaver Gilka Gugelhupf aus Gumbinnen noch mit Zwirn und Resonanzböden handelte, schlicht und redlich als echter deutscher Mann. Und es steht fest, daß er Anno dazumal die altbekannten, ergreifenden Schnadahüpfelverse machte, an die sich auch die ältesten Leute nicht erinnern können." Und er gröhlte derart, daß ihm die Adern auf Stirn und Schläfen dick hervortraten:

„Wann die Mück'n in der Sonn'
Das Einjähr'ge hätt'n,
Nacha braucht man fein nett
Die Gartenlaube abzubestell'n.

Als wia d' Stoarnlein am Himmi
Als wia d' Stoarnlein am Himmi
Als wia d' Stoarnlein am Himmi
Als wia d' Stoarnlein am Himmi."

Nikotin bog sich vor Lachen, als Hermann Harry ihn aber von sich selbst begeistert ansah, wurde sein Gesicht wieder harmlos ruhig.

„Larifari! Der Dienstmann Nr. 43 steht am Corneliusplatz – das steht fest! – Die Bartbinde steht der Witwe nicht, – der Adamsapfel steht schon in der Bibel! – Lieber Springinsfeld, du machst mir Kummer!"

„Gutes Omen, gutes Omen! – – Sag' mal, weißt du, was eine Fabel ist? Ich soll eine schreiben und weiß es nicht."

„Natürlich weiß ich das, du Küken!" – – –

Erich Nikutowski im Boot seiner Wirtsleute während des Hochwassers 1920, Heimat- und Kulturverein Kaub

„Es war einmal ein Knäul Garn,
das war aufgegangen.
Da sandte die Omama
Den kleinen Fidibus – Fidibus –,
ihren erkorenen Liebling,
zu Brösers, um ein neues zu holen.
Brösers aber hatten zu.
Da meinte der kleine Fidibus:
Daher kommt der Name:
Herr Senator Knäulgarn Fidibus!"

„Hm – so?" machte Hermann Harry und verschluckte sich so, daß ihm das Stück Pflaumentorte, an dem er gerade kaute, aus Mund, Nase und Ohren spritzte und im Lokal herumflog und dem Nikotin mitten an der Nase kleben blieb.

Ich war inzwischen vor Lachen gestorben.

Ina Ewers-Wunderwald: Ein Gespräch zwischen Erich Nikutowski und Hermann Harry Schmitz.
In: Die deutschen Gaststätten. Düsseldorf, 1925, Bd. 1, S. 76-77

So paradox es klingen mag, Gespräche dieser Art führten bei Schmitz zu einem Klärungsprozeß, der ihn schon bald befähigte, eigenständige Geschichten zu verfassen.

Das Pressehaus des „Düsseldorfer General-Anzeiger". Kupfertiefdruck W. Girardet, ohne Jahr, Sammlung Matzigkeit

Hermann Harry Schmitz und der „Düsseldorfer General-Anzeiger“

Am 12. Februar 1906 gelang es Hermann Harry Schmitz, seine erste Groteske „Die Bahnhofsmission“ im Münchener Satireblatt „Simplizissimus“ unterzubringen. Es blieb allerdings zunächst bei diesem Beitrag. Später ist Hermann Harry Schmitz, wie er sich nun nannte, wegen dieser Geschichte häufiger zur Zielscheibe des Spotts geworden.

„Ein boshafter Freund erklärte, daß da bestimmt ein Irrtum obwalte, daß der Simplizissimus ihn todsicher mit Oskar A. H. Schmitz verwechselt habe. ‚Wenn dies ein Irrtum ist und er sich noch recht oft wiederholt‘, meinte Hermann Harry darauf etwas säuerlich, ‚will ich nichts dagegen haben.‘ “ Mai, 1925, S. 7

Im Simplizissimus-Kalender von 1909 erschien HHS' Satire „Die Taufe“. Titelillustration von Th. Th. Heine, Sammlung Matzigkeit

In der Groteske „Die Bahnhofsmission“ zeigen sich bereits alle Merkmale, die das Charakteristische seines Erzählstils ausmachen: Die minutiöse Beschreibung seiner Umwelt, die nicht nur auf sein präzises Beobachtungsvermögen hinweist, sondern auch auf ein starkes inneres Engagement schließen läßt. Es ist eine Form der Haßliebe, die ihn mit seinen Schöpfungen verbindet. Kaum eine Geschichte führt er zu Ende, in der er nicht die erst so liebevoll geschaffenen Figuren zerstört.

Der Feuilletonredakteur des „Düsseldorfer General-Anzeiger“ Victor M. Mai, ohne Jahr. Stadtarchiv Düsseldorf

Ex Libris von Victor M. Mai. Monogrammiert H.S. Archiv Bilker Heimatfreunde, Sammlung Smeets

Bis zum Dezember des folgenden Jahres sollte sich für ihn keine weitere Veröffentlichungsmöglichkeit ergeben. Erst als der Feuilletonredakteur Victor M. Mai während einer Festlichkeit des Akademischen Vereins „Laetitia" auf Schmitz aufmerksam wurde, kam es zu seinem eigentlichen Durchbruch. Mai überredete ihn, regelmäßig für den Feuilletonteil eine seiner grotesken Geschichten zu verfassen. Am 29. Dezember 1907 erschien im „Sonntagsblatt des Düsseldorfer General-Anzeiger" sein erster Beitrag „Drei Fabeln ohne Moral". Drei Tage zuvor schrieb Hermann Harry Schmitz an Mai:

[Düsseldorf,] den 26. Dezember 1907. Vormittags 10 Uhr

Mein lieber Herr Mai!

Das trifft sich nun riesig ungeschickt! – Ich musste unbedingt einem befreundeten Invaliden, dem Anno 64 so ein tückisch dänisch Blei das linkste Bein weggerissen, eine kleine Christfreude machen. Ich schenkte dem munteren Springinsfeld leider im Taumel einer altruistischen Stimmung Ihren Stock, in der bestimmten Voraussicht natürlich, ganz in Ihrem Sinne zu handeln. Sie werden dieser Schenkung schlecht Ihre Sanktion vorenthalten können: ich bin dem Manne sehr verpflichtet und muss mich endlich einmal in irgend einer Weise revanchiren, das konnte so nicht weiter gehen, ich kann mich doch nicht Ihretwegen mit alten Bekannten verfeinden »was eben nötig ist, ist eben nötig«, letzterer denkwürdige Ausspruch des greisen Denkers Spinoza wird Ihre gehässigen Repliken im Keime ersticken. Das walte Gott. –

Vormittags 11 Uhr

Soeben bringt mir die älteste Tochter des Invaliden, ein 50 jähriges, triefäugiges, an beiden Beinen gelähmtes Pusselchen, im Auftrage ihres Vaters, dem, was ich noch zu erwähnen vergass, Anno 66 bei Kustozza die Oestreicher übel mitspielten, so dass ihm der Feldscher beide Arme amputiren musste, den Stock, meine Weihnachtsgabe, zurück und verlangt energisch unter einer Flut gemeiner Redensarten den Gegenwert des Stockes in Baar ausgezahlt: ihrem Vater sei vergangene Woche das rechte Bein von der electrischen Bahn abgefahren worden, er könne jetzt des Stockes entraten. »Hier ist ihr saudummer Stock, geben Sie mir baares Oel, baaaaaares Oeoeoeoeoeoeoel will ich haben, Sie blödes Stinktier«, scherzte schalkhaft das neckische Herzblättchen. – Ich konnte dem naiven Geschöpfchen nichts abschlagen, ich zog meine Geldkatze und liess flugs einen Goldfuchs springen. Weiss Gott, es hat mich nicht gereut. Ich hoffe ganz in Ihrem Sinne gehandelt zu haben und habe mir erlaubt Ihr wertes Conto mit den verauslagten M[ark] 20.– zu belasten. – – – –
Ich möchte Ihnen nun, verehrter Meister, gern eine kleine Weihnachtsfreude machen. – Darf ich mir gestatten, Ihnen den vorbehandelten Stock ergebenst zu dedizieren?? O, bitte, sagen Sie „ja"!! Mit einem „nein" würden Sie mich empfindlich kränken! – Bleiben Sie treu und brav und lassen Sie mich wissen wann und wo man Sie sehen kann, um gemeinsam ein Liedlein zu singen, oder aber lenken Sie Ihre Schritte gen Schumannstrasse 13 just wie Ihnen beliebt – ich bin fast jeden Abend zu Hause – ein telefonischer Deu vorher, wäre nicht von Uebel, meine Telefonnummer weiss ich nicht auswendig (J.P. Piedboeuf & Cie.)

Das walte Gott
stets Ihr ergebener

H H Schmitz

Maschinenschriftlicher Brief, Heinrich-Heine-Institut, Autographensammlung

Ein persönlicher Kontakt entstand zwischen den beiden und gesellschaftlicher Umgang wurde gepflegt.

17.7.1908

Herrn
Redakteur
Victor M. Mai
General Anzeiger
Hier

Lieber Herr Mai – Nu hammers – jener Vater ist nicht nur nicht verreist – sondern dazu an der Hand einer Erkältung vermiest, so daß ich ihm das Lauschen unseres morgigen Festes ungern zumuten möchte – ich möchte daher das Bachanal auf nächste Woche verlegen – über Tag und so können wir noch reden. –
Stets Ihr
H. H. S.

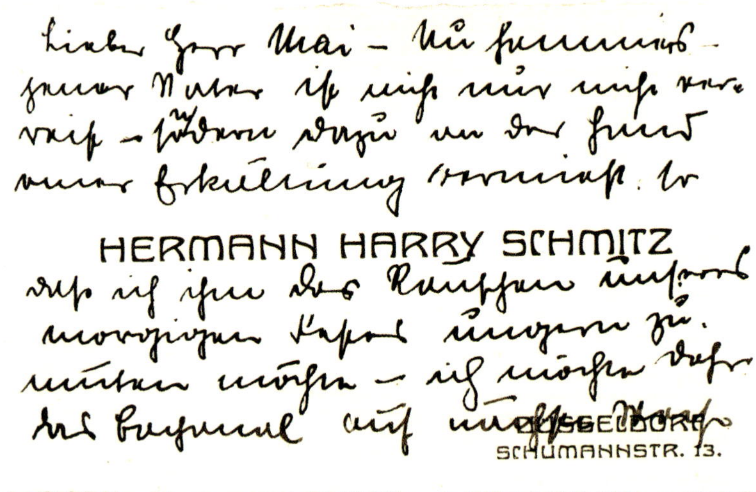

Visitenkarte von HHS, Archiv Bilker Heimatfreunde, Sammlung Smeets

Ohne Zweifel war erst durch die Verbindung zu dem Feuilletonredakteur Victor M. Mai für Schmitz der Weg in die Düsseldorfer Öffentlichkeit gegeben. Seine Geschichten, die zunächst in der Sonntagsbeilage veröffentlicht wurden, widersprachen allen damals bekannten Lesegewohnheiten des nicht gerade verwöhnten Düsseldorfer Publikums, obwohl die Palette der Autoren, die im Literaturteil des „Düsseldorfer General-Anzeiger" publizierten, durchaus auf ein anspruchsvolles Niveau des Feuilletonressorts schließen läßt. Neben Düsseldorfer Schriftstellern, wie Herbert Eulenberg, Kurt Kamlah, Hans Müller-Schlösser, Hanns Heinz Ewers oder Adolf Uzarski schrieben u. a. aber auch Stefan Zweig, Oskar Maurus Fontana, Max Brod, Max Dauthendey, Paul Scheerbart, Armin T. Wegner oder der spätere Erfolgsautor sozialkritischer Abenteuerromane B. Traven, der zwischen 1912 und 1914 mit einer kleinen Rolle unter dem Pseudonym Ret Marut am Düsseldorfer Schauspielhaus beschäftigt war. Nach und nach wurde Hermann Harry populär. Die Reaktionen auf seine Grotesken häuften sich in der Feuilletonredaktion des „Anzeigers". Ein wichtiges Indiz für seine zunehmende Beliebtheit ist der Stellenwert, den die Zeitung ihrem neuen Autor selber zumaß. Fanden sich seine ersten Beiträge bis Ende 1908 noch im „Sonntagsblatt", so wuchs seine Bedeutung für das Blatt, je weiter er nach vorne rückt. Im Juni 1909 befanden sich seine Geschichten bereits an exponierter Stelle im Feuilleton auf der ersten oder zweiten Seite.

Für Schmitz selber, der sich als geborener Erzähler mit dem Schreiben schwertat, obwohl sein flüssiger Stil gerade das Gegenteil vermuten lassen könnte, stellte sich sein unverhoffter Erfolg eher zwiespältig dar. Mai schreibt in seinen Erinnerungen an ihn, wie er Hermann Harry oft genug drängen mußte, eine weitere seiner haarsträubenden Geschichten abzuliefern.

Altersfoto von Fritz Schmitz.
Foto: Visit Portrait, ohne Jahr.
Heinrich-Heine-Institut, Sammlung Quast

„Trotz der stupenden Fülle, aus der heraus er fabulierte, hielt es jedoch immer kolossal schwer, ihn zum Schreiben zu bringen. Wie es Neurastheniker gibt, die über keinen leeren Platz zu gehen sich getrauen, so litt er an der Angst vor dem unbeschriebenen Papier, er vermochte sich am Schreibtisch nur äußerst schwer zu konzentrieren. Über den Anfängen seiner Geschichten schwitzte er in der Regel Blut, zwanzigmal, dreißigmal konnte er ansetzen, bis er die ersten Sätze so hatte, daß sie ihn befriedigten. Die Feder in der Hand rang er unendlich, mit dem Wort, mit dem Stil, mit den Gedanken, mit der Form - nur ganz wenige unter seinen Grotesken gelangen auf Anhieb, wurden im wirklichen Übermut hingeschrieben." Mai, 1925, S. 6

„Doch nicht alle nahmen seine Geschichten so humorvoll auf, wie der Regierungspräsident Dr. Kruse, der Schmitz auf die Schulter klopfte und sagte: ‚Mein lieber Hermann Harry, wenn wir von Ihnen sonntags keine Geschichte haben, sind wir den ganzen Tag traurig!' Es konnte auch entrüstete Zuschriften auf den Redaktionstisch regnen." Mai, 1925, S. 12

Die Stadt Düsseldorf teilte sich in ihrem Zuspruch und ihrer Abneigung in zwei Lager.

„Ein Redakteur ist unangenehme Besuche sozusagen gewöhnt, sie überwiegen die angenehmen bei weitem. Ein Schreck ausgesuchtester Art erlebte V. M. M. eines unschönen Tages: Es erschien bei ihm eine fünfköpfige Deputation der städtischen Straßenarbeiter, um Einspruch zu erheben gegen eine Verunglimpfung ihres (der städtischen Straßenarbeiter) Arbeitseifers, wie sie in dem Artikel ‚Die geteerte Straße' enthalten sei. Es fiel dem Redakteur nicht leicht, den Herren klarzumachen, daß man auch über sich selbst müsse lachen können. Zum Glück hatte V. M. M. gerade ‚Von Männern, die an Schaltern sitzen' von Hermann Harry auf dem Tisch liegen. Diese Abhandlung wurde vorgelesen und lachend zog die Deputation ab." Mai, 1953, S. 27

Und dennoch, die Leitung des „Düsseldorfer General-Anzeigers" stand zu ihm, ist doch manchmal öffentlicher Widerspruch auch ein günstiger Werbeträger, der die Auflage zu steigern vermag. Schmitz' Aufgabenbereich in der Zeitung wuchs. Für kurze Zeit schrieb er sogar Kritiken zu kulturellen Themen und rezensierte aktuelle Veröffentlichungen seiner Freunde Eulenberg, Ewers, Kurt Kamlah und Otto Boyer, die sich im „Rosenkränzchen" zu einer literarischen Runde zusammengefunden hatten.

Man kann die Beziehung zwischen Hermann Harry Schmitz und dem „Anzeiger", insbesondere zu Mai, durchaus als Vertrauensverhältnis ansehen, an das sich beide Seiten gebunden fühlten. Selbst als Hermann Harry, von seiner Krankheit gezeichnet, den qualvollen Gang durch die Krankenhäuser und Sanatorien angetreten hatte, schickte er hin und wieder eine Groteske nach Düsseldorf mit dem Wunsch um Veröffentlichung. Bis zu seinem Tod blieb dieser Kontakt bestehen.

Künstlerpostkarte aus Anlaß des Künstlerfestes vom 27. - 29.11.1908 im Kunstpalast Düsseldorf. Das Fest lief unter dem Motto „Düsseldorf Im Jahre 2000". Literarischer Leiter der Abteilung „Modernes Theater" war HHS. Entwurf: Hans Herkendell, 1908. Sammlung Matzigkeit

Conférencen und andere öffentliche Auftritte

Schmitz schrieb noch nicht lange für den „Düsseldorfer General-Anzeiger", da war er bereits stadtbekannt. Seine exzentrische Kleidung und sein Auftreten verstärkten diesen skurrilen Eindruck, den sich seine Umgebung von ihm machte. Hermann Harry hat das Image vom eleganten Außenseiter nicht nur hingenommen, er hat es gepflegt. So manche Düsseldorfer Familie, die auf sich hielt, lud ihn zu sich ein, um ihre Tafel mit ihm zu schmücken.

Als Hermann Harry Schmitz einmal bei den Eltern eines Freundes zum Abendessen eingeladen wurde, lehnte er dieses Angebot freundlich, aber bestimmt mit den Worten ab: „Tut mir furchtbar leid, aber ich kann Ihre Offerte nicht annehmen. Ich bin bereits zum Abendessen eingeladen. Doch wie wäre es, wenn Sie mir den Gegenwert in bar auszahlten?"

Natürlich war er nicht ganz unbeteiligt an dem Rummel um seine Person. Hatte er viele Geschichten zum ersten Mal im Malkasten oder im Kreise der „Laetitia" aus dem Stegreif erzählt und manchen Zuhörer begeistert, so gefiel er sich bald in der Rolle eines Conférenciers auf den verschiedensten Presse- und Theaterbällen oder Wohltätigkeitsfesten.

Auch auf den Düsseldorfer Pressebällen war er ein gern gesehener Gast, an deren inhaltlicher Gestaltung er sich gelegentlich auch beteiligte.

„Noch höre ich den Schrei, den auf dem allerersten Düsseldorfer Presseball, er fand bescheidener Weise in den oberen Räumen der Städtischen Tonhalle statt, die Schauspielerin Lucie Wendt ausstieß, als sie Hermann Harry flott vorbeiwalzen sah: ‚Der Mann mit dem Holzbein!' Sie war beim Essen seine Tischdame gewesen, und er hatte Konversation gemacht, indem er von seinem Holzbein erzählte, an dem er seine Zahnstocher abzuschneiden pflegte, weshalb es mit der Zeit recht dünn geworden sei und er kaum zu tanzen wagen könne. Und sie hatte es geglaubt, die Gute," weiß Victor M. Mai zu berichten.

Mai, 1953, S. 26

Künstlerverein Malkasten vor 1914 von der Gartenseite aus gesehen. Bildpostkarte, Sammlung Matzigkeit

Der Dramatiker Wilhelm Schmidtbonn.
Farbige Porträtzeichnung von Adolf Uzarski,
Agenda 1914, Leonhard Tietz, Düsseldorf

An den Presseball 1908 im Schauspielhaus erinnert sich der Rezensent im „Mittag", vermutlich Herbert Eulenberg, besonders gern, „zumal an jenen ersten, bei dem Hermann Harry Schmitz, der große Humorist, als Conférencier auf der Bühne erschien. Unmöglich, so recht anschaulich zu machen, wie er aussah und mit welch einfachen Mitteln er sein Publikum gewann. Auf einer sehr schlanken, eleganten Gestalt, die mit einem tadellos geschnittenen Frack bekleidet war, saß ein Kopf, der ihr irgendein Pharao hinterlassen zu haben schien, ein Gesicht, das todernst selbst bei den groteskesten Dingen blieb, die der Mund sprach. Höchstens, dass ein paar lustige Fältlein in den Augenwinkeln das eigene Vergnügen an der Pointe verriet.

Er hatte damals eine Parodie auf das Drama ‚Der Graf von Gleichen' von Wilhelm Schmidtbonn verfaßt, das wenige Wochen vorher auf den nämlichen weltbedeutenden Brettern seine Uraufführung erlebt hatte, und hielt es für nötig, bevor das Opus in Szene ging, auf dessen komplizierten Tiefsinn erklärend einzugehen. Nun hatte er aber als sehr unordentlicher Mensch das Konzept zu seiner Ansprache verloren. Also mußte er improvisieren, wobei das verehrliche Publikum, und es war die erlesenste Gesellschaft, die sich denken läßt, zusammengeströmt aus ganz Rheinland, aus Westfalen jedoch nur umso besser fuhr. Denn Hermann Harry war nie überwältigender in seinen Einfällen, wenn er völlig aus dem Stegreif produzierte. Und allen standen dann die Tränen vor Lachen in den Augen, wie er darzutun sich bemühte, daß er, Hermann Harry, selber auf den Zinnen einer Burg stehe, die Herrschaften des Parketts dagegen im Burggraben säßen – falls sie befürchteten, nasse Füße zu bekommen, könnten sie auf die Sessel steigen.

Dann folgte die Parodie, dargestellt von Hermine Körner, Otto Stoeckel und Emil Mamelok, und sie handelte von einem härenen Gewand, das durch Waschen kleiner und kleiner werdend, schließlich bloß noch als Pulswärmer zu gebrauchen war. Selten hat das Schauspielhaus einen durchschlagenderen Erfolg erlebt, und die Hauptsache war, die Basis für die Presseballstimmung war geschaffen..."

Der Mittag, Düsseldorf, 6.1.1933

Seinen nächsten großen Auftritt hatte Hermann Harry Schmitz auf einem Künstlerfest unter dem Motto „Düsseldorf im Jahre 2000" im Düsseldorfer Kunstpalast (27. – 29.11.1908). Die erhaltenen Fragmente aus seiner Conférence bieten ein anschauliches Bild von seinen Zukunftsphantasien, in denen der Mensch einem Gott mit unbeschränkten Gestaltungsmöglichkeiten gleicht.

ich habe 1000 Bücher in Arbeit,
ich schreibe für die Zweihundert-
Jubiläumsfeier ein Festspiel,
wo 1.300.500 Menschen
mitwirken. ich werde die
Wüste Gobi mieten. ich werde
nach dem Muster des Kolos-
seum in Rom eine Arena
mit einem Durchmesser von
zwei engl[ischen] Meilen bauen.
Ich werde
Seen schaffen so groß wie
das Kaspische Meer und
hunderte dressierter Walfische darin tummeln lassen
und aus dem Urschlamm
wieder erwachte und hervor-
gekrochene Ichtyosauren so
gewaltig riesengroß wie der Kölner
Dom oder der Turm zu
Babel, scheckige Giraffen, die so
groß in den Himmel ragen
und Sterne und
Monde und Sonnen, Kometen
mit dem Maul vom Himmel
pflücken.
Am Nordpol werde ich auf
einer Eisfläche wie Elsaß-Lothrin-
gen groß, einen Eispalast
errichten, wo 1000 Eisbären
zum Reiten bereitstehen.
Eisenbahn, Expresszüge, Autos,

Künstlerpostkarte aus Anlaß des Künstlerfestes vom 27.-29.11.1908 im Kunstpalast Düsseldorf. Das Fest lief unter dem Motto „Düsseldorf im Jahre 2000", monogrammiert: JPJ [d.i. Julius Paul Junghanns], Sammlung Matzigkeit

Flugschiffe, Flugmaschinen
sind in jenen Zeiten veraltete
Postkutschen, Pferdebahnen.
eine alte Erfindung
im 2000. Jahrhundert eines
Nürnberger Professors Döderlein
der einen Urstoff in 60
jährigen Studium [entdeckt hat],
den er Embryonal nennt, in
Tuben in den Handel bringt. jede Tube enthält
Stoff für 1 Mensch

Stadtarchiv Düsseldorf, Akte Schmitz, H. H. XXII S 27

Seine dramatische Groteske „Selva Nujje Morn Puh", hat er ebenfalls für denselben Anlaß verfasst. Sie handelt von einer fleischfressenden Pflanze. Leider ist das vollständige Stück verloren gegangen, aber die Pressestimmen fangen die Atmosphäre ihrer Wirkung ein:

„... Gelangt man an den Place Blanche, so kommt man gleich an die richtige Schmiede, die elegante Bar a Guay, um zwischen Pommery, Cliquot und Heidsieck hin und her schwankend, sich für keine der Marken zu entscheiden, sondern das fromme Gruseln durch einen Whisky oder Kognak zu vergessen. Und diese Stärkung ist nötig, will man in dem in wunderbarer Farbenpracht ausstaffierten Modernen Theater die Sensation der acht Opale aushalten. Wer Glück hat, lernt den Opal der dumpfen Tragik Selva nujje morn puh kennen, ein Spiel ums Jahr 3006, von H. H. Schmitz, und wird abermals von kalten Schauern geschüttelt, sich hinausbegeben, um blöde, wie Möbus Hupferl, der Teufel, sich der Eindrücke dieser Tragödie des Unzeitgemäßen zu erwehren..." Düsseldorfer General-Anzeiger, 26.11.1908

„Am heutigen Sonntag-Abend [29.11.1908] erreichte das Fest seinen Höhepunkt. Das war ein Zustrom, der kein Ende nehmen wollte, bis in die späten Abendstunden hinein. ... Darüber müssen natürlich diejenigen, die sich während der Festtage in den Dienst der guten Sache stellten, lebhafteste Freude empfunden haben. Die übernommenen Pflichten waren für sie nicht leicht zu erfüllen bei einem Massenandrang, den man auf 10 000 Personen schätzen darf. Die verschiedenen Vergnügungs- und Erholungsstätten hatten denn heute Abend auch vollauf zu tun. So war das Moderne Theater, dessen Entwürfe vom Herrn Architekten Max Benirschke stammte, dessen Malerei die Herren Maler Herkendell und Ophey hergestellt und dessen musikalische Leitung Herr Musikdirektor Walter La Porte in Händen hatte, fast immer ausverkauft. Kein Wunder aber auch, denn die zwerchfellerschütternden Entrefilets des literarischen Leiters Herrn Harry Schmitz waren allein das Eintrittsgeld wert. Dazu kamen noch die anderen mitwirkenden Kräfte: Die Damen Hermine Körner, Frau Claire La Porte-Stolzenberg, die Herren Toni Bötel, Otto Boyer, Dr. Herbert Eulenberg, Eugen Marlow und viele andere..."
Düsseldorfer General-Anzeiger, 30.11.1908

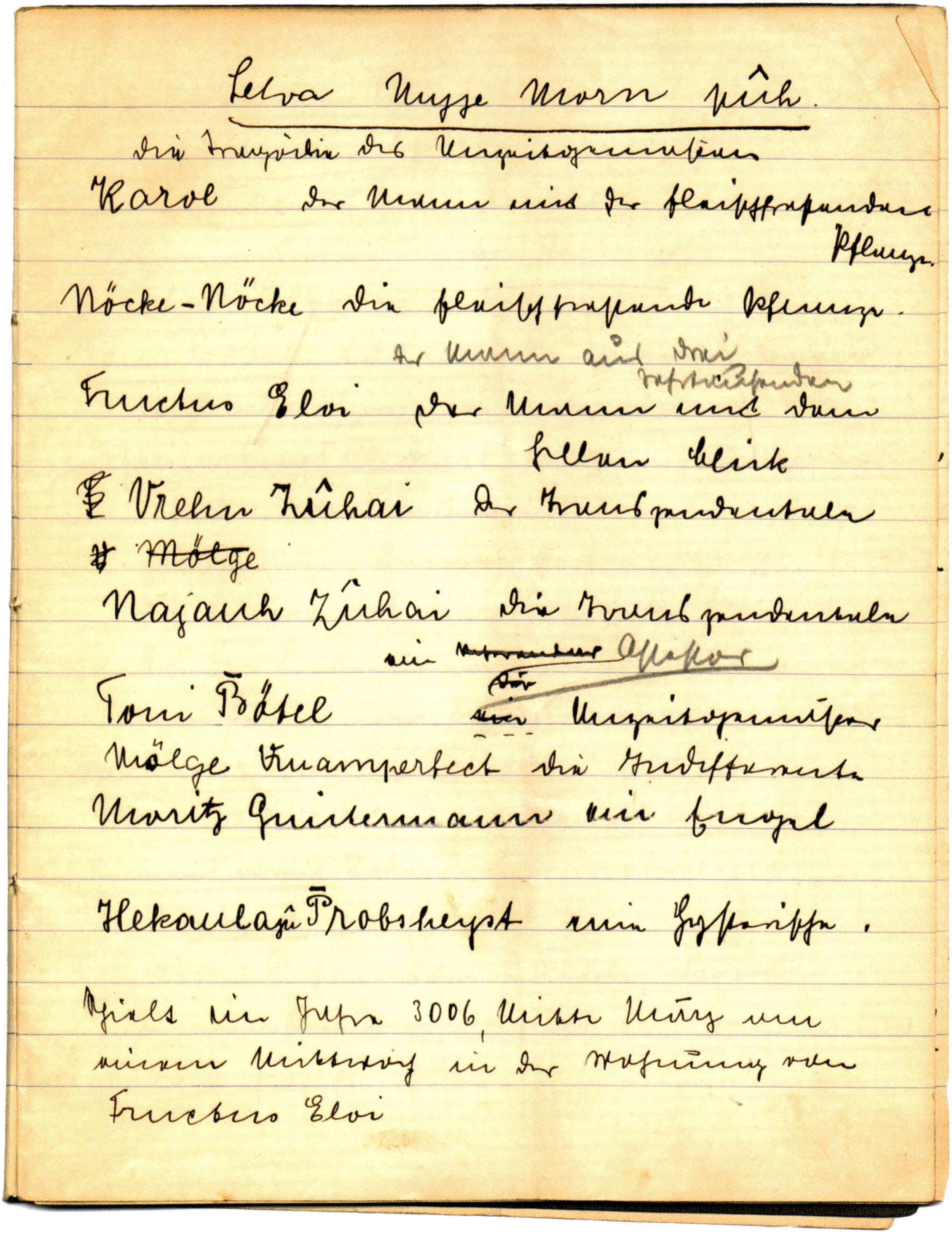
Selva Nujje Morn puh.

Die Tragödie des Unzeitgemäßen

Karol — der Mann und der fleischfressenden Pflanze.

Nöcke-Nöcke — die fleischfressende Pflanze.

Fructus Eloi — der Mann mit dem hellen Blick (der Mann auf drei [illegible])

Vrehm Zühai — der [illegible]

~~Mölge~~

Najaah Zühai — die [illegible]

Toni Böttel — ~~ein~~ der Unzeitgemäße (ein ~~[illegible]~~ Professor)

Mölge Knamperfect — die [illegible]

Moritz Quitermann — ein Engel

Hekaulaju Probsheyst — ein [illegible].

Spielt im Jahre 3006, Mitte März an einem Mittwoch in der Wohnung von Fructus Eloi

Titelseite des grotesken Einakters „Selva Nujje Morn Puh“ von HHS, Archiv Bilker Heimatfreunde, Sammlung Smeets

Nach seinen ersten Erfolgen als Conférencier wollte man auf seine Auftritte schon bald nicht mehr verzichten. Besonders dem Schauspielhaus von Louise Dumont fühlte sich Schmitz verbunden. Aus dem Genesungsurlaub in Überlingen am Bodensee gratulierte er zum Erfolg in Paris, der ebenfalls den Durchbruch für das Schauspielhaus Düsseldorf bedeutete.

Schauspielhaus Düsseldorf vor 1914,
Foto: Söhn, Theatermuseum Düsseldorf

Überlingen, 16.3.1909

ADMINISTRATION DES POSTES ET DES TELEGRAPH
TELEGRAMME

LUISE DUMONT DIREKTOR
LINDEMANN PARIS MARIGNYTHEATRE

DE UEBERLINGENBSEE 50 22 6/3 1,50
= LESE SOEBEN VON IHREM GROSZEN ERFOLG DORT GESTATTEN SIE MIR MEINE ERGEBENE GRATULATION = HERMANN HENRY SCHMITZ.+

Telegramm, Theatermuseum Düsseldorf

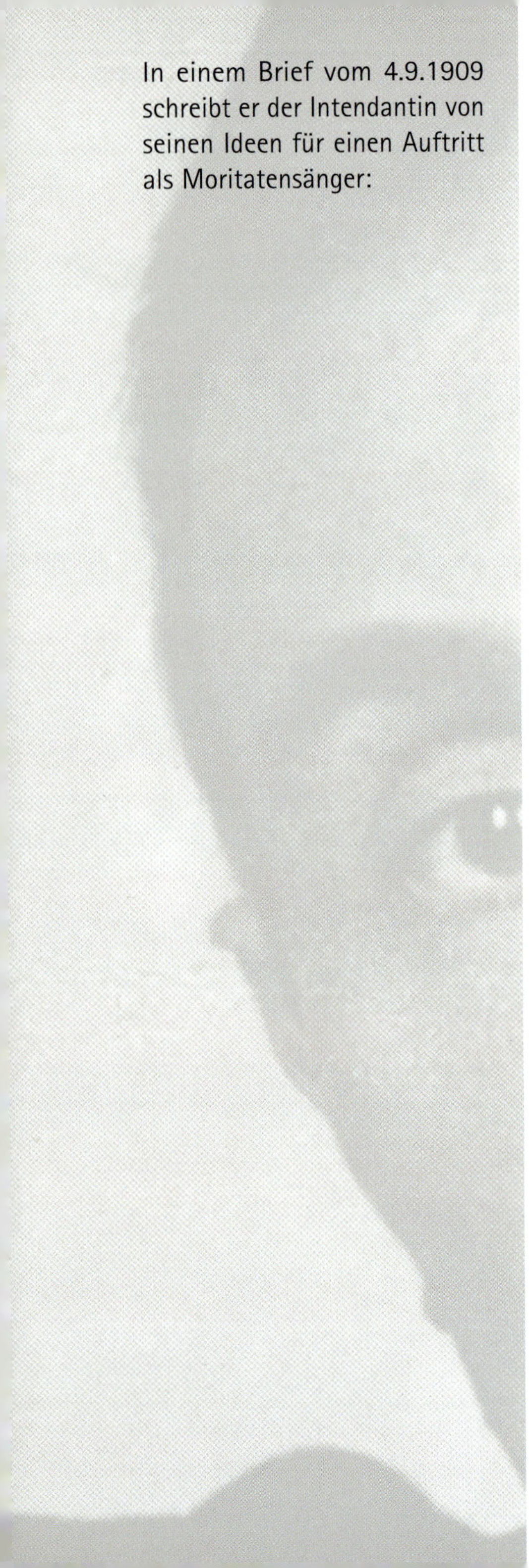

In einem Brief vom 4.9.1909 schreibt er der Intendantin von seinen Ideen für einen Auftritt als Moritatensänger:

Hotel Lilie
D. Oldewelt
St. Goar am Rhein
– Grosshandlung.

ST. GOAR, DEN 4. Septem[ber] 1909

Hochverehrte gnädige Frau!

Ich war mehrere Tage von Caub abwesend
und gelangte erst heute in Besitz Ihres liebens-
würdigen Schreibens – ich werde mich morgen
mal sofort hinsetzen und mein Heil versuchen –
Die Giraffenidee ist ganz brauchbar – nur
fürchte ich, daß die beiden stiftenden Bürger
sehr schlecht dabei abschneiden – „ wenn es nicht
gelingt durch Stiftungen an Findel, Waisen,
Krankenhäuser, Wöchnerinnenasyle – das Knopfloch
zu füllen oder gar Komm[unaler] Rat zu werden – so
bleibt als letztes Mittel, die Giraffe" – das
muß doch die linke Hand endlich merken –
Ich habe noch eine andere aktuelle Idee:
Biceps Eisblock will absolut berühmt
werden und beschließt, den Nordpol zu entdecken
– nach eingehendem Studium sämtlicher Litteratur
über arktische Forschung stellt er seine Aus-
rüstung zusammen – An wissenschaftlichen
Instrumenten werden als erforderlich angegeben: u. a. Sextanten –
er mißversteht das und nimmt sechs Tanten
mit – man kann dann ganz ulkig daraus
Erlebnisse – in einzelnen Etappen schildern –
wie jetzt im Moment fiel mir das ein:

‚In einer kleinen Stadt am Lech
kamen immer Tanten weg'

Ich werde mich morgen mit dieser Moritat
befassen und Ihnen baldigst weiteres zu-
gehen lassen.–
Ich verbleibe mit hochachtungsvollen
Grüßen
stets Ihr ganz ergebener
Hermann Harry Schmitz

Ende der Woche gedenke ich wieder
die entzückende Atmosphäre unser lieben
Düsselstadt mit seinem munteren Künstler-
völkchen zu atmen.

d[er] V[erfasser]

Brief, Theatermuseum Düsseldorf

Tatsächlich gab Hermann Harry Schmitz die Moritat während des Thaja-Festes [Theater-Akademie-Jahrmarkts-Aufführung] am 23. – 24. Oktober 1909 im Schauspielhaus zum Besten.

„Toni Bender
der Defraudant, der ohne, dass er dafür konnte,
den Nordpol entdeckte, sechs Tanten in den Tod trieb
und selbst ein furchtbares Ende nahm.

Von Toni Bender, der Kummer stets seinen armen Eltern machte,
der es sogar trotz Protection nicht mal zum Leutnant brachte,
hört Leute an die grausige Geschichte,
die wahrheitstreu und ungeschminkt ich heut' berichte.

In einem Bankhause, wo Toni Bender Volontär,
enttäuschte er der Herren Chefs Vertrauen schwer.
Hier hat der ungeratene Sohn – die Eltern waren zu beklagen –
zweihundert Mark und vierzig Pfennig unterschlagen.

Dann eines schönen Tags vermisste man den Defraudanten.
Zugleich mit ihm verschwanden aus der Stadt sechs alte Tanten:
die Tanten Clara, Stina, Lina, Tante Minchen,
Josefa Minderjann und Tante Finchen.

Da war ein grosser Jammer in der Stadt um die sechs Tanten.
Vergebens schrieen kummervoll nach ihren Tanten die
Man suchte allenthalben, selbst mit Hunden,
doch spurlos blieben diese sechs verschwunden.

Ins Nordpolargebiet der Räuber war entwichen.
Hier war er sicher, würd' man ihn nicht kriegen (sprich: kriechen)
Doch hat er vorher sich genau bedacht,
wie man ins ewige Eis 'ne Reise macht.

Damit er auch am Nordpol käm' ins schwitzen,
einen Petroleumsofen nahm er mit, darauf zu sitzen,
zwei wollene Westen und acht Baumwollsocken
zwei Gummischuhe und drei Havelocken.

Dann braucht man auch, in Nansens Buch hat er's studieret,
der Instrumente mancherlei, mit denen man sich orientieret
in diesen Gegenden des ewigen Eis
man sonst sich wirklich nicht zu helfen weiss.

So hat er stets gehört von den Sextanten,
die immer mit sich führten die bekannten
Nordpolarfahrer, drum hat kurz entschlossen
sechs Tanten mitgenommen er dann unverdrossen.

Fünf waren mitgekommen ohne vieles Quälen,
nachdem versprochen er, mit Eskimos sie zu vermählen.
Nur Tante Stina liess sich damit nicht verführen,
die musste er zu guterletzt noch chlor'formieren.

Bis zum siebenzigsten Grad ging alles gut,
dann flog der Tante Lina fort ihr Hut.
Sie lief ihm nach und kam dabei zu Falle,
platzte, lief aus und starb wie eine Qualle.

Mit einem Eskimo Aguku, einem jungen Manne
verschwand dann plötzlich Tante Minderjanne
Die taube Tante Minchen, die schon sehr bei Jahren
von einem Auto ward sie überfahren.

Die Tante Clara schickte Toni einst Petroleum kaufen,
die hat natürlich in dem Eise sich verlaufen.
Und Tante Finchen findt' man eines Tags, o Jammer,
zu einer Portion Fruchteis gar erstarrt in ihrer Kammer.

Nur übrig war nur Stina als die letzte Tante,
die mit dem Defraudanten immer weiter nordwärts rannte,
doch plötzlich blieb sie eines Tages stehen,
fing an sich um sich selbst herum zu drehn.

Erst glaubte Toni, dass die Tante gecke.
Er schnauzt sie an, sie dreht sich weiter auf dem gleichen Flecke.
Plötzlich indessen wurd ihm klar – wie war er doch verrannt!
die Tante Stina auf dem Nordpol stand.

Die Tante, der vom drehn im Kopf ganz dumm,
sprang ab vom Pol, natürlich falsch herum,
schlug hin, sie hatte wirklich wenig Glücke,
brach Arme, Nase, Bein und das Genicke.

Der Toni Bender hat ein Schild gemacht,
das hat er an dem Nordpol angebracht:
Mit der linken Hand an der Erdachs ist abzuspringen
nur so kann's ohne hinzuschlag'n gelingen.

Den Toni gleichfalls bald ereilt der Tod, man sieht des Himmels Walten
von einem Eisbar wurde er zerfleischt, den für 'ne Bettvorlage er gehalten.
Nur seine Röllchen, Regenschirm und linker Fuass
lagen am Nordpol rum als letzter Gruass.

Die Röllchen hat der Peary dann gefunden,
den Fuss von Toni gab er seinen Hunden.
Und Cook der fand des Tonis Regenschiarm.
Doch beide schwiegen Himmel, Eis und Zwiarn!

Da zanken Peary, Cook sich um die Ehre,
wer von den zwei'n zuerst am Pol gewesen wäre.
Wir aber singen, bringen es in alle Länder:
der erste der den Pol gesehn, war Toni Bender. –

Und die Moral von dieser Mordgeschichte
O wendet ab vom Bösen das Gesichte
Verkehret nie mit minderwertigen Bekannten
wie etwa Defraudanten und sechs Tanten.

Denn wenn auch manchmal Gutes draus so nebenbei entstehet
daß man zum Beispiel einen Nordpol findet, wie ihr sehet
so wird man doch zuletzt ganz furchtbar traurig
und stirbt im Nordpoleis und das ist äußerst schaurig."

Heinrich-Heine-Institut, Autographensammlung

Das sind Töne, die an Franz Wedekinds „Tantenmörder" erinnern. Schmitz wird seine Art des Vortrags gekannt haben. Vielleicht hat ihm sein Freund Hanns Heinz Ewers, der in Berlin „Brettlerfahrung" gesammelt hatte und 1904 eine Abhandlung über das Cabaret verfaßte, von Wedekind erzählt. Dessen Auftritt am Schauspielhaus Düsseldorf dürfte Hermann Harry allerdings nicht mehr besucht haben; zu diesem Zeitpunkt war er nicht mehr in der Lage, am kulturellen Leben der Stadt aktiv teilzunehmen. In der Presse erhielt er für seinen Moritaten-Beitrag eine herausragende Kritik:

„... man mußte jedesmal rechtzeitig da sein, wenn man einen guten Platz bekommen wollte. Ich brauche ja nur zu verraten, dass Herr Harry Schmitz sich wieder mit seinen tollen Einfällen und seinem trockenen Humor der Veranstaltung zur Verfügung gestellt hatte, und jeder wird begreifen, dass der Andrang groß war. Wer hätte das versäumen wollen!"

Düsseldorfer Zeitung 24.10.1909

A.St.: „...überall aber, wo nur gebundene und ungebundene Keime sich regen und dichterische Kräfte sich rühren, fühlt man den Hauch H. H. Schmitz's, des Quiproquo-Librettisten."
Tageblatt, 24.10.1909

Das Jahrmarktsfest des Schauspielhauses, das am Samstag und Sonntag gefeiert werden wird, soll, wie alles, was das Schauspielhaus unternimmt, reformatorisch wirken. Man will die Kluft überbrücken, die bisher immer zwischen Vorstellung und eigentlichem Bazar, zwischen Mitwirkenden und Publikum klaffte und das Fest zerriß. Goethes „Jahrmarktsfest zu Plundersweilern" wird nicht als Vorstellung im gewöhnlichen Sinne gegeben werden. Es wird aus dem Gesamtbilde unauffällig hervortreten, wird, ... der Anfang des Bazars sein und unmerklich hinüberleiten zu dem Jahrmarkte, dessen Hauptdarsteller das Publikum ist. Man wird kommen oder gehen, sitzen oder stehen, ganz nach Gefallen, wird sich geben wie auf einer Kirmes und die Lustigkeit fortspinnen, die Goethe mit diesem Stückchen nur bei einer lebensfrohen Gesellschaft bescheiden gefällig in Fluss bringen wollte. Der Dichter will hier nicht beachtet sein und er wird es gerne sehen, wenn sich nun einmal angeregt der Witz der Herumstehenden keck über seinen Witz aufschwingt. Mit Vergnügen sieht der Olympier, z. B., wie Hermann Harry Schmitz mit den bekannten Albdruck erregenden Kraxelverdrehungen zu seiner Höhe aufklimmt und mit der Grazie, die Düsseldorf von ihm erwartet, neben den Dichterfürsten tretend, die dreimal schauerliche Moritat anstimmt: „Toni Bender, der Defraudant, der ohne dass er dafür konnte, den Nordpol entdeckte, sechs Tanten in den Tod trieb und selbst ein furchtbares Ende nahm."–
ohne Ort, 24.10.1909

H. A. L.: „... Auf sieben Treppen schieben sie sich hinauf, hinunter eine lachende schwatzende Menge. Auf sieben Treppen steigt man mit lachendem Stöhnen empor zu dem neuen Akademiesaale, in dem das Varieté sein übermütiges Spiel treibt. „Vor den Preis den Schweiß!" Aber wenn man sich auch glücklich bis zu dieser Höhe, auf der die ethische und die ästhetische Kultur wohnt, aufgerungen hat, den Zutritt hat man damit, wenigstens solange hier Couplets gesungen werden, noch nicht erkämpft. Hunderte bewachen die Tür des ersehnten Paradieses. „Bis an den Burgplatz stehen die Leute", erklärt der Konferenzier Hermann Harry Schmitz, der mit seinem Publikum hier lustig umspringt.

Der Ruhm des Variétés hat sich bis in die hintersten Ecken des Hauses verbreitet und ruft die Gäste herbei. Eine halbe Stunde lang stehen die Schaulustigen eng eingekeilt vor der Tür und warten geduldig. Dafür sehen sie dann aber auch die lustige Laune, lachende Kunst an ihrem ausgelassenen Werke."
Düsseldorfer General-Anzeiger, 25.10.1909

-ng.: „... Die geräumige Bühne wird gegen den etwa 150 Personen fassenden Zuschauerraum durch eine schwere violette Plüschportiere abgeschlossen. ... Das größte Gedränge herrschte auf der Himmelsleiter zum neuen Akademiesaal, wo unter Herrn Eugen Burg ein reichhaltiges, sehr amüsantes Varieté gespielt worden sein soll. Gesehen habe ich es nicht. Bis zur fünften Treppe habe ich mich heraufgequetscht, aber dann war's aus. Ich zählte meine Vormänner, alle Jägerianer, d. h. Leute, die „rein wollten", – es waren über sechzig. Da gab ich es auf..."

Neuste Nachrichten, 26.10.1909

„... Oben aber im feinausgestalteten Akademiesaal, wo sich das sensationslüsterne Publikum in schier beängstigender Fülle durch die engen Korridore drängt, schwingt Harry Schmitz als Konférencier das Szepter seines nie versiegenden Humors.–"

Frauenzeitung 7.11.1909

Beim Thaja-Fest vom 10. – 11. November 1911 galt seine „Moderevue", die er im Hebbelsaal unter dem Titel „Märtyrinnen der Mode" inszenierte, als ein besonderer Leckerbissen des Abends. Hiermit spielte er auf die Moderevue vom 13. März 1911 im Schauspielhaus an. Die Initiative dieser höchst umstrittenen Veranstaltung ging vom Warenhaus Tietz aus, deren Moderation Paul Henckels übernommen hatte. Stein des Anstoßes war vor allem der „Hosenrock" des einflussreichen Pariser Modeschöpfers Paul Poiret (1879–1944), der ab 1912 eine europaweite Promotiontour für seine Reformmode-Neuheiten durchführte. Wegen der Absage an das Korsett wurden seine Entwürfe – bis auf den „Humpelrock" – vielfach als Befreiung in der Damenmode empfunden. Starke Unterstützung erhielt er von der Pariser Künstler- und Literatenavantgarde.

Der Hosenrock
im Urteil bekannter Zeitgenossen.

Die B[erliner] Z[eitung] a[m] M[ittag] veranstaltete kürzlich bei Bühnenkünstlerinnen eine Umfrage nach der Zukunft der vielumstrittenen Modeneuheit. Das Resultat war, wenigstens für die Bühne, kein ungünstiges.

„Ich verabscheue den Hosenrock, aber eine scharmante Frau sieht bezaubernd darin aus." Madge Lessing (Metropoltheater).

Amerikanische Scherzpostkarte zum Humpelrock

„Ich finde die Culotte reizend, dezent und als Gesellschaftskleidung sehr geeignet." Juliette Goob (Berliner Theater).

„Der Hosenrock ist sehr hübsch, wenn er von einer eleganten, schlanken Frau getragen wird." Maria Sera (Schiller-Theater).

„Ich habe mit dem Hosenrock, den ich auf der Bühne trage, die besten praktischen Erfahrungen gemacht. Er ermöglicht eine viel größere Bewegungsfreiheit als der enge Rock und trägt sich sehr angenehm." Grete Sorg (Modernes Theater).

„Ich schwärme nicht für Hosenrollen. Mir ist ein Höschen lieber – als eine Hose." Fritzi Massary (Metropoltheater).

„Man verfolge mich mit Hohn und Spott,
Ich bin unmoralisch und für die Culotte."
Joseph Giampetro (Metropoltheater).

„Die Culotte ist riesig fesch – wenn man sie zu tragen versteht."
Lola Beeth.

„Ich finde die neue Frauentracht reizend und sehr dezent." Kurt Sommer (Königliches Opernhaus).

„Ist zart gefesselt und voll Klasse
Das Bein, verkneif' ich jede Glosse!
Darum ist kein Grund zum Hosen-Hasse
Bei dieser grossen Hosen-Hausse!!"
Julius Freund.

Düsseldorfer Theater-Woche, Jg. 2, 18.3.1911, Heft 28, S. 12, 14

Hermann Harry Schmitz ließ es sich nicht nehmen, auf diese aktuelle Diskussion in seiner Conférence anzuspielen. Sein Auftritt war bereits so zugkräftig, daß dieser Veranstaltungsteil auf dem Theaterzettel des Schauspielhauses Düsseldorf gesondert ausgewiesen wurde. Die Düsseldorfer Tagespresse unterstützten den Trend mit ausführlichen Besprechungen:

Schauspielhaus Düsseldorf.

Freitag, den 10., Samstag, den 11. November, abends 7 Uhr:

Thaja 1911

Tänze und Reigen

ausgeführt von hervorragenden Vertreterinnen moderner Tanzkunst

Gertrud Listikowska
Sent M'Ahesa

sowie den

Mitgliedern des Schauspielhaus-Ensembles

Nach der Aufführung: BALL.

Im Hebbelsaal:

Modenrevue

Märtyrerinnen der „Mode"

Verfasst und eingeleitet von Hermann Harry Schmitz.

Preise der Plätze:

Freitag: Hauptkarte Mk. 10.—, Nebenkarte Mk. 5.—
Samstag: „ „ 5.—, „ „ 3.—
exklusive Billetsteuer und Garderobegebühr.

Der Ertrag ist für die Rheinische Volks-Akademie für ethische und aesthetische Kultur.

Kassenöffnung 6 Uhr. Einlass 6 1/2 Uhr. Beginn 7 Uhr.

Sonntag, den 12. November 1911:
Nachmittags 3 Uhr zu kleinen Preisen: Glaube und Heimat.

Abends 7 1/2 Uhr:

Der Grossfürst

Ein Schwank aus Berlin W in 3 Akten von Artur Landsberger.

Thaja [= Theater-Akademie-Jahrmarkts-Aufführung] 23. – 24. Oktober 1909, Programmzettel zur Veranstaltung im Schauspielhaus Düsseldorf, Theatermuseum Düsseldorf

„... Oben im Hebbel-Saal erzählt Hermann Harry Schmitz von seinem Onkel Hubert. Ich glaube diesmal ist der Onkel aus Dülken, und die Geschichte dauert bis Januar. Ein Regenschirm, Ohrringe, zwei Straßenbahnkarten, ein roter und ein schwarzer Frack, das erste Französisch, Hitzeferien, Asketik, ein Lähmrock, China, die Südsee, Tripolis und noch einige Kleinigkeiten treten dabei auch auf. Und dann beginnt die große Modenrevue von H. H. S. Die Damen im Lähmrock, Frau Bender im Hosenrock und eine, die zum Glück nicht Frau Bender ist, in der Rockhose, der Topfhut und der Huttopf und die Schleppe, die von Berlin bis Marokko oder noch weiter reicht, das ist die Mode von heute Mitternacht."

Düsseldorfer General-Anzeiger, 11.11.1911

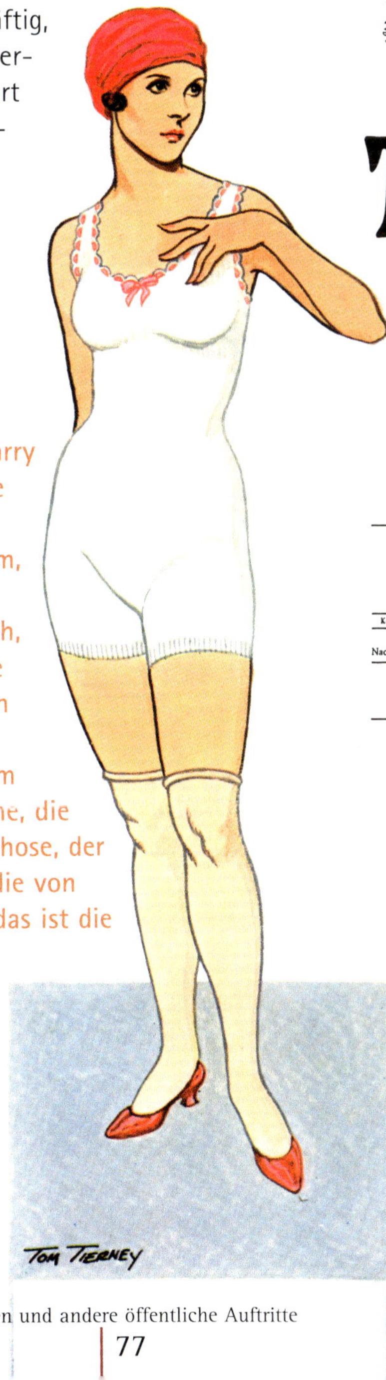

„...Um zehn Uhr strebte der ganze Strudel nach oben, zum Hebbelsaal nämlich, wo Hermann Harry Schmitz es nicht lassen konnte, nach einleitendem Vortrag über seinen Onkel Hubert, eine Insel in der Südsee, einen Zanella-Regenschirm, einen Stoß alter Krefelder Adreßbücher und andere erbauliche Dinge, eine Modenrevue und innerhalb dieser eine Reihe von Märtyrerinnen der Mode vorzuführen. Hermann Harry würde es sich mit all der ihm eigenen Entschiedenheit verbitten, wenn ich die Ergießungen seiner burlesken Seele in Literatur umsetzen wollte, denn er gehört zu den Dichtern, die weniger gelesen als fleißiger gehört sein wollen. Nach dem Vortrag tanzte man wieder bis das erste Morgenlicht in den Gassen graute." Düsseldorfer Zeitung, 11.11.1911

Immer wieder wußte er sich mit vornehmer Zurückhaltung in Szene zu setzen, wenn er im eleganten Frack mit tiefliegenden schwermütigen Augen seinen hintergründigen Blödsinn vortrug.

„Ich gedenke Ihnen heute abend", begann er, „von meinem Seelenleben als Siamesischer Zwilling zu erzählen." oder „Mir träumte verwichene Nacht, ich sei eine Hängematte, auf mir liege die tätowierte Dame aus der Hunsrückenstraße und schaukele im linden West." Mai, 1925, S. 11

Mittlerweile war die Diskrepanz zwischen seinem künstlerischen Leben und dem beruflichen Alltag im Büro der Piedboeuf'schen Röhrenfabrik in Eller so groß geworden, daß sich Hermann Harry Schmitz um 1911 entschloß, seine Bürotätigkeit vollkommen aufzugeben und sich nur noch seinen literarischen Ambitionen zu widmen.

Porträtfoto
von HHS,
ohne Jahr.
Sammlung
Matzigkeit

Wein- und Bierhaus „Rosenkränzchen“ am Stiftsplatz in der Düsseldorfer Altstadt, Stadtarchiv Düsseldorf

Der Literaturstammtisch im „Rosenkränzchen“

Am Stiftsplatz/Ecke Altestadt befand sich bis zu seinem Abriß im Jahre 1933 ein Haus im schlichten klassizistischen Stil, das durch die Weinschänke „Rosenkränzchen“ im Untergeschoß stadtbekannt wurde. 1842 von ihrem ersten Wirt Balthazar Thoelen eröffnet, verkehrten hier zunächst vornehmlich fromme Gäste. So die seit 1407 bestehende Rosenkranzbruderschaft, die sich nach den Rosenkranzandachten am Nachmittag in der Lambertuskirche zum Dämmerschoppen einfanden; die Bürgergesellschaft „Casino“, die St. Sebastianus-Schützen-Bruderschaft und die Düsseldorfer Heiligenmaler, die sogenannten Nazarener.

Mit der Übernahme des Weinlokals im Jahre 1878 durch den Baggereibesitzer Jacob Ambach und seine Frau Susanne („Schrüfchen“) änderte sich das Publikum. Das „Rosenkränzchen“ wurde jetzt zum Treffpunkt für die Künstler der benachbarten Akademie. Es kamen aber auch Musiker und gelegentlich der eine oder andere damals bekannte Dichter, wie Rudolf Herzog oder Detlev von Liliencron, die sich wieder einmal in Düsseldorf aufhielten und einen guten Mosel zu schätzen wußten. Ihrer eigenen Popularität war es zu verdanken, daß die Weinschänke über Düsseldorfs Grenzen hinaus bekannt wurde.

Um die Jahrhundertwende, besonders aber nach den Ausstellungsjahren 1902 und 1904 deutete sich ein erneuter Wandel an. Es war eine andere Generation, die voll von neuen Ideen und Ausgelassenheit die Szenerie betrat. Es wurde ein Stammtisch daraus,

Regierungsrat Kurt Kamlah, 1907, Theatermuseum Düsseldorf

bei dem abwechselnd die neuesten Gedichte, Skizzen oder Geschichten vorgetragen wurden, die Hanns Heinz Ewers für so bedeutsam hielt, dass er seinem Verleger Georg Müller vorschlug, hieraus ein Buch zu machen:

Titelseite des Romans „Fuegos Fatuos“ von Otto Boyer, Düsseldorf 1910

Widmung von Otto Boyer an Herbert Eulenberg, Dezember 1909, Heinrich-Heine-Institut, Düsseldorf

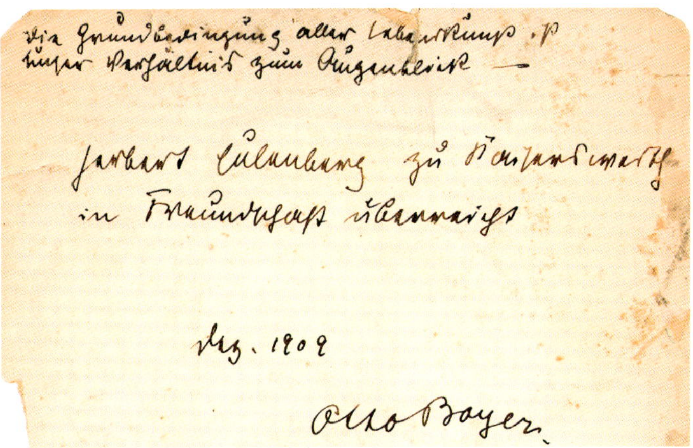

„... in Düsseldorf existiert eine gesellschaft: die ‚Rosenkränzer'. es sind: Herbert Eulenberg, Ilna Ewers-Wunderwald, Kurt Kamlah, Prof. Alb[ert] Keller (der maler), Prof. Aug[ust] Münzer (sie kennen ihn aus ‚Simpl[izissimus]', ‚Jugend' u.s.w.), Hermann Harry Schmitz (ein sehr begabter Groteskendichter), Gust[av] Krumbiegel (ein ausgezeichn[eter] Componist), frau Hedda Eulenberg, Otto Boyer (der maler, verfasser eines sehr guten romanes ‚fuegos fatuos'); endlich – mehr als outsider: ich. – die leute wollen nun ein buch gemeinsam herausgeben: ‚Im Bewußtsein

Fotopostkarte
Der Autor Herbert Eulenberg,
Heinrich-Heine-Institut, Düsseldorf

des Scheidens'. Sie haben einen Verleger (Girardet) in Düsseldorf – – aber ich habe ihnen dringend geraten, den nicht zu nehmen, sondern sich an Sie zu wenden! ... ich habe ihnen erklärt, dass Sie (G. Müller), die Sache nur dann machen würden, wenn von vorneherein alles durch vorherige Subskription gedeckt würde! – Das ist den leuten nun ein leichtes und sie werden es sicher machen; besonders riet ich ihnen, dass irgendjemand (außer den anderen subskribenten ca. 200 Ex[emplare] kaufen müßen, die zum versand als rel. ex[emplare] bestimmt seien!! – nun wird Ihnen Kurt Kamlah dieserhalb schreiben. (Damit Sie gleich bescheid wißen, Kamlah ist O.E. Hartlebens Vetter, Verfasser des ‚Armen Kurti' (bei Schuster u[nd] Löffler, u[nd] anderer bücher; dabei im Privatleben Regierungsrat.) –
Das ganze ist sicherlich kein – oder doch nur ein kleines Geschäft für Sie. Aber: es macht Ihnen auch keine Kosten und wird Ihren Verlag am Niederrhein sehr gut einführen. Denn diese ‚Rosenkränzer' repräsentieren thatsächlich allein die geistige Spitze dort und haben alle verbindungen."

HHE an den Münchener Verleger Georg Müller, Berlin-Charlottenburg, Schlüterstr. 24, 30.3.1910. Bayerische Staatsbibliothek, Handschriften-Abteilung, München. Signatur: Ana 381, II (Ewers, Hanns Heinz)

Hanns Heinz Ewers, um 1910, Heinrich-Heine-Institut, Düsseldorf

Müller antwortete Ewers umgehend:

Lieber Herr Dr. Ewers!
Schönen Dank für Ihre Zuschrift vom gestrigen. ... Die Publikation der Rosenkränzer mache ich gerne. Derartige Dinge kann man buchtechnisch sehr gut ausgestalten. Sind denn die Beiträge gut? Nach den Namen zu schliessen ja. Eine Subskription hat sicher den entsprechenden Erfolg, denn in Düsseldorf giebt es eine ganze Masse reicher Leute, die sonst für Bücher gar nichts ausgeben, bei einer derartigen Sache aber gerne mitwirken, wenn ihr Name irgendwie genannt wird und das kann man natürlich mit Leichtigkeit machen.
Ich warte also die Mitteilung des Herrn Kamlah ab.
Mit den besten Grüssen
Ihr ergebener
Georg Müller

Georg Müller an HHE, masch. Brief München, 31.3.1910. Bayerische Staatsbibliothek, Handschriften-Abteilung, München. Signatur: Ana 381, II

Das geplante Buchprojekt kam trotz des Engagements von Hanns Heinz Ewers und Kurt Kamlah nicht zu Stande, da sich die Gruppe der Rosenkränzler bereits im Winter 1910/11 wieder auflöste. So bleiben nur noch die fragmentarisch überlieferten Erinnerungen der Rosenkränzler und ihres Umfelds. Der Kunsthistoriker Professor Richard Klapheck hat diesem Treiben vom Nebentisch aus zugesehen. In seinen fragmentarischen Erinnerungen an die Zeit im „Rosenkränzchen“ schreibt er:

„Dieses Rosenkränzchen-Kapitel müßte doch einmal von Hanns Heinz Ewers oder Herbert Eulenberg aufgezeichnet werden. Ich habe es nur aus der Entfernung flüchtig miterlebt, doch entsinne ich mich noch lebhaft, vom Nachbartisch aus einer literarischen Skizze zugehört zu haben, die Hermann Harry Schmitz vorlas, und die etwa folgender Weise begann: ‚Es war an Bord des Hapag-Dampfers Sowieso. Ich teilte die Kabine mit einem Herrn Soundso. Er übergab sich gerade, als ich mich ihm vorstellen wollte usw.‘“
Richard Klapheck: Das Rosenkränzchen. In: Düsseldorfer Heimatblätter, Jg. 8, 1939, H. 8, S. 172 – 176

Die Malerin Ilna Ewers-Wunderwald, um 1910, Heinrich-Heine-Institut, Düsseldorf

Zwei Winter lang (1909/10) bestand dieser Kreis „unbefangener Gesellen und Gesellinnen“ um am Samstagabend über Kunst, Literatur und Allzumenschliches zu reden. Auch Hans Müller-Schlösser weiß von dem „drolligsten Lukasjünger“ Erich Nikutowksi und seinem Freund Hermann Harry Schmitz zu erzählen, „der bei aller sprühenden Lustigkeit aussah wie der müde Tod.“

Erich Nikutowski gehörte zu dem Kreise des „Rosenkränzchens“, in dem so viele Ein- und Ausfälle seines Freundes Hermann Harry Schmitz das Lampenlicht erblickten. Diese beiden gleichgestimmten Seelen dort wirken zu sehen und reden zu hören war ein großer Genuß. Die Durchschnittsmenschheit kam nicht gut dabei weg, doch sie wurde hier auch nicht geduldet. Für jeden aber, der Sinn für blühenden Blödsinn und übermütigen Ulk hatte, war diese Welt eine köstliche. Diese beiden Hüter heiterster Ausgelassenheit tanzten über alle Erdenschwere und Philistermoral hinweg, sie verdrehten die würdigsten Institutionen zum Possenspiel, das Feuerwerk ihrer Witze knatterte unaufhörlich, und wenn ein fremder Gast zufällig in den Raum geriet bekam er Augen so groß wie die eines Hundes im Andersenschen Märchen. Und doch lag im tiefsten Grunde aller Eulenspiegelei das Wissen um das Leiden am Leben, beide konnten sehr ernst blicken und oft wohl war das Lachen die Erlösung von der Erdenschwere, der Spott die Befreiung von Gedanken über die Unzulänglichkeiten der Welt und ihrer Geschöpfe. Wie in den wundervollen Gestalten Shakespearescher Narren einten sich Schmerz und lustige Laune, Kummer und überlegene Ironie, Güte und schneidender Witz.

Nikotin besaß eine besondere Begabung, Worte und Bilder auseinanderzureißen und sie zu den wahnsinnigsten Zusammenstellungen wieder zu verbinden. Mit unendlicher Geduld schnitt er in den malfreien Stunden aus Zeitungen, Katalogen, Büchern und sonstigen Fundgruben einzelne Silben, Worte und Sätze aus und klebte daraus zwerchfellerschütternde Erzählungen, die ohne Pointe haarsträubenden Unsinn berichteten und jeden Philister in flammende Entrüstung brachten- sie waren nicht immer für die weitere Öffentlichkeit geeignet, diese jeder Logik und Klarheit entbehrenden Unglaublichkeiten. Aber ihre Wirkung war immer explosiv, und ich erinnere mich eines Zusammenseins, in dem Hermann Harry Schmitz, Otto Boyer und ich einander im wahrsten Sinne des Wortes festhielten, um einen Halt im Lachen zu haben. Wir litten noch stundenlang an Schmerzen in den Nacken- und Kopfmuskeln. Andere hätten vielleicht säuerlich gelächelt oder wären verstimmt geworden. Wem das Verständnis für Mark Twainschen Ulk, für das übermütige Spiel mit bürgerlichen Begriffen, Feierlichkeit und Phrasentum fehlte, durfte diese Kunstwerke nicht betrachten. Sie waren oft von höchst scherzhaften Karikaturen begleitet, in denen der Verfasser meist selbst eine sich ironisierende Rolle spielte. Er war unerschöpflich im Ersinnen schwierigster Lebenslagen für die eigene Persönlichkeit.
Noch grotesker wirkten die auseinandergeschnittenen und nach Laune wieder zusammengefügten Bilder. Die entgegengesetztesten Sachen wurden zu unsagbaren Mißgeburten, phantastischen Entartungen und erstaunlichsten Naturspielen zusammengefügt, ungeheuerliche Geschöpfe entstanden, so geschickt geklebt, dass eine gewisse Möglichkeit des Daseins doch immer vorhanden zu sein schien. Auch diese Ergebnisse einer skurrilen Phantasie konnte man nur auf die Gefahr hin, sich vom Leben zum Tode zu lachen beschauen, die Kreuzungen von Menschen, Tieren und Dingen raubten dem Betrachter den Atem und die beigefügten Schlagworte taten das übrige. Mit solchen Einfällen ergötzte Erich Nikutowski jahrelang seine Freunde."

Kurt Kamlah: Erich Nikutowski. In: Düsseldorfer General-Anzeiger vom 13.1.1921.

Herbert Eulenberg,
Heinrich-Heine-Institut,
Düsseldorf

Haus Freiheit in Kaiserswerth, um 1912, Heinrich-Heine-Institut, Düsseldorf

Und Herbert Eulenberg ergänzt rückblickend:

Dort trafen wir uns in einem für uns frei gehaltenen Hinterstübchen alle Samstage und brachten auch unsere Frauen dahin mit, sofern wir sie besaßen. Diese Kneipe hatte sogar, was die Lage betrifft, manches vor dem Ratskeller, der nicht bestand, voraus. Wenn man in dunklen Winternächten an der riesigen Kreuzigungsgruppe an der Lambertikirche vorüberbog und den Wind über den nahen Rhein fiedeln oder gar heulen hörte, da bekam man schubbernd erst den rechten Durst auf die verschiedenen Flaschen Mosel-, Rhein- und Schaumwein, die wir dort – es war vor dem [1. Welt-] Kriege, wohl zu vermerken! – leer getrunken haben. Schade, daß die Tafelrunde, die dort im „Rosenkränzchen" alle Samstage zusammentraf, so schnell von dem verhaßten Tod aufgelöst worden ist. Es waren Kerle darunter, die sich neben Burgmüller, Uechtritz, Kolbe, und anderen Zechgenossen Grabbes sehen lassen konnten. Wie denn überhaupt von jungen Menschen damals eine gewisse

Ähnlichkeit mit den Kumpanen gehabt haben mag, die der Dichter des „Hannibals" zu seiner Zeit in dem unfern vom „Rosenkränzchen" gelegenen lange schon verschollenen Weinhaus „Zum Drachenfels" um sich versammelt hat. Ich sehe sie noch vor mir, die wunderlichen Kerle und Künstler, die jetzt bei Pluto pukulieren: Otto Boyer, den Maler, der nebenbei einen vortrefflichen spanischen Reiseroman hinterlassen hat, ein Westfale von Geburt, der am liebsten Geistergeschichten hören und erzählen mochte und einen stundenlang in der gewandtesten Weise von den futuristischen Bildern vorschwärmen konnte, die er noch malen wollte und auf denen er alles mit einem regenbogenfarbigen Strahlenkranz umglänzen wollte. Und Gustav Krumbiegel, der Musiker, der später im Schlamm von Flandern gefallen ist. Er erinnerte geradezu an Norbert Burgmüller, den früh verklungenen Düsseldorfer Tonschöpfer vor der Schumannzeit, auch äußerlich. Halb wie Beethoven, halb wie Napoleon anzuschauen. Es war ein echter Rheinländer, ein Frauenfreund und fröhlicher Kamerad bis in die tiefe Nacht hinein. Den Morgen pflegte er, wenn er nicht die Bahn mehr nach Hause bekam, nicht liegend, sondern im Stuhle sitzend wie einer der römischen Cäsaren, zu erwarten, bis ihm die besorgliche Mutter Ambach heißen Kaffee und kalten Aal zur Auffrischung an seinen Stuhl brachte, und er danach, sich den letzten Schwung für den Tag zu geben, zum Dampfbad fortstürzte. Er verschönte uns die Stunden mit seinem Klavierspiel, zu dem er stets bereit war, und zauberte mit besonderer Vorliebe seine eigenen Tonschöpfungen in der Stube bei Ambach erstmalig auf die Tasten. Ich habe das Andenken dieses uns zu früh entrissenen Musikanten, der viele schöne Lieder und eine Cellosonate und um ihn trauernde Freunde hinterlassen hat, in einem Sonett *in memoriam* eines im Kriege gefallenen jungen Tondichters festgehalten, das auch hier seinen Platz finden mag. Als ein Zeichen unserer Verehrung und Trauer für die vielen schönen Jünglinge, die uns der Krieg gekostet hat:

Komposition „Sonetten-Sonate" von Gustav Krumbiegel.
Der Einband wurde von Ilna Ewers-Wunderwald gestaltet.
Heinrich-Heine-Institut, Düsseldorf

Wir hatten musiziert und schwiegen jetzt
Und starrten vor uns hin und lauschten leise
Dem Nachklang der von dir erdachten Weise,
Als hättest du dich still zu uns gesetzt.

Nicht als ein Toter, blutend und zersetzt,
Nein, wie du warst in unserem Freundeskreise,
Verliebt, verträumt wie einer auf der Reise
Den alles wundert und den nichts verletzt.
Wir sahen deine braunen Augen wieder,
Die für das Große dieser Welt gefunkelt,
und dachten, welch ein Schicksal sie verdunkelt:
Wildfremder Hass riß dich zur Grube nieder.

Hätt' er dich je gekannt, der dich erschossen,
er hätte dich wie wir ins Herz geschlossen.

Und Hermann Harry Schmitz erschien alldort pünktlich und regelmäßig, der inzwischen hier fast volkstümlich gewordene witzige Lebensschilderer. Seine drei lustigen Bücher, die er geschrieben hat, können kaum den eigentümlichen anziehenden Reiz wiedergeben, der von seiner Persönlichkeit ausging. Seine Stegreifreden, seine Augenblickseinfälle und Scherze, mit denen er uns ergötzte, waren meist so komisch, dass man nicht aus dem Lachen über ihn kam. Und dann umflog ihn fast stets die rührende Schwermut, die leicht um Menschen, die früher sterben müssen, schwingt.

Ab und zu kamen auch Kurt Kamlah, der damals voll von Sonetten steckende Jünger und Freund Otto Erich Hartlebens, und Dr. Fritz Maase, der Freigeist, der Seelen für seine kleine trotzige Gemeinde sammelte, und Viktor M. Mai herzu, dessen Unterhaltungsteil im „General-Anzeiger" zu jener Zeit noch nicht von der öden ephemeren Politik verschlungen war.
Und Ilna Ewers-Wunderwald, die gerade von Indien heimgekehrt war und in ihrem stärksten Haarschmuck und in den wildesten Phantasien aus dem Sonnenland prangte, kam blaubleich wie die Lotosblumen, um bis in die Nacht in Wolken von Zigarettenrauch dazusitzen.
Auch die jungen Maler Deußer, der bereits damals schon gern hypochondrierte, und Clarenbach nebst blonder Gattin, mit dem ganzen Schaum seiner Jugend, beides weiland noch Sonderbündler und Umsturzmänner, tauchten häufig bei den grünen Lampen im Aquarium, wie sie unser nächtliches Rosenkränzchenfesthaus nannten, auf.

Eulenberg, Herbert: Ein Blatt der Erinnerung. In: Die deutschen Gaststätten. Bilder aus ihrer Vergangenheit und Gegenwart. Hrsg. Wilhelm Bredehorn. Düsseldorf: Pestalozzi-Verlag, Wilhelm Bredehorn, 1925, Bd. 1, S. 62-63

Victor M. Mai, der auch diese Phase in Hermann Harrys Leben aus nächster Nähe miterlebt hat, wertete die Zeit im „Rosenkränzchen" als die fruchtbarste in Schmitz' gesamten literarischen Schaffen. In einer Rezension des Buches „Die Liebe des Vinzenz Leuther und andere Geschichten" von Kurt Kamlah hat Hermann Harry die Künstlertreffen im „Rosenkränzchen" selbst geschildert. Für den Schmitzkenner ist es ganz ungewohnt, Hermann Harry in dieser fast wehmütig-sentimentalen Weise reden zu hören. Doch vielleicht ist es eines der wenigen Male, wo er sich der Öffentlichkeit gegenüber schonungslos offen verhalten hat, er, der trotz seiner eleganten Kälte im Inneren ein heimlicher Romantiker geblieben war.

„In der stillen Weinstube alten Düsseldorfer Stils, fern vom grellen Lärm schreiender Amüsements in vergoldetem Stuck, rotem Plüsch und stechendem elektrischem Licht, fand man sich allwöchentlich zusammen zu einer stillen Feier, in aller Harmonie gleichgesinnter Seelen. Menschliches und Allzumenschliches wurde beredet, um Taten und Offenbarungen der Kunst wandte sich Rede und Gegenrede. – Der Nachklang dieser seltsamen Abende der Sammlung und Weltflucht steigt mir wie eine köstliche Erinnerung auf, wenn ich diese Blätter, denen das feine Märchen der Lebenssinne ‚Die Liebe des Vinzenz Leuther' den Namen gab, vor mir liegen habe. – Und ich sehe uns an manchen Winterabenden über den heimeligen Stiftsplatz mit seinen alten Häusern einzeln durch den Schnee stampfen und wie zu einem stillen Fest in dem traulichen Retiro letzter Romantik verschwinden. Und jeder Abend hatte sein Ereignis, und manches Gedicht und manche Skizze oder Novelle wurde aus dieser befruchtenden Stimmung zur künstlerischen Improvisation. Ich erinnere mich mehrerer Novellen, die im neuen Buch Kamlahs stehen, die uns der Dichter aus dem Augenblick heraus an solchen Abenden mit leiser Stimme erzählte. Und uns anderen ging es ähnlich..." Mai 1925, S. 11 – 12

Dennoch sollte der Zusammenhalt der Gruppe nicht länger als ein halbes Jahr dauern. Von den tragenden Personen des Kreises waren nur noch Kurt Kamlah und Herbert Eulenberg in Düsseldorf geblieben. Erich Nikutowski hielt sich seit längerer Zeit vorwiegend in Caub auf und kam nur noch gelegentlich nach Düsseldorf, um seine Bilder zu verkaufen; Otto Boyer war überraschend Ende Dezember 1912 in Weimar verstorben, wo er noch einmal seine Familie aufgesucht hatte.

Hermann Harry Schmitz wurde durch mehrere Krankenhausaufenthalte davon abgehalten, weiterhin teilzunehmen. Hanns Heinz Ewers hatte sich mittlerweile von seiner ersten Frau Ilna Ewers-Wunderwald scheiden lassen und war auf Weltreise gegangen, nachdem diese mit Gustav Krumbiegel nach Leipzig umgezogen war.

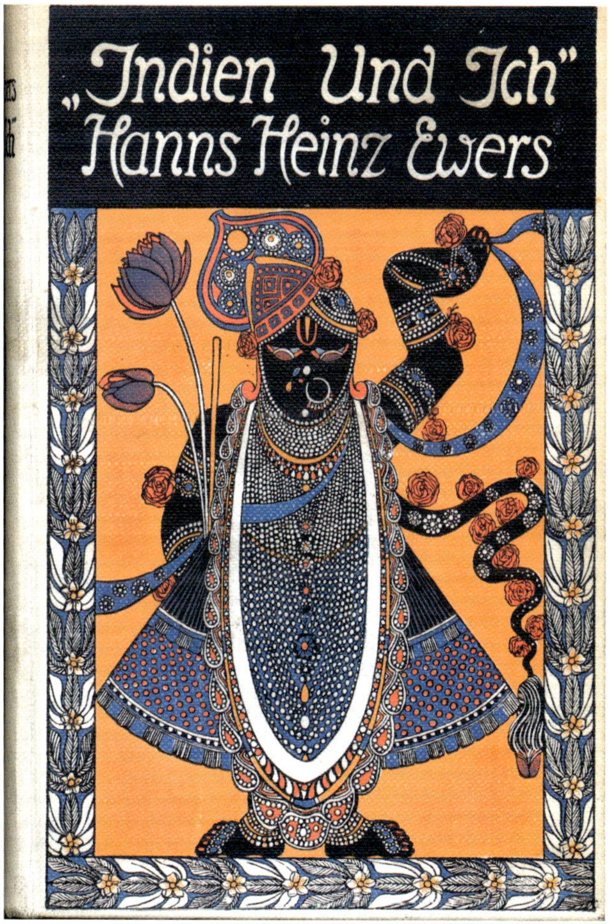

Hanns Heinz Ewers, „Indien und Ich", München 1911.
Den Einband gestaltete Ilna Ewers-Wunderwald.

Dennoch riß der Kontakt untereinander nicht ab. Für Hermann Harry Schmitz wurde Hanns Heinz Ewers neben Herbert Eulenberg zum Mentor. Zu den freundschaftlichen Gepflogenheiten gehörte es auch, die Neuerscheinungen wechselseitig zu rezensieren.

Ex Libris von Gustav Krumbiegel, monogrammiert mit L. H., Sammlung Matzigkeit

Selbstporträt Ilna Ewers-Wunderwald, ohne Jahr

Der Mann mit der Maske
(Zu dem Gedichtband „Moganni Nameh" von Hanns Heinz Ewers)

„Einige Leute sagen, er sei ein sehr weicher und zarter Lyriker. Andere aber behaupten, er sei der bluttriefendste Erzähler grausamer Geschichten. Manche erklären ihn für einen lieben alten Märchenerzähler. Wieder andere schwören darauf, daß seine Stärke in der Satire liege. Sicher ist, daß er immer mit einer Maske herumläuft, und daß kein Mensch weiß, wer er eigentlich ist", so schreibt ein Anonymus, der sich Peter Squentius nennt, zur Silhouette des Dichters Hanns Heinz Ewers im Anhang des Romans der Zwölf.

Dieser Peter Squentius hat recht. Hanns Heinz Ewers ist ein Problem. Eine Nuß für den gewissenhaften Literaturregistrator. Ein enfant terrible für die schablonisierende Kritik. Ein Chamäleon künstlerischer Variationen, dem mit landläufigen, hergebrachten Taxierungen nicht beizukommen ist.

Der Mann mit der Maske!

Der moderne Ahasver mit dem Kainszeichen eines seltsamen Genius, eines Jagenden in den Gefilden menschlicher Leidenschaften nach neuen unbekannten Sensationen, eines Wissenden furchtbarer Geheimnisse von Kulten und Riten voller Blut und Grauen, eines Verstehenden geheimnisvoller okkulter Kräfte, eines unersättlichen Sammlers verfluchter besessener Seelen.

Ich erinnere mich noch gut des Eindrucks, als ich Hanns Heinz Ewers zum ersten Male sah. Er empfing mich in seinem Studio. Seltsamkeiten aller Zeiten und Länder füllten den Raum. Vom Fenster aus sah man in einen alten Klostergarten, in welchem betende Mönche ernst und gemessen wandelten. Eine eigentümliche suggestive Wirkung ging von diesem Manne aus, der da vor mit saß und aus seiner Zigarette, die von einer kleinen goldenen, an einem Fingerring befestigten Gabel gehalten wurde, dicke Wolken in die Luft stieß.

Er sprach in kurzen abgerissenen Sätzen, scharf und hart.

Von einer westindischen Sekte von Teufelsanbetern erzählte er, deren blutige Geheimnisse zu erforschen, ihm, als er auf Haiti weilte, gelungen war, von der heutigen Existenz satanistischer Gesellschaften in Europa, von schauerlichen Kulten vergangener Epochen, von den Rosenkreuzern, von allen diesen geheimnisvollen Dingen, von deren Existenz der brave Normalbürger in den meisten Fällen keine Ahnung hat und auch nichts wissen will, aus Furcht, sein Bierherz könnte sich überschlagen oder gar die Verdauung leiden.

Ewers ist der einzige unserer Modernen, der sich seit Jahren intensiv mit diesen schwarzen Problemen künstlerisch und wissenschaftlich befaßt und wohl als der beste Kenner dieser Materie anzusprechen ist.

Ich mußte, während Ewers sprach, immer auf seine Hände schauen: brutale, grausame Hände. Hände, die das Streicheln verlernt hatten, die sich krampften voller Sehnsucht nach den wilden Festen, von denen ihr Herr berichtete.

Hanns Heinz Ewers in seinem Düsseldorfer Studio auf der Immermannstraße 22, Heinrich-Heine-Institut, Düsseldorf

Das war der Jünger der schwarzen Magie, der Satanist, der da vor mir saß, der „Das Grauen", „Die Besessenen" und den „Zauberlehrling" schrieb, der vor kurzem in Berlin einem atemlos lauschenden Publikum die Thesen seiner dunklen Wissenschaft verkündete. Der es versteht, uns durch die außergewöhnliche Kraft seiner Schilderungen, seine Phantasien, seine Träume, seine Bilder lockender Furchtbarkeiten zu Wirklichkeiten, uns zu zitternden Zuschauern, zu schaudernden Genossen seiner blutigen Mysterien zu machen.–

Eine andere Maske!

Einen Weisen traf ich an. Phylax, der Papagei, der ihn auf seinen Reisen stets begleitete, saß ihm auf der Schulter, schmiegte sich voller Liebe an seinen Herrn und rieb den Kopf an seinen Wangen. Das Tier wußte sich geliebt.

Als einen spottenden Weisen fand ich den Dichter, der über die Torheiten der Welt und das Getue der Menschen lachte, der sich zu den Tieren flüchtete mit seinem großen Herzen, da er der Menschen müde war.

Den Märchen- und Fabelerzähler, den Dichter lustiger Schnurren fand ich in diesem Manne mit dem bunten Vogel auf der Schulter, dessen Lippen sich lustig kräuselten und zogen in spöttischem Lachen. – –

Eine andere Maske!

Hanns Heinz Ewers, „Moganni Nameh", München 1910. Den Einband gestaltete Ilna Ewers-Wunderwald.

Ich halte „Moganni Nameh", die bei Georg Müller in München erschienenen Gedichte von Hanns Heinz Ewers in meinen Händen. Ein seltsamer, kostbarer Band, dem die große einzigartige Kunst von Ilna Ewers-Wunderwald, die neun ganzseitige Schwarzweißzeichnungen dem Buche beigab und den Einband und das Vorsatzpapier zeichnete, einen ganz außerordentlichen Wert verleiht. –

Diesen Hanns Heinz, der süße Frauenlieder singt, diesen Pierrot, der uns seine goldene Käthi, seine Stenie preist, der als der „Neuromantik tollster Ritter" auf seinem Goldfuchs in die Lande reitet und im einsamen Wiesental sein Gedicht „Syringen" (im Zyklus: Blumen brach ich), gewoben aus Blumenduft und blauer Maiennacht, erlebt, der tiefe echte Töne findet in seinem Gedicht „Mutter" (im Zyklus: Empfindsamkeiten) – diesen Hanns Heinz kannten wir noch nicht.

Ein anderer Mensch steht plötzlich vor uns, nicht der Sänger des Blutes mit den grausamen Händen, nicht der Erzähler lustiger Fabeln und Satiren mit dem sarkastischen Munde, ein feiner empfindsamer Dichter tritt uns entgegen, mit einem Herzen voller Sehnsucht nach Liebe, nach weichen kosenden Frauenhänden, dessen große Augen die Tränen um gestorbene Liebe kennen...

Unterhaltungsbeilage zum Düsseldorfer General-Anzeiger vom 27.2.1910

Hermann Harry Schmitz mit seinem Neffen Fritz Quast, 1911. Heinrich-Heine-Institut, Sammlung Quast

„Der Säugling und andere Tragikomödien"

Hermann Harry Schmitz zog seine bemerkenswerte Popularität aus seinen öffentlichen Auftritten; eine weitere Plattform erhielt er durch seine regelmäßige Mitarbeit beim Düsseldorfer General-Anzeiger. Seit seiner ersten Veröffentlichung, den „Drei Fabeln ohne Moral", Ende 1907, lagen bald so viele Geschichten vor, daß ein Buch möglich wurde. Damit erfüllte sich Hermann Harry Schmitz einen lange ersehnten Wunsch, endlich seinen ungeliebten kaufmännischen Beruf aufzugeben.

Auch gegenüber seinem Vater wurde die geplante Buchpublikation zum ausreichenden Argument, Piedboeuf zu verlassen, zumal die Firma 1910 eine Interessengemeinschaft mit der Gelsenkirchener Bergwerks-Aktien-Gesellschaft eingegangen war und 1913 vollständig in dieser aufging.

Anfang März 1911 trat Hanns Heinz Ewers mit einem spektakulären Lichtbildvortrag „Indien und ich" in der Düsseldorfer Tonhalle auf. Diese Gelegenheit nutzte Hermann Harry Schmitz und bat seinen Freund, gemeinsam mit ihm wegzufahren, um zu arbeiten. Ewers sollte ihm mit seiner Erfahrung behilflich sein, eine druckfertige Fassung seines Erstlings zu erstellen.

Daraufhin bemühte sich Hanns Heinz Ewers den Band bei Georg Müller in München unterzubringen. Er schrieb in einem Brief am 6. August 1911 aus Süddalmatien:

lieber h. müller:
„... – ich halte es für meine pflicht, ihnen beifolgenden brief zu senden!
die Vorgeschichte dazu ist folgende:
H. H. Schmitz, ist von den hunderten junger schreibfähiger menschen,
die ich kenne, einer der ganz wenigen, vielleicht der einzige, der begabung hat und /
dazu eigenart. er ist dazu materiell unabhängig und kann seine begabung entwickeln;
ich habe mich stets für ihn interessiert, ihm geholfen und ihn ermuntert. Ich
schrieb ihnen schon vor jahresfrist davon. manche seiner grotesken phantasien
brachte der „Simpl[izissimus]" – neulich schrieb er mir nun und ich antwortete: bei
der gelegenheit forderte ich ihn auf [,] mir seine manuskripte zu senden, da ich
zurück über München fahren wollte und mit ihnen über eine buchausgabe sprechen
wollte ihnen gerne dies talent requirieren, das mehr
wert ist als die meisten ihrer autoren, von denen immer gerade
12 auf ein Dutzend gehen! – Antwort: beiliegender brief! (siehe: die
blau angestrichene stelle!!)
der mann ist gewißermaßen noch „laie", hat nie ein buch herausgegeben
– aber viele hunderte gekauft! er sieht die „verleger" bestimmt noch mit
den augen des publikums an! das sollte ihnen doch zu denken
geben! – bedenken sie doch: ein junger mann gibt sein erstes
buch heraus – ist er da nicht seelenfroh, wenn man ihm verspricht,
ihm einen verleger – dazu einen ersten – zu verschaffen? Und
dann sagt der jüngling: „nein! da lieber nicht! aus den

und den gründen!" und das schlimmste ist, dass er mit diesen gründen absolut recht hat!! – Sie sind auf dem falschen wege, l(ieber) h(err) M(üller), und sie müssen abbiegen: hinaufgehen – nicht hinunter!! ..."

Brief von Hanns Heinz Ewers an Georg Müller, Lecina/Süddalmatien vom 6.8.1911, Bayerische Staatsbibliothek, Handschriften-Abteilung, München. Signatur: Ana 381, II Ewers, Hanns Heinz

Die Bemühungen des Verlegers Georg Müller blieben aber erfolglos. Schließlich knüpfte Herbert Eulenberg die entscheidenden Kontakte zum gerade erst gegründeten Ernst Rowohlt Verlag. In der Korrespondenz mit Rowohlt tritt ein sehr selbstbewußter Hermann Harry Schmitz in die Verhandlungen, der seinen finanziellen Nutzen sucht und auch um seine künstlerischen Qualitäten weiß.

Hermann Harry Schmitz. Privataufnahme auf der Schumannstr. 13, Düsseldorf, um 1911. Heinrich-Heine-Institut, Sammlung Quast

Düsseldorf, 13.7.1911
Schumannstr. 13

Sehr verehrter Herr Rowohlt!

Für Ihren liebenswürdigen Brief besten Dank! Ich bin kein fauler Mensch, ich bin nur ein gewissenhafter Mensch. Ich arbeite Tag und Nacht an meinem Buch und gönne mir nur ganz kurze Ruhepausen#. Ich habe aus meinem Vorrat 21 Skizzen ausgewählt, halte es aber für richtig, an der einen oder anderen noch ein wenig zu feilen und ausgesprochene Lokalnoten auszumerzen. Ich denke in acht Tagen die Sache druckreif zu haben. Den passenden, schlagenden Titel für das Buch zu finden, ist fast schwerer, wie die Grotesken zu schreiben. Ich habe zwei drei, die mir zu passen scheinen, mich aber dennoch nicht völlig befriedigen.

1) Das komplizierte Leben
   Bosheiten des Alltags von H. H. S.

2) Schabernack
   Teufeleien des Alltags von H. H. S.

3) Der genarrte Mensch
   Bosheiten des Alltags von H. H. S.

in denen ich schnell ein Schinkenbrot herunterschlinge.

Vielleicht fällt mir noch etwas prägnanteres ein. –

Was die mir so sympatische finanzielle Frage angeht, möchte ich Ihnen in aller Bescheidenheit des Anfängers einen Vorschlag machen:

1) für die erste Auflage 700 Mark im voraus.
2) für jede weitere Auflage 25% vom Ladenpreis
3) Garantie (es klang mir lieblich ins Herz, als Sie bei Ihrem Hiersein davon sprachen) für einige Auflagen. –

Dünkt Sie solches vermessen?

Ich verbleibe mit den besten Grüßen, in vorzüglicher Hochachtung

Ihr ganz ergebener
Hermann Harry Schmitz

Düsseldorf 7/8.1911
Schumannstr. 13

Sehr verehrter Herr Rowohlt!
Seien Sie mir nicht böse und entschuldigen Sie die Verzögerung in der Absendung des Manuskriptes und der Beantwortung Ihres Schreibens vom 14. pass[im] – die Hitze, Gott, die Hitze! Mit Ihrem liebenswürdigen Vorschlag, mir pro Auflage von 1000 St[üc]k M[ar]k 600,– zu zahlen, für die erste Auflage sofort, bin ich einverstanden. Millionär kann man nicht mit einem Schlage werden, das sehe ich ein.

Ich schicke Ihnen im Ganzen 24
Skizzen, die ich ausgewählt habe. Ich
glaube aber fast, das es zu viel wird für
einen Band. die meiner Ansicht nach
stärkeren Arbeiten habe ich auf dem ein-
liegenden Verzeichnis mit einem x bezeich-
net, die würden dann bei einer Aus-
wahl zuerst berücksichtigt werden. Im
Uebrigen aber überlasse ich Ihnen das voll-
ständig.
Einen Titel zu finden, ist doch
verdammt schwer; ich meine „Das komplizierte Leben“
Bosheiten des Alltags wäre noch immer der
bezeichnendste. Ich habe noch folgende:

Im Wackeltopf des Lebens oder
" " des Alltags oder
Ironien des Alltags

Sehr kompliziert, sehr kompliziert!
dann möchte ich noch vorschlagen, die Skizzen dem Inhalt entsprechend in
Gruppen wie auf einl[iegendem] Verzeichnis einzuteilen. –
Wie ist es mit den Freiexemplaren?
Ich wäre Ihnen nun überaus dankbar,
wenn Sie mir mein Honorar möglichst
bald überweisen ließen. Ich muß aus der Hitze der
Stadt hinaus ans Meer. Für Ostende
wird es ja kaum reichen – Gott, ja – ich bin
bescheiden. – Würden Sie die Liebenswür-
digkeit haben mir unser Abkommen
zu bestätigen. Ich empfehle mich Ihnen mit besten
Grüßen als Ihr ganz ergebener H. H. Schmitz

Satzprobe zur Erstveröffentlichung von Hermann Harry Schmitz, Heinrich-Heine-Institut, Düsseldorf, Sammlung Quast

Düsseldorf 11.8.1911
Schumannstr. 13

Sehr verehrter Herr Rowohlt!

Meinen verbindlichsten Dank für die liebenswürdige, prompte Ueberweisung meines Honorars, das ich heute mit M[ar]k 600,- (Sechshundert Mark) durch die Diskonto Ges[ellschaft] Berlin erhielt.
Ich habe mich für einliegende Satzprobe entschieden; der Druck ist mir graziöser und lesbarer, als der des anderen Abzuges.
Einen endgültigen Vorschlag für den Titel kann ich noch immer nicht bringen (ich werde über der Titelsuche noch irrsinnig; das wäre zwar eine feine Reklame für Sie, aber ich will doch erst meine 600 M[ar]k verprassen) „Im Kientopp des Lebens!" oder „der Säugling und anderes Tragikomisches".
Der Vortitel für die Familiengruppe wäre vielleicht besser: „Aus dem Schooß der lieben Familie" – und für die zweite Gruppe: „Im öffentlichen Leben" –
Selbst die Titel, die mir Eulenberg aus Holland auf verwirrten Karten aufgiebt, finden meinen Beifall nicht. So:
Leichte Seifenblasen, Schaum oder Knubberchen (?) – – –
Ich sehe der Einsendung des Vertrages noch entgegen und verbleibe mit den besten Grüßen
Ihr ganz ergebener
Hermann Harry Schmitz

Einlage!

7.8.1911
München Schwabing
Giselastr. 27 part[erre]

Mein verehrter Herr R[owohlt] !

die erste Auflage geht hier in die Binsen! Ihre Sendungen erreichen mich bis auf weiteres unter obiger Adresse. Was halten Sie von dem Titel: „der Säugling und andere Tragödien". – Müller ist sehr verstimmt! Ich trinke Bier und verwildere.
Herzl[ichen] Gruß Ihr ergebener
Hermann Harry Schmitz

Alle Briefe an Ernst Rowohlt: Yale University – Beinecke Rare Book And Manuscript Library, Yale Collection Of German Literature, Kurt Wolff Archive

Im September 1911 hielt sich HHS für zehn Tage bei Hanns Heinz Ewers in Berlin auf. Ewers bereitete wie geplant die Publikation zum Druck vor. Hermann Harry Schmitz

„schicke ich jeden abend ins theater. Ich habe viel arbeit mit seinem buch“,

beklagte sich Hanns Heinz Ewers gegenüber seiner Frau Ilna. Wenig später:

„es war eine scheußliche arbeit mit HHS – aber etwas besser ist nun sein buch –“.

Heinrich-Heine-Institut, Düsseldorf, Nachlaß Hanns Heinz Ewers

Drei Wochen später traf er Hermann Harry Schmitz in München und las mit ihm Korrektur. Eifersüchtig äußerte er sich gegenüber Ilna Ewers-Wunderwald:

„Eulenberg besorgte ihm einen verlag, Rowohlt in Leipzig, der ihm M. 600 pro erste auflage in bar zahlte! – leider: denn das buch ist jämmerlich, erbärmlichster zeitungskitsch! Ein paar sehr nette lustige sachen – – und dann immer wieder dasselbe, jeder witz zu tode gehetzt. scheußlich!“

Brief vom 24.11.1911, Heinrich-Heine-Institut, Düsseldorf, Nachlaß Hanns Heinz Ewers

Im Dezember 1911 erschien „Der Säugling und andere Tragikomödien“. Der Band sollte sich für Verleger und Autor als unvermuteter Glücksfall erweisen. Bereits im ersten Jahr erschienen zwei Auflagen.

Für die Nachauflagen merkte Hermann Harry Schmitz penibel seine Korrekturen beim Verlag an. Auch auf die Vermarktung seines Werkes versuchte er Einfluß zu nehmen.

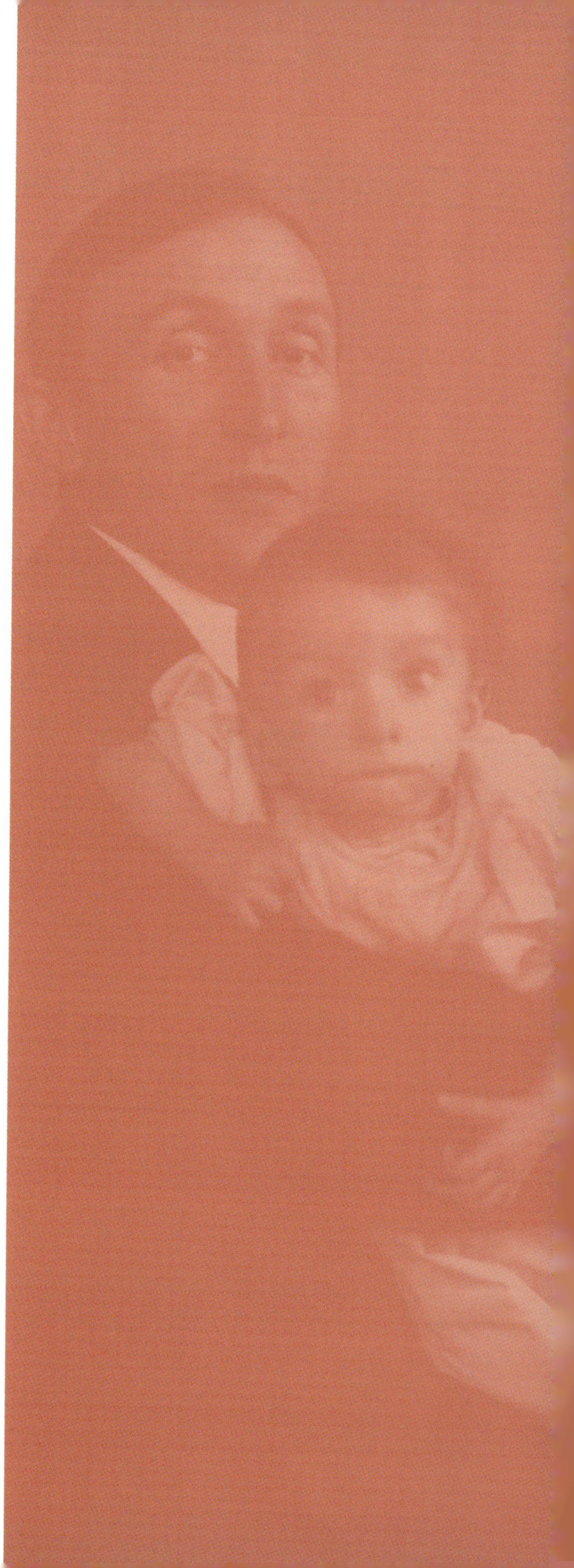

Düsseldorf, 6. Mai 1912
Schumannstr. 13

Sehr geehrter Herr Rowohlt!

Bei einem Neudruck meines „Säuglings" wäre auf der Seite 62 in der dritten Zeile von oben „Benders" in „Dembecks" abzuändern. Ich möchte mir weiter die Anfrage erlauben, ob wir nicht die damals zurückgestellte Novelle O Rom, o Rom doch unter die Reisegeschichten in der neuen Auflage aufnehmen sollten. –
Haben Sie Beziehungen zu der Firma Stielke*), Berlin, die das Monopol des Buchverkaufs an den Berliner Bahnhöfen und auf den Schiffen der Hamburg Amerika Linie und des Norddeutschen Lloyds hat? Man sagte mir, daß der Inhaber Commerzienrat Stielke selbst ein Freund von humoristischer Lektüre ist – vielleicht lassen Sie ihm ein Ex[em]pl[ar] des „Säuglings" mit dem Kritikenstreifband zugehen. das wäre eine vorzügliche Absatzmöglichkeit!! Ich werde hier am Bahnhof versuchen, das Buch einzuführen.
Ich verbleibe mit ergebensten
Grüßen
Ihr
Hermann Harry Schmitz

*) ich glaube so ist der Name

„Der Säugling und andere Tragikomödien" in der Erstauflage von 1911. Einbandgestaltung von Emil Preetorius. Sammlung Matzigkeit

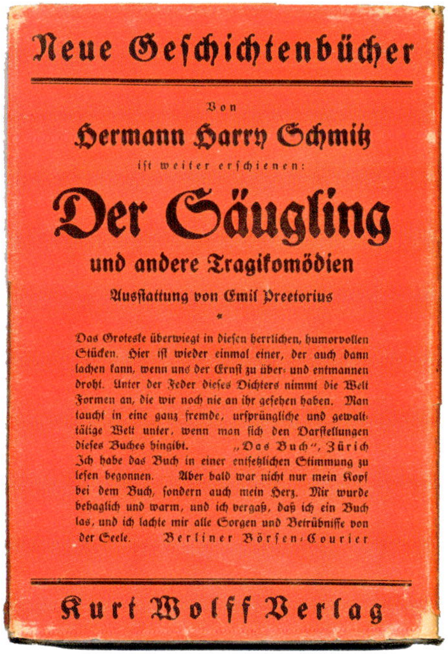

„Der Säugling" in einer Nachauflage von 1912 mit Pressestimmen auf dem Schutzumschlag. Sammlung Matzigkeit

Düsseldorf, 10. Juni 1912

Ernst Rowohlt Verlag
Leipzig

Sehr geehrter Herr Rowohlt!

Ich habe noch den Empfang Ihres Geehrten vom 10. pass[im] zu bestätigen. An Georg Stilke (der Mann heißt Georg nicht Hermann) habe ich, wie Sie mir rieten meinen Säugling mit einem launhaften Brief geschickt. Ich habe von St[ilke] einen liebenswürdigen Brief zurückerhalten; er schreibt u[nter] A[nderem]: ich habe bereits eine größere Anzahl von dem Werk durch Ihren Herrn Verleger bezogen und werde meine Bestellung auch demnächst ergänzen. – Die Buchhändler machen mich darauf aufmerksam, daß es vielleicht praktischer wäre, die Bauchbinde um den Säugling so anzubringen, daß sich das Buch öffnen läßt, durch Einfalten unter die Deckel. Es käme häufig vor, daß der Käufer erst mal in dem Buch zu blättern wünscht. – Herbert Eulenberg bekam von Harden Bescheid, daß sein Essay über mich in einer der nächsten Nummer der Zukunft erscheinen wird. Das ist recht nützlich und ehrend! Was mein zweites Buch angeht – so möchte ich diese Arbeit nicht überstürzen. Ich habe genügend Material, das aber noch eingehend gesichtet und durchgearbeitet werden muß. – Haben Sie durch Ihr Ausschnittbureau die Besprechung von Fontana*) über mein Buch im Pester Lloyd bekommen? Wenn ja, überlassen Sie sie mir. – Ich hätte nun noch eine Bitte: ich muß mich mit Rücksicht auf mein ein wenig ramponiertes Nervensystem einige Wochen an einem ruhigen Orte erholen – nur kümmerliche Mittel stehen mir augenblicklich zur Verfügung – ich wäre Ihnen sehr verbunden, wenn Sie die Güte haben würden, mir per 25. d[es] M[onats] einen Vorschuß im Betrage von 150 M[ar]k zu bewilligen. Ich habe das Geld dringend nötig. –

Im voraus für die Erfüllung meiner Bitte meinen herzl[ichen] Dank!

Ich verbleibe mit den besten Grüßen
Ihr sehr ergebener
Hermann Harry Schmitz

H. H. Ewers ist zur Zeit in Düsseldorf. Er sagt, er habe bereits vor zwei Monaten über mich geschrieben für das Berliner Tageblatt – es hat bisher diese Kritik noch nicht gebracht.

*) Das ist der Wiener Autor und Kritiker Oskar Maurus Fontana (1889-1969).

Alle Briefe an Ernst Rowohlt: Yale University – Beinecke Rare Book And Manuscript Library, Yale Collection Of German Literature, Kurt Wolff Archive

In der überregionalen Presse fand das Buch eine begeisterte Aufnahme. In einem Werbeblatt des Kurt Wolff Verlags wird der Rezensent des Berliner Börsen-Couriers zitiert:

„Man lacht sich krank und wieder gesund, unsere Phantasie schlägt die tollsten Purzelbäume, und man schreit zuweilen auf vor Lachen. – Ich habe das Buch in einer entsetzlichen Stimmung zu lesen begonnen. Aber bald war nicht nur mein Kopf bei dem Buch, sondern auch mein Herz. – Mir wurde behaglich warm, und ich lachte mir alle Sorgen und Betrübnisse von der Seele."

Für den Autor Hermann Harry Schmitz war die Freude über den Erfolg keineswegs so ungeteilt, wie man vermuten könnte:

„Der Eindruck absoluter Leichtigkeit, den der Band hinterließ, verführte fast die gesamte Kritik zu der Einsicht, daß all das auch mit fabelhafter Leichtigkeit hingeschrieben sein müsse, und das bedrückte Hermann Harry und machte die weitere Arbeit nur noch schwerer." Mai, 1925, S. 13

Unverständnis für diese schöpferischen Qualen auch auf Seiten der begeisterten Leserschaft:

„Einmal kam er (H.H.S.) in ein vornehmes Haus in Elberfeld, einer erlesenen Gesellschaft als feinster Genuß versprochen. Die Erwartungen wurden nicht enttäuscht, er bezauberte die Leutchen restlos. Und dann nahte der Moment, da die Hausfrau das Album zückte, in das hinein er etwas schreiben sollte. Etwas ungeheuer Geistvolles, ungeheuer Humorvolles, versteht sich. Solche Albumwünsche waren ihm verhaßt, wie nichts auf der Welt. Aber was will man nach einem Souper mit Champagner machen? Er wurde in einen kleinen Nebensalon geführt, saß da, durch die halbgeöffneten Tür mit Augen der Neugier und Spannung beobachtet, eine Viertelstunde, eine halbe Stunde. Das Haar klebte ihm auf der nassen Stirn, er rang seinem Geist sicherlich das Brillanteste ab. Endlich, endlich, reichte er mit einem Seufzer der getanen Arbeit das Album zurück, und die Frau des Hauses schlug stolz und glücklich auf und las: ‚Nach langem tiefen Nachdenken. Hermann Harry.'" Mai, 1925, S. 13

Dem introvertierten Menschen blieb oft nur die Flucht in die Ironisierung der verhaßten Situation, der er sich selbst ausgesetzt hatte. Diese Ironie verschaffte ihm Distanz zum Publikum, das an ihn Erwartungen stellte, die er nicht erfüllen wollte. Ebenso verwahrte er sich gegen jede Festlegung seiner Person auf ein gängiges Klischee:

„Mit Halloh empfangen, wie überall, wo er erschien, kam er einmal in eine Düsseldorfer Künstlerkneipe. Ein Graf, Träger eines (damals) hochpolitischen Namens, klemmte das Monokel ein: ‚Ah, der Mann, über den man lacht!' - ‚Jawohl, Herr Graf', erwiderte Hermann Harry, ohne eine Miene zu verziehen, ‚aber über mich lacht man nur, wenn ich es will!'" Mai, Buch der Katastrophen, Leipzig, 1916, S. 7

Hermann Harry Schmitz in geselliger Runde, ohne Jahr.
(v.l. HHS, Herr Jacobi, Frau Tellering, Herr Tellering).
Heinrich-Heine-Institut, Nachlaß Kordt

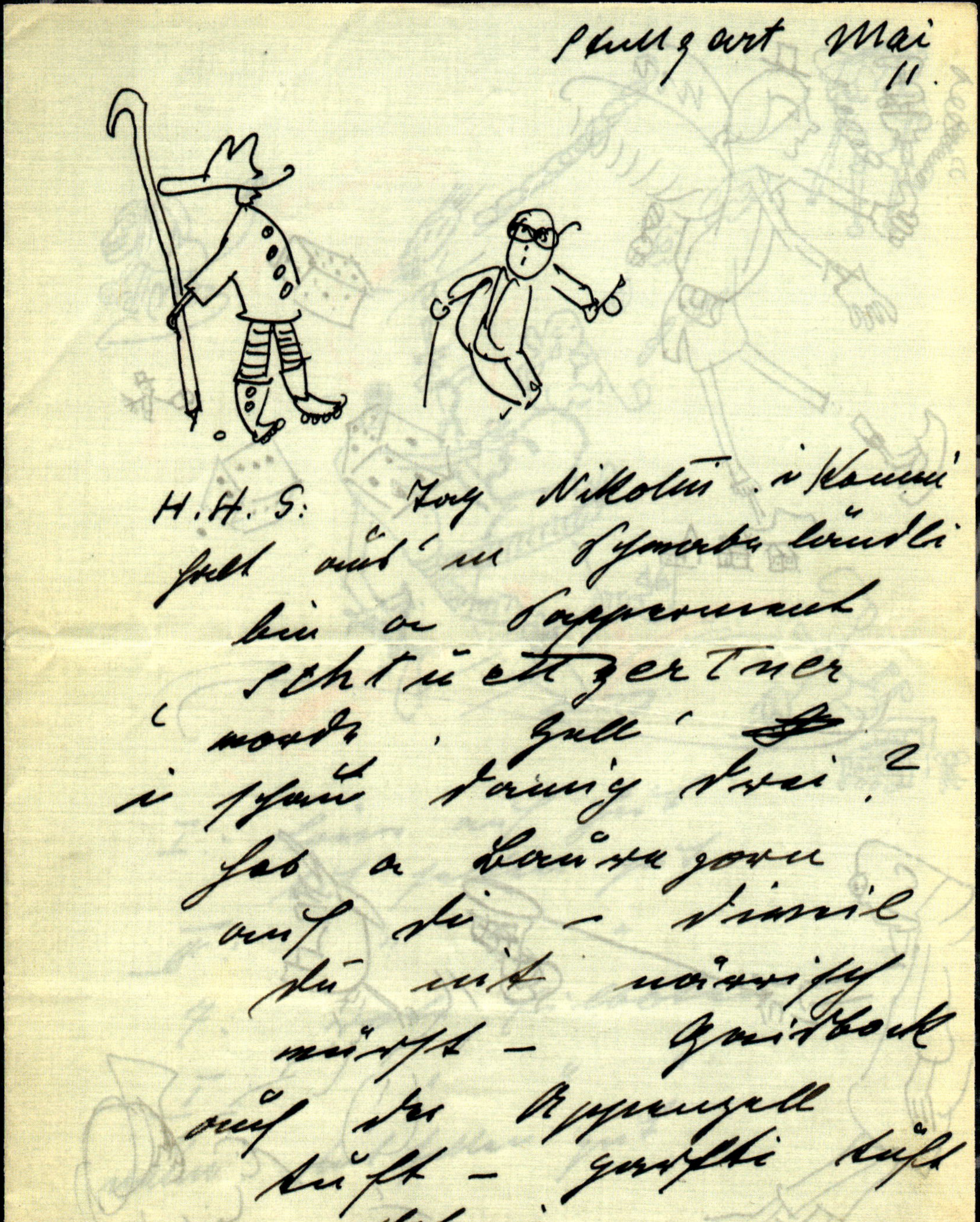
Stuttgart Mai 11.

H. H. S: [illegible] Nikolai i komm'
[illegible] [illegible] Schwabeländli
[illegible]
schtüttzertner
[illegible] gell' [illegible]
i [illegible] [illegible] drei.
hab a [illegible]
[illegible] [illegible] – [illegible]
[illegible] [illegible] [illegible]
[illegible] – [illegible]
auf der [illegible]
[illegible] – [illegible] [illegible]
hab i.

Illustrierter Dialog von Erich Nikutowski. Archiv Bilker Heimatfreunde, Sammlung Smeets

Fahrten ins Blaue

Reisen. Reisen!! Eigentlich befand sich Hermann Harry Schmitz immer irgendwie auf Reisen, physisch oder mental. In der Kindheit waren es die kleinen Fluchten, die ihn in den Sommerferien aus der väterlichen Strenge ins Eifelnest Roggendorf führten. Dann – pubertierend mit 16 Jahren – die erste Erholungsreise ins ferne Korsika. Bevor er den Bestimmungsort erreichte, unternahm er einen längeren Abstecher ins nächtliche Paris der Varietés und Dichterbohemiens der Belle Epoche kurz vor der Jahrhundertwende – diesmal zunächst ganz ohne Aufsicht.

Jahre nach seinem Schulbesuch fand Schmitz seinen eigenen Weg, sich Bildung anzueignen. Er legte sich eine sorgfältig ausgewählte Bibliothek zu, machte indessen einen großen Bogen um die Bildungstouristen, die gezwungenermaßen seinen Weg kreuzten, wenn er sich wieder mal in seinem geliebten Italien aufhielt. Was die Verfeinerung seines Sensoriums betraf, setzte er lieber auf die „Schule des Lebens", die seine Sinne ebenso geschärft hatte wie seinen Verstand.

Er wurde zum Chronist des Alltäglichen, beäugte verstohlen seine Nachbarn vom Nebentisch aus und schrieb auf, was er sah – an der Table d'hote in der Sommerfrische ebenso wie als Reisebegleiter in der Eisenbahn, die er zunehmend selbstverständlich nutzte. In solchen unbeschwerten Situationen war er offen für die Zufälligkeiten des Lebens, genoß das Ambiente und die ständig wechselnden Landschaften auf seiner Reise in den Süden. Zurückgekehrt, schwärmte er im Kreise seiner Freunde von seinen Eindrücken und ließ die Leser des „General-Anzeigers" an seinen oftmals skurrilen Erlebnissen teilhaben.

Hermann Harry Schmitz in bayrischem Loden.
Foto: Visit Portrait, um 1911.
Heinrich-Heine-Institut, Sammlung Quast

Es war im vergangenen Mai, kurz nach meiner Rückkehr aus Italien.

Wir hatten uns eines Abends spät zufällig im Kaffeehause getroffen.
Ich war aus den Tagen halkyonischer Beschaulichkeit unter Lorbeer und Oliven in unseren sogenannten lieblichen Mai mit Regen, Wind und laufenden Nasen hineingeraten, und es war mir noch nicht so recht gelungen, eine schmerzliche Sehnsucht nach dem Sonnenlande jenseits der Alpen zu überwinden und mich in meiner Heimat wieder so völlig zu akklimatisieren. Die Tretmühle des Alltags, das bittere Muß des Broterwerbs (ohne Brot kann man doch den Kaviar nicht andauernd essen!), waren auch nicht dazu angetan, mich das sorglose Leben unter ewig blauem Himmel so leicht vergessen zu machen.

Was lag näher, als daß ich einer verstehenden Seele gegenüber mein Herz ausschüttete und von dem herrlichen Lande zu schwärmen begann, wo mir jeder Tag ein Fest, eine Girandole fabelhaften Erlebens, jede Stunde eine neue Erkenntnis von der trunkenen Schönheit des Seins gewesen war. Ich erging mich in übertriebenen Superlativen, pries Italien in den verstiegensten Dithyramben und erklärte es mit dem großen Pathos absoluter Überzeugung für den einzig möglichen Aufenthalt des fein differenzierten Kulturmenschen von heute.

Otto Boyer hatte den Strom meiner Begeisterung ruhig über sich ergehen lassen, ohne den Versuch zu machen, zu bremsen. Er hatte vor sich hingeschaut und tiefe Züge aus seiner aus einem Maisblatt gewickelten Havannazigarette eingesogen. Mich ärgerte es ein wenig, bei ihm kein Echo meines Enthusiasmus zu finden. Ich wurde fast aggressiv tendenziös und warf mit altbewährten Schlagwörtern um mich. Dann war es ihm zuviel geworden, und er hatte angefangen, nun seinerseits gegen das Land meines Schwarms Spanien, an das er sein Herz, seine Sehnsucht verloren hatte, auszuspielen.

»Ich kann mir nicht helfen, ich mag Italien nicht. Man hat sich im Laufe der Zeit, namentlich wir Germanen mit unserem traditionellen Heimweh nach der apenninischen Halbinsel, zu viel für dieses Land begeistert«, so hatte er begonnen. »Die Sensationen sind zu häufig angefaßt worden, das Land ist abgegriffen. Es ist zu oft mit Kommentaren zum Gebrauch für das Volk, in Familien und in der Schule versehen worden. Man hat es systematisch veroberlehrert. Alle primäre Genußmöglichkeit ist einem genommen. Bei jedem Eindruck, der an uns herantritt, drängt sich uns unwillkürlich auf, hier hat Goethe das gesagt, Heine hat bei dieser Gelegenheit so empfunden, der gute Seume hat sich hierüber in diesen Worten begeistert. Natürlich ist man in den meisten Fällen nicht arrogant genug oder zu bequem, seine eigenen Empfindungen zu analysieren, sondern tritt prompt in die Begeisterung laut Literaturstunde ein.«

Ich versuchte mit aller mir in dieser späten Stunde noch zu Gebote stehenden Rhetorik gegen ihn anzureden. Da er aber viel stärker war wie ich – ich meine natürlich physisch –, gab ich es bald auf und ertappte mich sogar dabei, daß ich ihm in vielem ein wenig recht geben mußte.

»O über die Horden, die alljährlich über die Alpen ziehen mit Rundreiseheften dritter Klasse (Dampfer zweiter Klasse)«, klagte mein Visavis. »Die Mannen mit grünen Bazihütchen mit oanem Buschen aufi, in Wollhemden mit Troddeln am Hals heraus, die Chiasso >Schiasso< aussprechen, denen ein vollgestampfter beulenartiger Rucksack die geniale Kurve gibt, und die leicht dazu neigen, eine Gegend nach den

Bierverhältnissen zu taxieren. Dann die Weibsen, o Gott! Im Lodenkostüm, in Sturm und Wetter erprobt, Wettertrotzer, mit Schmutzriemen, mit dessen Hilfe sich der Kleiderrock wie eine geraffte Portiere in graziösem Faltenwurf um den wackeren Embonpoint drapieren läßt, mit der Bädekersternbegeisterung, mit ausgelatschten Zugstiefeln, auf den Spuren Goethes wie Polizeihunde. ja, diese Gesellschaft hat die feinen unsichtbaren Geister, die aus alten Kulturen aufsteigen und dem Verstehenden wunderbare Geheimnisse zuraunen, vertrieben!«

Es war leider zu wahr! Ich hatte sie gesehen, meine lieben Landsleute, wie sie der zu früh verstorbene Wilke so glänzend zeichnete.

»Spanien« – wie köstlichen Wein ließ Boyer das Wort über die Zunge gleiten – »Spanien, das ist das Land der ungehobenen Schätze, Neuland für die jagenden in den Gefilden okkulter Sphären. Ich habe zwei Jahre in Spanien gewohnt, und es lockt und singt, und eines Tages werde ich wieder dorthin zurückkehren.«

Er beugte sich über den Tisch zu mir herüber und flüsterte mir geheimnisvoll zu: »Dort erleben wir Dinge, von denen sich unsere Schulweisheit nichts träumen läßt.«

Von Sevilla sprach er dann, und ich hörte den Klang der Kastafiuelas und sah die schlanken Majas mit langsam graziösem Wiegen die Sevillana, den Tanz der keuschen Wollust tanzen. Granada zauberte er mir vor Augen, die Wunder der Alhambra, und aus seinen Worten wuchsen mir die Mondscheinnächte im Löwenhofe dieses Märchenschlosses.

Ich begleitete ihn auf seinen Ritten durch die wildzerklüfteten Täler der Sierra Nevada, schritt mit ihm über blühende Lavendelfelder, trieb mich mit ihm dort, wo am Genil in Erdhöhlen die Gitanas, die spanischen Zigeuner hausen, herum.

Wie gebannt lauschte ich ihm, als er anhub zu erzählen von seinem einsamen »Carmen de San Pedro«, einem verfallenen Häuschen noch aus maurischer Zeit inmitten eines verwachsenen Gartens, in welchem er seine Wohnung aufgeschlagen hatte. Wie zu nächtlicher Stunde dort Gäste aus transzendentalen Fernen sich zum Besuche einstellen. Von dem Spuk, der Vision der Mondfrau. Der Morgen graute, als wir auseinandergingen, und lange habe ich die Erinnerung an diese Nacht im Kaffeehause und an die Schilderungen Otto Boyers mit mir herumgetragen.

Fuegos Fatuos. Fragment aus dem Leben eines phantasierenden Müssiggängers. (Zu einem Roman von Otto Boyer)
In: Sonntagsblatt des Düsseldorfer General-Anzeiger vom 28.11.1909

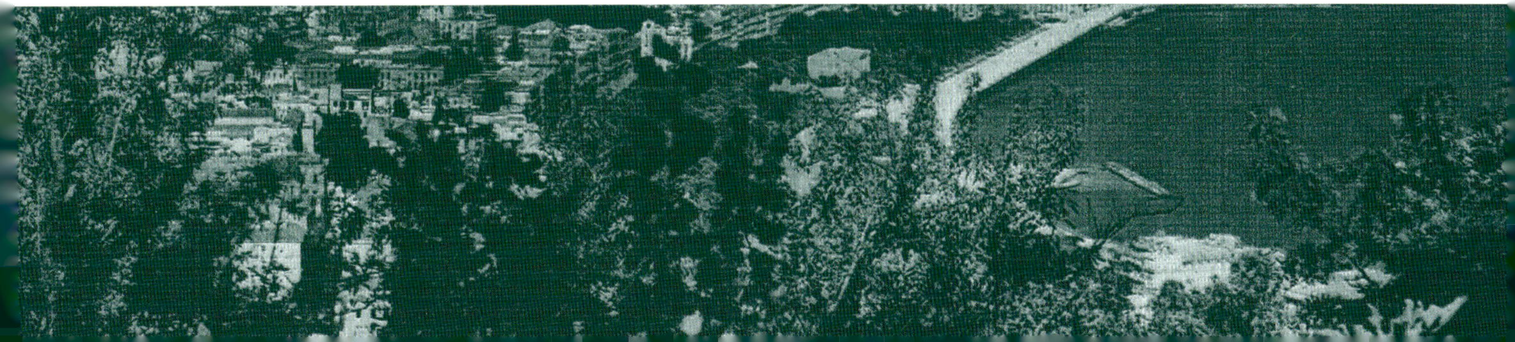

Als ich gen Italien fuhr

Nachdem ich mein zweites Paar Gummischuhe in diesem Jahr verschlissen hatte, eine Grippe, eine Gesichtsrose und zwei Influenzaanfälle überstanden hatte, erwachte in mir mit aller Macht die alte germanische Sehnsucht nach dem sonnigen Süden, dem ewig blauen Himmel Italiens. –

Es ist ein beseligendes Gefühl, bestimmt zu wissen, daß man im richtigen Zug und im richtigen Waggon sitzt. Amsterdam–Ventimiglia stand auf dem Schild, welches draußen am Waggon angebracht war.

Das war eine Not gewesen, bis ich endlich so weit war. Erst die nervöse Fragerei bei dem ganzen Bahnhofspersonal, auf welchem Bahnsteig der Zug einlaufe, ob ich bis Como, meinem vorläufigen Reiseziel, auch sicher sitzen bleiben könne, ob der direkte Wagen nach Italien vorne oder hinten im Zug sei, ob der Zug voraussichtlich stark besetzt sei, ob Verspätung gemeldet sei, ob er schon Einfahrt habe.
Dann die Angst, der Gepäckträger werde mit meinem Handgepäck nicht rechtzeitig am Zuge sein oder mich nicht finden. Es war eine entsetzliche Hatz.

Dabei mußte ich mich fortgesetzt mit Tante Düne Fletschknaster, Tante Brösele Hupebeih und Onkel Dagobert Klabauter, die es sich nicht hatten nehmen lassen, mir das Geleite zu geben, in zuvorkommendster, liebenswürdigster, erbneffenhafter Weise unterhalten.

Es ist ein lieber, sinniger Brauch, jemanden, der eine Reise tut, zum Bahnhof und an den Zug zu begleiten. Worte von Ewigkeitswert werden in diesen letzten Augenblicken getauscht.

»Also schreibe sofort, wenn du ankommst«, bat Tante Düne zum zweiundachtzigsten Male.

Hermann Harry Schmitz mit seinem Lieblingsspazierstock, 16.5.1910.
Heinrich-Heine-Institut, Nachlaß Bongs

»Setze dich rückwärts, lasse das Billett nicht in den Fensterkasten der Kupeetür fallen«, riet mir zum wiederholten Male Dagobert.

»Hast du auch alles?« beunruhigte sich fortgesetzt Brösele Hupebeih.

Ängstlich schaute ich nach dem Gepäckträger aus und antwortete auf alle Fragen mit geistesabwesenden Jas.

»Ah so, was ich noch sagen wollte«, erinnerte sich plötzlich Tante Fletschknaster, »Benders mußt du auch mal schreiben. Vergiß es nicht.«

»Du hättest dir was zum Essen einstecken sollen«, begann Tante Hupebeih wieder; »hast du auch den Kofferschlüssel gut weggetan und den Gepäckschein?«

»Bei Eisenbahnunfällen empfiehlt es sich, die Beine auf den Sitz zu ziehen«, belehrte mich Dagobert.

Vintimiglia um 1910, Sammlung Matzigkeit

In fünf Minuten läuft der Zug ein. Wo der Gepäckträger nur bleibt! Angstvoll schaute ich mich um.

»Ja. Benders werde ich selbstverständlich mal schreiben«, murmelte ich, ganz in Anspruch genommen von der Sorge um mein Gepäck. Der Gepäckträger wird mich doch richtig verstanden haben?

»Vergiß also nicht, sofort eine Postkarte zu schreiben!« Ich grinste Tante Düne an.

»Du hättest dich wärmer anziehen sollen«, bemerkte Tante Hupebeih.

Kein Verlaß ist auf die Gepäckträger!

Ich äuge verzweifelt umher. Ich dränge mich durch die Menschen bis zum Rande des Perrons, lehne mich hinaus, um zu schauen, ob das Einfahrtsignal schon gezogen. »Zurücktreten« wird gerufen und dazu geschellt. Schon biegt der Zug um die Kurve vor dem Bahnhof und fährt fauchend und knatternd in die Halle ein. Man läuft mit dem Zug. Man ist zu weit nach vorn gelaufen. Man rast zurück. Reckt sich den Hals aus nach dem Gepäckträger. Stürmt auf und ab. Wird gestoßen, gedrängt, beschimpft. Immer gefolgt von den guten Verwandten, im Rücken das Keuchen der kurzatmigen Tanten.

Der Gepäckträger hatte schon lange mein Gepäck im richtigen Wagen untergebracht und einen Platz belegt. Ich fand ihn, als ich schon ganz verzweifelt jede Hoffnung aufgegeben hatte. Ich zahlte ihm vor Freude dreißig Pfennig zu viel. »Hast du auch klein?« mischte sich Tante Fletschknaster, leider erst, als ich bereits bezahlt hatte, in diese Angelegenheit.

Nun wurde endgültig Abschied genommen. Zwischen die einzigen noch freien zwei Finger der linken

Hand drückte mir Tante Brösele einen dicken, schmerzhaften, mit Draht gebundenen Strauß, den ich bereits vorher mit nicht geringem Mißtrauen betrachtet hatte. Nochmals wurde ich beschworen, das Billett nicht zu verlieren, mich rückwärts zu setzen, sofort zu schreiben, auf den Kofferschlüssel und den Gepäckschein acht zu geben, Benders ja nicht zu vergessen.

Ich versprach alles mit forcierter Herzlichkeit und stieg, vom Schaffner zum letztenmal energisch aufgefordert, ein.

Ich quetschte mich durch den Gang des Zuges, in welchem sich fortgesetzt Leute mit roten, bangen Gesichtern und großen sich quer stellenden Koffern auf und ab mühten. Ich fand in einem sonst völlig besetzten Abteil auf dem einzigen noch freien Platz meine Handtasche.

Der Zug hielt noch immer. Tante Düne klopfte mit dem Schirm gegen das Fenster und machte mir durch Gesten verständlich, daß sie noch etwas zu sagen habe. Ich stolperte unter Entschuldigungen über die Füße der Kupeeinsassen zum Fenster und mühte mich ab, das Fenster zu öffnen. Zerrte, zog, ruckte an dem Fensterriemen. Die Tanten gestikulierten erregter. Es mußte etwas äußerst Wichtiges sein, das man mir zu sagen vergessen hatte.

Ich quälte mich entsetzlich mit dem Fenster, die Leute guckten höhnisch. Ich bekam einen roten Kopf.

Endlich gelang es mir, das Fenster zu öffnen.

»Vergiß nicht, Benders zu schreiben!« Das war es, was Tante Düne noch auf dem Herzen hatte.

Ich stand am Fenster und wiederholte mechanisch, nur um etwas zu sagen: »Grüßt nochmals alle, auch Tante Traudchen!«

Wenn der Zug nur endlich fahren wollte!

Die Tanten und der Onkel schauten am Zuge auf und ab, stellten sich dann auf die Zehen und guckten in mein Kupee. »Der Zug ist gut besetzt«, konstatierten sie dann richtig. »Hast du auch alles«, Tante Brösele hatte ebenfalls das Bedürfnis, noch etwas zu sagen.

Wenn der Zug nur fahren wollte! Die Situation war zu peinlich. Die Leute im Kupee, denen ich auf den Füßen stand und auf den Knien lag, murrten schon. Andere feixten und hörten interessiert dem angeregten Gespräch zu!

Endlich! Der Zug setzte sich in Bewegung.

»Vergiß nicht, Benders zu schreiben«, mit dem Zuge laufend, stieß es Tante Düne ein letztes Mal keuchend hervor.

Tante Hupebeih verstreute bei dem Versuch, das Taschentuch aus ihrem Pompadour zu zerren, dessen ganzen Inhalt über den Perron: Schlüssel, Pfeffermünztabletten, Bleistift, Haarnadeln, Taschenkämmchen, Groschenstücke, Perronkarte.

Onkel Dagobert lief auch noch ein Stück neben dem Zuge her und winkte mit dem Schirm. Er hatte nur nach dem Zuge gesehen und war mit aller Kraft gegen eine Säule gelaufen. Sein Hut flog in hohem Bogen über den Bahnsteig. Das war der letzte Eindruck, den ich von meinen Lieben mitnahm in die Fremde. –

Meine Handtasche war recht schwer. Ich bin kein Hüne. Ich brauchte lange, bis ich sie im Netz hatte. Die Leute im Kupee grinsten schadenfroh. Ich setzte mich in der Verwirrung auf Tante Bröseles Blumenstrauß, fuhr sofort wieder hoch, da mich ein Drahtende gepitscht hatte. Nun wurde ich aber zornig und warf den Strauß zum Fenster hinaus. Die Leute im Kupee höhnten laut und machten freche Bemerkungen. Ich keilte mich zwischen zwei harte, feindliche Ellenbogen. So sehr bequem saß ich nicht: ich hatte die aufgeklappte Armstütze im Rücken und im Nacken das Kopfpolster. Harte, haßerfüllte Knie und Ellenbogen bedrängten mich mehr und mehr.

Alle Herzensbildung, alles feine, altruistische Empfinden geht auf der Eisenbahn in die Binsen.

Man sehe sich nur in der Reisezeit den Sturm auf einen Zug an. Ein Schulbeispiel des Bankerotts jeglicher Erziehung. Eine Orgie entfesselter Leidenschaften. Die Herrschaft des Biceps par excellence. Glieder werden ausgerenkt, wertvolle Roben zerfetzt, Zigarren in den Hals getrieben, hilflose Greise und Frauen und unmündige Kinder zerstampft.

Die Sieger, d. h. diejenigen, denen es gelungen ist, über Leichen in ein Kupee zu gelangen, begegnen einander mit grenzenlosem Haß und betrachten jeden, der Anspruch erhebt, im gleichen Abteil zu sitzen, als ihren schlimmsten Todfeind. Wagt es dann noch irgendein verhetzter Unglücklicher, der vergeblich am ganzen Zug mit weit heraushängender Zunge und stierem Blick nach einem Platz gesucht hat, einzusteigen, um den letzten theoretisch noch freien Sitz einzunehmen, so trifft ihn der solidarische Zorn sämtlicher Kupeeinsassen. Man setzt sich so breit man kann, bläht sich unter Lebensgefahr aggressiv auf, dehnt und streckt die Glieder in dem Bestreben, einen möglichst großen Raum mit seinem Ich auszufüllen.

Erst ganz allmählich besinnt man sich wieder auf seine Erziehung. Die gereizte Stimmung brutalen Egoismus' macht langsam milderen Gesinnungen kultivierter Lebensart Platz. Man schämt sich und bereut, daß man dem Flegel, der im Grunde genommen in jedem Menschen steckt, mal wieder die Zügel schießen ließ, und sucht die auf den Kampf ums Dasein gestimmten Gebärden durch eine unterstrichene Höflichkeit zu verwischen, benutzt das geschlossene oder geöffnete Fenster zur Anknüpfung verbindlicher Gespräche.

Natürlich gibt es auch absolute Flegel, die im schlichten Tritt gegen das Schienbein ihres Nächsten überhaupt die einzig mögliche gesellige Verkehrsform sehen.

So einer saß mir gegenüber. Ich wäre zum Krüppel geworden, wenn ich noch länger sitzen geblieben wäre. Vollständig zerknüllt und verbogen rettete ich mich in den Seitengang. –

Ich halte die Erfindung des Speisewagens für erheblich wichtiger als die der doppelten Buchführung.

Hören wir, wie der geschickte Sonntagsblattplauderer über diese neuzeitliche Institution in seiner launigen Weise plaudert.

Im eleganten Restaurant sitzend, vor sich auf dem blütenweißen, kokett gedeckten Tisch die erlesensten Gerichte, von flinken Kellnern geräuschlos bedient, durch die Lande dahinzusausen – während des Diners umschmeichelt von dem Zauber des sagenumwobenen Rheines mit seinen burgengekrönten Bergen – sich angesichts des majestätischen Stolzenfels an Steinbutt *à la meunière* zu delektieren, die trotzige Marxburg bei *Tournedos à la Rossini*, das verträumte St. Goar bei französischer Poularde zu erleben –

Eiscreme schlürfend zur Loreley hinaufzusinnen – den Tee mit *petits fours* im fruchtbaren Hegau und in den Reichslanden das Souper einzunehmen: das ist Kultur, das ist Fortschritt, das ist das zwanzigste Jahrhundert. Vorbei sind die Zeiten ewiger Schinkenbrote, ewiger Koteletten, aus fettigen Tüten gegessen, oder weißglühender Bouillon, hastig an irgendeiner Station in den Bauch gezischt...

Lassen wir jetzt den geschickten Sonntagsblattplauderer aufhören.

Er hat aber recht, der geschickte Sonntagsblattplauderer. Ich habe mich im Speisewagen ergiebig gerächt für die im Kupee erlittene Unbill: drei leere Flaschen Rüdesheimer-Berg standen nachher an meinem Platz.

Wie war es mir auf einmal heiß durchs Herz geschossen, als mir nach aller Hatz zum Bewußtsein kam, daß ich morgen unter italienischem Himmel, unter des Südens immer lachender Sonne wandeln würde, daß ich dem Lande meiner Träume von Minute zu Minute näher kam, dem Lande, wo die Zitronen blühen und die Goldorangen glühen. Erst hatte ich der Mignon Lied schüchtern vor mich hin gesummt, war dann aber begeisterter geworden und hatte mit sonorem Organ losgelegt: »Dahiiiiin, dahiiiiin möcht ich mit dir...« Man war gekommen und hatte gesagt, das gehe nicht.

Rosenfarben lag die Zukunft vor mir. Was scherten mich die Menschen. »Dahiiiiin, dahiiiii« – Als man aber wiederkam und sagte, das ginge absolut nicht, wurde ich sentimental und kroch in mein Kupee, welches sich mittlerweile bis auf zwei Insassen geleert hatte.

Ich vergrub mich in einer Ecke und entschlummerte sanft.

Von Italien träumte ich. Von tiefblauen Wassern, in denen sich schlanke Pinien und dunkle Zypressen spiegelten. Von Marmorvillen, versteckt zwischen Lorbeer und Orangen. Von glutäugigen Frauen in buntfarbener Tracht, die des Nordländers Herz betören. Von blauen Mondnächten im Nachen, dem fernen Mandolinen- und Gitarrenspiel, den Sängen der Fischer lauschend.

Dann sah ich mich auf einmal auf einem Ruhebett von Jaspis liegen, auf Pfühlen von indischer Seide. In einer Säulenhalle aus schwarzgeädertem Marmor von blendendstem Weiß mit goldenen Kapitälen stand mein Lager. Schlanke Palmen streichelten die Halle. Der Duft von Asphodelos kroch an mein Bett. Ich schaute hinaus in eine weite Ebene, in ein ungeheures Feld dieser Märchen, in eine weite Ebene, in ein ungeheures Feld dieser Märchenblumen.

Plötzlich begann ein liebliches Klingen, erst ganz leise, dann lauter und lauter werdend.

Durch die Ebene heran kam ein seltsamer Zug. Schöne Frauen, wie sie Rossetti malte, trugen je zu zweit zwischen sich längliche Streifen Pergamentes. Sie sprachen mit klangvollen Stimmen Verse, die in farbigen Initialen auf diesen Streifen geschrieben standen. Ein Tönen war es. Eine wundersame Sinfonie. Worte wie zarter Harfenklang, wie das Jubilieren erlesener Geigen, Worte auch wie drohendes Getön von Tuben. Über die Purpurlippen der Frauen quoll der Worte zitternde, gleitende Melodie, gleich köstlichen Juwelen – Worte gleich Rubinen, voll heißer Sehnsucht – Worte gleich dem Frühlingsahnen des Smaragds – Worte wie Opale schillernd in den Geheimnissen Indiens – –

Zwei schöne, schlanke Frauen mit Kronen von gold-blondem Haar, gehüllt in amethystfarbenen Samt, auf den hohen weißen Stirnen an goldenen Kettchen Skarabäen, traten dicht an mein Lager heran und wiesen mir ihr Pergament, und ich las.

Wort für Wort, erst langsam, stockend, dann hingerissen von der Allgewalt der Musik, der Sprache, ließ ich die Worte wie köstlichen Wein über die Lippen gleiten: *Si prega di non sputare nella carrozza* – – – *sputare nella carrozza* – – –

Ein Rasseln. Ein Pfeifen. Ich werde hin- und hergeschüttelt. Träume ich oder wache ich? Greifbar sehe ich das Pergament vor meinen Augen. – – *non sputare nella carrozza*, wiederholte ich immer und immer wieder.

»Billett vorzeigen!« – höre ich dicht neben mir rufen. Man schüttelt mich. Ich springe auf. Wie hypnotisiert hängt mein Blick an dem Pergament dort. Die schönen Frauen sind verschwunden, zerflossen die schöne Vision der Marmorhallen, der Asphodeloswiese – nur das Pergament ist geblieben. Ich spreche die Worte vor mich hin, noch immer im Bann der göttlichen Sprache Dantes.

Cannes um 1910, Sammlung Matzigkeit

»Na, wird's bald mit dem Billett«, schnauzt jemand auf mich ein, »hören Sie doch endlich auf, das Spuckverbot aufzusagen!«

Ich rieb mir die Augen. Richtig – ich befand mich in meinem Kupee im durchgehenden Wagen. Nach Italien. Das vermeintliche Pergament war ein Emailleschild, auf welchem in deutsch, französisch und italienisch gebeten wurde, nicht auszuspucken.

Es klang aber doch einfach grandios, in seiner Phonetik geradezu überwältigend: *Si prega di non sputare nella carrozza!* –

Ich hätte die weiteren zwei Flaschen Rüdesheimer nicht trinken sollen, es wäre besser gewesen. Auch die sieben Kognak waren nicht nötig.

In einem dummen Zustand kam ich morgens gegen fünf in Como an.

Ich rate jedem, der einen guten Eindruck von Como haben will, überhaupt nicht hinzugehen, oder wenigstens in Como nicht zuerst den geweihten Boden Italiens zu betreten, es überhaupt in allen Dingen nicht so zu machen wie ich.

Düsseldorfer General-Anzeiger vom 2.5.1909

Kennen Sie das Land, wo die Zitronen blühen?

Bei zwei Grad über Null (man nennt das Wärme), wenn einem dazu ein scharfer Wind ein Gemisch von Schnee und Regen um die Backen klatscht, in weißen Flanellhosen, Rohseidenjoppe und Panamahut, ohne Paletot draußen herumzulaufen, ist auch in Italien nicht angebracht.

Ich hatte unbedingt an die immerwährenden Sonnentage jenseits der Alpen geglaubt und mich mit meiner Garderobe dementsprechend eingerichtet. Das war sehr dumm von mir gewesen, darum lag ich auch schon am zweiten Tag mit einer schrecklichen Erkältung in Como im Hotel darnieder und stellte Reflexionen darüber an, daß ich in nasse Umschläge verpackt gerade so gut zu Hause im Bett liegen könnte und deshalb nicht ausgerechnet nach Como zu reisen brauchte.

Jedem, der im Frühling nach Italien zieht, rate ich, sich so zu kleiden, als ob er zum Wintersport ins Engadin führe. Auf alle Fälle bleibt er so vor unangenehmen Enttäuschungen bewahrt. Auch mag er seinen Bobsleigh-Schlitten und seine Schneeschuhe mitnehmen, denn er hat hierfür im Süden, wie noch die heutige Saison lehrte, die schönste Verwendung...

Ich konnte mich nach meinem kurzen Debüt auf italienischem Boden der Überzeugung nicht mehr verschließen, daß meine Kenntnisse in der von mir so begeistert geliebten Sprache Petrarcas, die sich auf die vier Worte: maccaroni, versaglieri, asti spumante, lincrusta beschränkten, für eine angeregte spirituelle Konversation doch nicht völlig ausreichten. Dazu kam, daß eigentlich nur die drei ersten Worte meines Sprachschatzes für den regelmäßigen Gebrauch in Frage kamen, da ich das Wort »lincrusta«, über dessen Bedeutung ich mir nicht recht klar war, nur mit Vorsicht anzuwenden wagte.

Düsseldorfer General-Anzeiger vom 30.5.1909

O Rom, o Rom!

Dioramenfoto,
Rom um 1897,
Sammlung Weissert

Auf dem Gymnasium hat man mir, wie so manches andere, auch Rom gründlich verekelt. Der Mann, der uns Latein und Geschichte gab, hat das besorgt.

Fanatische Archäologen, emsige Architekten und ein praktischer, geschäftstüchtiger Bürgermeister tun fortgesetzt noch ein übriges, um einer sensitiven schönheitshungrigen Seele das heutige Rom vollends ungenießbar zu machen.

Und dann unsere lieben Landsleute.

Die Wunder von Florenz im Herzen, war ich nach Rom geeilt, in gespannter Erwartung auf neue, noch grandiosere Offenbarungen, als wie sie mir am Arno zuteil geworden waren.

Klopfenden Herzens hatte ich im Eisenbahnzuge am Fenster gestanden und hinausgeschaut in die Campagna, und als aus der gelbroten Glut der untergehenden Sonne sich am Horizont die violette Silhouette der Peterskirche abhob, da fühlte ich wohl, wie ein heiliges Schaudern mich durchrann, wie eine große weihevolle Stimmung über mich kam angesichts der ewigen Stadt, unserer germanischen Sonnensehnsucht Ziel von alters her.

Und wie hat mich Rom enttäuscht!

Man soll nach Florenz auf Rom verzichten, oder aber ohne jede Erwartung auf eine außergewöhnliche Sensation an den Tiber kommen.

Ich wünschte, ich wäre in Florenz geblieben und träumte noch den Kindertraum von dem Wunder zu Füßen San Pietros.

Wo waren in Rom die feinen Fluiden, die in Florenz auf Schritt und Tritt auf uns eindrangen, unsere Seelen emporhoben zum Verstehen und Genießen, zum restlosen Erleben jener wunderbaren, schönheitstrunkenen Zeit, die uns in der Stadt der Medici als eine grandiose Hymne auf den Triumph der Schönheit umklangen?

Die Geister des *cinque cento* leben noch in der Stadt am Arno.

Die Stürme der Jahrhunderte brausten über Florenz, aber la bella siegte, und unverletzt in der jungen Pracht ihres Entstehens wird sie in alle Ewigkeiten den Sieg der Schönheit über die Zeiten künden. Das alte Florenz lebt noch.

Rom ist der Triumph des Verfalls. Rom ist tot. Die wunderbare Aura des Roms von einst ist zerflattert. Das Rom von heute hat keine Seele, keine Suggestion mehr. Dieser klassische Trümmerhaufen zwischen einer physiognomielosen, modernen Zinsarchitektur, diese Gernegroßstadt, dieser große Friedhof aller Kulturen, dieses zusammenbröckelnde Museum, wie es Zola nennt, dieses Sorgenkind der Konservatoren, diese *greatest show of Italy* hat unserer Seele nichts zu sagen...

Düsseldorfer General-Anzeiger vom 2.4.1911

Neapel um 1912,
Sammlung Matzigkeit

Im Kater Hiddigeigei

»Morje früh maache mer noch de Faralejone ab und die Irotta bijanka, und dann könne mer morje Nachmittag wieder nach Nejapel fahre.«

So entwickelte am Nebentisch eine dickbusige Dame mit jenem feschen Reisehut mit weißem Schleier, wie ihn nur die reisende Deutsche aufzustülpen pflegt, ihrem hektisch geröteten, korpulenten Gatten in Lüsterjoppe und mit einer weißen Stoffmütze mit Zelluloidschirm das Programm des nächsten Tages.

Dem sympathischen Menschen in der Lüsterjoppe war das Bier nicht kalt genug, und er beteuerte grimmig, ohne auf die Ausführungen seines Ehegesponses einzugehen, ganz Italien hänge ihm am Halse heraus, und er sei nur von Herzen froh, wenn er »der Dom und sei Wieß widder hätt«.

»Schatz, wollen wir nicht mal was anderes trinken als immer *caffè nero*, das ist heute schon der siebente?«

»Unmöglich, liebes Kind, ich weiß für anderes nicht die italienische Bezeichnung. Man muß sich auf Reisen in fremden Ländern eben behelfen, so gut es geht. Nur um Gottes willen nicht merken lassen, daß man Fremder ist, sogleich ist man den unverschämtesten Übervorteilungen ausgesetzt. Außerdem hast du den Sprachführer ausgerechnet unten in den großen Koffer packen müssen, den wir in Neapel gelassen haben. Ich kann nicht an alles denken, mich um jeden Dreck selbst kümmern.«

»Du liebst mich nicht mehr. Oh, hätte ich das gewußt!« Leises Schluchzen. Die ersten trüben Wolken zogen in meiner Nähe an dem Himmel einer jungen Ehe auf. Er korrekt, selbstbewußt, von seinem Wert völlig überzeugt, mit einem Schmiß auf der Backe. Sie ein blondes, junges Ding, die seine Tochter hätte sein können.

»Komme Ihnen was, Herr Amtsgerichtsrat, aufs Spezielle, fine, fine!«

»Ehrt mich, prost, prost, Herr Assessor!«

So klang es erfreulich von einer andern Seite.

»... un dat janze Italien hängt mer am Hals eraus, un ich sagen dir, ich binn et leid. Un ich fahren nach Haus, morje am Tag. Überhaupt die blödsinnige Idee mit die janze Reis!«

Dem Mann aus Köln schien Italien wirklich nicht zu liegen.

»Dann fahr du nach Haus, ich fahr mei Billjet ab.«

»Wat ham mer denn noch afzefahre?« stöhnte der Unglückliche.

»Janz Sizilie. Malta, Tunis, Korfu un über Venedich zurück«, klang es hart und unerbittlich aus dem Munde seiner Gefährtin.

»Un ich fahren nach Haus, et is mech janz ejal. Et es mech janz ejal. Jetzt sind mer auch noch de Ziejaahre, die ech mer mitjenomme hab, ausjejanje. Ich kann dat Zeuch, wat mer hier kricht, nit rauche. Überhaupt die blödsinnige Idee mit die janze Reis!«

Der Mann redete sich immer mehr in eine furchtbare Wut.

»Schrei bitte nich so, Theodor, du blamiers einem. Wenn hier jemand Deutsch versteht! Wat sollen de Leut von uns denke?« ängstigte sich die Gattin um ihr Prestige und legte energisch ihre kurzen, dicken Hände, an denen mächtige Brillanten funkelten, auf den Tisch.

»Ja, ja, er ist jetzt Reserveleutnant bei den Dragonern in M., alter C. S.«, flog mir wieder ein Bruchstück der Unterhaltung des Amtsgerichtsrates mit dem Assessor zu.

Venedig um 1910,
Sammlung Matzigkeit

»Da kommen auch Grundjens aus Kölle«, flüsterte auf einmal die Dickbusige, »wat tue die denn hier? Dat die sich überhaupt so ne teure Reis leisten könne! Kuck weg, die grüße mer nich. Die haben ons zweimal, als mer noch der Laden hatten, et Roßböff zurückgeschickt. Die in ihrem fertig gekaufte Jakettkleid, dat überall Falte wirft!«

»Wieviel bezahlen Sie, Fräulein Eibotte, wenn ich so neugierig fragen darf, in Ihrer Pension?«

»Sechs Lire pro Tag.«

»Was, sechs Lire? Miss Kopping hat nur fünfeinhalb Lire bezahlt!«

So wurde in einer Ecke getuschelt.

»Der echte Typ des Südländers, dort der Herr im weißen Anzug«, sprach eine belehrende Stimme hinter mir.

Der Herr im weißen Anzug war ich. Ich sitze jeden Nachmittag um die Teestunde bei Morgano im Kater Hiddigeigei, wo alles, was an Fremden auf der Insel ist, um diese Zeit zusammenkommt, und freue mich meiner Landsleute, ergötze mich an dem Marionettenspiel all der seltsamen Typen, die das Schicksal auf die Insel der Sirenen verschlagen hat.

Merkwürdige Menschen laufen hier herum. Capri scheint ein beliebtes Refugium für Eigenbrötler, Outsider

Hanns Heinz Ewers und Ilna Ewers-Wunderwald während eines Capri-Aufenthaltes 1903, Heinrich-Heine-Institut, Nachlaß Ewers

der Gesellschaft und Kulturverdrossene zu sein, die für die Wüste noch nicht reif sind und hier im Eigenmenschentum herumdilettieren.

Da sitzt tagtäglich abseits, an einem kleinen Tisch, hinter den »Münchener Neuesten Nachrichten« der Mann mit der Heldenbrust und trinkt seinen Kaffee. Der Mann mit der Heldenbrust verachtet die Menschen und ihre Sitten. Er verachtet das Hemd, den Kragen, die Schuhe, die Strümpfe und alle welschen Windbeuteleien der heutigen Herrenmode. Er trägt nur eine Hose und einen weitausgeschnittenen Rock und läßt die nackte Brust als Weste, Vorhemd und Krawatte wirken. Er lebt auf Capri ein trotziges Leben nach seinem Geschmack, unbekümmert um die Meinung der Leute. Ich habe ihn verschiedentlich gesprochen am Strand, an den Bädern des Tiberius, wo er fast den ganzen Tag in der Sonne liegt, und habe mir den Sturmwind seiner Maximen über meinen festgelegten Scheitel wehen lassen.

Die blaue Grotte auf Capri, Sammlung Matzigkeit

Das Wort Behörde ist vor allem das rote Tuch, auf das er springt. Mit Steuereinschätzungen, Mahnzetteln, Anmelde- und Abmeldescheinen, Kontrollversammlungen, Impfscheinen, Ordnungsstrafen, Zähllisten und derartigen fatalistischen Dingen hat man ihn aus seiner Heimat vertrieben. Er leidet hier lieber unter den mancherlei Unbequemlichkeiten der ungeregelten italienischen Verhältnisse, als die Vorzüge der geregelten heimischen Einrichtungen zu genießen.

Der Bartmensch oder Waldschrat kommt nur montags in den Kater Hiddigeigei, lediglich, um – die neue »Woche« zu lesen. Mit einem fast krankhaften Interesse liest er dieses Blatt, fast wie unter dem Druck einer fixen Idee. Ich werde nicht aus ihm klug. Er hat die gleichen borstigen Philosopheme wie der Mann mit der Heldenbrust, nur haßt er auch noch die Seife und den Kamm, und deswegen erfreue ich mich nur aus der Entfernung an seiner Kulturverachtung.

Wenn die Russen erscheinen, bekommt man das Fürchten. Männer in revolutionären Blusen und sorgenvollen Hosen, mit wilden Bärten und dem durchbohrenden Blick, der in jedem Fremden den Häscher und Spion sieht. Es lebt eine ganze Anzahl russischer Flüchtlinge hier auf Capri, zum Teil Studenten, die in Neapel studieren.

Wenn nur diese Menschen ihre Marotte, immer und überall in der Pose des Raskolnikow-Typs herumzulaufen, dieses Kokettieren mit Schwermut und Pessimismus endlich fallen lassen wollten!

Den Tee bestellen sie mit der tragischen Gebärde, als ob der Untergang Rußlands durch diese Handlung besiegelt würde.

Bisweilen ist der polnische Dichter mit dem Männerbart und den todestraurigen Kinderaugen, mit der Figur eines Knaben mit ihnen, der immer auf den Klippen herumsitzt und stundenlang ins Meer starrt – aber immer nur dort, wo Leute vorbeigehen.

Ihm passiert es wohl, daß ihn im offenen Lokal beim Tee hinterrücks die Muse überfällt. Die kleine, schmächtige Gestalt schwillt an, der Rock wird zu eng, die Knöpfe springen ab, die Socken rutschen ihm auf die Füße, die Schuhbändel gehen ihm auf, die Ohren schlagen wie die Flügel eines gefangenen Vogels, das wallende Haar richtet sich steil auf, der Tee beginnt in der Tasse vor ihm zu kochen, der Schweiß rinnt ihm in Bächen von der Stirn, aus der Brust ringen sich ächzende Laute, und mit zitternder Hand schreibt er sein Gedicht.

Das Dichten ist doch, weiß Gott, eine ungemein schwierige Sache. Wenn man die Qualen dieses polnischen Dichters gesehen hat, läßt man es bestimmt.

Das Malen ist nicht leichter.

Ließet ihr es doch, ihr kleinen Malweibchen!

Glaubt mir, mit dem Zigarettenrauchen, dem ausgefransten Eigenkleid, der freien Liebe, der Unmenge Kaffee, den aus Haaren geflochtenen Brezeln über den Ohren allein sind die tiefen Rätsel der Kunst noch nicht gelöst! Und Ihr, würdige Malmatronen – – – – ! ! !

Den jungen, langen Amerikaner mit den beiden großen Doggen mag ich gern. Seine Mutter hat fünf Millionen Dollar. Er hat nie in seinem Leben gearbeitet. Mark Twain und Dickens sind die einzigen Schriftsteller, die er je gelesen hat und immer wieder liest. Viel lachen, viel Sonne, gut essen, sich nie eilen, nie etwas sammeln: das sind seine Doktrinen.

Wie erschreckt sie die Neulinge und arglosen Gemüter: die englische Okkultistin, die, nur Schleier, nur wehendes Gewand, hereinflattert, durch die Stuben stöbert und raunt und wispert und zischt und plötzlich, gespenstig, wie sie gekommen, wieder verschwindet.

Ein Principe, ein wirklicher Principe mit einem Spitzbart, schwarz wie Ebenholz und starkem Embonpoint und altem Namen sitzt drüben.

Drängt Euch nicht so, schmalhüftige american girls, um Gottes willen, drängt Euch

Nizza um 1910, Sammlung Matzigkeit

nicht so! Es gibt noch genügend Aristokraten hier in Süditalien mit glanzvollen Namen und leeren Kassen. Der Exportbedarf kann noch immer gedeckt werden.

Auf Euch wartet man, Ihr Dollarprinzessinnen, Ihr seid die letzte Hoffnung so manches Principe, Conte oder geringer Bezackter hier unten!

Es kommt nur darauf an, was Ihr anlegen wollt für eine Krone in Eurer Wäsche. Der Clou Eurer Einkäufe an Ricordi d'Italia kann Euch unter Umständen teuer zu stehen kommen. Fragt Anna Gould, die frühere Gräfin Boni di Castellane!

Die häufig recht nonchalanten, ich sage nonchalanten Manieren und die mancherlei Affärchen Eures blaublütigen Ideals müßt Ihr eben als freie Amerikanerinnen lediglich als interessantes Morbidezza und Zeichen atavistischen Herrenmenschentums mit in Kauf nehmen.

Aber Prinz Saverio Cucuru aus Heinrich Manns grandiosem Meisterroman der Herzogin von Assy, der Typ des männlichen Ideals für neurasthenische Frauenseelen, das schöne wilde Tier lebt noch in vielen Exemplaren! Darum seid auf Eurer Hut, kronenlüsterne Misses, wenn Ihr nicht stark seid wie Yolla, die Herzogin von Assy!

Auf der Terrasse draußen trinkt die glutäugige, berückende Contessa aus Florenz mit dem Syringenhut, umgeben von einem Rudel schöner italienischer Männer mit blaurasierten Gesichtern ihren Tee. Die schönen Männer mögen mich nicht und gucken wütend, wenn ich immer wieder versuche, einen Blick der schönen Contessa zu erhaschen. Manchesmal hat sie mich darüber ertappt, wenn ich sie, gefesselt von dem Märchen ihrer Schönheit, angeschaut habe. Aber sie war nicht böse und hat leise gelächelt. Aber die schönen Männer machen immer wütendere Augen, daß man das Weiße sieht.

Ich dagegen rolle die Augen in erschreckender Weise: die Augendeckel werden darüber weißglühend. Ich recke meine markige Hünengestalt. Ich lasse die Bizepse geräuschvoll springen. Wie in Gedanken zerbröckele ich die Marmorplatte des Tisches, als wäre sie aus Spekulatius. Ich wiege spielerisch das Klavier in der Hand und wippe damit wie mit einer kleinen Gerte. Ich ziehe den metallenen Teelöffel lang, wie wenn er aus weicher Stockfarbe wäre.

Die schönen Männer sind auf einmal weg.

Die Contessa sitzt allein am Tisch, und ihre Augen locken.

Aber was vermag eine Contessa gegen sieben Prinzessinnen. Gerade kommt er dort, der alte Principe aus Neapel mit seinen sieben Töchtern. Hübsch sind sie eigentlich nicht, nein, das könnte man nicht sagen, auch nicht schick, aber echte Principesse.

Sie kommen selten zum Kater Hiddigeigei. Gewöhnlich sitzen sie nach süditalienischer Gepflogenheit fast den ganzen Tag in der Apotheke, bewußt aufgebaut, den Honoratioren, die so in der Apotheke zusammenkommen, und dem aus und ein gehenden Publikum zur erhebenden Schau und machen ostentativ in Leutseligkeit.

Sie setzen sich an meinen Tisch.

Wenn ich nicht wüßte, daß die Ahnen Freunde der Borgia waren, daß der Namen des Geschlechtes einstens Städte und Provinzen erzittern ließ, Leben und Tod bedeuten konnte, ich würde den kleinen,

Hermann Harry Schmitz
auf Anacapri, 11.11.1910.
Heinrich-Heine-Institut,
Sammlung Quast

dicken Herrn mit den O-Beinen und der besabberten Weste und seine Damen für harmlose Bourgeois halten.

Aber seine Vorfahren waren Freunde der Borgia!

Ich zittere vor Aufregung.

Und doch weiß ich, wie alle Welt, daß all das fürstliche Getue nicht über die kümmerliche Rente, auf die die Familie angewiesen ist, und den verfallenen leeren Palazzo in Neapel hinweghelfen kann.

Um Gottes willen der Schein muß gewahrt werden.

Nur in eleganter Equipage, deren Schläge das Wappen der Familie tragen, wird man sich auf dem Korso in Neapel sehen lassen. Aber jeder kennt das Geheimnis dieser Equipage. Das ist »die« Equipage G.m.b.H., die sich mehrere Adelsfamilien, deren Wappen die Vergoldung im Laufe der Zeit eingebüßt haben, gemeinsam halten und die bei den einzelnen Gesellschaftern die Runde macht. Jede Familie hat nur ihre eigenen Wagentüren mit ihrem Wappen, die an ihrem Korsotage eingehangen werden.

Ich kann mir trotzdem nicht helfen, ich habe einmal den Respekt. Vielleicht bin ich noch nicht lange genug von Deutschland weg.

Das ist ein buntes Buch, die Teestunde im Kater Hiddigeigei.

Mir ist der Kater Hiddigeigei fast lieber als die blaue Grotte und der Naturmensch Diefenbach.

Ein Wort für diesen trefflichen Kater!

Ihr, die man auf Eurer Fahrt durch den Süden fortwährend geleimt und geschnitten hat, die Ihr das große Mißtrauen vor allem und jedem mit Euch schleppt, die man Euch jede Freude an den Wundern dieses herrlichen Landes fast völlig vergällt hat, hier könnt Ihr Eure Defensive aufgeben! Im Kater Hiddigeigei habt Ihr es mit famosen, anständigen Menschen zu tun. Braucht Ihr Auskunft oder Rat, wendet Euch vertrauensvoll an Mutter Morgano oder ihre Söhne, sie werden Euch in der uneigennützigsten Weise aufs beste beraten!

Ich werde leider dieses schöne Eiland verlassen müssen.

Schon seit Wochen möchte ich mir in der Apotheke ein Purgativ kaufen. Es gelingt mir nicht. Immer, wenn ich komme, sitzt der Principe da mit seinen Töchtern. Die Augen der gesamten erlauchten Familie hängen an meinen Lippen. Es ist mir unmöglich, mein Verlangen zu äußern.

Die Ahnen waren Freunde der Borgia!

Ich stammele, stottere, werde rot und fordere in meiner Not Fencheltee. Ich sitze schon bis an die Hüften in Fencheltee. Schreckliche Perspektiven!

Ich werde abreisen müssen.

Düsseldorfer General-Anzeiger vom 27.11.1910

Hermann Harry Schmitz
in seinem Zimmer,
Schumannstraße 13
auf dem Diwan sitzend,
Privatfoto, ohne Jahr.
Stadtarchiv Düsseldorf

Acht Krankheiten und ein Todesfall

Wirklich gesund war Hermann Harry Schmitz eigentlich nicht mehr seit der ersten Lungenentzündung im Alter von 15 Jahren.

„In unzähligen Sanatorien kurierte er an seinen Nerven herum, seine Lunge entsprach den notdürftigsten Ansprüchen, wochenlang lag er an einem, wie er sich ausdrückte, verkorksten Bein darnieder, er ließ sich den Blinddarm herausschneiden und die Wunde verheilte nicht nach Wunsch, er sollte ein Bruchband tragen und tat's nicht. So wie eine Krankheit erledigt schien, kam die andere – zu Beginn des Jahres 1912 war es eine Cyste unter der Zunge, die ihn überfiel.“

Mai, 1925, S.14

Schmitz Nerven waren bis zum Zerreißen gespannt. Er flüchtete sich in Zynismus. Schon zu Lebzeiten begann er

„... mit dem Tod gesellschaftlich als Gentleman zu verkehren und diesen ungehobelten Gesellen auf seinen feineren Stil zu bringen. Wochenlang hatte er als bettlägeriger Patient bei Tag wie besonders in schlaflosen Nächten sich in Gedanken mit ihm unterhalten und abgegeben. Einmal im hiesigen evangelischen Krankenhaus und ein andermal im katholischen Marienhospital. ‚Das nächste Mal', pflegte er zu sagen, ‚werde ich mich im israelischen Krankenhaus aufnehmen lassen, um meine Stellung zur Parität der Religionen auszudrücken'.“

Herbert Eulenberg: Hermann Harry Schmitz: Worte zu seinem Wesen. Gesprochen bei der Gedenkfeier im Düsseldorfer Schauspielhaus 15.3.1914, in: Düsseldorfer General-Anzeiger vom 22.3.1914

Allgemeine städtische Krankenanstalten. Infektionsklinik und wissenschaftliches Institut (heute: Universitätskliniken), Düsseldorf. Fotopostkarte F.E.D. 1909, Sammlung Matzigkeit

Allgemeine städtische Krankenanstalten. Wirtschaftshof (heute: Universitätskliniken), Düsseldorf. Fotopostkarte F.E.D. 1909, Sammlung Matzigkeit

Aus dem evangelischen Krankenhaus schrieb er einen Brief an die Mutter von Hanns Heinz Ewers, Maria auf'm Weerth:

Evangelisches Krankenhaus, Düsseldorf.
Fotopostkarte J. W. Weier, Kunstverlag Düsseldorf 1908.
Sammlung Matzigkeit

Evangel[isches] Krankenhaus
8/I.1910

Meine liebe Mutter Ewers!
- das wäre noch beinahe
übel geworden – es hatten
sich nervöse Komplikationen
eingestellt, die mich die
letzten drei Tage sehr
schwer
leiden ließen – nun
scheint die Sache aber
endgültig auf gutem
Wege – ich mache mir
Sorgen um Sie und darüber
wie Ihnen Ihr Ausflug
bekommen ist- sagen
Sie mal, gute Mutter
Maria, wäre das keine
Idee sich auch mal von
Geheimrat Schulz ihr der-
garfeines lasterhaftes Bruch-
bein besichtigen zu
lassen?? Ich halte Schulz
für eine absolute Au-
torität in derartigen
bruchlichen Angelegen-
heiten – – mein
erster Stuhlgang (mit
Verlaub! Mit Verlaub!)
war nicht so friedlich
wie der erste Schulgang
von Theodor Schuz – es
war fast katastrophal
2 Schwestern und 1 Wärter
blieben tot, 7 Kranke
ertranken und viele
retteten nur ihr nacktes
Leben – Gott sei
ihnen gnädig! –
Für Uebersendung der
Kinorede von Hanns
meinen besten Dank –
ich habe sie mit Ver-
gnügen gelesen –
famos ist das heutige
Bongs`sche Essay „Anonyme
Briefe" – er schreibt einen
feinen klugen Styl
Mit tausend Grüßen
und Wünschen bin
ich stets
Ihr getreuer
Hermann Harry

Heinrich-Heine-Institut Düsseldorf,
Nachlaß Bongs

Erholung suchte Hermann Harry Schmitz bei einem Kuraufenthalt, der ihn bald langweilte.

Spetzgart, den 2/5. 1910

Sanatorium Schloß Spetzgart
Bei Ueberlingen am Bodensee
Telegramm-Adresse:
Spetzgart Ueberlingen
Telephon: Ueberlingen Nr. 11

Lieber Victor M. Mai!

mir geht es noch recht unerfreulich–

Also da wäre mal wieder ein Zeichen, daß ich noch nicht völlig lahmgelegt bin: „Ein Frühlingsgedicht"???!!! & „Die vorzügliche Kaffeemaschine" bei letzterer wären noch folgende Angaben zu kontrollieren:

Kaffeepreis?
wieviel Lot für 1 Tasse?
Preis der Kaffeemaschine?
Wie schreibt man Rodongkuchen?

Hier im Irrenhaus kann ich die Angaben nicht bekommen. – Auch halte ich das Gedicht in Bezug auf metrische Einteilung nicht für ganz stubenrein! Sie haben da mehr Erfahrung und Verständnis – darf ich Sie bitten ev[en]t[uel]l die Zeileneinteilung zu korrigieren. H[er]zl[ichen] Dank im Voraus! – Leider muß ich im Laufe dieser Woche nach Düsseldorf zurück – alle möglichen Schweinereien erfordern meine Anwesenheit! Es ist nur zu wahr: man lebt sein Leben und zahlt seinen Preis! – Ich muß verflucht oft zahlen. – Sagen Sie bitte Giradet noch nichts von meiner Rückkehr – ließe sich vorläufig nicht auf folgender Basis etwas arrangieren: Ich arbeite ausschließlich in Düsseldorf für Ihr Blatt d.h. nicht für die Düsseldorfer Zeitung, die nach wie vor auf mich spekulieren (40 – 50 M[ark] pro Feuilleton) und überlasse G[iradet] meine Arbeiten auch für seine sonstigen Blätter und er giebt mir das gleiche, was mir die Düsseld[orfer] Z[ei]t[un]g bietet – was halten Sie davon?

H[e]rzl[iche] Grüße
stets Ihr alter Hermann Harry

In München war ich auch wegen einer Rosenkranz Publikation!

Archiv Bilker Heimatfreunde, Sammlung Smeets

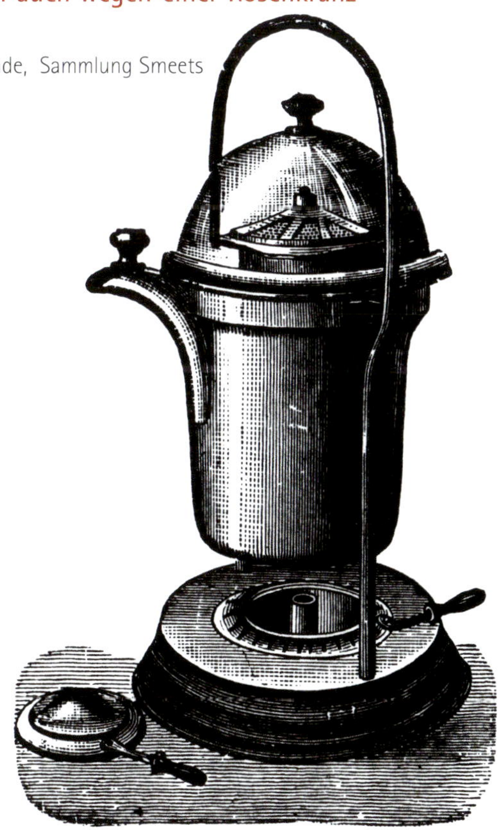

Literarisch verarbeitete Hermann Harry Schmitz seine Kuraufenthalte in einer Groteske.

Im Sanatorium

Hat man als Junggeselle sein Leben recht ergötzlich verbracht, so kommt früher oder später der Moment, wo man sich den intensivsten Anstrengungen eines lustigen Lebemanndaseins nicht mehr so recht gewachsen fühlt, da heißt es, entweder heiraten oder auf einige Zeit in ein Sanatorium gehen.

Eine Kur in einem Sanatorium ist einer Heirat unbedingt vorzuziehen, sie verpflichtet zu nichts, ist billiger (hä, hä) und gilt, was wohl das Wesentlichste ist, heute für schick.

Dieser Ansicht war auch Scharleß Nulpe. Als sich jener kritische Zustand bei ihm mehr und mehr einstellte, dem man mit dem schmerzlichen Seufzer: „Ich kann verflucht nichts mehr vertragen", Ausdruck zu geben pflegt, beschloß er, sich auf einige Zeit in ein Sanatorium zurückzuziehen.

Er hatte eine enorme Sorge um sein Leben, außerdem mußte er als moderner Mensch, der peinlichst in allem *up to date* bleiben wollte, so gut wie man sich in der Saison in Monte Carlo, St. Moritz, Baden-Baden oder Ostende sehen ließ, auch seine Zeit im Sanatorium gesessen haben.

Er empfand dieses Manko schon lange als eine unangenehme Lücke in seinem peinlichst abgestimmten Kavalierleben.

Zwar hatte ihm ein vernünftiger Arzt geraten, weniger zu bummeln, weniger Burgunder und Sekt zu trinken, seine Nächte in seinem friedlichen, braven Bett anstatt in den Bars, Ballokalen und an derartigen Orten nervenzehrender Tendenzen zu verbringen. Das wäre für ihn die einzig richtige Therapie. Er wäre kerngesund und litte nur an einem chronischen Kater.

Von dieser uninteressanten Diagnose wollte Scharleß Nulpe indessen nichts wissen. Er hatte sich auf eine regelrechte, zeitgemäße Neurasthenie kapriziert und trug als absoluter Gent diese neueste Note wie seine Londoner Krawatten und seine Schuhe aus Wien.

Wie zu einer schicken Krawatte die gleichfarbigen Strümpfe gehören, so verlangt eine elegante Neurasthenie eine entsprechende Kur.

Er schrieb an unzählige Sanatorien und Heilanstalten, die er in Zeitungen und Almanachen angegeben fand, und ließ sich Prospekte kommen. Ballenweise wurden sie ihm zugeschickt. Er wurde ganz wirr über dem Studium der detaillierten Anpreisungen. Physikalisch-diätetische Heilweisen, Wasserheilverfahren, Trockendiätkuren, Liegekuren, Terrainkuren, orthopädische Behandlung, der Teufel sollte wissen, was nun gerade das Richtigste und zur Zeit das Modernste war.

Sanatorium Schloß Spetzgart von der Südseite um 1910. Fotopostkarte, Sammlung Matzigkeit

Er hörte überall bei maßgebenden Bekannten herum und kam zur Erkenntnis, daß der Schrei „Zurück zur Natur" das zeitgemäße Schlagwort einer koketten Morbidezza war.

Also in eine Naturheilanstalt mußte er gehen, um einwandfrei modern zu bleiben.

Dem Prospekt einer Naturheilanstalt in M., die Weltruf genoß und von allerhöchsten Herrschaften frequentiert wurde, war eine Sammlung von Urteilen und Dankschreiben geheilter Patienten beigefügt.

Ein Oberstleutnant von C. in P. schrieb: „Ein langjähriges Nervenleiden ließ mich an meinem Leben verzweifeln. Ich hatte jede Hoffnung einer Heilung bereits aufgegeben, als mich ein glücklicher Zufall in Ihre Anstalt führte. Vier Wochen Ihrer Behandlung haben mich völlig gesund gemacht. Ich bin wie neu geboren. Das Zucken um den Mund, an dem ich jahrelang litt, ist völlig verschwunden. Meine ganze Konstitution ist so gekräftigt, daß ich kürzlich mit einem 400 Pfund schweren Rucksack auf dem Rücken, ohne Führer, den Montblanc bestiegen und dabei noch stundenlang einen großen Bernhardinerhund, der sich in den Bergen verlaufen hatte, getragen habe. Das danke ich alles der Wunderkur des Sanatoriums ›Bizepsheil‹ in M."

Ein Fräulein F. in L. schrieb: „Ich war jahrelang taubstumm und konnte meinem Beruf als Sängerin nur schlecht nachkommen. Freunde machten mich auf das Sanatorium »Bizepsheil« aufmerksam. Die berühmtesten Spezialärzte hatte ich konsultiert, aber bei keinem Heilung gefunden. Ich verfiel in die tiefste Melancholie und trug mich mit Selbstmordgedanken. Völlig verzweifelt und hoffnungslos kam ich nach ›Bizepsheil‹, und heute komme ich meinem Berufe wieder voll und ganz nach, und mein Ruf erfüllt die Welt. Mein Sprachvermögen hat sich in derartiger Weise entwickelt, daß ich selbst fremde Sprachen, die ich früher nicht beherrschte, jetzt fließend spreche. Ich danke mein Lebensglück der Naturheilanstalt ›Bizepsheil‹."

Herr D. aus D. schrieb: „Ich hatte seit frühester Jugend keine Beine und nur einen Arm, den linken. Da mich meine Eltern zum Akrobaten bestimmt hatten, so störte mich das Gebrechen sehr an der Ausübung dieses Berufes. Vier Wochen in ›Bizepsheil‹ haben mich zum völlig normalen Menschen mit gesunden, wohlgeformten Gliedmaßen gemacht. Die fehlenden Glieder sind unter der Wunderkur von ›Bizepsheil‹ gewachsen; es war wie ein Zauber. Heute bin ich das gewandteste Mitglied des bekannten Akrobaten-Ensembles ‚*The five huit brothers Geschwister fratelli frères Webbers*'."

Frau Bierfilzfabrikantengattin A. in R. schrieb: „Ich war etwa neun Jahre tot, als mir der Prospekt des Sanatoriums ›Bizepsheil‹ in die Hände fiel. Heute, nach sechswöchentlicher Kur, laufe ich wieder gesund, fidel und frisch in der Welt herum und trage mich, da sich mein Gatte in meiner Abwesenheit eine zweite Frau genommen hat, ernstlich mit Heiratsgedanken. Ich bin jederzeit bereit, genaue Auskunft über meine Kur in ‚Bizepsheil' und über meine persönlichen Verhältnisse usw. zu geben."

Das waren ja ganz außergewöhnliche Erfolge.

Scharleß Nulpe entschied sich für „Bizepsheil". Hauptbestimmend war für ihn auch der Umstand, daß der Fürst von Printe-Hefeteil-Hubbelrath mit seiner ganzen Familie alljährlich diese Anstalt beehrte. Scharleß meldete sich in „Bizepsheil" an und bestellte ein Zimmer von dreißig Mark pro Tag. Eigentlich schien ihm der Preis reichlich hoch, zumal in „Bizepsheil" nur mit der Natur als Heilfaktor gearbeitet wurde. Aber Gott ja, Natur war heute eine rare Sache. In den dreißig Mark war ja wohl auch alles inbegriffen. Oh, der Tor! Er hatte seine Ankunft angemeldet und wurde von dem Wagen der Anstalt am Bahnhof abgeholt.

Innenraum des Sanatoriums Schloß Spetzgart bei Überlingen am Bodensee um 1910. Foto: Lauterwasser

Gleichzeitig mit ihm war noch eine uralte Dame, die sehr stark schnaufte, fortwährend Haarnadeln verlor und hinkte, und ein Herr in mittleren Jahren von fahlem Aussehen und mit einem zu kleinen Strohhut angekommen. Mit diesen beiden teilte er den Wagen.

Der fahle Herr stellte sich sofort als Regierungsrat Hifthorn von Hosenboden vor und begann von einer Geschwulst zu reden, die er im Leibe habe. Er habe bereits unzählige Ärzte konsultiert, und alle rieten zu einer Operation. Er wolle aber noch vorher einen letzten Versuch mit „Bizepsheil" machen. Und ob er auch eine Geschwulst im Leibe habe? wandte er sich interessiert an Scharleß Nulpe.

Nulpe bedauerte fast, daß er das nicht bestätigen konnte, denn es wäre ohne Zweifel interessanter gewesen als seine einfache Neurasthenie. Aber er gab sich Mühe, sein Leiden in den grellsten Farben auszumalen, so daß er wohl dem Regierungsrat mit der Geschwulst gegenüber bestehen konnte.

Am Portal einer pompösen Villa standen zwanzig Herren in Gehröcken mit Seidenaufschlägen. Sie begrüßten die Ankommenden in englischer Sprache, um diese Leute zu ehren und bei ihnen den Glauben zu erwecken, man hielte sie für Ausländer. Wenn das Echo dann, wie in diesem Falle, verschämt deutsch klang, verstanden sich die zwanzig Gehröcke dazu, auch in diesem Idiom zu reden.

Man wurde in das Bureau geführt, einen großen Saal, in dem ein sinnverwirrendes Geräusch herrschte. Schreibmaschinengeklapper, Hin- und Herlaufen von Beamten, Telephonklingel, Zurufe wie: Nr. 39 Lebergeschwulst, Packung 10 Mark; Nr. 62 Grützebeutel 8 Mark; Nr. 104 70 Mark usw. Unverständliche Bemerkungen für den nicht Eingeweihten.

Man bekam wahnsinnig neugierige Fragebögen, die selbst die Halsweite des Vaters wissen wollten, zum Ausfüllen vorgelegt. Dann erhielt man verschiedene Drucksachen in die Hand gedrückt, unter denen ein dickes Heft als die Hausordnung bezeichnet wurde. Ja, was die Hausordnung nicht alles vorschrieb! Vor allem stand darin, daß man im voraus zu bezahlen habe, und wenn man dann zu diesem Zweck an die Kasse geführt wurde, erfuhr man, daß man für die vereinbarten dreißig Mark lediglich ein Bett zu be-

Innenraum des Sanatoriums Schloß Spetzgart bei Überlingen am Bodensee um 1910. Foto: Lauterwasser

anspruchen hatte, während die Verpflegung, ärztliche Behandlung, Bedienung, Bäder, Benutzung der Turngeräte, der Gartenanlagen usw. besonders verrechnet wurden. Das hörte man nicht gern. Aber Gott ja, es war eine *First-class*-Anstalt, und der Fürst von Printe-Hefeteil-Hubbelrath kam alljährlich mit seiner ganzen Familie nach »Bizepsheil«.

Das Zimmer! (Hihi). Man bekam ein Bett in einer sogenannten Lufthütte. Alte, früher wohl als Selterswasserbuden benutzte baufällige Bretterbuden, die unschön auf einer Wiese standen, waren die Lufthütten, durch die der Wind pfiff und die außerdem feucht waren, also in jeder Beziehung zur Abhärtung geeignet schienen.

In der Aufnahmeuntersuchung durch den Chefarzt (kostete extra), die in seinem fürstlich eingerichteten Studierzimmer stattfand (alle Räume, die nicht für die Patienten bestimmt waren, waren äußerst komfortabel eingerichtet), wurde dann der Kurplan festgelegt, die Diät (kostete extra), die Bäder (kosteten extra), die Turnübungen (kosteten extra), Atemgymnastik (kostete extra), Übungen im Zandersaal (kosteten extra extra), Luftbäder (kosteten extra), Spazierengehen (kostete extra) usw. (kostete alles extra) bestimmt.

Scharleß Nulpe schwindelte es, so kam er täglich auf etwa 150 Mark. Wenn auch die Erfolge in „Bizepsheil" außerordentliche waren und Fürst von Printe-Hefeteil-Hubbelrath jährlich hierher kam, das war doch zu toll.

Und wie erstaunt und fassungslos war er, als er am ersten Kurtage auf seinem Platze am Frühstückstisch lediglich zwei Bucheckern, eine rohe Kartoffel und ein Glas Wasser vorfand. An den übrigen Plätzen lagen ähnliche Leckerbissen. Ein schwacher Trost für Nulpe!

Mittags gab es fünf Bucheckern, eine Haselnuß, etwas Weiches, das aussah wie Stockfarbe und auch so schmeckte, eine Prise Salz und zwei Wiesenschaumkrautblüten. Abends war das Menu ähnlich, nur weniger Bucheckern und keine Stockfarbe und anstatt Wiesenschaumkraut Huflattich. In dem Riesenspeisesaal – man saß aus hygienischen Gründen auf einfachen Holzbänken – waren die verschiedenen Kranken nach ihren Leiden an einzelnen Tischen sortiert.

So hatte man den Tisch der Magenleidenden, den Tisch der Nierenbankerotteure, den Tisch der Nervösen, den Tisch der stärker Nervösen, den Tisch der schon ein wenig Blöden, den Tisch der schlicht

Blöden, den Tisch der absolut Blöden, den Tisch der aussichtslos Blöden (die mußten am meisten bezahlen).

Scharleß Nulpe saß zur Probe an dem Tisch der Nervösen. Nach acht Tagen bat er, ihn an den Tisch der stärker Nervösen zu setzen.

Seine Kur setzte sich aus kombinierten physikalisch-diätetischen Maßregeln zusammen.

Alles, was im Sanatorium mit ihm geschah, bekam ihm schlecht, und er begann, sich ernstlich in seiner Haut unbehaglich zu fühlen. Aber, was so teuer war und von Fürsten in Anspruch genommen wurde, mußte doch Qualitäten haben. Er litt vielleicht nur unter der anfänglich stets auftretenden Reaktion dieser ungewohnten Lebensweise.

Nach dem Frühstück mußte er vierzig Minuten auf dem Kopf stehen (kostete extra) mit einer Mohrrübe im Mund (kostete extra), dann mußte er, den linken Zeigefinger in der Nase (kostete extra) auf einem Bein herumhupsen (kostete extra). Er wurde dann abwechselnd in kochendes und eiskaltes Wasser getaucht (kostete extra) und mußte sich bis Mittag in der zur Anstalt gehörigen Ökonomie mit Mistabfahren beschäftigen (kostete extra). Nachmittags wurde geturnt. 286 Kniebeugen (kosteten extra 5 Mark pro Stück), 652 Rumpfbeugen (kosteten extra 5 Mark pro Stück). Mit andern Leidensgenossen mußte er ein Reservoir leer atmen, das als Vakuumentstauber Verwendung fand (kostete extra). Er mußte die tollsten und ihm gänzlich unverständlichen Verrichtungen machen. Alles drehte sich ihm im Kopf.

Vor dem Abendessen trafen sich die Patienten im Lesezimmer zum Plauschestündchen (kostete extra). Man erzählte sich umständlich von seinen Leiden, und Frohsinn und trautes Behagen herrschten in dem, wie alle für die Gäste bestimmten Räumen recht ungemütlichen Lesesaal, der aus hygienischen Gründen, um eine radikale Abhärtung durchzusetzen, feucht und zugig war.

Nach einer weiteren Woche bat Nulpe, man möge ihn an den Tisch der ein wenig Blöden setzen. Es wurde täglich schlimmer mit seinem Zustand. Eine bedenkliche Reizbarkeit zeigte sich bei jeder Gelegenheit.

Eine harmlose Szene hatte schreckliche Folgen. Die taube Witwe eines Schlachtenmalers hatte ihm gegenüber gesessen. Er hatte sie in Unkenntnis ihres Gebrechens so ebenhin gefragt, ob sie schon früher in „Bizepsheil“ gewesen sei.

„Im vergangenen Jahr stand das Grumt um diese Zeit besser“, bekam er zur Antwort.

„Ich meine, waren Sie schon mal in dieser Anstalt?“ wiederholte Scharleß seine Frage.

„Gestern sah es nach Regen aus“, war jetzt die Entgegnung.

„Machen Sie schon lange die Kur hier und merken Sie einen Erfolg?“ brüllte jetzt Scharleß plötzlich los.

„Ja, es ist ein feuchter, ein recht feuchter Sommer“, bekam er zu hören.

Eine wahnsinnige Wut kam über Nulpe. Er sprang auf und boxte die Witwe des Schlachtenmalers auf das Auge.

Mit jedem Tag wurde es schlimmer mit ihm. Er litt gräßlich unter der Diät. Seine Seife, zwei Tuben Zahnpasta, ein Paar Glacéhandschuhe, vier Bleistifte, eine Schachtel Heftzwecken und zwei Flaschen Kopiertinte hatte er verstohlen hinuntergeschlungen.

Wäre er nie auf diese Sanatoriumidee verfallen! Aber nun hatte er schon für Wochen bezahlt. Und dann galt es doch für schick.

Eines Tages sagte der Chefarzt zu ihm: „Herr Nulpe, mein lieber Herr Nulpe, nur Geduld, nur Geduld, Sie sollen mal sehen, nur Geduld. Morgen wollen wir mal anfangen zu zandern." (Zandern kostete extra.) Der Doktor hätte Nulpe nicht zandern lassen sollen.

Nulpe saß bereits an dem Tisch der absolut Blöden. Wenn ihm irgendwas überzwerch ging, konnte er in wildes Toben verfallen.

Im Zandersaal. Alle Apparate waren in Bewegung. Es war ein groteskes Bild. Dort hatte eine sehr korpulente Dame die Arme eingespannt und schwenkte sie mit schauerlicher Regelmäßigkeit im Kreise.

Zandersaal im medico-mechanischen Institut in Darmstadt, Lossen 1899

Zandergerät zum Armschleudern und Handkreisen in sitzender Position (A7). Lossen 1899, Tafel 15

Einem langen, dürren Herrn wippte ein Apparat die Beine in marionettenhafter Weise hin und her. Ein Mensch, ganz kahlköpfig, wurde durch einen Zandermechanismus veranlaßt, unaufhörlich, schauerlich den Kopf zu rollen. Eine Greisin mit einem Eikopf und gallertartigem Wackelkinn saß auf dem Kamelrittapparat und hupste, daß ihr die Zähne wie weiße Bohnen aus dem Munde flogen.

Nulpe fühlte sich durch alles dieses Merkwürdige sichtlich beunruhigt.

Nur ungern ließ er sich in einen komplizierten Stuhl drücken. Dieser Apparat hatte den Zweck, bestimmte Stellen im Rücken durch kurzes, regelmäßiges Klopfen eines Gummifingers zu massieren. Das sollte enorm gesund sein.

Zandergerät zur Herbeiführung von Erschütterungen im Reitsitz (F2). Lossen 1899, Tafel 26

Plötzlich bekam Nulpe von hinten einen leichten Stoß in den Rücken. Wütend schaute er sich um. Niemand war in seiner Nähe, der ihn gestoßen haben konnte.

Was war das für eine Frotzelei? Da wieder stieß ihn etwas an der gleichen Stelle. Das war ja eine maßlose Unverschämtheit. Eine tolle Wut packte ihn. Er sprang auf und bemerkte jetzt den Gummifinger, der mit unheimlicher Regelmäßigkeit aus dem Apparat herausschnellte.

Haßerfüllt stürzte sich Scharleß Nulpe auf diesen gespensterhaften Angreifer. Ein entsetzliches Ringen entspann sich zwischen Nulpe und der Maschine. Räder, Haare, Zähne, Schrauben flogen, bis plötzlich der Stuhl, Apparat und Nulpe umflogen und sich in einem wilden Chaos am Boden wälzten.

Nulpe gelang es, wieder auf die Beine zu kommen. Vor sich sah er einen anderen Apparat, der drohend seine Arme gegen ihn schwang. Drauf los! Und ein Rasen packte den Unglücklichen, und in jedem Apparat, der im Zandersaal seine blanken Fühler reckte, wie eigentümliche Untiere ihn zu höhnen schienen, erblickte er entsetzliche Feinde. Drauf los! Und er focht einen furchtbaren Kampf, bis er an die Halsmassagemaschine kam. Die kannte keinen Spaß, sie packte ihn mit ihren Fühlern um den Hals und erdrosselte ihn.

Zandergerät zur Brust- und Leibeshackung (G1). Lossen 1899, Tafel 27

Alle Verwandten von Scharleß Nulpe waren bei der Beerdigung, nur Onkel und Tante Siebenborn aus Euskirchen fehlten.

Düsseldorfer General-Anzeiger vom 14.5.1911

Nur kurze Zeit später wurde er mit einer akuten Blinddarmentzündung ins Krankenhaus gebracht. An seinen Freund Paul Oberloskamp, dem späteren Justitiar der Henkelwerke, schreibt er an dessen Kanzleiadresse.

Zandergerät zum Rumpfaufrichten (C5). Lossen 1899, Tafel 21

Dr. Paul Oberloskamp
Düsseldorf, Königsplatz 1911

Mein lieber Kerl !
Natürlich habe ich jetzt auch noch eine Blinddarminfektion – die fehlte mir noch – bei meinem Herzklaps ist eine Operation zur Zeit riskant; Du mußt nicht glauben, daß ich mir Kranzspenden verbitte – im Gegenteil: Nur um meine Bekannten materiell zu schädigen – lege man ruhig Deine 6 Mark an, Du Filz

stets Dein
Hermann Harry

Abschrift der Postkarte:
Heinrich-Heine-Institut, Düsseldorf,
Nachlaß Maximilian Maria Ströter,

Durchbrochen wurde seine Krankheits- und Leidensgeschichte durch kurze Phasen künstlerischen Erfolges. Am 11.11.1911 konferierte er eine Revue unter dem Titel „Märtyrerinnen der Mode"; im Dezember 1911 erschien sein erstes Buch „Der Säugling und andere Tragikomödien". Ein Vierteljahr später sah er sich mit einer weiteren Krankheit konfrontiert, die seiner Laufbahn als Conférencier ein frühzeitiges Ende setzte: Unter seiner Zunge hatte sich eine große Zyste gebildet, die in einer „radikalen Operation" entfernt werden mußte.

In zwei Briefen an Kurt Kamlah schilderte er diesen Eingriff. Sein Freund hat diese zusammengefügt und an Hermann Harry Schmitz' späteren Biographen Victor M. Mai weitergeleitet:

Ohne Datierung [Geschrieben März 1912]

Mein lieber Kurt Kamlah!

Für Deinen lieben Brief tausend Dank. Ja, Du hast überwunden! Aber je länger ich über mich nachdenke, desto widerlicher wird mir das Schielen nach dem Beifall der Menschen, dieser Zeichen, die an der Strippe verlogener Werbungen hilflos baumeln und ihr seelenloses Marionettentum Leben nennen. Und ich selbst! Ist das Herz tot? Sind alle Gefühle nur eine Sensation, die sich ein- und ausschalten läßt, wie das gespenstische Hell und Dunkel einer elektrischen Birne? Weh mir, heil mir! Vor Dir habe ich die Schamhaftigkeit, hinter meine stolze Maske schauen zu lassen, verloren; vor Dir wage ich meine Seele auszubreiten. Nicht weil Du älter, nein weil Du so fabelhaft jung bist und die Jüngsten begreifen kannst in ihrem ungeklärten Stürmen und Drängen. Du bist mir wie ein Spiegel, in dem ich mich erkenne ohne Maske...

Allmählich steige ich von einsamer Bergeshöhe meines Krankseins wieder hinab zu den Menschen der Ebene. Diese Feinste durch die Stille um mich und in mir bewirkte Sensibilität ließ mich köstliche Offenbarungen erkennen, die ich in der Hast des Düsseldorfer Mummenschanzes sonst nicht hätte empfinden können. Ich hoffe sie nur zu retten, wenn ich wieder zwischen den so schrecklich Gefundenen umherwandeln muß. Weiß Gott, die Erscheinung der dem Grabe wieder Entstiegenem mag furchtbar sein; mir sind diese vor Gesundheit wiehernden Leute mit den stramm durchgedrückten Knien und den herausgedrückten Brustkästen viel furchtbarer. –

Ja, es ging mir, wie die Anderen sagen, sehr schlecht, obwohl ich wieder „Papa“ sagen und die Nahrung an der richtigen Stelle einnehmen kann. Kennst Du ein Nährklystier? Eine fabelhafte Erfindung, ich habe nie so gelacht. Man büßt den Genuß des Geschmacks ein und ein Tischgebet ist auch unangebracht. Jetzt ist mein Mund wieder bereit seine natürlichen Aufgaben zu erfüllen – ich sage Dir, es war eine radikale Operation! Männer in weißen Mänteln duftend nach Karbol, wackere Gesellen umstanden mich, denn ich war ein interessanter Fall. Der Geheimrat zerfetzte mir Zunge, Gaumen und Zähne; er entfernte mit kundigem Messer: Fleischläppchen, Nervenstränge, Knochenstückchen, Zigarettenstummel, alte Konservenbüchsen und was sonst noch so in einen Mund gehört. Bis ans Knie stand man im Blut. Zwei Schwestern ertranken darin, weil sie ohnmächtig umfielen. Ich durfte, da man mich wegen meines Pocheherzchens nicht zu chloroformieren wagte, alles mit vollem Bewusstsein erleben; die örtliche Betäubung wirkte nicht, gegen alle Narkotika bin ich längst immun! Zuweilen verlor ich allerdings die Besinnung, denn das mir so lieb gewordene Objektivium des Schmerzes gelang mir nicht immer. Zur Sache äußern konnte ich mich nicht, ein ödes Lallen war aus meinem herrlichen Organ geworden, sonst hätte ich gern bemerkt, daß die Künste der spanischen Inquisition ein sanftes Streicheln gegen dieses Auskratzen meiner Mundhöhle gewesen sein muß. Jetzt sehe ich gespannt der nächsten Sensation entgegen und kratze mit dem Geheimrat, was wir nun in Angriff nehmen wollen. Viel könne man mir nicht mehr wegnehmen, meinte er, sonst liefe ich Gefahr aus dieser Trübsal des Erkennens und nicht Könnens hinüberzuwandern in das Land, nach dem ich mich innigst sehne, obwohl es da keinen Sekt und kein Rauschen seidener Dessous gibt nach der Ansicht begabter Autoritäten. Ich muß aber im Oktober nach Wien, wo ich für 1200 Mark Monatsgage als Gaukler engagiert bin. *)

Sonst geht es mir gut, mein lieber Kurt Kamlah. Wenn der körperliche Schmerz so groß ist, daß man sich daneben setzt und ihn mit Erstaunen betrachtet, so bekommt das der Seele sehr. Nur hat man meine weiße Flanellhose, den einzigen Lichtblick meines bresthaften Daseins, völlig verwaschen, so dass sie ganz verfilzt ist, was ich von Dir nicht hoffe

Dein Hermann Harry Schmitz

***) Bezug auf diese Stelle nimmt vermutlich auch Victor M. Mai in seinem Nachruf auf H.H.S.: „Ein Konferenzier von einem wundervollen Improvisationstalent wollte ihn letzten Winter ein literarisches Kabarett in Wien gegen eine hohe Gage sich verpflichten, er machte die bereits unterzeichneten Verträge rückgängig, um sich nicht auf Wege drängen zu lassen, die seinen dichterischen Plänen widerstritten."** Düsseldorfer General-Anzeiger, Jg. 38, vom 10.8.1913

Die Briefabschrift ist von Kurt Kamlah.

Stadtarchiv Düsseldorf, Akte Schmitz, H.H. XXII S 12

Auch bei Victor M. Mai findet sich eine Stelle, in der Hermann Harry Schmitz seine Schmerzen literarisch verbrämt:

31. März 1912

... Als ich wach wurde, lagen neben mir auf dem Nachttisch acht abgebrochene Zähne, Fetzen Zahnfleisch, eine Viertelslippe, ein Zäpfchen, ein halbes Ohr, ein Lappen Zunge. Die Erinnerung an etwas äußerst Ulkiges tauchte in mir auf, an ein Geschehnis, gegen das die Phantasie Wereschtschagnis * milder Ludwig Richter ** war. Ich hatte eine sogenannte radikale Operation überstanden. Ich habe die Schlacht bei Sedan*** mitgemacht, das furchtbarste Morden im Japanisch-Russischen Kriege****: Blumenspiele***** waren das gegen diese sogenannte radikale Operation, die der liebe Gott seinem Knechte Hermann Harry in großer Güte zuteil werden ließ. „Zweimal genäht, hält doppelt", sagte Goethe, als ihm in Lauchstädt die Badehose platzte und Eckermann ihm Markenpapier auf die dichterische Blöße deckte.– Der Tag vor der Operation war der Tag der Sammlung. Rizinus V. herrschte, und jeden Augenblick kamen wildfremde Männer in weißen Mänteln, die nach Karbol dufteten, sie rissen mir ohne Erklärung das Maul auf, stießen die Faust tief hinein, kniffen mir in die Zunge und meinten: „Interessanter Fall, wie lange haben Sie das? Das ist eine radikale Operation am Platze." Ich sagte schlagfertig: „Es ist schon mal operiert worden, aber ich bin so vergnügungssüchtig, daß ich mir ein zweites Mal nicht entgehen lassen möchte." Früh wurden die Messer gewetzt. Als ich auf einem leichtfedernden Dogcart in den traulichen, von einem milden Hauch gütiger, altväterlicher Behaglichkeit umflossenen Operationsaal hineingeschoben wurde, stand schon ein ähnliches Gefährt da, auf dem eine mit einem weißen Tuch bis zum Kopf bedeckte Gestalt lag. Höflich, wie ich stets bin, stellte ich mich diesem scheinbaren Genossen vor.– „Sie brauchen sich nicht vorzustellen, es ist eine Leiche", klärte man mich auf. „Bitte, bitte!" murmelte ich devot, „von heute?" „Nein von gestern. Es ist ein armer Künstler, der einen Hundert-Markschein in tolle Laune verschluckte und an der Summe erstickte.
Wir wollen nur, um die Kosten für Transport und Operationsvorbereitungen sowie unser Honorar zu decken, von den hundert Mark achtzig amputieren und ihm den Rest von zwanzig Mark wieder in die Luftröhre stecken." – Von allen Seiten hieß es plötzlich: „Herr Geheimrat! Diener, Herr Geheimrat!" Die Operationsschwestern hoch, die Assistenten tiefer.– „Was haben wir heute?" klang das sonore Organ des berühmten Chirurgen. Schon wurde

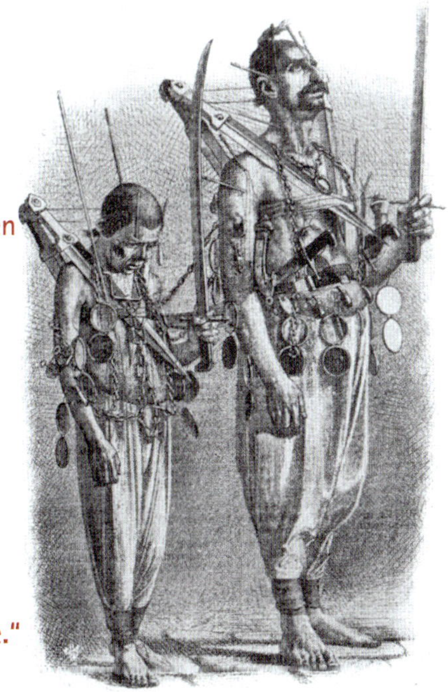

Abb. 6. Selbstverstümmler.

mir das Maul aufgerissen, und eine große nach Zigarre schmeckende Hand packte meine Zunge, zog sie zwanzig Zentimeter aus dem Mund und ließ sie dann wieder zurückschnellen. Chloroform wirkt auf mich wie leichter Whisky. Man sagte mir, ich solle zählen, und der jüngste Assistent stülpte mir den Maulkorb über. Ich zählte bis 4 350 000, dann wurde es dem Geheimrat zu Dumm. Und er nahm ruhig und bestimmt seine radikale Operation vor --."
Mai, 1925, S. 14/15

*) Wereschtschagin: Wassilij Wereschtschagin (1842–1904) war ein bekannter russischer Maler, der vielfach Kriegsgreuel aus pazifistischen Gründen künstlerisch darstellte.

**) Ludwig Richter (1803–84): spätromantischer Maler und (Märchen-) Illustrator

***) Schlacht bei Sedan: deutscher Sieg 1870 unter Moltke; in dieser Schlacht wurde Napoleon III. durch die deutschen Truppen gefangen genommen.

****) Japanisch-Russischer Krieg: Der äußerst grausam geführte Krieg von 1905 endete mit einem Sieg der Japaner über das russische Heer.

*****) Blumenspiele: Kölner Blumenspiele, ein Dichterwettbewerb nach 1900, den der Mäzen Johannes Fastenrath ins Leben gerufen hat.

Mitte Juni 1912 verfaßt Herbert Eulenberg eine fiktive Leichenrede auf den todkranken Hermann Harry Schmitz. Auf den ersten Blick mag dies nur als makabrer Scherz unter Freunden erscheinen, von Eulenberg war die Rede aber sicherlich als Aufmunterung und öffentliche Wertschätzung gemeint. Ein bißchen läßt er sich von Hermann Harry Schmitz' Sprachstil inspirieren, auch wenn sein Text noch sehr gesetzt bleibt.

Lieber Hermann Harry Schmitz, wie manches Mal haben wir, wenn Sie als ein leidenschaftlich interessierter und aufgeregter Zuschauer bei dem Passionsspiel unseres Lebens doppelt elend, hager und eingestürzt aussahen als gewöhnlich, darüber gescherzt, dass ich dereinst an Ihrem Grabe die Leichenrede halten müßte. „Mitbürger! (So ungefähr würde ich dann beginnen und ein trauriges Gesicht dabei aufzuziehen versuchen wie Falstaff, da er Heinrich den Vierten tragierte.) "Mitbürger! Hermann Harry Schmitz ist nicht mehr. ‚Hier liegt er nun, der kleine, liebe Pavian', wie Lessing sagen würde. Er wird Euch keine Grimassen mehr vorschneiden und keinen tollen Schabernack mehr treiben. Er wird Euch nicht mehr ärgern, nicht mehr kitzeln, nicht mehr zum Lachen noch zum Fluchen bringen. Er ist ganz und gar unschädlich geworden bis auf seine Bücher, die er uns hinterlassen hat und die niemals auf den Index gesetzt werden, weil sie als viel zu harmlos gelten. O, meine Mitbürger, er war gar nicht so harmlos. Lass es mich Dir nachsagen, edler, nun ganz erblichener Freund; denn darum habe ich Dich lieb gehabt! Er war auf manche Menschen, und nicht die besten unter uns, höllisch geladen und für solche war es eben so gefährlich, mit ihm umzugehen, wie mit einem nicht abgestellten Revolver. Ja, ich scheue mich nicht, es

an seinem Grabe zu sagen, er hat manche seiner Kreaturen geradezu gehaßt. Ich nenne in Parenthese, um ihm nicht hintendrein noch zu schaden, nur seine umständliche, schwerfällige Tante Gottmeih Schlüngel, die sich plump wie eine Dampfwalze durch unser heutiges Leben drängte, oder seine schrecklichen Bekannten Benders, die er vor lauter Hass fast wieder geliebt hat: diese ewigen Benders, die wir alle kennen, mit ihrem Hausputz im Frühjahr, der sich regelmäßig alle Jahre wiederholt, Benders, die eine Kaffeemaschine haben, die Alles besser wissen, denen nichts mehr geschehen kann, weil sie gegen jede Unbill des Geschicks versichert sind, Benders, die Einen mit nützlichen Ratschlägen auf den Bahnhof bringen, denen man Ansichtspostkarten schreiben muß, die man an der Table d'hote in der Sommerfrische wie im Riesenspeise- oder im Zanderturnsaal des Sanatoriums wieder- und wiedertrifft.

Es gab eine Zeit, meine lieben Leidtragenden, da der Künstler (und zu dieser Gilde darf man den teuren Toten mit größerem Recht als Julius Wolff oder Ottilie Wildermuth zählen) sich nichts Lieberes wußte als dieses: dem braven Bürger das Gruseln beizubringen und ihn durch Seiltanzen, Feuerfressen und Zaubereien zu verblüffen und vorher wie nachher dabei laut: „Ecco! Ecco!" zu schreien. Nein, ein solcher Buhmann ist unser Hermann Harry Schmitz nie gewesen. Er hatte dafür eine gute, fast zu gute Kinderstube hinter sich. Seine Manieren waren wie seine Fingernägel wohlgepflegt und peinlich gut gehalten. Er behandelte seine Mitmenschen im Leben stets, wie wir alle, mit vorzüglicher und ausgezeichneter Hochachtung; und kein unbezahlter Schneider klagt an seinem Grabe. Er war kein Bürgerfresser, dieser gute selige Schmitz. Er war schon seinem Namen, der ihm zu seinem Entsetzen bei der großen Namenauslosung zugesprochen und angehängt worden war, schuldig, sich nicht niederträchtig und ausgesucht teuflisch zu benehmen. Die gute Fee, die sich trotz dem Soxlethapparat, der ihn als Säugling gerettet hat, nicht abhalten ließ, auch an seiner Wiege wie beim Dornröschen zu erscheinen, hatte ihm gleich Yorick, Hamlets einziger schönen Jugenderinnerung, eine gute Gabe verliehen: einen unendlichen Humor. Freilich nicht den beliebten niederdeutschen Humor mit der berühmten Träne im Auge, sondern mehr den nihilistischen, zerstörerischen, auf Bubenstreiche und entsetzliche Finales ausgehender Humor des von der Akademie gejagten Historienmalers a.D. Herrn Wilhelm Busch aus Wiedensahl.

Daher sind seine fürchterlichen Schlüsse, die mir mit das Liebste an dem munteren Kauz gewesen sind, zu erklären: dieses Tohuwabohu, in dem seine meisten Grotesken auslaufen, dieses Kaputtschießen seiner Figuren am Ende, dieser Vandalismus, der notabene, in jedem Deutschen steckt, diese Läppischen Kindereien, wie das verehrungswürdige große Publikum sagte, die er zum Schluß seiner Geschichten wie einen gräulichen, neunundneunzigmal geringelten Schwanz anhängt. Dieses germanische metaphysische Gemütsbedürfnis, hernach wieder Radau zu machen, das den edlen Holsteiner Detlev von Liliencron, wenn er betrunken war, mit Vorliebe in eine Schießbude zu treiben pflegte, beseelte auch unseren sanft Verstorbenen. Er hat sich leider dadurch viele Sympathien und, was schmerzlicher für ihn war, noch mehr Käufer verdorben. Denn der heutige Deutsche hat es gern, wenn die Sachen, die er noch zu lesen geruht, still und vernunftgemäß ausgehen und plötzlich, aber motiviert wie unaufgezogene Uhren, stehen bleiben. Und er scheut Dinge und Erzählungen, die damit enden, indem sie abrasseln wie tollgewordenes Zeigerwerk, das sich ohne Hemmung auf einmal blitzschnell zu drehen anfängt und schließlich taub läuft. Der normale Deutsche rückt hörbar und unverkennbar von einem ab, der eine Schraube los hat. Der Spleen ist, Gott sei Dank, eine englische Krankheit geblieben, die nicht unter den schwarz und weißen Fahnen gedeiht. Wir sind immun gegen dieses Gehirngift; oder wir werden es, wenn wir auf eine kurze Zeit nach Berlin deportiert worden sind.

Ach, ich glaube, ohne mich einer Leichenlästerung schuldig zu machen, bei dem Entschlafenen war sicherlich irgendwo mindestens eine Schraube los. Er konnte bei den lautesten und neusten Errungenschaften unserer modernen schnellebigen (schon dieses Wort war ihm gräßlich) Zeit vor Nervosität zittern wie ein Pferd vor einer Eisenbahn oder einem Automobil. Ganz einfache Dinge, die ein Kind heute schon ohne inneren Schaden absolviert, wie eine Schaukelbadewanne, das Ostende des kleinen Mannes, ein Kursbuch oder eine Steuererklärung oder die spiralförmig gewundene Sperre vor einer Theaterkasse konnten ihn noch rabiat machen. Eine einfache Blinddarmamputation, der sich jetzt jeder bessere Bankier und jede vornehme Dame, die auf sich hält, wie einer einfachen, harmlosen Badereise zu unterziehen pflegt, regte ihn noch in übertriebener Weise auf, ja, hätte ihn fast ins Irrenhaus gebracht. Er gehörte zu denen, die das Rätsel der Sphinx nicht mit der Promptheit und Einfältigkeit eines Oedipus erraten und beantworten und damit alles gefressen zu haben glauben. Er stutzte vor allen Neuigkeiten und hörte in Gegensatz zu denen, die alles, ja selbst das Fliegen, schon als etwas ganz Selbstverständliches hinnehmen, niemals auf, sich zu verwundern, so lange er seine innere Maschine laufen ließ. Dabei war er durchaus nicht altmodisch gesinnt. Er spielte nicht auf der grünen Wiese mit einer Mandoline oder Ziehharmonika hinter unserer Zeit Verstecken, und ich muß ihm darum den schönen und gemütvollen Titel „Heimatdichter" noch nach seinem Tode vorenthalten. Darum fiel ihm auch nicht ein, Gott einen guten alten Mann zu heißen, sondern er rief zu seinem Kummer seiner stillen und behaglichen Mitreisenden mitunter laut nach dem Beschwerdebuch und stellte sich manchmal fast so an, als hätte er gar die Notbremse ziehen wollen.

Wenn er einen weißen Bart gehabt hätte statt eines ironischen Mundes, so wäre er vielleicht der große deutsche Gesellschaftsreformator geworden, als dessen Vorläufer Johannes dereinst Sudermann entstanden ist. Aber diese prachtvolle Rolle des deutschen Shaw verdarb er sich dadurch, dass er. Statt ernst zu bleiben, immer wieder ausplatzen mußte und gleich einem total Betrunkenen die ganze Sache und die heutigen Leute zu komisch fand. So sehen wir ihn oft (und wir wollen, an seiner frischen Grube stehend, ihn jetzt dieser Sünde lossprechen) auf offener Straße oder zwischen unserer ernsten Arbeit, die nach Schiller des Bürgers Zierde ist, lachend herumstehen und hörten ihn wie einen Berauschten auf einem Maskenfest unaufhörlich wiederholen: „Es ist zu komisch, zu komisch!" Er hatte freilich den Takt und die von Gott gewollte staatsbürgerliche Bescheidenheit, seine höchst zweifelhafte Weltanschauung oder die Rudimente einer solchen nicht als Evangelium auszuschreien, was man sich übrigens auch verboten hätte. Er machte sich im Leben kaum breiter als jetzt im Tode und lehnte sich still und scheu auf den kuriosen Posten, den er in der Welt einnahm, gleich dem kleinen, dünnen Spazierstöckchen, das ein Tunichtgut an einem Baum an der öffentlichen Promenade hingestellt hatte und das ganz Krähwinkel in Revolution und Nervenzerrüttung brachte. An diesem seinem besonderen Platz, von dem er die Leute bald wie ein Konkav-, bald wie ein Konvexspiegel, dergleichen man wohl noch auf kleinen Jahrmärkten sieht, abmalte, ließ er sie vorbeipassieren: den Leutnant Anatol Brustkorb, den Rat Schnödelkrum, den Chirurgen Professor Langebühdel, den Gießkannenfabrikant Pröbster, die Tante Ameisenei, den Fürsten von Printe.Hefeteil-Hubbelrath, die Panterdame Lola Hirschtalg, die Warenhausdirektrice Veranda Cohn, den Naturschwärmer Goliath Bumke, den Versicherungsagenten Engerling Daumentrost, den Kolonialwarenhändler Mehlenzell, das Dienstmädchen Anna Knaterbull, den Engländer Mister Botteram, und wie sie alle bei ihm heißen möchten. Und auf dieser ihm nach dem Willen des Höchsten zuerteilten Stellung als *chroniqueur comique* unserer Zeit hat er Stand gehalten bis ans Ende, da der Tod seine schwarze Visitenkarte mit p.p.c. bei ihm abgab, die er mit einer seiner liebenswürdigen Verbeugungen in Empfang nahm. Er war ein allzeit fröhlicher Spektator seiner Mitmenschen (ich scheue mich nicht, meine Leichenrede mit einem Schwung wie Bossuet, der größte Kanzelredner des allerkatholischsten Königs, zu enden) ein Phänomen, ein sehenswertes Wundertier. Möge ihm die Erde leicht sein, wie er ihr leicht gewesen ist! *Ave anima non candida!*

Kaiserswerth — Herbert Eulenberg

Die Zukunft, Berlin, Jg. 20, 15.6.1912, Nr. 37, S. 355-358

Hermann Harry Schmitz in seinem Zimmer, Schumannstraße 13 auf dem Diwan liegend, Privatfoto, ohne Jahr. Stadtarchiv Düsseldorf

Hermann Harry Schmitz hat sich über diese makabre Art, mit seinen Krankheiten umzugehen, sehr gefreut. Daher trieb er die Selbstironie auf die Spitze und antwortete Eulenberg aus dem Grabe.

Tannenwäldchen
Nordfriedhof
Grab 76, Reihe 9, links
(mit einem verzausten Geranienstumpf ohne
Blüte geschmückt)

Mein hochverehrter, lieber Meister!

Verzeihen Sie vor allem, daß ich so aus dem Munde rieche, aber ich habe hier unten weder Odol oder Pebeco zur Verfügung. Außerdem würde die Wirkung auch nur von kurzer Dauer sein; gegen so eine progressive Verwesung ist nun einmal nichts zu machen. – Jeden Tag hat man seine Ueberraschungen. Gestern z[um] b[eispiel] ist mir mein Zäpfchen im Gaumen abgefallen, es schmeckte wie ein saurer Bonbon. Schnell, schwupp hatte es schon ein dicker Leichenwurm, der unter der Zunge versteckt gesessen hatte, erfaßt und verschlungen. Jeden Tag eine kleine Abwechslung. Am linken Fuß steht nur noch eine einsame Zehe, die Goldzehe, die anderen sind abgebröckelt. Natürlich kann ich damit kein Klavier mehr spielen, mit so einer wackeligen Zehe. Außerdem darf man hier kein Klavier spielen, die Nachbarleichen beschweren sich sonst. Die Füße sind auch nicht mehr fest im Gelenk, ich werde sie bald zum Wichsen, wie ein paar Schuhe herausstellen. – Man hat mir, das ist eine Gemeinheit, ein viel zu enges Leichenhemd angetan, was unter den Armen mich fortwährend kneift, außerdem ist es nur eine Hälfte und bedeckt nur die Vorderseite, ich würde damit aus jedem Luftbad herausfliegen. Dabei ist mein Hemd aus Nessel, aus gemeinem Nessel, während meine Grabnachbarn stets battistene haben. Ja, ja, überall wurde gespart bei meinem Tod. Der Sarg ist keineswegs behaglich, viel zu kurz und überall Spalten, durch die es zieht. Dazu braun lackiert, was mir schon gar nicht steht. Ich hatte mir einen schwarzen Sarg gewünscht, er wäre viel kleidsamer gewesen und hätte schlank gemacht. Aber meine Hinterbliebenen haben gespart und den billigen, braunen Sarg gekauft. Es wurmte mich im wahren Sinne des Wortes. Und doch darf ich nicht schimpfen über meine Hinterbliebenen eingedenk des lateinischen Spruches: De vivis nil nisi bene. – Man hat mir einen schweren Sandsteinblock auf das Grab gesetzt. Der Block wurde lange Jahre in der Waschküche meines Onkels in Laugst zum Draufstellen von Waschbütten benutzt. Meinen Namen und einen Abreißkalender-Vers, den ich von hier im Sarge aus nicht lesen kann, haben sie

dem Stein eingemeißelt. Ausgerech-
net steht nun der Stein in der Mitte
des Grabes und drückt mich schwer
auf den Bauch, wie eine Kompresse.
Ich habe, weiß Gott in meinem freud-
losen, verblähten Leben genügende
Scherereien mit meinem Bauch gehabt.
– Ja, die Hinterbliebenen haben das ge-
tan, selbst im Tode stören
sie einem jede Behaglichkeit. Kaum
war ich tot, bemächtigten sie sich
schon meines Pelzes, meines Smokings,
meiner schönen Strümpfe, rasierten
ihre gierigen, mit Mitessern und Pusteln
garnierten Gesichter mit meinem
Gillet Apparat, schnüffelten in meinem
Schreibtisch und in der Kommode; nichts
war ihnen klein und gering genug,
es liegen zu lassen und darum zu
streiten. Gott sei ihnen gnädig!
Nur an den Aktiva meiner Schulden
wollten sie sich nicht beteiligen. –
Ich war mit einem schönen Hass und
einem ungöttlichen Fluch wenig
sanft entschlafen, gegen die ganze
Sippe und all das Ungeziefer auf der
Erde. Der große schöne Glaube an den
Kommerzienrat, an den Leutnant,
an den Oberlehrer war mir schon in früher
Jugend in die Binsen gegangen. Dann
gedachte ich meines Säuglings, meines
einzigen natürlichen Sohnes, den man
mir nachweisen konnte, und der mir
erschreckend ähnlich sah. Ich dachte an ihn
sorgenschwer. Niemand wird sich um ihn
kümmern, und man wird ihn an den Masern der
Gleichgültigkeit dahinsiechen lassen. Das
waren schreckliche Reflexionen, die fort-
während meine sogenannte Grabesruhe
störten, bis plötzlich heute früh von ohnge-
fähr fünf muskulöse Leichenkäfer mir
durch eine Spalte meines Sarges ein
Schriftstück in den Sarg schoben. Botschaft
von der Welt! Ich entfaltete mit Mühe
das Schriftstück, steckte, damit ich besser
sehen konnte, meinen linken Daumen
an. Was las ich? Um noch besser sehen zu
können, nahm ich meine rechte Knie-
scheibe, putzte sie ein wenig mit dem
Leichenhemd und klemmte sie mir
in das Auge, wie ein Monokel. –
Was las ich, weiß Gott? Eine
Freude kam plötzlich über mich. Dieses
Schriftstück war eine frohe Botschaft,
eine tröstende Kunde. Wort für
Wort klang es mir erfreulich in dem
Rest meiner Ohren. Es war mir ein
Rächer erwacht, ein Prophet war er-
standen, ein gütiger Helfer, eine
zweite Mutter meines Säuglings! –
heil ihm und dank! – O Meister,
Ihr habet mich aufgerüttelt aus
Stumpfheit und Verzweiflung, Ihr
habt mich aufgerichtet, meines
Säuglings habt Ihr Euch in Liebe
angenommen – habet dank – Ihr
habt der Welt von mir gesprochen. –
Ich verwese jetzt gern, Dank
nochmals,
verehrter Meister, für Eure kost-
bare Leichenrede. Ich verwese jetzt
guten und frohen Sinnes. Ich
schreibe diesen Brief auf ein mühe-
voll abgebrochenes Stück Sarg-

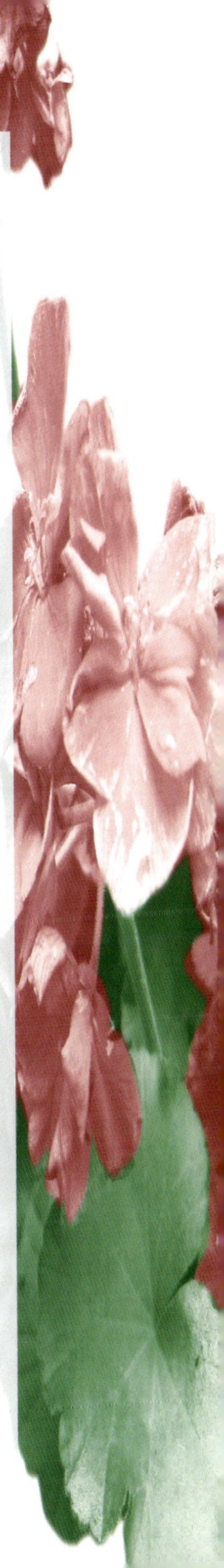

deckel mit dem linken Schlüsselbein, das ich in den Bauch an der aufgegangenen Blinddarmnarbe eintunke. Meine Füllfeder hat man mir nicht mitgegeben. Seien Sie gegrüßt und bedankt von Ihrem kleinen Hermann

[handschriftlicher Vermerk von Eulenberg:] bitte für die Nachwelt zu bewahren!

Yale University – Beinecke Rare Book And Manuscript Library, Yale Collection Of German Literature, Kurt Wolff Archive, Folder 277

Kurzzeitig erholte sich Hermann Harry Schmitz von seinen Krankheiten. Aber diese Entwicklung währte nur kurz. Ende Mai 1912 erkrankte er an einer Gürtelrose. Seinen Plan, in den Orient zu reisen, mußte er fallen lassen. An den Künstler und späteren Schriftsteller Adolf Uzarski, mit dem er sich in Tanger verabredet hatte, schickte er am 1. Juli eine Absage:

Selbstporträt des Autors und Malers Adolf Uzarski (1885-1970). In: Rheinische Erzähler. Agenda 1914. Düsseldorf [1914], S. 55

1. Juli 1912

Mein lieber Adolf Uzarski!

Herzl[ichen] Dank für Ihre Karte aus Granada. Gott hat etwas gegen mich – ich habe alles schon vorbereitet, am 6. d[es] M[onats] mit dem Grotius abzufahren und Sie wie vorgeschlagen in Tanger zu treffen – die nötigen Gelder waren disponibel – ich habe mir weiße Anzüge besorgt – kurz ich war aufs beste gerüstet. Jetzt bin ich seit acht Tagen krank und gezwungen, tagaus tagein ruhig und sohier verzückt auf dem Divan zu liegen, ich habe eine Gürtelrose der Saison entsprechend, die Sache zeigt sich bei mir, da ich rechtzeitige Behandlung verbummelt habe, mit allen mir unangenehmen Begleiterscheinungen. Begießen Sie sich mit Petrolium, stecken sich an, und wälzen sich dann in Viehsalz – das wird so ungefähr auf die Schmerzen einer Gürtelrose rauskommen. Alles klebt an einem wie fest angeleimt. Dabei sind die Magen-, Herz- und Kopfnerven angegriffen, und es scheint mir, daß die Leichenrede Eulenbergs auf mich aktuell wird. – Ich habe dem Doktor Milliarden geboten, wenn er mich bis zum 5. Juli aufbügeln würde – es ist nichts zu machen, es kann noch Wochen dauern, bis die Wunden geheilt sind und ich wieder in Ordnung bin. – Ich

habe eine Wut auf das Fatum – es geht
mir alles schief. – – Ich beneide Sie.
Schreiben Sie mir bitte auf jeden Fall
eine Karte, wo Sie da unten für
länger verweilen wollen – Sie
sprachen ja von zwei Monaten, die
Sie wegbleiben wollten. – Lassen
Sie es sich recht gut gehen. Seien
Sie herzl[ich] gegrüßt
von Ihrem Herm[ann] Harry Schmitz

Archiv Bilker Heimatfreunde, Düsseldorf

Das Telegramm vom 25. August 1912 ist symptomatisch für Hermann Harry Schmitz' ironisch-distanzierten Umgang mit seinen Krankheiten.

Blatt No 048
Leitung Nr. A
Telegramm Nr.
Aufgenommen von M
den 25.8.1912
um 10 Uhr 35 Min
durch [unleserlich]

Victor Mai
postlagernd
Heidelberg
Telegraphie des Deutschen Reichs.
Heidelberg Telegraphenamt

Telegramm aus düsseldorff 24. W. den 25.8. um 10 Uhr 6 Min.

montag operation bin
seit samstag evangelisches
krankenhaus das ist eine
fidele zeit tausend herzliche
grüsse euch lieben
menschen
hermann harry

Doch der Schmerz ließ ihm keine Möglichkeit zur Distanz. Völlig entkräftet telegraphierte er zwei Tage später:

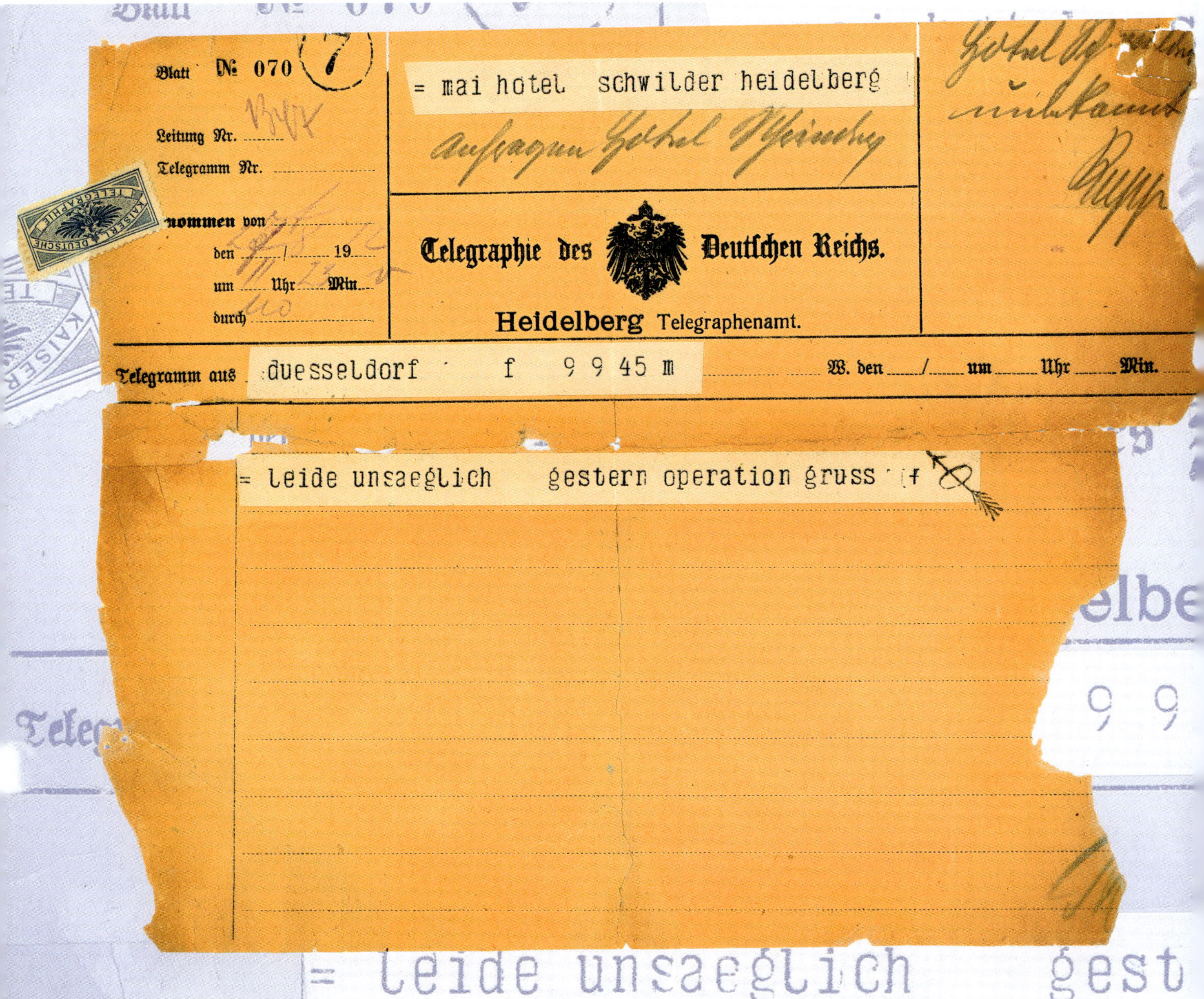
Blatt № 070

Leitung Nr.

Telegramm Nr.

[ange]nommen von

den ____ / ____ 19

um ____ Uhr ____ Min.

durch

= mai hotel schwilder heidelberg

Telegraphie des Deutschen Reichs.

Heidelberg Telegraphenamt.

Telegramm aus duesseldorf f 9 9 45 m W. den ___/___ um ___ Uhr ___ Min.

= leide unsaeglich gestern operation gruss f

Telegramm von
Hermann Harry Schmitz
an Victor M. Mai, Düsseldorf
27.8.1912. Stadtarchiv Düsseldorf

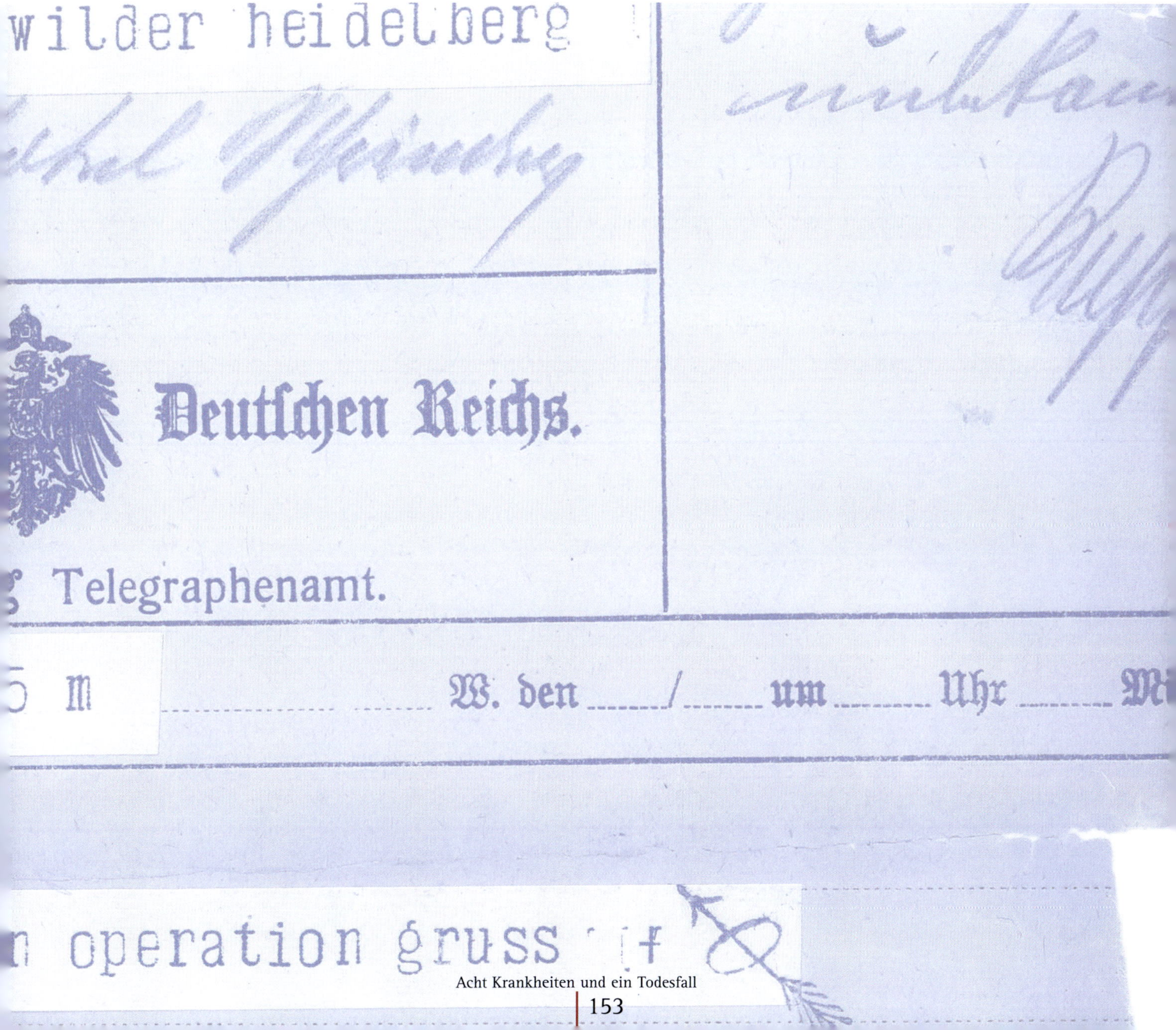

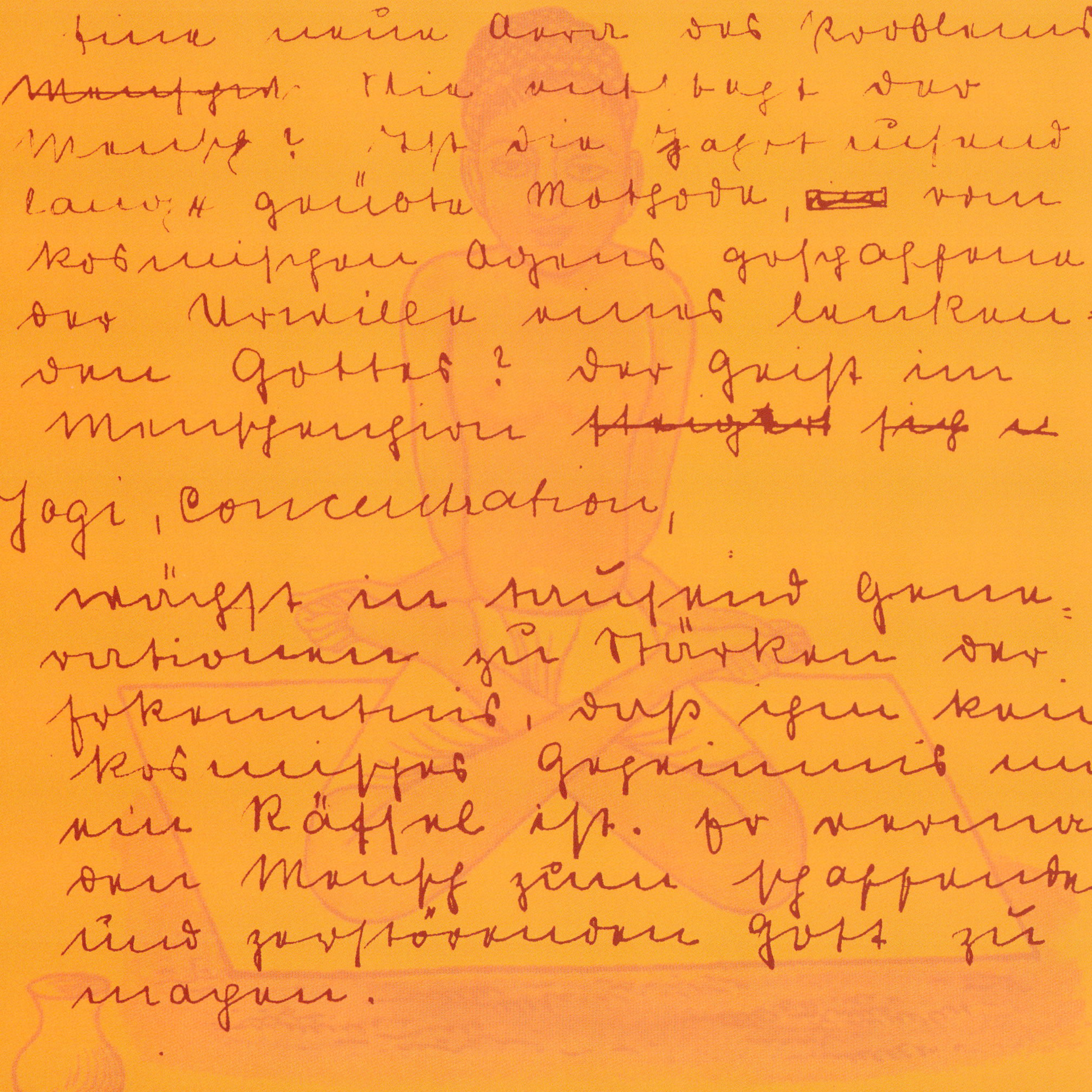

Eine neue Form des Problems:
~~Menschen~~: Wie entsteht der
Mensch? Ist die Jahrtausend
lang gesuchte Methode, vom
kosmischen Atem geschaffenen
der Urwelt eines unbekann=
ten Gottes? Der Geist im
Menschenhirn ~~steigert~~ ~~sich~~ ~~z~~

(Yogi, Concentration,

möchte in tausend Gene=
rationen zu Stärken der
Erkenntnis, daß ihm kein
kosmisches Geheimnis mehr
ein Rätsel ist. Er vermag
den Mensch zum schaffenden
und zerstörenden Gott zu
machen.

Die Flucht ins Nichts

Hermann Harry Schmitz schien sein frühes Ende vorausgeahnt zu haben und entwickelte die unterschiedlichsten Flucht- und Bewältigungsstrategien. Er stürzte sich noch einmal ins Leben und genoß es in vollen Zügen, fast euphorisch, wie ein Sterbender vor dem nahen Tod.

„Ohne einen Tropfen Alkohol, ohne eine Zigarette zu benötigen, durchtanzte dieser hinfällige Mensch, der aber eine ungewöhnliche Zähigkeit besaß, ganze Nächte. Hinter einem Fläschchen Selters konnte er bis zum Morgengrauen der Sauerteig einer jeden Gesellschaft sein, insbesondere wenn das weibliche Geschlecht nach seinem Geschmack vertreten war. Denn er war ein großer Damenfreund vor dem Herrn und hatte Glück bei ihnen. Schlank und von kulturvoller Eleganz mußten sie sein. So wenig er aber davon sprach und so sehr er über derartigen unphilosophischen Schwächen zu stehen schien: zwei Frauen bereiteten ihm Enttäuschung, die ihm mächtig zusetzten. Die letzte mußte ihn um so mehr verdüstern, als sie zusammenfiel mit seiner schwersten und schmerzhaftesten Erkrankung.“

Mai, 1925, S. 13 f.

Die Diseuse Marya Delvard mit ihrem Partner und Freund Marc Henry

Seine Mißerfolge bei Frauen haben ihn nachhaltig beschäftigt. Auf einem Notizzettel zu seiner Conférence „Märtyrerinnen der Mode“ vermerkt er enttäuscht:

Ich [wer] kann mir nicht helfen, ich kann mir nicht helfen!! Ich fange an die Frauen zu hassen[. Ich] diese entzückenden Geschöpfe um derentwillen, es sich überhaupt nur lohnt zu leben, um derentwillen, wir streben, arbeiten, Geld erwerben!! I moag se nimmer. Aber bitte schön warum auf einmal?

Heinrich-Heine-Institut, Düsseldorf

Der französische Kabarettist Marc Henry [d.i. Georges d'Ailly-Vaucheret], Freund von Hanns Heinz Ewers und Mitglied der Münchener „Elf Scharfrichter", den Schmitz während eines Gastengagements im April 1912 am Schauspielhaus Düsseldorf kennengelernt hatte, bemühte sich, ihn mit chauvinistischen Sprüchen aufzumuntern:

„...H[ermann] H[arry] Schmitz muß sich trösten – wozu sich für eine Frau plagen – lieber für 6 auf einmal s'kostet nicht mehr. Herz[lichst] M. Henry"

Hanns Heinz Ewers / Marc Henry an Maria Ewers auf'm Weerth, 23.4.1912, Heinrich-Heine-Institut, Düsseldorf

Marya Delvard in einer Karikatur von Thomas Theodor Heine

Obwohl Hermann Harry Schmitz durch seine öffentlichen Auftritte große Erfolge feierte, litt er zunehmend an Depressionen und Schreibhemmungen.

„Trotz der stupenden Fülle, aus der heraus er fabulierte, blieb es jedoch immer kolossal schwer, ihn zum Schreiben zu bringen. Wie es Neurastheniker gibt, die über keinen leeren Platz zu gehen sich getrauen, so litt er an der Angst vor dem unbeschriebenen Blatt Papier, er vermochte sich am Schreibtisch nur äußerst schwer zu konzentrieren. Über den Anfängen seiner Geschichten schwitzt er in der Regel Blut, zwanzigmal, dreißigmal konnte er ansetzen, bis er die ersten Sätze so hatte, daß sie ihn befriedigten. Die Feder in der Hand rang er unendlich, mit dem Wort, mit dem Stil, mit dem Gedanken. mit der Form nur ganz wenige unter seinen Grotesken gelangen auf Anhieb, wurden in wirklichem Übermut hingeschrieben." Mai, 1925, S. 6

Seiner Schreibnot hat er in der Groteske „Warum mein Beitrag ungeschrieben blieb" Ausdruck verliehen. Sie nimmt auch seinen Tod auf äußerst brutale Weise vorweg.

Warum mein Beitrag ungeschrieben blieb

Dü-Bü-Ba-Ba-Ba ....!! Ich bin verrückt geworden. Ich bin meiner Sinne nicht mehr mächtig. Dieses Dü-Bü-Ba-Ba-Ba quält mich Tag und Nacht. Fluch dem, der diesen Namen erfand!

Ich war stets ein ruhiger Mensch bisher, weiß Gott, das können meine Bekannten bestätigen. Ich lebte meine Tage hin in stiller Beschaulichkeit, besorgte meine Goldfische und die Amsel, achtete der anspruchslosen Mehlwürmer und begoss sinnig mit einer grünen Gießkanne das Geranium am Fenster. In Weihestunden schrieb ich, da ich doch meines Zeichens Dichter bin, an meinem Roman „Die Heide klagt's", bestimmt für die Wochenschrift „Heimchen am Herde". Unsere Magd, die Lina, wagte zu solchen Zeiten nur auf den Zehen durch das Haus zu gehen. Es hatte etwas von der Stimmung im Hause des Olympiers in Weimar. Der Frieden meiner Seele war vollkommen.

Dü-Bü-Ba!! Der 30. März kam! An diesem Tage begann mein Leid, mein schreckliches Schicksal.

Ein unsympathischer, blauer Brief war unter meiner Post an jenem Tage, der unangenehm abstach von den anderen rosig duftenden, in zarten Farben spielenden Enveloppen. Eine geheimnisvolle Macht zwang mich, ihn vor den anderen lockenden Briefen zur Hand zu nehmen. Ich öffnete ihn mit einer gewissen Scheu, mit einer fettigen Haarnadel meiner Tante Dötzkuhle.

Wie eine letzte Verfügung eines alten Mannes auf dem Totenbett war die Schrift, zitterig, aber eindringlich und voll starkem Willen und Suggestion. Ein Gebot ging an mich von dem seltsamen Wesen Dü-Bü-Ba den witzigen Bronn meiner Feder in ein Denkblatt zu Gunsten der Jünger Dü-Bü-Bas zu ergeussen. Ha, in zehn Tagen musste das Schriftliche abgeliefert sein, forderte hart das Schreiben. Und es kam wie ein Zwingendes über mich, und ich beschloss dem Wesen Dü-Bu-Ba zu willfahren.
Mit dem gefassten Entschluss wuchs meine Unruhe. Ich grübelte Tag und Nacht, was ich der Denkschrift des Dü-Bü-Bas einverleiben sollte. „Dü-Bü-Ba", klang es mir unausgesetzt in den Ohren. Mir fiel nichts ein, und die zehn Tage vergingen. Der zehnte Tag kam, es war mir wie ein Verhängnis. Vieles hatte ich begonnen, aber nichts fertig bekommen. Stöße halbbeschriebener Blätter lagen auf meinem Schreibtisch. Eine qualvolle Angst lastete auf mir. Dü-Bü-Ba!!

Heft 85	Nachdruck sämtlicher Artikel verboten	VERLAG: WESTDEUTSCHE VERLAGS-ANSTALT S. PUSCHKANZER G. m. b. H., DÜSSELDORF, FRIEDRICHSTR. 44 VERANTWORTL. REDAKTEUR: EMIL PERLMANN	Erscheint jeden Sonnabend	Jahrg. III

Zum Dü-Bü-Ba

schreiben uns: Kaiserswerth a. Rh., Haus Freiheit, 9. April.

Geliebte Mimen, ich wär' gern gewillt
Und schrieb Euch ein fürtrefflich „Schattenbild".
Doch leider muss dies diesmal unterbleiben,
Denn ein gewaltig Werk will ich itzt schreiben
Und wenn wir uns dereinst darin begegnen,
So mögt Ihr mich ob dieses Schweigens segnen.
Nehmt diese Verse für den guten Willen,
Die Lust auf meinen Beitrag Euch zu stillen.
Wir sind uns ja — gestehen wir es kühn! —
Im allgemeinen nicht besonders grün.
Ihr nehmt den Dichtern gern mal etwas krumm
Und flucht: „Man lernt sich an dem Zeug noch dumm!"
Und wenn den hochgeehrten Herrn Poeten
Die Misserfolge auf die Zehen treten,
So möcht' ich den seh'n, der nicht gleich verwegen
Spricht: „'s hat nur an der Darstellung gelegen!"
Doch heute wollen wir uns still vertragen
Und uns nur angenehme Dinge sagen.
Zum Beispiel dies: Ihr seid viel besser dran
Als so ein armer teutscher Tichtersmann.
Denn wenn der ausgedient und ausgedichtet,
So fühlt sich niemand weiter ihm verpflichtet.
Man sieht ihn an wie einen alten Gaul,
Und haut ihm gern noch eins aufs stumme Maul.
Drum freut Euch, denn das kann Euch nie passieren.
Man muss Euch stets in Ehren pensionieren,
Und wie Ihr jetzt Euch plagt und quält und strebt:
Es kommt ein Tag, da Ihr von Renten lebt.

Euer Herbert Eulenberg.

Arbeitskomitee des DÜ-BÜ-BA
Rud. Hoch Rich. Nonnenbruch Schwamborn Fritz Holl A. K. Römer

Titelseite des Festheftes zum „Düsseldorfer Bühnen-Ball". In: Düsseldorfer Theater-Woche vom 20. April 1912, H. 85. Theatermuseum Düsseldorf

Dann war er gekommen, der Jünger Dü-Bü-Bas, in mein stilles Heim von ohngefähr. Mich mit stahlharten Augen fixierend, heischte er meinen Beitrag. Ich brachte keinen Ton heraus und wies stumm auf die angefangenen Manuskripte. Er rollte, die Augen und spuckte einen Backenzahn in das Fischglas. Ich verfiel in eine Ohnmacht. Dü-Bü-Ba.

.... Als ich wieder zu mir kam, war der Jünger fort. „Wir geben Ihnen noch weitere zehn Tage, dann aber trifft Sie unser Zorn", stand auf einem Blatt, das man mir mit einer Sicherheitsnadel an der Weste festgesteckt hatte.

Ich stürzte hinaus, ich musste unter Menschen gehen. Ich geriet auf die Promenade. Ein holdes Wesen voll Liebreiz und mit einem Pelzjackett, das bisher meinem Geflirrt keine Aufmerksamkeit geschenkt hatte, stürzte plötzlich auf mich zu, fasste mich unter und schaute mich mit suchenden Augen an. „Sollte sie sich über Nacht in mich verliebt haben?" pochte es in meinem Herzen. „Dü-Bü-Ba verlangt Gedichte in ein Stammbuch und Postkarten mit Ihrem Konterfei", flüsterte mir die Schöne energisch zu. Das war ja wie ein Fluch, das war ja eine allgemeine Verschwörung. Ich riss mich los, aber schon nach wenigen Schritten wurde ich wieder gehalten und sollte einer entzückenden kleinen Blondine zum Wohle des Dü-Bü-Ba beim Tombola helfen. Ich raste durch die Stadt, hinter Bäumen sprangen Menschen hervor, die im Namen Dü-Bü-Bas Unmögliches verlangten. Ich müsste den Siegfried singen. Ich müsste das Rautendelein spielen, das Büfett übernehmen. Wie verhext tobten die Leute unter dem Schlagwort Dü-Bü-Bas. Alle waren sie von einer fixen Idee besessen. Von allen Seiten auf Schritt und Tritt drang man auf mich ein. Tagelang raste ich durch die Stadt, verfolgt von irgend jemandem, der etwas für Dü-Bü-Ba von mir erheischte. Ich fiel, Gott sei Dank, in ein offenes Kanalloch und entzog mich so meinen Verfolgern. Ich wurde zwei Tage später von dem Kanalarbeiter Ambrosius Duftknote gerettet und nach Hause geschafft.-

Dort saß zu meinem Schrecken, wie ein grässliches Fatum, drohend der Jünger Dü-Bü-Bas. „Die zehn- Tage Frist sind herum", sagte er mit metallischer Stimme. Ich ergriff meine Browning und schoss ihn tot. Ich nahm zwei Pfund Veronal und legte mich auf meinen Diwan.

In der Nacht weckte mich ein Geräusch am Fenster, es waren Menschen, die meinen Beitrag für die Druckerei abholen wollten. Im Kleiderschrank saß das reizende Geschöpf im Pelzjackett. Und alle atmeten Dü-Bü-Ba – Dü-Bü-Ba – – Mein Kopf wurde eiförmig, aus den geplatzten Fontanellen lief Rührei mit Schinken. Ich nahm meine Browning, und schoss die neuen Eindringlinge tot.

Ich bin verrückt geworden. Ich habe mich dann auch erschossen. Meine letzten Worte waren: „Dü-Bü-Ba". –
„Hinderlich wie überall, ist der eigene Todesfall." So blieb mein Beitrag ungeschrieben.

Düsseldorfer Theaterwoche vom 20.4.1912, Heft 85, S. 2-4

Schmitz verfaßte dennoch eine Reihe von Grotesken mit vollster Konzentration, wie eine Übung in großer Selbstdisziplin. Selbstbeherrschung als eigenverantwortliche Kontrolle über den weiteren Lebensverlauf und Selbstüberwindung wurden zum zentralen Anspruch an die eigene Person.

In dieses Bild paßt auch seine Beschäftigung mit indischer Philosophie und Yoga. Beides kannte er spätestens seit Ewers' Indienbuch, das Hermann Harry für den „Düsseldorfer General-Anzeiger" besprochen hatte. Auch auf diesem Gebiet bleibt er nüchtern und auf das Wesentliche beschränkt.

Eine neue Aera des Problems: Wie entsagt der Mensch? Ist die Jahrtausend lang geübte Methode, vom kosmischen Agens geschaffene, der Urwille eines lenkenden Gottes? Der Geist im Menschenhirn

Yogi, concentration,

wächst in tausend Generationen zu Stärken der Erkenntnis, dass ihm kein kosmisches Geheimnis mehr ein Rätsel ist. Er vermag den Menschen zum schaffenden und zerstörenden Gott zu machen.

Durch eigene Studien war er durchaus in der Lage, die Wahrheiten der indischen Lehre von der Effekthascherei angeblicher Fakire zu unterscheiden, wie sie auf den Jahrmärkten der Jahrhundertwende beim exotikhungrigen Publikum so beliebt waren. Hermann Harry Schmitz interessierte sich auch für außersinnliche Wahrnehmung und schrieb über seinen persönlichen Kontakt zu dem Medium Labéro einen Essay.

Hermann Harry Schmitz mit orientalischer Festtracht in seinem Düsseldorfer Privatkabinett, Schumannstr. 13. Privatfoto, ohne Jahr. Sammlung Frank Meyer, Köln

Ein telepathisches Phänomen

Neuen Problemen auf mentalem Gebiet, Manifestationen unbekannter seelischer Kräfte, die die exakte Wissenschaft bisher noch nicht im Laboratorium oder auf dem Seziertisch der Logik in bestimmten Formeln festgelegt und bewiesen hat, pflegt unsere Zeit der Skepsis mit Mißtrauen zu begegnen.

So war man lange Jahre geneigt, die Fähigkeit eines Menschen, die Gedanken eines anderen Menschen zu erraten, für einen einstudierten Trick zu halten. Es mögen wohl auch Scharlatane so gehandelt haben.

Heute ist es erwiesen, daß eine mentale, unbekannte Kraft diese Gedanken-Übertragung möglich macht.

Auf den Erkenntnissen der Geheimlehre der Inder, die seit uralter Zeit nach den letzten Geheimnissen des Seelenlebens des Menschen geforscht und nie geahnte Offenbarungen und Möglichkeiten im Übersinnlichen gefunden haben, gründet sich wohl in der Hauptsache unser Wissen über die seltsame Erscheinung.

Yoga, die indische Geheimlehre, sagt: Die Seele kann bei vertieftem, abgezogenen Denken und Wollen eine andere Seele durch mittönende Schwingungen in gleiche Vibrationen versetzen. Die miteinander im Rapport stehenden Seelen verhalten sich wie zwei Instrumente, und so kommt es denn, daß das von einem Menschen projektierte Gedanken- oder Gesichtsbild dem anderen sichtbar oder fühlbar wird. (Aus »Yoga, die Geheimwissenschaften Indiens« von [Johann]Bapt[ist] Wiedemann.)

Es müssen besondere Vorbedingungen bei einem Menschen vorhanden sein, um diese geheimnisvolle Kraft zu entwickeln. Der indische Yogi, der sein ganzes Leben lang nach überlieferten bewährten Gesetzen wissender Weisen seine Seele täglich, stündlich bereitet durch eine fördernde Hygiene, ein fortwährendes Training ausübt, zur höchsten Läuterung und feinstem Empfinden gelangt, schafft sich die unbedingte Prädisposition zur Gabe des Gedankenlesens. je weniger sich der Mensch mit materiellen Dingen beschäftigt, unreine Wünsche, schlechte Gedanken und Neigungen von sich fernhält, um so mehr stärkt er seine seelische Kraft zu nie geahnten Manifestationen. Aber die wilde Hatz unserer Zeit, der Tanz um allen Materialismus und um nichtige Dinge läßt bei den wenigsten Menschen eine jene läuternde Erhebung der Seele aufkommen. Von den vereinzelten telepathisch Veranlagten europäischer Herkunft, die an die Öffentlichkeit traten, sah ich den Italiener Bellini und den Spanier José Labéro.

Indische Sādhus in Yogastellung.
Schmidt, Fakire, 1907, S. 28

Bellini soll seine telepathische Begabung während einer längeren Krankheit, wo seine Mutter der einzige Mensch war, mit dem er in Berührung kam, empfunden haben. War die Mutter nicht im Zimmer, so verfolgten sie seine Gedanken, und er wußte genau, wo sie war und was sie tat. Er wußte, bevor sie eintrat, wie sie gekleidet war. Nach seiner Genesung ließ er sich von einer Autorität untersuchen, die seine telepathische Eigenschaft erkannte.

Der Spanier Jose de Labéro erscheint mir unbedingt ein außergewöhnlich hochentwickeltes, telepathisches Phänomen zu sein. Ich habe Herrn de Labéro kennengelernt, und er hat mir vieles aus seinem Leben erzählt.

Er stammt aus einem alten spanischen Geschlecht, vom Vater her, und es läßt sich ein gewisser Atavismus für die Veranlagung Josés vom Großvater her ableiten, der lange in Indien lebte und sich eingehend auf allen Gebieten indischer Mystik, Astrallehren und Seelenkunde betätigte. José de Labéro ist am 28. August 1885 zu Madrid geboren. Seine Erziehung war sehr streng und vielseitig. Es fiel ihm leicht, die vielerlei Kenntnisse aufzunehmen.

Seine telepathische Begabung zeigte sich bereits in seinem fünften Lebensjahre auf folgende Art und Weise: Josés größtes Vergnügen war es, mit seinen Spielkameraden versteckte Gegenstände zu suchen, ein Spiel, wie es noch allerorts heute von Kindern ausgeübt wird. Ohne den Platz des jeweilig versteckten Gegenstandes zu wissen, auch ohne, daß seine Spielkameraden mit Zurufen: warm, heiß, kalt, den Weg wiesen, fand er das Versteck mit spielender Leichtigkeit. Seinen Vater, der zufällig einem dieser unbewußt ausgeführten Experimente beiwohnte, erfaßte ein grenzenloses Erstaunen über diese unerklärliche Fähigkeit seines Sohnes. Diese Begabung des Kindes erregte allgemeines Interesse, als es gelegentlich einer festlichen Veranstaltung im Hause seiner Eltern Gedankengänge der schwersten Art mit einer unbegreiflichen Sicherheit löste. Die zahlreich erschienenen Gäste gerieten in helle Verwunderung über die dem Kinde innewohnenden Kräfte. Im achten Jahr erregte er auf einem medizinischen Kongreß in Madrid berechtigtes Aufsehen. In allen medizinischen Zeitschriften und Zeitungen im In- und Auslande fand man spaltenlange Artikel über den Knaben Labéro.

Ein nach Kalkutta abkommandierter Offizier, ein Freund des Hauses Labéro, nahm ihn, als er sechzehn Jahre war, auf sein inständiges, fortgesetztes Bitten mit nach Indien. Das sollte die große Offenbarung und das größte Erlebnis für Labéro werden! Immer, von jeher trug er die heiße Sehnsucht nach jenem Wunderlande der Erkenntnis uralter Weisheit in seinem Herzen. Wie durch einen Märchentraum, so wanderte er durch das Land alles Geheimnisvollen. Sein Interesse an den unbegreiflichen Künsten der Fakire und seltsamen Äußerungen heimlicher Kräfte wuchs täglich. Großes Erstaunen war bei den Fakiren über seine telepathische Begabung. Es gelang ihm bald, die Gunst des berühmten Fakirs Abbe Faria in Kalkutta zu gewinnen, der sich entgegen der sonstigen Gepflogenheit dieser Priester aller Mystik herbeiließ, ihn in die Kräfte der Suggestion, des Hypnotismus und anderer heimlicher Wissenschaften einzuweihen.

Labéro beschäftigte sich mit allem, was der Entwicklung seiner Seelenkräfte Nutzen und Förderung brachte. Er machte die Atemübungen, wie sie der Yoga vorschreibt. Er lebte genau bis ins kleinste nach ihren Weisungen. Zwei Jahre verweilte er in Indien. Dann trat er seinen Siegeszug an, der ihn durch alle Weltteile führte. Überall erregte sein Auftreten und seine geheimnisvolle Begabung das größte Aufsehen...

Düsseldorfer General-Anzeiger vom 26.10.1912

Für kurze Zeit gesundheitlich wiederhergestellt, kehrte in Hermann Harry Schmitz auch die alte Zuversicht wieder zurück. Längere Zeit zögerte er, ob er nicht doch das reizvolle Angebot des Wiener Kabaretts „Hölle" annehmen sollte, um für das lukrative Honorar von 1.200 Mark einen Monat lang als Gaukler aufzutreten. Louise Dumont bat er um ein Künstlerzeugnis, das sie ihm gerne - mit wohl besten Beurteilungen - ausstellte. Allein der Wunsch, Muße für sein weiteres literarisches Schaffen zu behalten, ließ ihn, so Mai, dann doch davon Abstand nehmen.

Düsseldorf 2. Juli 1912
Schumannstr. 13

Sehr verehrte Direktion!

Verzeihen Sie gütigst, wenn ich mir gestatte, mit einer Bitte an Sie heranzutreten. –

Ein Wiener Agent verhandelt mit mir wegen eines ev[en]t[uel]l[en] Engagements in der „Hölle", für einen Monat. Ich soll Eigens lesen und in leichter Form etwas über das Wesen der Groteske sagen. Ich habe dem Mann das Buch [Der Säugling] geschickt und was ich an Kritiken darüber habe, Ewers gab mir auch eine Empfehlung. –

Es wäre nun überaus wichtig und fördernd für mich, wenn Sie verehrte Direktion, die Liebenswürdigkeit hätten, mir eine Bestätigung zu geben, daß ich bei manchen Gelegenheiten im Schauspielhause als Konferenzier und Arrangeur kurzer Parodien gewirkt habe. Ihr gutes Wort gilt am Rialto. –

Ich wäre Ihnen unendlich dankbar für die Erfüllung meiner Bitte. Ich verbleibe mit ergebensten Grüßen,

in aller Verehrung
Ihr
Hermann Harry Schmitz

Theatermuseum, Nachlaß Schauspielhaus Düsseldorf

Programmhefttitel von Rudolf Hellers Kabarett „Hölle", Wien

Auch in der Korrespondenz mit seinem Verlag fühlte er sich stark genug, um in weiteren Verhandlungen seine künstlerischen Interessen durchzusetzen.

Düsseldorf den 12. November 1912
Schumannstr. 13

An den Verlag Ernst Rowohlt
Leipzig

Sehr verehrter Herr Wolff!

Ich habe mich nun von allem Bresthaften der letzten Monate siegreich erholt und mit verstärkter Energie und gesteigerter Schaffensfreude und Inspiration meine Thätigkeit wieder aufgenommen.

Ich bestätige den Empfang Ihres Rundschreibens, demzufolge Ihr bisheriger Teilhaber, Herr Ernst Rowohlt aus Ihrem Verlagsunternehmen ausgeschieden ist. Auf Ihr Geehrtes vom 9. v[origen] M[onats] werde ich den unartigen Säugling nochmals vornehmen und alles Fehlerhafte ausmerzen. Ich habe mich selbst genügend geärgert über diese Versehen. Was die noch in der Luft hängende Kritik meines Buches im Berliner Tageblatt betrifft, so habe ich Hanns Heinz Ewers häufig genug bearbeitet und ihn gebeten, doch bei der Redaktion des Blattes die Veröffentlichung seiner Besprechung zu reklamieren. Er behauptete, er hätte dort keinen Einfluß. Ich werde aber trotzdem noch mal an ihn herantreten und ihn dringend bitten, sich energisch um die Sache zu kümmern, muß aber noch warten, bis er sich von den Folgen einer schweren Blinddarmoperation erholt hat. Ausserdem habe ich das Gefühl, daß er nur eine kurze Sache geschrieben hat(,) bestimmt für die Rubrik - Bücherbesprechungen. Eigentlich ist er mir im Grunde verpflichtet, da ich seine Neuerscheinungen immer in Feuilletons bespreche. Manus manum lavat! Besprechungen unter dem Strich sind stets von Erfolg begleitet. Ich hörte, dass ein Buch von Presber durch ein Feuilleton im Berliner Tageblatt in die zehnte Auflage getrieben wurde. Man sah die Einwirkung ja auch bei dem Rathschen Aufsatz in der Täglichen Rundschau über mich.

Weiterhin möchte ich Ihnen mitteilen, daß ein zweiter Band Grotesken seiner Vollendung entgegengeht. Diese Grotesken sind im hiesigen General Anzeiger erschienen. Ich denke diesen Band in etwa sechs Wochen druckfertig machen zu können.

Dann habe ich noch einige längere, groteske Geschichten im Manuskript vorliegen, die ich ungefesselt von der Kandare einer gedämpften Mässigung und unter vorsichtigen Reflexionen auf die Leser einer Zeitung wie der brave General-Anzeiger in freier Schaffenslust und mit unbehinderter Phantasie geschrieben habe. Sie würden einen besonderen Band bedingen, da sie die Tendenz eines Familienbuches wie der Säugling und die oben erwähnten Grotesken ein wenig gefährden würden. Ich könnte diesem Band noch zwei ernste Novellen, deren Fabeln sich in übersinnlichen Gebieten bewegt, beifügen.

Vier groteske Einakter, die aber noch eine sorgsame Durcharbeitung erfordern, kämen auch noch für eine spätere Veröffentlichung in Frage.

Ich wäre Ihnen sehr verbunden, wenn Sie mir in Bälde Ihre Meinung über vorliegende Ausführungen zukommen lassen und mir gleichzeitig einen detaillierten Auszug meines Contos einsenden würden. Zu meiner Freude sehe ich, daß die vierte Auflage bereits im Umlauf ist. Teilen Sie mir bitte auch mit, ob mein Conto eine a conto Zahlung von 200 - 250 M[ar]k erlaubt?

Ich empfehle mich Ihnen, sehe Ihrer gütigen Nachricht entgegen und begrüße Sie als Ihr ergebener

Hermann Harry Schmitz

Satire von Hermann Harry Schmitz, abgedruckt im Festheft zum Düsseldorfer Presseball am 4.1.1913 im Palast-Hotel Breidenbacher Hof. Sammlung Matzigkeit

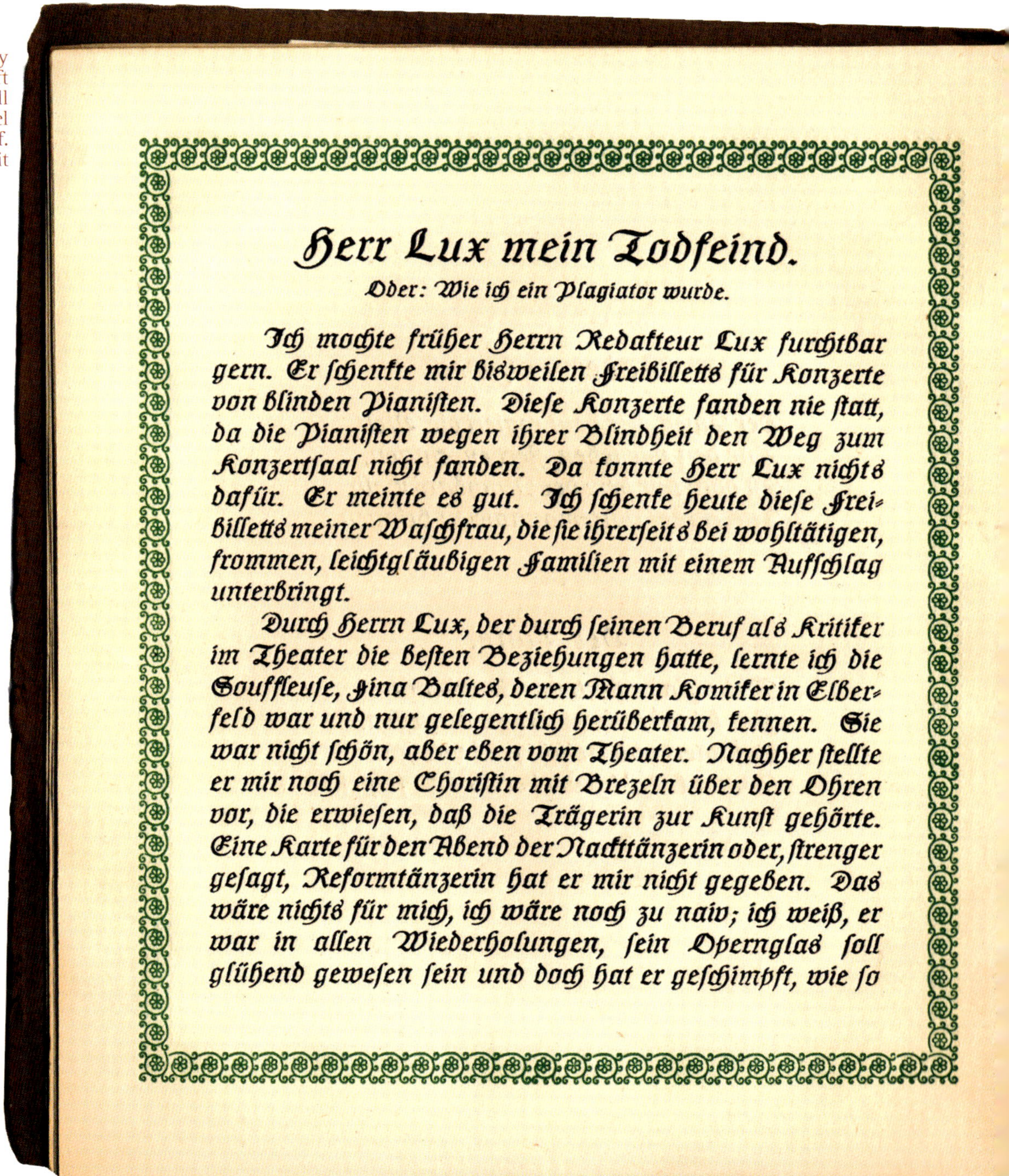

Herr Lux mein Todfeind.

Oder: Wie ich ein Plagiator wurde.

Ich mochte früher Herrn Redakteur Lux furchtbar gern. Er schenkte mir bisweilen Freibilletts für Konzerte von blinden Pianisten. Diese Konzerte fanden nie statt, da die Pianisten wegen ihrer Blindheit den Weg zum Konzertsaal nicht fanden. Da konnte Herr Lux nichts dafür. Er meinte es gut. Ich schenke heute diese Freibilletts meiner Waschfrau, die sie ihrerseits bei wohltätigen, frommen, leichtgläubigen Familien mit einem Aufschlag unterbringt.

Durch Herrn Lux, der durch seinen Beruf als Kritiker im Theater die besten Beziehungen hatte, lernte ich die Souffleuse, Fina Baltes, deren Mann Komiker in Elberfeld war und nur gelegentlich herüberkam, kennen. Sie war nicht schön, aber eben vom Theater. Nachher stellte er mir noch eine Choristin mit Brezeln über den Ohren vor, die erwiesen, daß die Trägerin zur Kunst gehörte. Eine Karte für den Abend der Nackttänzerin oder, strenger gesagt, Reformtänzerin hat er mir nicht gegeben. Das wäre nichts für mich, ich wäre noch zu naiv; ich weiß, er war in allen Wiederholungen, sein Opernglas soll glühend gewesen sein und doch hat er geschimpft, wie so

Festsaal im Palast-Hotel Breidenbacher Hof, Düsseldorf. Fotopostkarte, Julius Söhn, Sammlung Matzigkeit

Einband zur Autobiographie der Reformtänzerin Adorée Villany, die mehrere Gastauftritte im Schauspielhaus Düsseldorf hatte. Hermann Harry Schmitz nimmt in seiner Presseball-Satire von 1913 darauf Bezug. Sammlung Matzigkeit

Doch dieser kurze Aufschwung sollte sich bald als Illusion herausstellen. Resigniert schrieb er an seinen Verleger:

Düsseldorf 27. II. 1913
Schumannstr. 13

Sehr geehrter Herr Kurt Wolff!

das Schicksal will mir nicht
wohl. Der Aufschwung nach allen
Quälereien und chirurgischen
Attacken des vergangenen Jahres
war nur von einer kurzen Dauer.
Die Reaktion machte sich bald
bemerkbar und äußerte sich in
gesteigerten nervösen Depressio-
nen, die mich völlig hemmten
und mich zur absoluten Untätig-
keit und Ruhe verurteilten.
Wenn auch jetzt durch eine
vorsichtige Therapie eine all-
mähliche Besserung sich zeigt,
so bedingt die absolute Heilung
einige Wochen Aufenthalt
in einem Sanatorium oder einem
stillen, weltfernen Platz. – Die erheb-
lichen Kosten der Operationen und
Krankenhausspesen haben mich
auch finanziell bedeutend ge-
schwächt. – Ich wäre Ihnen sehr
verbunden, wenn Sie mit Rück-
sicht auf diese Umstände einen
Vorschuß von 150,- M[ar]k bewilligen
würden, der ja keinerlei Risiko
für Sie birgt und sich nach der
Osterabrechnung doch mit Sicher-
heit verrechnen läßt.
Das Material für das zweite
Buch liegt vor. Ich möchte es aber
noch gründlich durcharbeiten, damit
keine stylistischen oder andere Un-
genauigkeiten unterlaufen.
Ich hoffe zuversichtlich, dass
Sie mir meine Bitte um die
a conto Zahlung erfüllen. Ich
verbleibe in dieser Erwartung
mit bestem Dank im voraus
Ihr ganz ergebener
Hermann Harry Schmitz

Alle Briefe an Kurt Wolff: Yale University – Beinecke Rare Book And Manuscript Library, Yale Collection Of German Literature, Kurt Wolff Archive, Folder 277

Über die Diskrepanz von eigenem Anspruch und Realität war er sich stets bewußt, ließ ihm seine Krankheit doch keine Möglichkeit zum Selbstbetrug. Zwei Monate vor seinem Tod schrieb Schmitz an Mai:

„So geht einem von Zeit zu Zeit die Lebensphilosophie in die Brüche, und eines Tages steht man plötzlich vor der furchtbaren Erkenntnis, daß alle Maximen, die uns theoretisch so herrlich dünken, mit welcher wir allen Anstürmen zu trotzen gedachten, versagen."
Mai 1925, S. 15

Hermann Harry Schmitz,
Düsseldorf, Schumannstr. 13.
Privatfoto, ohne Jahr.
Heinrich-Heine-Institut,
Düsseldorf,
Sammlung Quast

Huttental mit Rheingrafenstein, Bad Münster am Stein. Bildpostkarte, ohne Jahr. Sammlung Matzigkeit

Ein Hagel von Browningschüssen

Schmitz' unbändige Lebenslust wurde mehr und mehr von Pessimismus überschattet. Es kam die Zeit, in der er davon sprach, einem Bahnwärter zu gleichen, der auf Signale achtet.

„Er fürchtete für seinen Verstand, hatte nicht Lust, sich in irgendeiner Anstalt wie ein Gepäckstück aufbewahren zu lassen. In Münster am Stein machte er den letzten Versuch zur Besserung seiner ganzen Verfassung, er schlug fehl."

Mai 1925, S. 15

Der Text seiner Karte vom 5. August 1913 klingt fast optimistisch:

Herrn
Redakteur Mai
Düsseldorf
General Anzeiger

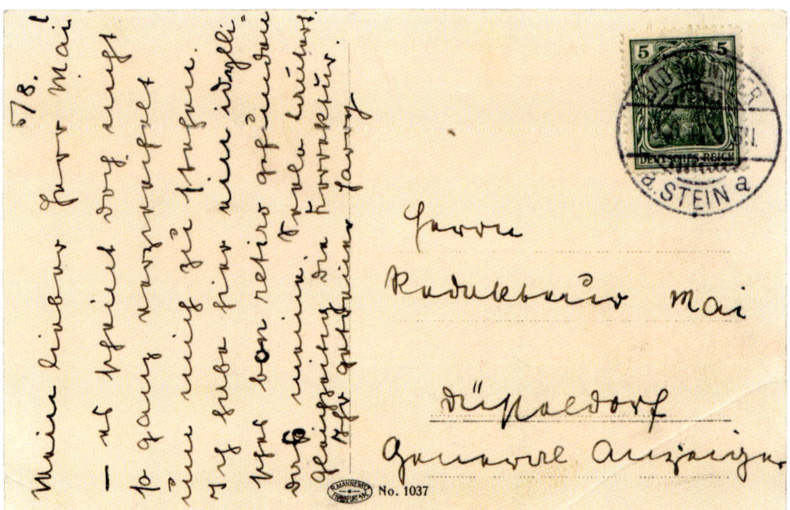

5/8.[1913]
Mein lieber Herr Mai!
– es scheint doch nicht
so ganz verzweifelt
um mich zu stehen.
Ich habe hier ein idylli-
sches bon retiro gefunden,
das meine Seele läutert.
Gleichzeitig die Korrektur.
Ihr getreuer Harry

Gerade seine feste vertragliche Bindung an den Zeitungsverlag Girardet hatte ihn so belastet, daß ihm das Schreiben vorübergehend vollkommen unmöglich wurde. Angst überkam ihn, wenn er daran dachte, neue Texte abliefern zu müssen. Am 7. August 1913 aber telegraphierte er Victor M. Mai:

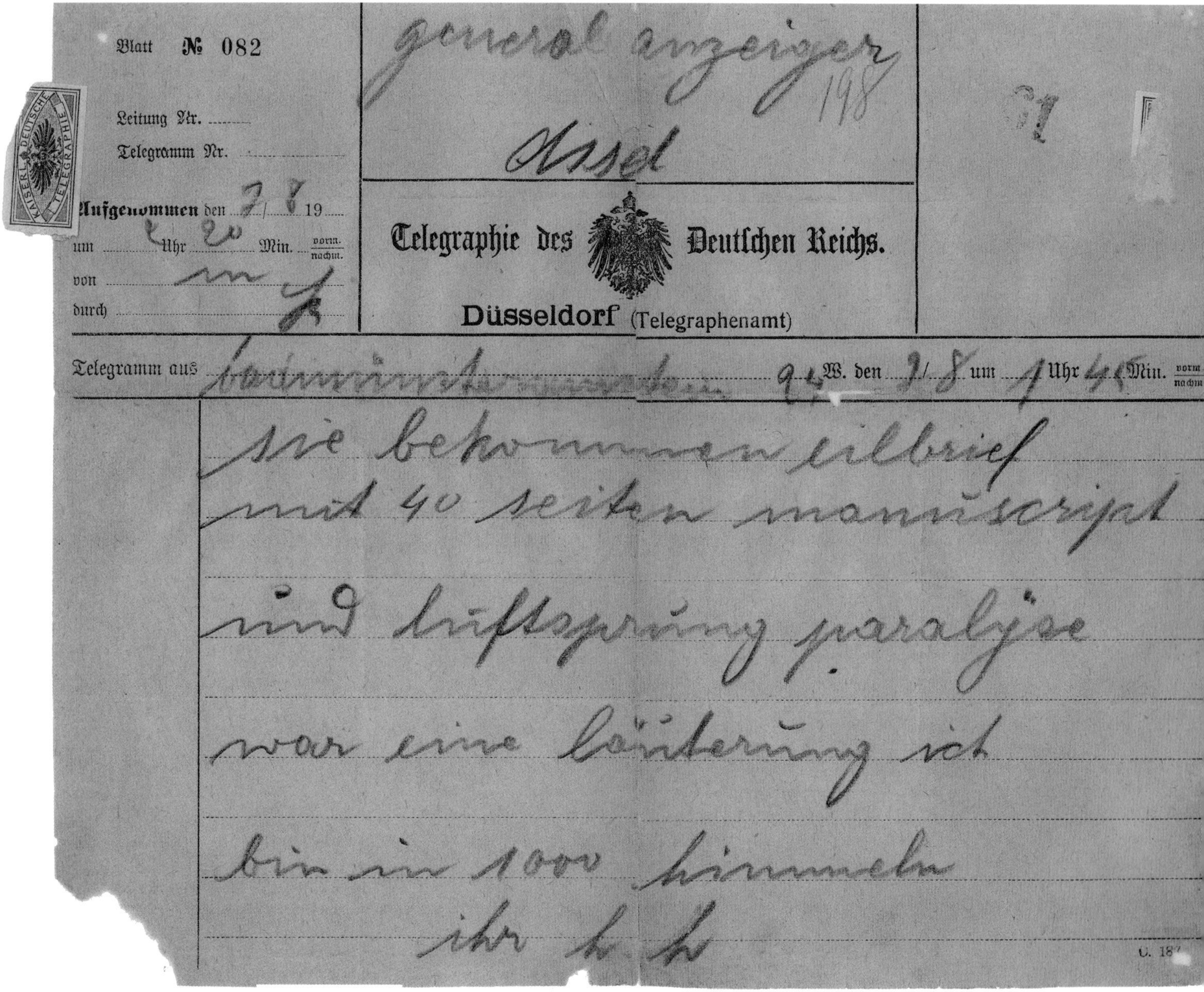

Blatt № 082

Leitung Nr.

Telegramm Nr.

Aufgenommen den 7/8 19

um 2 Uhr 20 Min. vorm./nachm.

von

durch

general anzeiger 198

Telegraphie des Deutschen Reichs.

Düsseldorf (Telegraphenamt)

Telegramm aus ... 94 W. den 7/8 um 1 Uhr 45 Min. vorm./nachm.

sie bekommen eilbrief
mit 40 seiten manuscript
und luftsprung paralyse
war eine läuterung ich
bin im 1000 himmeln
ihr h h

Letztes Telegramm von Hermann Harry Schmitz,
Stadtarchiv Düsseldorf

Nur wenige Stunden später schrieb er einen Brief an Mai, in dem er alles wieder zurücknahm:

Huttental den 7. August 1913
[Bad] Münster a[m] St[ein]

Mein lieber Herr Mai!

Ich glaube, ich habe mit meinem Telegramm eine Dummheit gemacht – verzeihen Sie meine Uebereilung – sagen Sie um Gottes Willen nichts von dem Telegramm – die Korrektur des interessanten Kopfes habe ich soeben abgeschickt. Ich habe eine lange Sache geschrieben, die nur zum Teil brauchbar ist, aber aus der meines Erachtens etwas zu machen ist. Ich habe noch das Gefühl der Kritik.

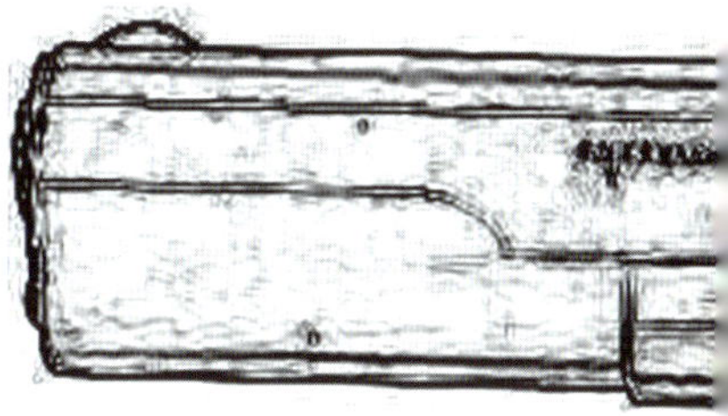

Ich komme in einigen Tagen zurück und wäre Ihnen dankbar, wenn ich Sie sprechen könnte – wir müssen uns klar werden, wie die noch rückständigen Arbeiten zu ersetzen sind. Ich glaubte eine Form gefunden zu haben, habe mich aber getäuscht.

Herzl[iche] Grüße
Ihres H[ermann] H[arry] S[chmitz]

Stadtarchiv Düsseldorf, Akte Schmitz, H.H. XXII S 27

Mai verstand die Bedeutung von Telegramm und Brief erst, als er vom Vater Schmitz' am nächsten Tag erfuhr, daß sich sein Sohn auf diese Weise verabschiedet hatte.

Die Umstände seines Todes sind bis heute nicht vollständig geklärt. Hanns Heinz Ewers erkundigte sich am 15. August 1913 bei seiner Mutter Maria auf'm Weerth:

„Du schreibst, dass H.H. Schmitz tot sei, aber gar nicht wie, weshalb, wieso, warum? Hat er sich denn selbst tot gemacht?..."

Heinrich-Heine-Institut, Düsseldorf, Nachlaß Hanns Heinz Ewers

Außer Zweifel steht, daß er seinem Leben selbst ein Ende gesetzt hat. So meldete die Ortspolizei an das örtliche Standesamt, Hermann Harry Schmitz sei am 8. August 1913 tot in seinem Zimmer in der Gaststätte „Huttental" aufgefunden worden. Die Sterbeurkunde schweigt sich über weitergehende Einzelheiten aus.

Ein Nachfahre des Hoteliers Ott wußte jedoch, daß sich an dem besagten Tag ein junger Mann in der Pension erschossen habe.

Der Neffe Hermann Quast ergänzt, daß Hermann Harry Schmitz den Kuraufenthalt gemeinsam mit Schwester Bertha und seinem Vater in Bad Münster am Stein verbracht habe. Sie seien zum Essen verabredet gewesen. Als Hermann Harry Schmitz zum verabredeten Zeitpunkt nicht erschien, machte sich seine Schwester auf, um ihn abzuholen. Doch sie konnte nur noch seinen Tod feststellen.

Danach sei das Zimmer renovierungsbedürftig gewesen. Als sich die Angehörigen des Toten weigerten, für eine Instandsetzung die Kosten zu übernehmen, stellte der Wirt des „Huttentals" nach einem späteren, ähnlich gelagerten Fall den Pensionsbetrieb ein.

Huttental, Bad Münster am Stein.
Fotopostkarte, ohne Jahr. Sammlung Matzigkeit

Sterbeurkunde von
Hermann Harry Schmitz. (Kopie)
Sammlung Frank Meyer, Köln

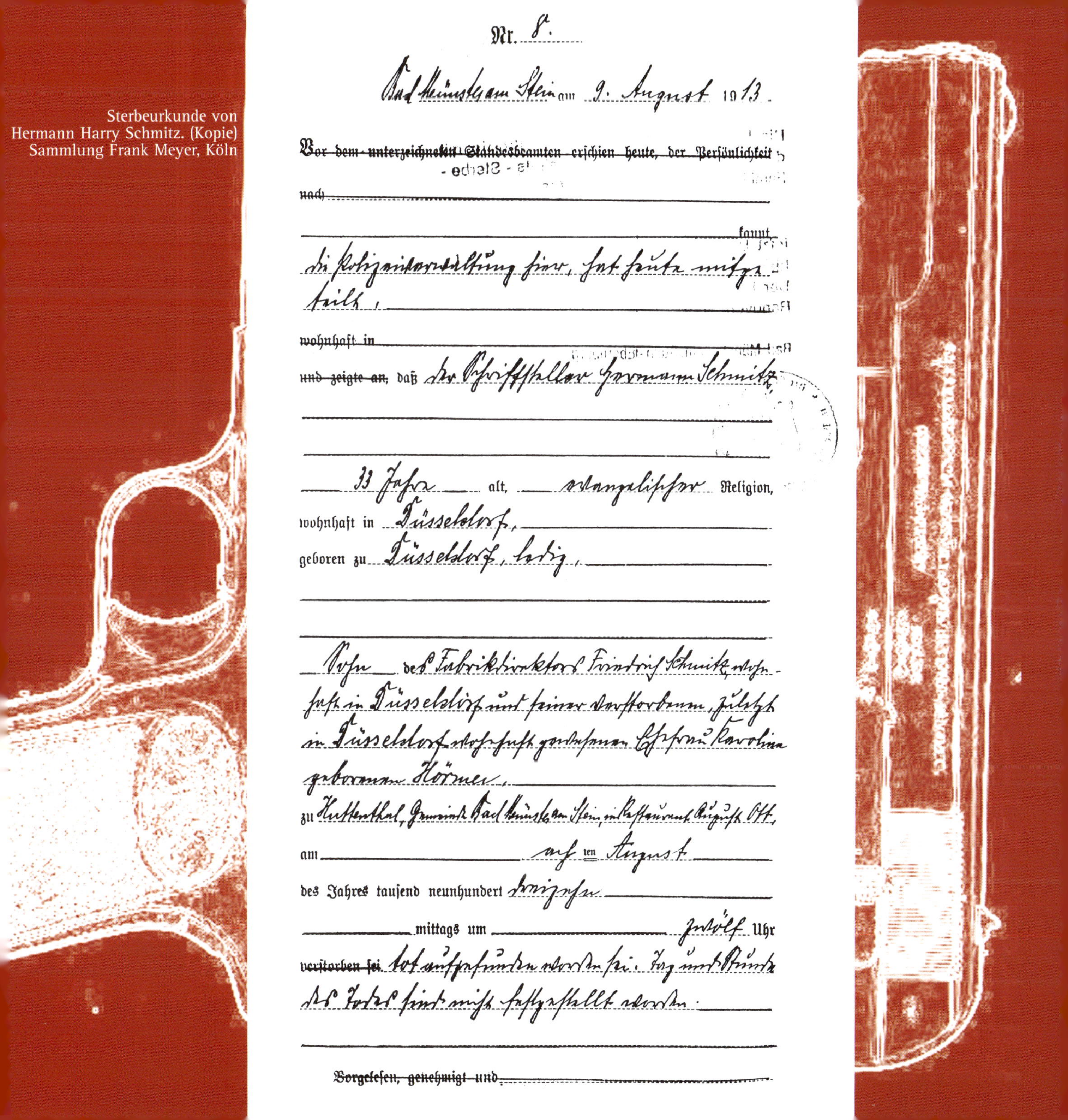

Nr. 8.

Bad Münster am Stein am 9. August 1913.

~~Vor dem unterzeichneten Standesbeamten erschien heute, der Persönlichkeit~~

~~nach~~

~~kannt~~

die Polizeiverwaltung hier, hat heute mitgeteilt,

~~wohnhaft in~~

~~und zeigte an,~~ daß der Schriftsteller Hermann Schmitz

33 Jahre alt, evangelischer Religion,

wohnhaft in Düsseldorf,

geboren zu Düsseldorf, ledig,

Sohn des Fabrikdirektors Friedrich Schmitz, wohnhaft in Düsseldorf und seiner verstorbenen, zuletzt in Düsseldorf wohnhaft gewesenen Ehefrau Karoline geborene Hörner,

zu Huttenthal, Gemeinde Bad Münster am Stein, im Restaurant August Ott,

am acht ten August

des Jahres tausend neunhundert dreizehn

mittags um zwölf Uhr

~~verstorben sei~~ tot aufgefunden worden sei. Tag und Stunde des Todes sind nicht festgestellt worden.

~~Vorgelesen, genehmigt und~~

Unser lieber Sohn, Bruder und Schwager

Hermann Harry Schmitz

wurde uns gestern Nacht in Münster am Stein, wo er Linderung seines nervösen Leidens zu finden hoffte, durch einen unerwartet raschen Tod entrissen.

Die früher von dem Entschlafenen gewünschte Einäscherung wird am nächsten Montag von hier aus in Mainz erfolgen.

Fritz Schmitz, Fabrikdirektor
Bertha Quast, geb. Schmitz
Heinrich Quast, Kgl. Baurat

Düsseldorf und Minden i. Westf., den 9. August 1913.

Totenbrief von
Hermann Harry Schmitz
Stadtarchiv Düsseldorf

Nach drei Tagen wurde die Leiche in das Krematorium in Mainz überführt und dort verbrannt. Die Teilnehmer an der Beerdigungsfeier, Fritz Maase und Victor M. Mai schrieben an den Freund aus dem „Rosenkränzchen" Gustav Krumbiegel:

Bingen, 11.8.1913
„Von der Einäscherung Herm[ann] Harry's heimkehrend, der jammervollsten Minute meines Lebens ein evangel[ischer] Pastor mit Jerimias 13.2 grüßt die Lebenden. Fritz
Er rauchte und hatte sich doch das Rauchen so abgewöhnt. Aber es war niederschmetternd.
V[ictor] M[atthias] M[ai]."

Stadtarchiv Düsseldorf, Akte Schmitz, H.H. XXII S 27

Ähnlich burlesk klingt der Nachruf von Herbert Eulenberg im „Düsseldorfer General-Anzeiger"; auch er gab ein eigenes Stimmungsbild von der Einäscherung in Mainz:

Feuilleton

Auf den Tod von Hermann Harry Schmitz

Von Herbert Eulenberg

Lieber Hermann Harry! Immer hatten Sie Reisepläne, und nun haben Sie ihre letzte Reise angetreten, fort von allen, die Sie leiden oder nicht leiden konnten. Vor vierzehn Tagen sah ich Sie zuletzt vor meinen äußeren Augen: Sie klinkten die Gartentüre auf und treten herein, sich künstlich klein machend und wie ein Zwerg zusammenschrumpfend, um den Kindern einen Gefallen zu tun und ein Lachen zu entlocken. Und dann setzten Sie sich hin und zauberten, schon die drohende Nähe des Todes im Kopfe, der kleinen Brut mit Ihren langen, zarten, geisterhaften Fingern etwas vor, bis alle rings um Sie herum wieder hellauf lachten und jubelten. Wie viel Liebe und Güte steckte doch eigentlich in dem sonderbaren Gehäuse, das Sie zu repräsentieren hatten. Ich werde den unendlich melancholischen Blick Ihrer Augen nie vergessen, mit dem Sie auf die Bühnen oder irgendein Podium traten, um die Leute zu amüsieren. Und wenn Sie dann zurückkamen und einem die vor Aufregung zitternden Hände reichten und mich ansahen wie ein Augur den anderen, als hätten Sie sagen wollen: „ich gehöre zu der tieftraurigen Kategorie der Spaßmacher", ach! Lieber Harry, und wenn ich keine Ihrer köstlichen Grotesken mehr wissen würde, das würde ich stets von Ihnen behalten bis zu dem Moment, wo ich Ihnen die Fahrt in die Ewigkeit nachmachen werde.

Wie oft haben wir zusammen gelacht, wenn Sie uns erzählten und skizzierten, was Sie zum nächsten Sonntag schreiben und den Leuten wieder antun wollten. Sie hatten trotz allem eine unverwüstliche Neigung für das menschliche Geschlecht, deren Spezies Sie soeben entflohen sind, und der liebe, gute Bürger bot Ihnen ebenso viel Unterhaltung, wie Sie ihm. Sie wurden nicht müde, ihn zu beobachten, und oft nach Mitternacht sah ich noch Ihre ernsten Augen voll Teilnahme aber Erstaunen an irgendeinem Ihnen besonders komisch erscheinenden Individuo hängen. Ihre Liebenswürdigkeit und Bereitwilligkeit, Ihre Mitmenschen zu zerstreuen und angenehm über die Stunden hinwegzutäuschen, war erstaunlich. Wann immer man Sie auffordern mochte, etwas vorzutragen oder eine Rede zu halten, Sie erhoben sich sofort auf Ihre hagern, müden Beine, blickten in die Leere vor sich hin und begannen: „Ich habe keine Lungen mehr" oder: „Ich bin eine Schokoladenbonbonniere" oder, indem Sie Ihren jetzt Ihnen völlig gleichgültig und überflüssig gewordenen Chronometer zogen: „Ich gedenke 3 Stunden und 42 Minuten plus 37 Sekunden zu sprechen."

Zwischen diesen Heitereteien kamen Ihnen dann wohl, wenn Sie sich so ausgiebig entluden und als fröhliches Feuerwerk für Ihre Zuhörer abbrannten, die Sorgen der Alltäglichkeit. Es wurde Ihnen wie einem jeden guten Bürgersohn fast schwer, Geld für Ihre unbezahlbaren Scherze einzufordern. „Man schlängelt sich so durch", war Ihre gewöhnliche sarkastische Antwort auf die Frage: „Wie geht's Ihnen?", mit denen die meisten zweifüßigen Wesen eine Unterhaltung zu beginnen belieben. Den schweren Stand, den der heutige Künstler in einer Zeit hat, die keine Shakespearschen Hofnarren und Hausdichter mehr hält, den haben auch Sie wie ein jeder von uns mitdurchmachen müssen. Trotzdem pflegten Sie sich und Ihr Talent gern zu verschwenden, weil Sie noch nicht darum bangen mußten, dass Ihr Kapital an Humor Ihnen ausgehen könnte. Sie waren immer wieder mehr erstaunt darüber, dass es Menschen gab, die Ihnen Ihre höchst eigentümlichen Schnurrpfeifereien bezahlten, als über solche, die Sie und Ihre Scherze selbstverständlich und ohne den Beutel für die Kunst zu ziehen, wie Sonnenschein und gutes Wetter hinnahmen. Der kaufmännische Beruf, den Sie so lange Jahre oblagen, ehe es Ihnen einzufallen wagte, sogenannter freier Schriftsteller zu werden, hatte Ihnen eingeredet, die Erzeugnisse Ihrer großen grotesken Begabung nur als „brotlose Künste" anzusehen und einzuschätzen. Bis Ihnen auf einmal an Ihrem Tage vor Damaskus die Erkenntnis kam, dass *sub specie aeternitatis*, dem bekannten Betrachtungswinkel Spinozas, die drolligen Geschichten, die Sie von Benders, von Leutnant Anatol Brustkorb, vom Chirurgen Professor Langebühdel, vom Grafen Herr-Gelaufen, vom Automobilbesitzer Emil Kiste, von der Warenhausdirektrice Veranda Kohn, vom Engländer Mister Botteram und vom Kolonialwarenhändler Mehlenzell mindestens ebenso interessant und wichtig wie die genaueste Kontokorrentrechnung oder die sorgfältigste amerikanische Buchführung, die Sie bisher betrieben hatten.

Ich habe Sie niemals fröhlicher und ausgelassener gesehen als in jenen Tagen, da Sie Ihren wahren Beruf erkannt hatten und Ihren Kontorbock würdigeren und entsprechenderen Besitzern überließen. Über Ihre *contes drôlatiques* wird auch nach Ihrem Tode noch ein Mehreres und Häufigeres zu reden sein. Und wenn Ihre Werke Ihnen auch nicht die Unsterblichkeit, auf die Sie keinen Wert legten, zusichern, ein paar Jahrzehnte lang dürften Sie doch zur Erheiterung Ihrer Nachwelt überdauern.

Wir stehen sonderbar zu einander, lieber Harry! Da Sie noch lebten, hielt ich Ihnen auf dem Papier einmal eine fingierte Leichenrede, die Sie in einem Ihrer unvergleichlich schmerzzerbrechenden Briefe erwiderten, der da überschrieben war: „Aus meinem Grabe am Nordfriedhof. Reihe 15. Gruft 7." Und nun, wo Sie tatsächlich unsichtbar geworden sind, unterhalte ich mich mit Ihnen nicht anders, als ob Sie noch mit Ihrem rotgefütterten Mantel, Ihrem bleichen Gesicht, das Sie schon mehrfach überlebt zu haben schien, und Ihrem zierlichen Stöckchen mit dem glotzenden Negerkopf als Krücke wie ein moderner Mephisto unter uns herumwankten. Um die Stunde, als man Sie in Mainz dem heiligen Feuer überlieferte, flog an einem Fenster vorbei ein zartes, graues Wölkchen, das so leicht war, dass es gleich von der Sonne aufgesogen wurde. Da mußte ich daran denken, mit welcher Fassung und Selbstbeherrschung Sie alle Ihre Operationen überstanden und wie Sie in der letzten Zeit, in der Sie sich lebhaft mit der indischen Lehre des Yoga befaßt hatten, sich immer noch Läuterung ersehnten. Der winzige Schatten, den das Wölkchen beim Verdunsten auf die Erde warf, kam mir wie Ihr kurzes, graues, vergangenes Leben vor. Und das Beste von Ihnen schien mir in goldner Heiterkeit zu zerfließen.

Düsseldorfer General-Anzeiger vom 13.8.1913

Trotz der Bemühungen des engsten Freundeskreises kam es erst viel später, am 15. März 1914, zu einer Gedenkfeier im Schauspielhaus Düsseldorf.

L[ieber] M[ai] [Poststempel] 12.8.1913

Wir wollen die
Gedächnisfeier für H.H.S.
doch bei der Beisetzung
der Urne halten. Setzen
Sie sich mit dem Alten
in Verbindung! Gruß Maase

[Vorderseite mit einer Bildreproduktion von Erich Nikutowski:]

Ich bin auch für sofortige Feier
bei Ankunft der Urne. Viele gute
Grüße – Hedda Eulenberg
Laßt uns ihn balde
feiern! Herbert Eulenberg
Und „mit Damen" bitte! Gruss
Käte Maase

Fotopostkarte, Stadtarchiv Düsseldorf, Akte Schmitz, H.H. XXII S 12

Kaiserswerth am Rhein
Haus Freiheit 2. März 1914

Werte Menschen, ist es Ihnen recht, wenn wir am 15. März im Schauspielhaus
Hermann Harry Schmitz +
feiern? Ich werde mir morgen Abend Ihren Bescheid holen. Darf ich Sie um 2 Plätze in der „Gelben Jacke" bitten? Ich erscheine dann in der großen Pause vor Ihnen. Den Erlös der Matinee geruhten Sie für die in diesem Sommer thatsächlich aufschießende Grabbe-Herme zu spenden, nicht wahr? Ich bin noch immer unter anderem:

Herbert Eulenberg

Theatermuseum, Nachlaß Schauspielhaus Düsseldorf

Herbert Eulenberg hielt die Gedenkrede auf den Toten und Paul Henkels las die „Drei Fabeln ohne Moral". Dazu spielte das „Rheinische Trio" Stücke für Klavier von Dvorák und Beethoven.

Auch die Urne mit der Asche von Schmitz hat eine besondere Geschichte. Der leidgeprüfte Vater soll sie bis zur Beisetzung auf dem Nordfriedhof in Hermann Harry Schmitz' Privatkabinett auf der Schumannstr. 13 aufbewahrt haben, weil er sich von den sterblichen Überresten seines Sohnes nicht trennen konnte. Die Fakten sprechen dafür. Erst am 14. Mai 1919 wurde Hermann Harry Schmitz in Düsseldorf bestattet. Einen Monat später verließ der Vater Düsseldorf für immer. Er ist am 11. November 1923 in seinem Heimatort Roggendorf gestorben.

Sonntag, den 15. März 1914, vormittags 11½ Uhr

Gedenkfeier für
Hermann Harry Schmitz
(1878—1913)

Eine lustige Person! Ein verdrehter Kerl!
Ein seltener Mensch!
Die Nachrede über ihn.

I. Dumky Klavier-Trio, op. 90 . . . . . . A. Dvořák
Rheinisches Trio (G. König, J. Klein, K. Klein)

II. Aus seinen Grotesken:
Die Diva und die Notbremse
Der überaus vornehme Friseur, Fritz Holl

III. Worte zu seinem Wesen,
gesprochen von Herbert Eulenberg.

Fortsetzung umseitig!

IV. Drei Fabeln:
Von dem Regenwurm, der Lokomotive und noch etwas anderem.
Zwei ernst zu nehmende Gedichte
Neues und altes Groteskes von ihm: aus dem „Säugling" und „Feine Gesellschaft", Paul Henckels.

V. Klavier-Trio B-dur, op. 97 . . . . Beethoven
Allegro moderato. — Scherzo allegro.
Andante cantabile ma però con moto.
Allegro moderato Presto.
Rheinisches Trio (G. König, J. Klein, K. Klein)

Konzertflügel: Rudolf Ibach Sohn.

Programmzettel der Gedenkfeier für Hermann Harry Schmitz im Schauspielhaus Düsseldorf. Theatermuseum Düsseldorf

Hermann Harry Schmitz – der Düsseldorfer Groteskenautor

Beispiel für eine hundertjährige lebendige Überlieferung

Kein Nachlaß, viele Splitter

Die weit verstreuten Fragmente der Hinterlassenschaft von Hermann Harry Schmitz lassen darauf schließen, daß Freunde und Verehrer die Überbleibsel seiner schriftstellerischen Arbeit, vor allem für den „Düsseldorfer General-Anzeiger", eifersüchtig hüteten. Erst nach ihrem Ableben nehmen die Nachlaßsplitter dann abenteuerliche Wege, die sich vermutlich nicht in allen Fällen mehr vollständig klären lassen.

Da ist z.B. der Fall des Feuilletonleiters Victor M. Mai (1872–1951) vom „Düsseldorfer General-Anzeiger", später „Düsseldorfer Nachrichten", ein aus heutiger Sicht alles in allem recht zweifelhafter Freund und Mentor von Hermann Harry Schmitz. Mais Erwartungshaltung ist vermutlich der wahre Grund für die Schreibhemmungen des übernervösen, jungen Unterhaltungskünstlers, der zum Autor erst gepreßt wird.

Nach dessen Freitod 1913 läßt sich Mai vom Vater Friedrich Schmitz (1844–1923) als literarischer Nachlaßverwalter einsetzen. Bei dieser Gelegenheit wird ihm eine Reihe von zum Teil unvollendeten Manuskripten übergeben. Nicht enthalten sind vermutlich die Textvorlagen für die bereits erschienenen Zeitungsdrucke, deren Verbleib bis heute ungeklärt ist, obwohl gerade diese im Besitz des Feuilletonleiters Mai vermutet werden durften.

Auch die Korrespondenz seines skurrilen Künstlerfreund Erich Nikutowski an Hermann Harry Schmitz fügt sich dem Bestand hinzu. Daß dieser noch 1951 im Besitz der Familie Mai war, belegt eine Veröffentlichung des Düsseldorfer Autors Maximilian Maria Ströter (1893–1979) in den Düsseldorfer Heimatblättern „Das Tor" vom April 1960. Er schreibt:

„Als Victor M. Mai Anno 1951, fast achzigjährig, verschieden war, sahen seine Tochter Liselotte (verheiratete Hosmann) und ich die hinterlassenen Papiere und Manuskripte durch. Schade um manches Ungenutzte oder mindestens wenig Genutze von Hermann Harry, Victor Matthias und beiden zusammen!"

Hermann Harry Schmitz und sein Frühlingsgedicht, S. 64f.

Später gelangten diese Unterlagen weitgehend in den Besitz des Vorsitzenden der Bilker Heimatfreunde, Hermann Smeets. Seit dessen Tod befindet sich der größte Teil des Mai'schen Nachlaßfragments im Besitz des genannten Düsseldorfer Heimatvereins.

Ein kleinerer Teil aus diesem Bestand ging an das Düsseldorfer Stadtarchiv, so die vier grotesken Einakter „Nr. 42, ein Albdruck" (aufgeführt am 7.12. 1907), „Die Philosophen. Das Mysterium des Sonnenstichs" (aufgeführt im Sommer 1908), „... ist wohlgetan, ... ist wohlgetan" und „Titti. Das Schneelämmchen auf der Pfarrwiese", zwei Theaterzettel (Nr. 42; Die Philosophen) und zwei originale Privatfotos, die immer wieder abgedruckt wurden und so das optische Image des „dekadenten Dandys" begründeten.

Schmitz' letzte Lebensäußerungen, sein in Kennerkreisen berühmt gewordenes Telegramm „ – – und luftsprungparalyse war eine läuterung – ich bin in tausend himmeln – ihr h.h." und dessen gleichermaßen zutiefst pessimistische Zurücknahme „... Ich glaubte eine Form gefunden zu haben, habe mich aber getäuscht" befinden sich ebenfalls darunter.

Auch das Heinrich-Heine-Institut, Düsseldorf, verwahrt seit einigen Jahren einige „Reliquien" aus dem Besitz des Düsseldorfer Autors, so seine Ringe, eine Krawattennadel und zahlreiche Fotographien. Besonders die Fotos sind für den Schmitzforscher eine ergiebige Quelle. Dort ist der spätere Groteskenautor in verschiedenen Altersstufen festgehalten: vom Kind bis zum jungen Mann vor zum Teil exotischem Hintergrund, der seinen skurrilen Reiseerzählungen einen unvermutet realen Hintergrund verleiht. Daneben finden sich Fotos verschiedener Familienmitglieder: der Vater Friedrich Schmitz, der früh verstorbene Bruder Robert oder Schmitz' Lieblingsschwester Bertha, zu der er nach eigenen Angaben ein echtes Vertrauensverhältnis entwickelt hatte. Rein optisch läßt sich so manche Lücke mit diesem Fund schließen, viele Fragen stellen sich indessen neu.

Doch wie kamen diese Dinge ins Heine-Institut? Die Geschichte ist schmitzianesk: Seit Jahren war ich auf der Suche nach Schmitz' Spazierstock mit dem grinsenden Negerkopf und konnte mit dem Sucheifer meine Umgebung anstecken. Allen war klar, der Stock mußte her. Mit Informationen gut gespickt, wandte sich dann 1993 der damalige Vorsitzende Klaus Lehmann der am 28. Februar 1990 gegründeten Hermann-Harry-Schmitz-Societät Düsseldorf an den Westdeutschen Rundfunk mit der Bitte um eine Suchmeldung, die tatsächlich abgesetzt wurde. Was keiner wirklich geglaubt hatte, einige Tage später meldete sich der Neffe Hermann Quast mit dem verheißungsvollen Hinweis auf völlig unbekannte Schmitziana in seinem Besitz. Zwar war der gesuchte Spazierstock nicht darunter, dafür die oben aufgeführten Gegenstände, die sich inzwischen als Dauerleihgabe im Heine-Institut befinden.

Durch Vermittlung von Bernd Kortländer vom Heinrich-Heine-Institut, Düsseldorf, tauchte kürzlich unvermuteter Weise ein letzter größerer Fund im Kurt Wolff Archiv an der amerikanischen Universität Yale auf. In der Beinecke Rare Book And Manuscript Library, Yale Collection Of German Literature, wird die Verlagskorrespondenz des ersten Ernst-Rowohlt-Verlages und die seines Nachfolgers, des Kurt-Wolff-Verlages, aufbewahrt. Kurt Wolff war zunächst stiller Teilhaber bei Rowohlt, übernahm dann aber den Verlag, als dieser in finanzielle Schwierigkeiten geriet. Hermann Harry Schmitz war einer der ersten Autoren, den Herbert Eulenberg an Ernst Rowohlt vermittelt hatte. Ein besonderes Highlight des amerikanischen Bestandes ist der lange verschollen geglaubte Antwortbrief von Hermann Harry Schmitz auf Eulenbergs fiktive Leichenrede von 1912, der in diesem Band erstmalig publiziert wird.

Schmitz – „schwarz auf weiß". Oder: Ein Autor kann sich nicht mehr wehren

Original (1911) und Fälschung (1940)

Hermann Harry Schmitz
Der Säugling und andere Tragikomödien
Hermann Harry Schmitz
Der Säugling und andere Tragikomödien

Victor M. Mai verfuhr mit der ihm übertragenen Aufgabe des literarischen Nachlaßverwalters sehr eigenmächtig, manchmal nicht nachvollziehbar willkürlich. Wie ein Vergleich der zwischen 1906 und 1913 gedruckten Zeitungsfassungen mit den später veröffentlichten Buchfassungen beweist, griff Mai vor allem ab 1940 in vorauseilendem Gehorsam zum Teil erheblich in die Texte ein, so daß man zweifellos von Fälschungen sprechen muß. So wurde aus Schmitz' Verhöhnung der Politik im „Säugling" eine pointenlose Nichtigkeit: Wächst im ersten Fall der „Kleine" dank des Idealrapidsäuglingskraftwachsnährpulvers „Koloß" in wenigen Tagen enorm und bringt mit seinem Säuglingsintellekt das Land zum Blühen, endet der Protagonist im zweiten Fall als ein korpulenter, harmloser Torwart bei den *goalkickers*, der durch seine Leibesfülle der eigenen Mannschaft zum Sieg verhilft.

Besonders fragwürdig ist die Veröffentlichung von „Professor Mauzfies und andere Tragödien" aus dem Jahre 1941: Hier mischen sich – ohne weitergehende Kennzeichnung durch die jeweiligen Autorennamen – Mais eigene Beiträge mit denen von Hermann Harry Schmitz. Dazu vermerkt der Herausgeber lakonisch:

„Die einzelnen Geschichten autorenmäßig zu kennzeichnen, ist unterblieben – wo Hermann Harry Schmitz aufhört und Victor M. Mai beginnt, springt deutlich genug in die Augen." (S.8)

Sowohl die noch zu Lebzeiten von Hermann Harry Schmitz 1911 bei Ernst Rowohlt erschienene Sammlung „Der Säugling und andere Tragikomödien" (1943 in der 15. Auflage bei Richard Pille immerhin im 59. Tausend), als auch die von Victor M. Mai betreuten Schmitz-Ausgaben waren über die Jahrzehnte hinweg sehr erfolgreich. Man kann Hermann Harry Schmitz ohne Zweifel als einen echten Longseller bezeichnen, der zwar nicht die spektakulären Auflagen-

Erste Monographie über Hermann Harry Schmitz. Düsseldorf 1925

Erstausgabe von „Professor Mauzfies und andere Tragödien", München, Richard Pille Fortschritt-Sprachen Verlag 1941 mit den veränderten Zeichnungen von Emil Preetorius

höhen erreicht hat wie sein Freund Hanns Heinz Ewers, dennoch aber bis auf eine Unterbrechung von knapp zwanzig Jahren nach 1945 bis heute kontinuierlich am Buchmarkt vertreten ist. Im Augenblick ist allerdings nur die Sammlung „Das Buch der Katastrophen", herausgegeben von Frank Meyer greifbar. Neu aufgefundene Splitter aus dem Nachlaß hat Bernd Kortländer unter dem Titel „Ich bin der drittgrößte Mann des Jahrhunderts" 2000 im Düsseldorfer Grupello Verlag ediert.

Erstausgabe von der Groteske „Die Bluse". Frankfurt/Main, Anabas Verlag 1998

Als wohl gelungenste Ausstattung einer einzelnen Groteske muß die 1998 erschienene Veröffentlichung im Anabas Verlag gelten. Die Buchkünstlerin Alexandra Engelberts hat mit ihrer Gestaltung der „Bluse" die zeittypische Aussage hervorragend erfaßt, ohne von ihrem eigenen modernen gestalterischen Wollen etwas preiszugeben.

Den Anfang nach dem Kriege macht die Werkauswahl des Gymnasiallehrers und Kritikers Heinz Stolz „Der Säugling und andere Katastrophen", die 1964 im Düsseldorfer Droste Verlag erschienen ist. Stillschweigend setzt Stolz die Tradition der Werkverstümmelung fort, ohne auch nur im Geringsten Streichungen zu annotieren oder zu punktieren. Die schmale Edition, die keinem erkennbaren Auswahlprinzip folgt außer dem eigenen Gusto, erhält einen gewissen Reiz durch die Pop-Art-Ausstattung Heinz Edelmanns, der wenig später als Art Director des ausgeflippten Trickfilm-Streifens „Yellow Submarine" zur Musik der Beatles weltbekannt werden soll.

Erstausgabe von „Der Säugling und andere Katastrophen", Düsseldorf, Droste Verlag 1964

Show some respect! Oder: Ein Autor steht im Mittelpunkt

Eine ähnlich spektakuläre Ausstattung versucht der DDR-Buchkünstler Horst Hussel mit bewußtem Rückgriff auf die surrealen Bildmontagen von Max Ernst. In der Nische des DDR-Satireverlags Eulenspiegel erscheint 1965 ein dünnes Bändchen (2. Auflage 1974) unter dem Titel „Die Taufe und andere Katastrophen". Herausgegeben von Karl Heinz Berger, der durch eine textgetreue Edition, eine repräsentative Auswahl und eine unprätentiöse, zeitbezogen-kulturelle Einord-

Erstausgabe von „Die Taufe und andere Katastrophen“, Berlin, Eulenspiegel-Verlag, 1965

nung – gewollt oder ungewollt – Schmitz aus der Umarmung der Düsseldorfer „Freunde“ befreit, indem er ausdrücklich den Wert des rheinischen Autors für die deutsch-sprachige Literatur, speziell die Groteske fixiert. Berger hat vom Autor bis heute nicht ganz lassen können: 1987 gibt er zusammen mit seiner Frau Alice eine stark erweiterte Sammlung heraus, die auch im privatisierten Eulenspiegel Verlag der Nachwendezeit mehrmals aufgelegt wird.

Einen wirklichen Durchbruch in der Literatur des Nachkriegsdeutschland erleben die Geschichten von Hermann Harry Schmitz aber erst durch die Veröffentlichung im Schweizer Diogenes Verlag 1966. Herausgeber ist der damals 24-jährige westfälische Autor Otto Jägersberg (*1942). In seinem Frühwerk zeigt sich ebenfalls ein „Hang zu fragmentarisch-sprunghaftem Erzählen“, auch schärfte er „sein Ohr für die Umgangssprache und sein Auge für die Komik des Alltäglichen“, wie dem Literaturlexikon von Walter Killy zu entnehmen ist.

Die neu zusammengestellte Anthologie unter dem bekannten Titel „Buch der Katastrophen“ hat seitdem in verschiedenen Ausstattungen sieben Auflagen erreicht. Der Erfolg dieser Zusammenstellung drückt sich auch darin aus, daß eine Schweizer Buchgemeinschaft die Sammlung in Lizenz für ihre Mitglieder übernimmt und ein holländischer Verlag 1968 erstmals eine Übersetzung versucht. Bemerkenswert ist die Werbestrategie, mit der dieser Verlag versucht, Schmitz seinen niederländischen Lesern schmackhaft zu machen. Als unbekannter „Meister der Groteske“ wird er dem wesentlich bekannteren walisischen Autor Roald Dahl (*1916) gleichgestellt; sein schwarzer Humor aus dem Bereich des Alltäglichen sei nur dem britischen vergleichbar.

Erstausgabe des „Buch der Katastrophen“ im Züricher Diogenes Verlag, 1966

Frank Meyer: Hermann Harry Schmitz ?

(a) Wie kam es dazu? Und (b) was bedeutet das?

So, kurz gefaßt, die Frage des Herausgebers an mich, mit der Bitte um maximal 5000 Zeichen. Antwort also, kurz gefaßt: (a) Zufall, (b) Schicksal.

Entdeckt habe ich HHS, sein „Buch der Katastrophen", in einer ramponierten Leihbücherei-Ausgabe von 1918 (Kurt Wolff Verlag, Leipzig). Die stand in der Bibliothek meines Vaters.

Ich war stud. phil. und kramte gerne in seinen Regalen. Schmitz? Natürlich nie gehört. Ich fand, las und lachte. Verblüfft und hingerissen. Das war vom Jahrhundertbeginn? Habe trotzdem seriös weiterstudiert, Goethe und Kant & Co.

Und am Ende, inclusive herrlicher Such- und Ausgrabe-Arbeit, die erste „wissenschaftliche" Studie geschrieben: über HHS.

Danach: jahrelang geschwiegen (als Pantomime in Milan Sládeks Theater Kefka), aber auch gelesen. Auch laut und öffentlich vor. Irgendwann auch HHS. Schließlich (wieder Jahre später) die Idee: daraus ein Solo-Theaterstück zu machen, aber nicht nur mit den Schmitz-Geschichten, sondern mit dem Autor selbst. Zeit: der letzte Tag seines kurzen Lebens, am 8. August 1913. Ort: das Zimmer der Pension Ott in Huttental, wo der Sanatoriums-Patient HHS sich mit der Browning aus diesem intensiven, kranken, komischen Leben herausschoß. Und der erste Tag danach – im Himmel spielt das Stück also auch! Und schließlich stellt der Bühnen-Hermann Harry fest: er ist wieder da, hier und heute, jeweils in dem Theater, wo draußen geschrieben

Frank Meyer als Hermann Harry Schmitz.
Sammlung Meyer, Köln

steht: „Gastspiel Frank Meyer mit ‚Verzeihen Sie, ich bin eine Stricknadel'" Ein Spiel mit der fragilen „4.Wand" also, mit der „Realität", der „Illusion" und dem Publikum, ohne das HHS ja nicht zu denken ist.

Seit 1992 ist der spielende und schreibende Meyer neben allem anderen immer mal wieder der Irrzähler und Entertainer Schmitz – und das ist ja ein Namens-Witz. (Elke Heidenreich, die meine Vorstellung zu einem für mich erfreulichen öffentlichen Bekenntnis ihrer HHS-Begeisterung veranlaßte, findet ja sogar, ich sähe ihm „sehr ähnlich".)

Beides ist, s.o.: (a) und (b).

Aber der Punkt ist: ich wollte mit diesem Stück, das ich um seine Texte herum geschrieben habe, auch die hinter- und abgründigen, die zarten, dunklen, boshaften und hilflosen Seiten Hermann Harrys spürbar machen, die im Gelächter über seine Geschichten – wenn man sie liest – so leicht verborgen bleiben. Wobei, notabene!, das Gelächter unverzichtbar ist! Deshalb liebe ich ja auch Daniil Charms, den russischen Seelenverwandten von HHS, den ich auch mit Hingabe spiele („Frauen fallen aus dem Fenster"). Überhaupt: die Abseitigen, die Quergänger auf den schmalen Graten - jenseits der sicheren, breiten Hauptstraßen, auf denen wir alle irrerweise unser Heil suchen. Wir brauchen ihre verquere Weisheit. Deshalb war es mir Ehre und Freude, daß ich 1996 – nach der fulminanten Gesamtausgabe von Kehrein/ Matzigkeit bei Haffmanns – „Das Buch der Katastrophen", meine Lieblings-Auswahl von 33 HHS-Irrzählungen, herausgeben durfte (im Düsseldorfer L+L Verlag für die Hermann Harry Schmitz Societät). So bin ich mit HHS – nach der „Wissenschaft" und neben dem Theater – wieder zum Buch gekommen und freue mich, daß Hermann Harry gelesen wird. Ich habe da noch was in petto... Aber am liebsten spiele ich ihn. Er wird immer aktueller. Menschlich wie global-provinziell. Das liegt an unsern irren Zeiten – und an Hermann Harry...

Frank Meyer lebt und arbeitet als Schauspieler, Autor und Kabarettist in Köln und unterwegs für Bühne, Radio, Bildschirm. Gastspiele in Deutschland und Europa. Für sein Solostück wurde er mit dem Deutschen Literatur-Theaterpreis ausgezeichnet. „Hermann Harry Schmitz wird durch Frank Meyer auf der Bühne wiedergeboren! Sein Programm ist großartig – komisch, poetisch, witzig, Dada, Satire, Groteske, absurdes Zeug – hohe Kunst!" (Elke Heidenreich im WDR)

Der „kleine Harry". Eine Stadt und ihr Autor.

Die Schmitzomanie treibt in Düsseldorf besondere Blüten: Offenbar aus Verehrung für den inzwischen prominent gewordenen, verstorbenen Autor erhält der spätere Graphiker Schmitz von seinen Eltern die Vornamen Hermann Harry.

Veröffentlichungen einzelner Geschichten werden wiederholt in den Organen Düsseldorfer Heimatvereine wie der „Düsseldorfer Jonges" oder der „Bilker Heimatfreunde" abgedruckt. Auch Schmitz' Erzählstil findet gelegentlich Nachahmer. So veröffentlicht Werner Daniels in der „Bilker Sternwarte" seine Kurzgeschichte „Schicksal in drei Minuten", weil – wie er dem Beitrag voranstellt – zum damaligen Zeitpunkt die Rechtsfrage zur Wiedergabe der Originaltexte nicht geklärt gewesen sei.

Daß Tradition im Fall von Hermann Harry Schmitz auch aktiv positiv besetzt werden kann, sollen die folgenden Beispiele zeigen: So lesen „fortschrittlich" gestimmte Lehrer seine Geschichten am Ende eines Schuljahrs ihren Schülern vor und schaffen so möglicherweise den Nährboden für eine lebenslange Leidenschaft. Ähnliches geschieht in anderen Bereichen des gesellschaftlichen Lebens, z.B. in der Druckerei Hoch, wo man es nicht vermuten würde.

Gelegentlich kommt es bei der gärenden Jugend der Nach-68-er-Zeit an Düsseldorfs Gymnasien zu eruptionsartigen, literarischen Ausbrüchen. Sie sind nichts anderes als der schmerzhaft empfundene Ausdruck von Unverständnis über die fehlende öffentliche Würdigung von Schmitz in seiner Heimatstadt, aber auch in der damals vorliegenden offiziellen Literaturgeschichtsschreibung. Parallelen zum Status des damals noch höchst umstrittenen „größten Sohnes der Stadt Düsseldorf", Heinrich Heine, werden gezogen.

Alternativblatt Destruct, Düsseldorf, Februar 1974. Sammlung Matzigkeit

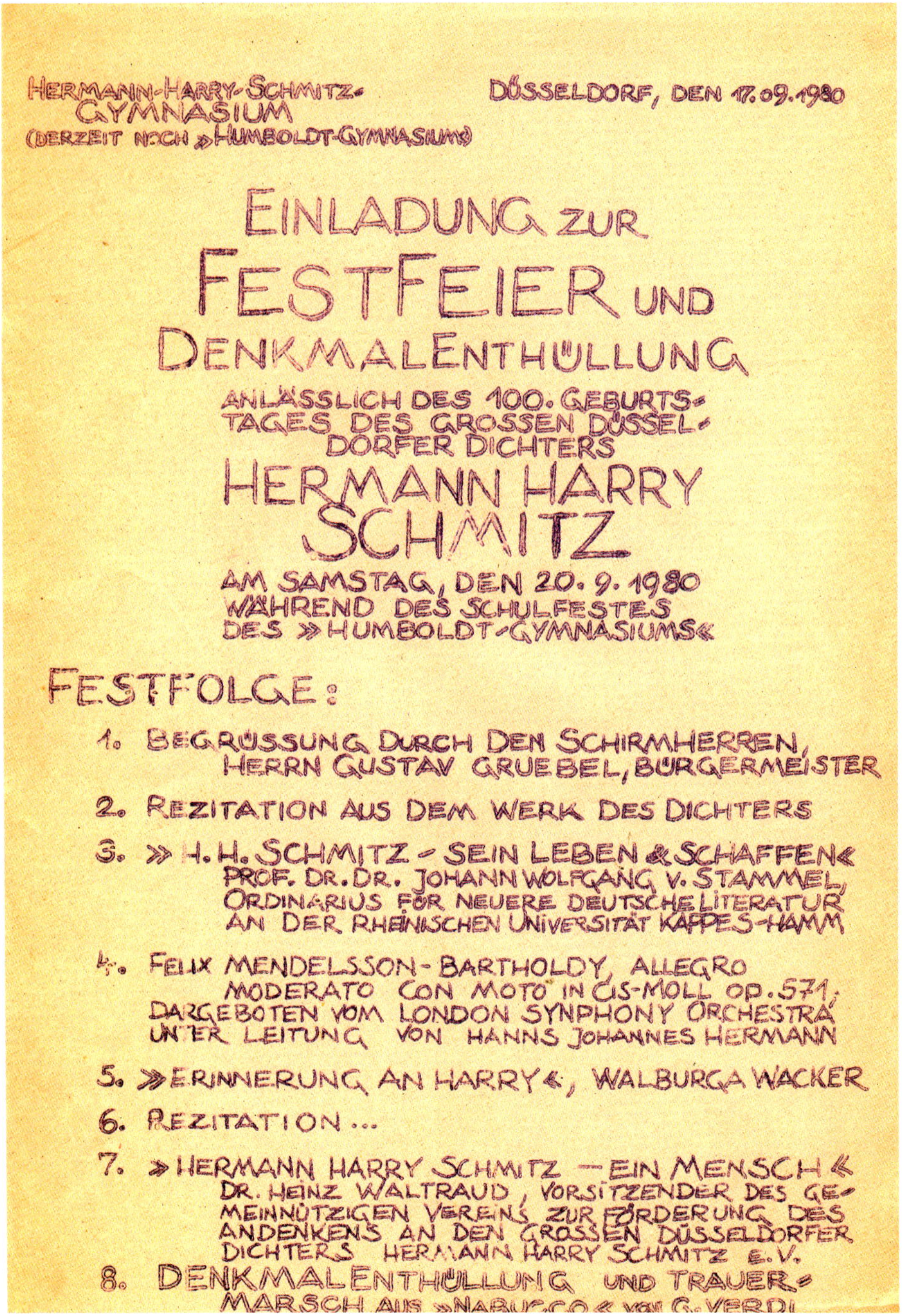

HERMANN-HARRY-SCHMITZ-GYMNASIUM
(DERZEIT NOCH »HUMBOLDT-GYMNASIUM«)

DÜSSELDORF, DEN 17.09.1980

EINLADUNG ZUR
FESTFEIER UND
DENKMALENTHÜLLUNG
ANLÄSSLICH DES 100. GEBURTSTAGES DES GROSSEN DÜSSELDORFER DICHTERS
HERMANN HARRY
SCHMITZ
AM SAMSTAG, DEN 20.9.1980
WÄHREND DES SCHULFESTES
DES »HUMBOLDT-GYMNASIUMS«

FESTFOLGE:

1. BEGRÜSSUNG DURCH DEN SCHIRMHERREN, HERRN GUSTAV GRUEBEL, BÜRGERMEISTER
2. REZITATION AUS DEM WERK DES DICHTERS
3. »H. H. SCHMITZ – SEIN LEBEN & SCHAFFEN« PROF. DR. DR. JOHANN WOLFGANG V. STAMMEL, ORDINARIUS FÜR NEUERE DEUTSCHE LITERATUR AN DER RHEINISCHEN UNIVERSITÄT KAPPES-HAMM
4. FELIX MENDELSSON-BARTHOLDY, ALLEGRO MODERATO CON MOTO IN CIS-MOLL OP. 571, DARGEBOTEN VOM LONDON SYMPHONY ORCHESTRA UNTER LEITUNG VON HANNS JOHANNES HERMANN
5. »ERINNERUNG AN HARRY«, WALBURGA WACKER
6. REZITATION ...
7. »HERMANN HARRY SCHMITZ – EIN MENSCH« DR. HEINZ WALTRAUD, VORSITZENDER DES GEMEINNÜTZIGEN VEREINS ZUR FÖRDERUNG DES ANDENKENS AN DEN GROSSEN DÜSSELDORFER DICHTERS HERMANN HARRY SCHMITZ E.V.
8. DENKMALENTHÜLLUNG UND TRAUERMARSCH AUS »NABUCCO« VON G. VERDI

1980 wird das Düsseldorfer Humboldt-Gymnasium kurzerhand, vorübergehend in „Hermann-Harry-Schmitz-Gymnasium" umbenannt. Aus Anlaß seines 100. Geburtstags gibt man auf einem Schulfest (20.9.) eine „Festfeier" mit „Denkmalenthüllung". Von ihrer Skurrilität her atmet die Festfolge ganz den Schmitz'schen Geist.

Daß die genannten Aktivitäten gerade an dieser Schule stattfinden, hat seinen besonderen Grund: Lehrern und Schülern ist bekannt, daß das Humboldt-Gymnasium der direkte Rechtsnachfolger des ehemaligen Hindenburg-Gymnasiums ist, an dessen Vorgänger, dem Städtischen Realgymnasium an der Klosterstraße, Hermann Harry Schmitz zuletzt in der Untertertia erfolglos die Schulbank drückte. So wird für die Teilnehmer der Schulfeier von 1980 die Tradition „ihrer Schule", spontan und lustvoll neu bewertet, zu einem Punkt der eigenen Identifikation.

Einladung zur Festfeier und Denkmalsenthüllung zum 100. Geburtstag von HHS im Düsseldorfer Humboldt Gymnasium, 20.9.1980. Sammlung Matzigkeit

Festfeier im Humboldt Gymnasium, 20.9.1980. Foto, Sammlung Matzigkeit

Festschrift zum 100. Geburtstag von HHS, Humboldt Gymnasium, Düsseldorf 1980. Sammlung Matzigkeit

Aus nächster Nähe. Oder: Neue Seiten eines wohlbekannten Herrn

Mein erster Kontakt mit Hermann Harry Schmitz war Anfang der 80-er Jahre. Ein befreundeter Kommilitone aus Düsseldorf macht mich auf den rheinischen Autor aufmerksam und drückt mir die 1972 erschienene Sonderausgabe aus dem Diogenes-Verlag in die Hand. Leseempfehlungen und literarischen Moden eher skeptisch gegenüber eingestellt, lasse ich mich darauf ein.

Sonderausgabe vom „Buch der Katastrophen" im Diogenes Verlag, 1972

Es ist eine ganz neue Welt, die mich schnell gefangen nimmt und mir den Weg zu einer auch damals noch untergründig schlummernden, lokalen Rezeptionstradition öffnet. Ich bin auf ein Phänomen gestoßen: da ist ein Schriftsteller, der – ohne erkennbare Einflußnahme oder Förderung durch örtliche kulturelle Institutionen – lebendiger Bestandteil einer durchaus heterogenen Düsseldorfer Identität ist.

Durch meine wachsenden persönlichen Kontakte zu den äußerst unterschiedlichen Repräsentanten der Schmitzianer komme ich diesen Dingen erst nach und nach auf die Spur, verstehe ihre Komplexität.

Die Idee zu einer kulturgeschichtlichen Ausstellung entsteht. Hermann Harry Schmitz soll nicht nur mit aussagekräftigen Bild- und Textdokumenten in seinem kurzen Lebensweg nachgezeichnet und sein Werk durch skurrile Exponate exemplifiziert werden. Er soll vielmehr als das erscheinen, was er in seinen stärksten Grotesken immer auch war: ein Seismograph von Zeitströmungen, die ihre Wurzeln in der eruptionsartig vollzogenen Industrialisierung haben. Es handelt sich beim Thema der Ausstellung also um das Nachvollziehen eines Bewußtseins- und Mentalitätsproblems, entstanden durch unvermittelten Wandel, eine Problemstellung, die Schmitz als übernervöser Chronist auf seine spezifische Weise ebenso komplex wie phantasiereich begleitet hat:

Seine Grotesken spiegeln die ersten Aus-wüchse des industriellen Zeitalters wider. Aber er hat auch die Gegenbewegungen im Blick, die sich um die vorvergangene Jahrhundertwende bereits heftig regen und unter dem Stichwort „Zurück zur Natur" zusammengefaßt werden können. Sein liebstes Haßobjekt ist allerdings der „Bürger", die soziale Schicht, der er selbst entstammt. All das, verbunden mit seiner persönlichen Apotheose am „Vorabend" des 1. Weltkriegs soll optisch erfahrbar zum Tragen kommen.

Durch Vermittlung eines jahrzehntelangen Schmitz-Verehrers, Josef Lodenstein und seiner Frau Cordula, kommt 1982 ein erster Kontakt zum Stadtmuseum Düsseldorf zustande. Aus Anlaß des 70. Todesjahres von Hermann Harry Schmitz wird ein Ausstellungstermin für die Laufzeit vom 26.5. bis zum 19.6.1983 festgelegt.

Verständlich, daß durch die damals bereits völlig verstreuten Nachlaßteile eine konzertierte Aktion notwendig wird, um den selbstgesetzten Ansprüchen der Ausstellung annäherungsweise gerecht zu werden. Interviews mit zahlreichen Kennern der Materie werden geführt, Exponate geortet, gesichtet und auf ihre Ausstellungstauglichkeit geprüft. Schließlich wird über die lokale Presse die Düsseldorfer Bevölkerung zur Mithilfe aufgefordert, bei der Beschaffung rarer Exponate, wie z.B. einer Kaffeemaschine der Jahrhundertwende, behilflich zu sein.

Alles in allem gerät es zu einem Aufwand, der bei „hochrangigeren" Autoren üblich ist. Bei Hermann Harry Schmitz, über dessen „Museumswürdigkeit" noch in der Phase der Ausstellungsvorbereitung vielerorts Zweifel bestehen, ist eine solche Anstrengung völlig ungewohnt.

Selbstverständlich sind die Exponate nicht per se sprechend. Sie müssen durch geeignete, erklärende Texte, den situativen Kontext der Exponate als einem komplexen Beziehungsgeflecht von sinndeutenden Reizen und durch eine „Ausstellungsarchitektur" bei damals schon knappen Mitteln zum sprechen gebracht werden. Ein großes Haus wie das Stadtmuseum birgt durch seinen riesigen Fundus natürliche Potentiale, die auch für Improvisationen nutzbar gemacht werden können.

Ebenso wichtig wie die instruktiv und unterhaltsam zusammengestellte Ausstellung wird die sie begleitende Publikation, die kaum auf substanzielle Vorläufer zurückgreifen kann. Zu diesem Zeitpunkt liegen fast ausschließlich einige wenige „Memorabilien" von Zeitgenossen vor, die den Autor durch ihre aufgesetzte, schwatzhafte Anekdotenseligkeit verniedlichen und ihn so als unbegreifbaren Exoten diskreditieren. In der neu zu erstellenden Arbeit werden stadt- und sozialgeschichtliche Szenarien den Hintergrund abgeben, um die vielfältigen Anregungen für die Motivwahl im Schmitz'schen Werk begreifbar und nachvollziehbar zu machen. Der individuellen, schöpferischen Leistung wird man damit jedoch nur zum Teil gerecht. Sicherlich – Schmitz' Rezeptoren sind auf die Erscheinungen seiner Zeit ausgerichtet, doch es kommt zu dieser Aufnahmebereitschaft noch etwas mehr hinzu: die eigenschöpferische Leistung.

Es ist überliefert, daß Hermann Harry Schmitz ein Unterhaltungskünstler von großem Format war. Seine Fähigkeit bestand darin, Wortwitz und Schlag-fertigkeit mit der Entwicklung grotesker Handlungsabläufe zu verknüpfen, um so die Zuhörer in seinen Bann zu ziehen. Seine Stärke lag gerade im mündlichen Vortrag, wo er glaubhaft und offenbar ohne jede Hemmung spontan die skurrilsten Ideen entwickeln konnte. Diese Leichtigkeit fehlte ihm beim Schreibprozeß. Hier standen ihm vermutlich seine literarischen Ambitionen im Weg. Zahlreiche Anläufe wurden von ihm unternommen, bis eine Geschichte seinen Ansprüchen genügte. Die wenigen, handschriftlichen Fragmente, die uns überliefert sind, mögen zur Stützung dieser These dienen. All das sollte in der Publikation vermittelt werden, um die Leistung seines kurzen Lebens hinreichend zu würdigen.

Publikation zur Hermann-Harry-Schmitz-Ausstellung im Stadtmuseum Düsseldorf, 26.5. – 19.6.1983

Erste Werkausgabe im Haffmans Verlag, Zürich 1988

Am Ende ist klar, daß das vorliegende Material trotz aller Bemühungen nur für eine erste kritische Annäherung reicht. Eine Monographie zu Hermann Harry Schmitz, die unter Einbeziehung der stark autobiographisch gefärbten Erzählungen und der weit verstreuten Spuren eine umfassende Würdigung von Leben und Werk versucht, stand indessen noch aus.

Warum meine Texte doch gedruckt wurden ...

Zunächst war es jedoch wichtig, das durch die Ausstellung geweckte Interesse an Hermann Harry Schmitz Texten wach zu halten. Stichpunktartige Vergleiche der zunächst nur sporadisch vorliegenden Zeitungsdrucke aus dem „Düsseldorfer General-Anzeiger" mit der Fassung später erschienener Buchausgaben, die zum größten Teil ja erst nach dem Tode von Hermann Harry Schmitz editiert wurden und so begreiflicherweise kaum dem ausdrücklichen Willen des Autors entsprachen, ergeben bald den Wunsch nach einer verläßlichen Werkausgabe. Eine systematische Suche im „Düsseldorfer General-Anzeiger" zwischen 1907 und 1913 schließt sich an. Hier war der größte Teil seiner grotesken Erzählungen erschienen. Beiläufig Aufgefundenes gesellt sich hinzu.

Eine äußerst zähe und langwierige Angelegenheit wird schließlich die Auswahl eines geeigneten Verlages. Ein erstes, spontanes Angebot kommt vom Düsseldorfer Überblick Verlag, der zur Ausstellung gleich ein Themenheft herausgebracht hatte. Der damalige Herausgeber Klaus Hang ist durch die Titelstory „Wer war Hermann Harry Schmitz?" für die inhaltlichen Möglichkeiten sensibilisiert. Ein Subskriptionszettel für eine zweibändige, kommentierte, bibliophile Ausgabe wird gedruckt und verteilt. Der Plan scheitert bald am notwendigen Geld. Auch der Editionsplan – die Werkausgabe soll ein Dreiviertel Jahr später vorliegen – erweist sich im nachhinein als illusorisch.

Noch während der Laufzeit der Ausstellung ergibt sich ein Kontakt zum damaligen Lektor des Claassen Verlags, Bruno Kehrein, der dem Projekt von Anfang an offen gegenübersteht. Letztlich kann er es aber im eigenen Haus nicht durchsetzen, das sich – unter dem Druck der Verlagsvertreter – zunehmend an schneller Gewinnmaximierung orientiert. Für Kehrein

und mich ist ab diesem Zeitpunkt allerdings klar: wir wollen das Projekt gemeinsam zu Ende führen.

Intensive Verhandlungen mit dem Multi Media Verlag in Dorsten und Verlagsbesuche bei Erb und Droste in Düsseldorf schließen sich an. Entweder ist das ambitionierte Projekt nach Auffassung der angesprochenen Verlage nicht finanzierbar oder der äußere Rahmen, in dem die Ausgabe veröffentlicht werden sollte, erscheint uns nicht angemessen. So sollte eine mögliche Ausgabe im Droste Verlag beispielsweise in der „lustigen Reihe" vorgelegt werden.

1986 suchen wir den direkten Kontakt zu dem Schweizer Verleger Gerd Haffmans. Er kennt die Prosa von Schmitz noch aus seiner Zeit als Cheflektor beim Diogenes Verlag und braucht von deren Qualitäten nicht erst überzeugt werden. Außerdem hat sich der junge Verlag durch sein ambitioniertes literarisches Programm im deutschen Sprachraum einen Namen gemacht. Es kommt zu einer Einigung und im Herbst 1988 liegt die erste, verläßliche Werkausgabe des Düsseldorfer Autors vor.

Allein durch die Farbgebung der Einbandgestaltung in rot, blau und gelb fällt die Edition auf. Die aggressiv makabren Einbandillustrationen von Nikolaus Heidelbach radikalisieren die bekannte Buchgestaltung von Emil Preetorius, die bereits die erste

Proben zur Schmitz-Groteske „No. 42. Ein Albdruck" vor dem Golzheimer Krug, September 1989. Foto: Franz Lethen

Ausgabe des „Säuglings" von 1911 aus dem Ernst Rowohlt Verlag ziert.

Die Publikation wird durch die Vollständigkeit der druckenswerten Texte, die Kommentierung unbekannter, veralteter Begriffe oder versteckter Anspielungen, die nur noch der „Schmitz-Experte" dechiffrieren kann, zu einer Referenzausgabe. Der Gebrauchswert erhöht sich durch den biographisch einordnenden Essay „Verzeihen Sie, ich bin eine Stricknadel" und die Bibliographie mit dem Nachweis sämtlicher Erstdrucke selbständiger und unselbständiger Schriften [bis zum Jahre 1988; in der Nachauflage bis 1996].

Von der Presse und den Medien wird die Werkausgabe gut aufgenommen. Besonders der öffentlich-rechtliche Rundfunk strahlt seither jedes Jahr regelmäßig drei bis vier Lesungen seiner Texte aus. Das hat natürlich auch Auswirkungen auf die zunächst zurückhaltend anlaufende Publikumsnachfrage im gesamten deutschen Sprachraum.

In Düsseldorf zeigt sich offenbar auch hier wieder ein lokales Spezifikum: Angespornt durch die ungeahnte Fülle des Schmitz'schen Œuvres finden sich im Rahmen des 5. Düsseldorfer Bücherbummels im September 1989 eine Reihe von Schmitz-Enthusiasten zusammen, um im Spiegelzelt an der Kö in einer „öffentlichen Welturaufführung" den grotesken Einakter „Nr. 42, ein Albdruck" darzubieten.

Dieses Stück, das die inhaltsleeren Formeln der Monarchie bloßstellt, war – wohl auch wegen seines Rollenreichtums – zum ersten und einzigen Mal zur Nikolaus-Kneipe des „Akademischen Vereins Laetitia" am 7. Dezember 1907 gegeben worden. Sicherlich – inzwischen war die inhaltliche Sprengkraft des Stückes durch den veränderten politisch-gesellschaftlichen Rahmen stark gemindert. Dennoch wird die Verwechslungskomödie, in der ein Irrer die Rolle des zu Besuch weilenden Monarchen übernimmt, vom Publikum als ein Hieb gegen falsche Autorität goutiert. Der Erfolg liegt nicht zuletzt darin begründet, daß einige stadtbekannte Persönlichkeiten die Rollen übernommen haben. U.a. schlüpft der damalige stellvertretende Kulturamtsleiter, Klaus Lehmann, selbstironisch in die Hauptrolle des debilen Königs, Cheviot des Vierten. So grotesk es klingen mag: die Breitenwirkung des Autors erreicht durch diese Aktion eine ganz neue Qualitätsstufe. Schmitz ist kein Geheimtipp mehr; er wird zum Stadtgespräch.

Eine Societät für die Groteske

Was zu diesem Zeitpunkt noch niemand weiß, ist, daß die Aufführenden wenig später zum Nukleus für die am 23.2.1990 spontan gegründete „Hermann Harry Schmitz Societät" werden. Die beteiligte Journalistin Gerda Kaltwasser schreibt dazu in der „Rheinischen Post":

> „Vereine werden heute nicht mehr spontan gegründet ... Nicht so der Verein, der an einem Altbiertisch an der Oststraße [„Schumacher"] in den Karnevalstagen gegründet wurde, der aber alles andere als närrisch ist ... Hermann Harry Schmitz ... geriet im vorigen Herbst in die Öffentlichkeit durch die Inszenierung, die einige seiner Fans beim Bücherbummel auf der Kö im September angezettelt hatten. ‚Nr. 42. Ein Albdruck' hieß das Stück von H.H.S., das weder kaisertreu noch staatsfromm war. Jetzt trafen sich etliche Mitwirkende und gründeten ... die ‚Hermann Harry Schmitz Societät', eine Gesellschaft zur Förderung von ‚Werk, Wort und Willen des Schriftstellers Hermann Harry Schmitz'. Der Jahresbeitrag wurde auf 42 Pfennig festgesetzt, Anspielung auf den Titel des Werkes ...".

Aus ihrer Satzung, die den gesetzlich geforderten Gegebenheiten Rechnung tragen muß, will sie ins Vereinsregister eingetragen werden, ergeben sich wenig Hinweise, die die „Hermann Harry Schmitz Societät" von einer gewöhnlichen literarischen Gesellschaft unterscheidet. Allein die Vorstandsfunktion des „Lustwarts", unnachahmlich ausgefüllt von dem bereits 1994 verstorbenen Rechtsanwalt Wolfhard Bode, läßt etwas von dem erahnen, wofür der Verein stehen soll: hedonistischer Aktionismus verbunden mit ätzender Zeitkritik im Sinne von Hermann Harry Schmitz, ein Ziel, das zumindest mit der Verleihung des „Stricknadel-Ordens", ausgelobt für die größte kommunalpolitische Katastrophe in Düsseldorf, ansatzweise erreicht wurde.

LITERATUR CAFÉ GROTESK
im Heinrich-Heine-
U-Bahnhof
Premiere der Theatergroteske
„Die Philosophen“
DAS MYSTERIUM DES SONNENSTICHS
von Hermann Harry Schmitz
Regie und Ausstattung
Rolf Doerr
Dramaturgie
und Konzept der
Michael Matzigkeit
Wilfried Menge
Stefanie Hermes
Technische Einrichtung
Ton & Licht, Düsseldorf
Hämorrhoid Ackermann, ein Denker,
Aufseher in einer Dynamitfabrik
Kaspahr Fröbel, ein Naivling,
an beiden Armen gelähmt
Blücher, Feldmarschall
Ein Oberpräsident
Eine überreife Leiche
Torsten

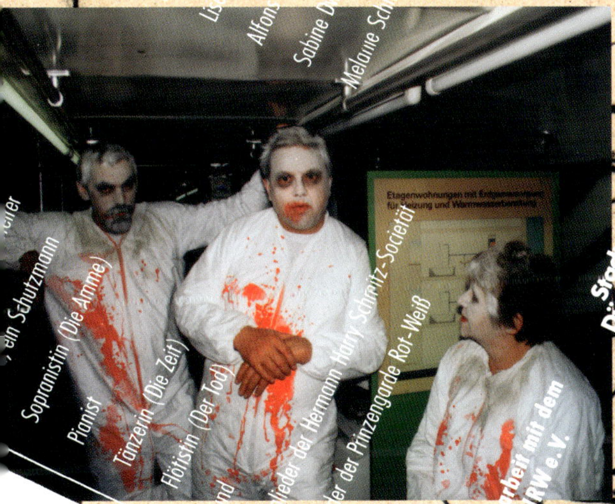

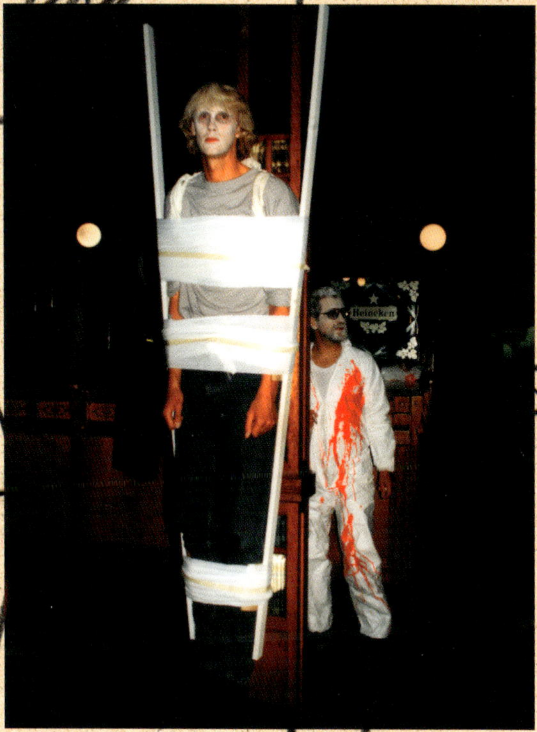

„Die Philosophen“ von HHS im Heinrich-Heine-U-Bahnhof, 28.11.1991. Regie: Rolf Doerr, Videoinstallation: Michael Matzigkeit, Fotos: Gerd Schlüter.

Der Lustwart der Hermann-Harry-Schmitz-Societät Wolfhard Bode während der Laudatio zum Stricknadelorden, 24.10.1992.
Foto: Gerd Schlüter

Der Schauspieler und Schmitz-Darsteller Frank Meyer, Köln, spricht vor dem Uhrenturm zur Eröffnung des „Hermann-Harry-Schmitz-Institutes", 1995.
Foto: Gerd Schlüter

Wohl in Ermangelung geeigneter Kandidaten und durch den Tod Bodes, wurde diese „Ehrung" 1994 ausgesetzt. Die Vergabe eines Stipendiums für eine literarhistorische Forschungsarbeit sollte sie ersetzen, wurde aber wohl nur einmal vergeben.

Bemerkenswert ist auch die wenig später festgelegte Struktur des Vereins. Über dreizehn zeitweise arbeitsfähigen Ausschüssen, darunter so bizarren Gebilden wie dem „Sackgassen-Ausschuß", dem „Briefmarken-Ausschuß" oder dem „Stricknadel-Ausschuß", haben als autonome Einheiten die Initiativen zur Erledigung ihrer spezifischen Aufgaben übernommen. So wird z.B. durch Eingaben in kommunale Entscheidungsgremien der Name Hermann Harry Schmitz in viele gesellschaftliche Bereiche getragen. Die häufig skurrile Präsentationsform der Initiative sichert die öffentliche Aufmerksamkeit.

Die Aktionen und Initiativen der „Societät" in allen Einzelheiten nachzeichnen zu wollen, würde hier zu weit führen. Diese wenigen Bemerkungen müssen daher genügen. Die publikumswirksamste Aktion der „Hermann Harry Schmitz Societät" war die bauliche Restaurierung und Übernahme des Uhrenturms auf der Grafenberger Allee als neues Domizil und „unabhängiges Kulturinstitut" dieser Stadt.

Zahlreiche Veranstaltungen, Lesungen, Konzerte und Ausstellungen konnten inzwischen am neuen Ort durchgeführt werden. Seit dem Tode von Wolfhard Bode und dem Rückzug ihres ersten Präsidenten Klaus Lehmann aus der Vereinspolitik schienen indessen die integrativen Zentren für die Gruppe verloren zu sein. Dennoch schliefen die Aktivitäten nicht ein und - inspiriert durch den subversiven Geist eines Hermann Harry Schmitz – zeigt sich, daß auch das langfristig angelegte Ziel der Societät, den Namenspatron in der öffentlichen Diskussion zu halten, immer wieder erreicht werden konnte, u. a. in den Jahren 2000, 2001 und 2003.

So trägt die Abendrealschule an der Rückertstraße 6 seit dem 14. Dezember 2000 den Namen „Hermann-Harry-Schmitz-Weiterbildungskolleg der Stadt Düsseldorf – Abendrealschule". Bereits der Programmzettel des Chaos-Namensgebungs-Festes, das am 2. Juli 2001 festlich begangenen wurde, legt nahe, daß die Societät an diesem Prozeß der Namensfindung maßgeblich beteiligt war. Diskussionspro-

Der Uhrenturm wird zum Domizil der „Hermann-Harry-Schmitz-Societät", 1995. Foto: Gerd Schlüter

zesse waren eingeleitet worden, die bald ein Eigenleben zu entfalten begannen.

Bemerkenswert erscheinen in diesem Zusammenhang die schriftlich formulierten Motive der Schule zur Namenswahl, die in Form eines Handzettels vorliegen. Hier wird deutlich, daß es sich bei der Namensverleihung ausnahmsweise nicht um einen reinen Verwaltungsakt des Schulausschusses der Landeshauptstadt Düsseldorf handelte, sondern breitester Konsens erzielt werden konnte:

Werbeblatt des Hermann-Harry-Schmitz-Weiterbildungskollegs zum 14.12.2000

„ ... Die besondere Bedeutung einer solchen Namensgebung für unsere Schule, die den nachträglichen Erwerb des Hauptschulabschlusses und der Fachoberschulreife ermöglicht, wurde intensiv diskutiert. Die Benennung des Bildungsgangs Abendrealschule nach Hermann Harry Schmitz, dem Düsseldorfer Dichter und Groteskenschreiber, wurde gut und passend gefunden, da dieser seine Schule auch mit dem ‚Einjährigen' verließ.

Schülerinnen, Schüler und das Kollegium machten sich auf verschiedenen Ebenen und besonderen Schulveranstaltungen genauer über Leben und Werk des Autors kundig.

Dabei stellte sich heraus, dass Hermann Harry Schmitz' biographische und schulbiographische Schwierigkeiten und Konflikte den Bildungsverläufen vieler unserer Teilnehmerinnen und Teilnehmer nicht unähnlich sind. Alle kamen daher zur Überzeugung, dass sich gerade dieser Autor für unsere Schule als besonders identifikationsstiftend erweist.

Trotz aller persönlichen und gesundheitlichen Krisen zeigt Hermann Harry Schmitz' Biographie Durchhaltevermögen, Zielstrebigkeit und unablässiges Festhalten an Weiterbildung. Dieser Haltung kommt ein besonderer Vorbildcharakter für unsere Teilnehmer zu.

Seine literarische Auseinandersetzung mit Technik und Massenkonsum, mit bürgerlichen Lebenszwängen oder bürokratischen Systemen kann unsere Teilnehmerinnen und Teilnehmer herausfordern, eigene Antworten auf diese immer noch aktuellen Fragen zu finden ...."

Die Direktorin des Hermann-Harry-Schmitz-Weiterbildungskollegs Frau Burgard eröffnet das Chaos-Namensgebungs-Fest, 2.7.2001.
Foto: Gerd Schlüter

Nach einer solchen gemeinschaftlichen inhaltlichen Auseinandersetzung verwundert es wenig, daß „der Vorschlag, die Schule nach dem Düsseldorfer Literaten und Satiriker Hermann Harry Schmitz zu benennen, innerhalb der Schülerschaft und dem Kollegium großen Nachhall" fand.

Rechtzeitig zum Bücherbummel (14.–17.6. 2001) konnte die „Hermann Harry Schmitz Societät" ihre eigene Homepage (www.hermann-harry-schmitz. de) vorstellen. In einer sinnvollen Verknappung und adäquaten optischen Aufbereitung, die den Nutzungsgewohnheiten von Internet-Usern gerecht wird, können sich Interessierte einen Eindruck vom Autor, seiner Zeit und Inhalten und Zielen der HHSS machen.

Als Geniestreich – oder war es nur ein Altherrenwitz? – gab das Präsidium der Societät 2001 die Selbstauflösung und Reformierung der Hierarchiespitze bekannt. Unter der Zwischenüberschrift „Nach dem Vorbild der Kriegsmarine" berichtet Gerda Kaltwasser:

„ ... Bei der Jahresversammlung (4.7.2001) wurde der Präsident abgeschafft und durch zwei Ehrenpräsidenten, Klaus Lehmann und Wolfgang Steinhoff, beides Gründungsvorstands-Mitglieder, ersetzt. Ihnen gegenüber sitzt nunmehr, nach dem Vorbild des Konteradmirals bei der Kriegsmarine, der Konterpräsident mit Namen Dr. Bernhard Piltz ...."

Hermann Harry Schmitz wäre dazu sicherlich ein treffender Kommentar eingefallen... Vielleicht: Salud für Platzmajor von Schnitzel!

Auch der Sackgassen-Ausschuß konnte 2003 zumindest teilweisen Vollzug seines jahrelangen Vorhabens und damit seine Auflösung vermelden. Zwar fand der ursprünglich angestrebte Name „Hermann-Harry-Schmitz-Sackgasse" nicht ganz das Wohlwollen der Kommunalvertreter. Dennoch trägt eine Straße in Oberbilk seit 2003 seinen Namen, eine öffentliche Aktion, die von den Schülern des Hermann Harry Schmitz Weiterbildungskollegs festlich begleitet wurde.

„Verzeihen Sie, ich bin eine Stricknadel!" Schmitz-Interpret Frank Meyer in seiner Paraderolle als couragierter Wurm, 2.7.2001. Foto: Gerd Schlüter

Ein Schüler des HHS-Weiterbildungskollegs rappt „Toni Bender, der Defraudant", 2.7.2001. Foto: Gerd Schlüter

Der Vorsitzende der Hermann-Harry-Schmitz-Societät Klaus Lehmann weiht die Homepage des Vereins ein. Juni 2001. Foto: Gerd Schlüter

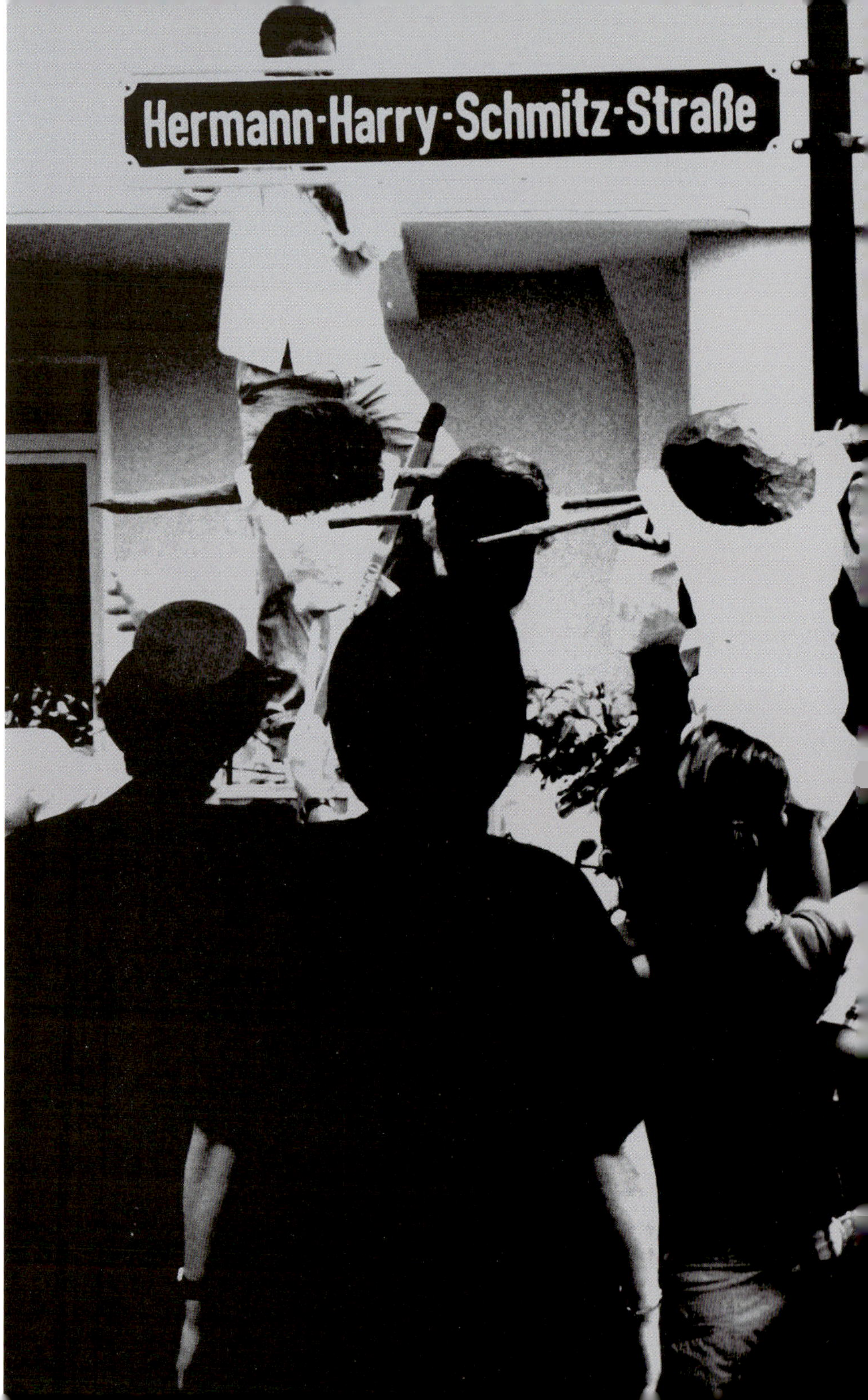

Einweihung der
Hermann-Harry-Schmitz-Straße
in Oberbilk am 23.7.2003.
Foto: Gerd Schlüter

Ausblicke

Die naturwüchsige Schmitz-Rezeption, die in Düsseldorf sicherlich die zählebigste war und ist, hat Unterstützung sowohl von organisierter Seite als auch von ein paar Einzelgängern bekommen. Stimmte der Vorwurf von Presse und Schmitz-Freunden bis vor wenigen Jahren noch, der Autor sei in keinem Literaturlexikon vertreten, ist seit einiger Zeit auch diese Forderung erfüllt. Einschlägige Lexika wie der „Killy" oder auch Spezialbibliographien haben ihn für wert befunden, aufgenommen zu werden. Er ist inzwischen zu einem Autor geworden, der selbst unabhängig von den Aktivitäten der „Societät" ein Eigenleben entwickelt, das den Kenner verblüfft. So ist Hermann Harry Schmitz inzwischen mit allen bisher greifbaren Texten im Internet vertreten, eine Raubrittergeste, die auf pikante Weise für die Relevanz seines Werkes spricht. Vielleicht hätten ihm die Präsentationsmöglichkeiten dieses Mediums gefallen.

Forever young!

Hermann Harry Schmitz – Bibliographie

I. FUNDORTE

Heimatverein Bilker Heimatfreunde, Düsseldorf

Heinrich-Heine-Institut, Düsseldorf

Stadtarchiv Düsseldorf

Theatermuseum der Landeshauptstadt Düsseldorf

Yale University – Beinecke Rare Book And Manuscript Library, Yale Collection Of German Literature, Kurt Wolff Archive

II. SELBSTSTÄNDIGE VERÖFFENTLICHUNGEN

Hermann Harry Schmitz: Der Säugling und andere Tragikomödien.

Mit einer Einbandzeichnung von **Emil Preetorius**.

Enthält: Der Säugling.- Die Taufe.- Die vorzügliche Kaffeemaschine.- O Gott, bei Benders ist Hausputz.- Was Tante Gottmeih Schlüngel in der Stadt passierte.- Der Einbruch.- Onkel Willibald will baden.- Das verliehene Buch.- Die Promenade.- Der überaus vornehme Friseur.- Von Männern, die an Schaltern sitzen.- Die Bahnhofsmission.- Die geteerte Straße.- Als ich gen Italien fuhr. – Kennen Sie das Land, wo die Zitronen blühen? – Im Riviera Splendid Palace.- Ventimiglia, Ventimiglia oder Haben Sie nichts zu verzollen? – Herbsttage am Rhein.- Wie es kompliziert war, bis ich in die Sommerfrische kam.- Was mir an der Table d' hôte in der Sommerfrische passierte.- Von meiner Lunge.- Im Sanatorium.- Der Blinddarm – ein Fluch.

1.1 Leipzig: Ernst Rowohlt, 1911.
1.2 Leipzig: Ernst Rowohlt, 1911.
1.3 Leipzig: Ernst Rowohlt, 1912.

Textidentischer Neudruck mit neuem Satzspiegel:

1.4. Leipzig: Kurt Wolff, 1913.
1.5 Leipzig: Kurt Wolff, 1916.
1.6 Leipzig: Kurt Wolff, 1917; 9.–15. Tausend.
1.7 Leipzig: Kurt Wolff, 1918; 16.–25. Tausend.
1.8 München: Kurt Wolff, 1921; 26.–30. Tausend.
1.9 München: Kurt Wolff, 1922; 31.–35. Tausend.
1.10 München: Kurt Wolff, 1924; 36.–40. Tausend.
1.11 München: Kurt Wolff, 1927; 41.–43. Tausend.
1.12 München: Kurt Wolff, 1928; 44.–46. Tausend.

Mit neuer Einbandgestaltung von Emil Preetorius; die alte Einbandzeichnung wurde nach rasseideologischen Vorgaben verändert.

1.13 München: Verlag für zeitlichen Fortschritt, 1935; 47.–49. Tausend.

Mit einem Vorwort des Herausgebers **Victor M. Mai**. Die Ausgaben wurden unter politischen Gesichtspunkten stark bearbeitet.

1.14 München: Fortschritt – Sprachenverlag Richard Pille, 1940; 50.–54. Tausend.
1.15 München: Fortschritt – Sprachenverlag Richard Pille, 1943; 55.–59. Tausend.

Hermann Harry Schmitz:
Buch der Katastrophen.

Mit einem Vorwort des Herausgebers **Victor M. Mai** und einem Geleitwort von **Herbert Eulenberg**. Einbandgestaltung von **Emil Preetorius**.

Enthält: Aus einem rheinischen Städtchen: Turbine Muhlmann. Das Elslein von Caub.- Der gute Mensch.- Onkel Bogumil trinkt.- Die Bluse.- Vom treuen Leser.- Lillichens Verlobung.- Der Tierfreund.- Die vierbeinige Gefahr.- Theater.- Der interessante Kopf.- Beethoven.- Das Denkmal Noahs.- Wie ich mich entschloß, auf den Händen zu gehen.- Die Diva und die Notbremse.- Umzug.- Das neue Auto.- Feine Gesellschaft.- Hitze! Hitze! Drei Fabeln ohne Moral: Der Fuchs und die Trauben. Der Hahn und der Wurm. Die Rangierlokomotive und der Prellbock.- Der Mann mit dem verschluckten Auge.

2.1 Leipzig: Kurt Wolff, 1916; 1.–5. Tausend.
2.2 Leipzig: Kurt Wolff, 1917; 6.–11. Tausend.
2.3 Leipzig: Kurt Wolff, 1918; 12.–21. Tausend.
2.4 München: Kurt Wolff, 1922; 22.–26. Tausend.
2.5 München: Kurt Wolff, 1926; 27.–29. Tausend.
2.6 München: Kurt Wolff, 1929; 30.–32. Tausend.

Mit einem neuen Vorwort des Herausgebers **Victor M. Mai**, einem bearbeiteten Geleitwort von Herbert Eulenberg und mit neuer Einbandgestaltung von **Emil Preetorius**; die alte Einbandzeichnung wurde nach rasseideologischen Vorgaben verändert. Die Ausgaben wurden zudem unter politischen Gesichtspunkten stark bearbeitet:

2.7 München: Fortschritt - Sprachenverlag Richard Pille, 1940; 33.–37. Tausend.
2.8 München: Fortschritt - Sprachenverlag Richard Pille, 1943; 38.–42. Tausend.

Hermann Harry Schmitz:
Der Säugling; Die vorzügliche Kaffeemaschine.

Satz, Druck, handkolorierte, handsignierte Holzschnitte und Bindearbeit von **Irmingard Straub**.

Enthält: Der Säugling; Die vorzügliche Kaffeemaschine.

3.1 ohne Ort, 1923. – 22 S.; 8°;
(Nicht im Handel erschienen; aus: Schmitz: Der Säugling. München. K. Wolff; Die Deutsche Bibliothek--IDN: 356067262). –

Hermann Harry Schmitz:
Von Männern, die an Schaltern sitzen.

Umschlaggestaltung von Hugo Steiner-Prag.

Enthält: Von Männern, die an Schaltern sitzen.

4.1 Köln: DuMont Schauberg, 1928. Beigabe zur Lotterie der Internationalen Presse-Ausstellung, Köln 1928, Band 1.
4.2 Düsseldorf: D. Neveling, 1990. Unveränderter Nachdruck, herausgegeben von Klaus Lehmann zum 9. Oktober 1990 aus Anlaß seines 50. Geburtstages.

Hermann Harry Schmitz / Victor M. Mai: Professor Mauzfies und andere Tragödien.

Mit einem Vorwort des Herausgebers **Victor M. Mai** und einer Einbandzeichnung von **Emil Preetorius**. Drei der dort abgedruckten Texte verfaßte Mai selbst; sie sind jedoch nicht besonders gekennzeichnet. Einige der Schmitz'schen Texte wurden von Mai stark bearbeitet.

Enthält von Hermann Harry Schmitz: Professor Mauzfies.- Stilles Villenviertel.- Herr Durchschuß, mein Todfeind.- Der Prophet auf Capri.- Jerobeams Daumen.- Circulus vitiosus.- Die Flucht ins Nichts.- Der Platz an der Sonne.

5. München: Fortschritt – Sprachenverlag Richard Pille, 1941; 1.–5. Tausend.

Hermann Harry Schmitz: Der Säugling und andere Katastrophen.

Mit einem Vorwort des Herausgebers **Heinz Stolz**. Einige Texte wurden von Stolz stillschweigend gekürzt. Einband- und Vorsatzgestaltung von Heinz Edelmann.

Enthält: Der Säugling.- Die geteerte Straße.- Das verliehene Buch.- Tante Gottmeih im Theater.- Die vorzügliche Kaffeema-schine.- Hausputz bei Benders.- Großer Umzug.- Das neue Auto.- Wie ich mich entschloß, auf den Händen zu gehen.- Ventimiglia, Ventimiglia oder Haben Sie nichts zu verzollen? – Der Schönheitsapostel (aus »Professor Mauzfies«).- Von meiner Lunge.- Der Blinddarm – ein Fluch! – Der Mann mit dem verschluckten Auge.- Der überaus vornehme Friseur.- Der interessante Kopf.- Die Bluse.- Die Diva und die Notbremse.- Zwei Fabeln ohne Moral: Der Hahn und der Wurm. Die Rangierlokomotive und der Prellbock.- Lillichens Verlobung.

6. Düsseldorf: Droste, 1964.

Hermann Harry Schmitz: Die Taufe und andere Katastrophen.

Mit einem Nachwort von **Karl Heinz Berger**. Einbandgestaltung und Textillustrationen von **Horst Hussel**.

Enthält: Die vorzügliche Kaffeemaschine.- Das verliehene Buch.- Onkel Willibald will baden.- Der Säugling.- Die Taufe.- Umzug.- Das neue Auto.- Der überaus vornehme Friseur.- Von Männern, die an Schaltern sitzen.- Die Diva und die Notbremse.- Die Bluse.- Wie ich mich entschloß, auf den Händen zu gehen.- Feine Gesellschaft.- Wie es kompliziert war, bis ich in die Sommerfrische kam.- Was mir in der Sommerfrische passierte.–– Kennen Sie das Land, wo die Zitronen blühen? Der Tierfreund.- Onkel Bogumil trinkt.- Der Blinddarm – ein Fluch! – Im Sanatorium.- Drei Fabeln ohne Moral: Der Fuchs und die Trauben. Der Hahn und der Wurm. Die Rangierlokomotive und der Prellbock.

7.1 Berlin (DDR): Eulenspiegel, 1965; 1.–5. Tausend.

7.2 Berlin (DDR): Eulenspiegel, 1974; 6.–13. Tausend.

Hermann Harry Schmitz: Wie ich mich entschloß, auf Händen zu gehen.

Mit einer Einband- und sechs Textillustrationen.

8. Zürich: Dölf Hürlimann, 1966. (Jahresgabe der Handsetzerei Dölf Hürlimann).

Hermann Harry Schmitz: Buch der Katastrophen.

Mit einem Vorwort des Herausgebers **Otto Jägersberg**. Einbandgestaltung und Textillustrationen von **Horst Hussel**.

Enthält: Der Säugling.- Die Taufe.- Das verliehene Buch.- Lillichens Verlobung.- Die Bluse.- Feine Gesellschaft.- Der gute Mensch.- Der Tierfreund.- Die vierbeinige Gefahr.- Die vorzügliche Kaffeemaschine.- Die Diva und die Notbremse.- Umzug.- Das neue Auto.- Onkel Willibald will baden.- Wie es kompliziert war, bis ich in die Sommerfrische kam.- Was mir an der Table d'hôte in der Sommerfrische passierte.- Kennen Sie das Land, wo die Zitronen blühen? – Von Männern, die an Schaltern sitzen.- Die geteerte Straße.- Der überaus vornehme Friseur.- Die Bahnhofsmission.- Im Sanatorium.- Der Mann mit dem verschluckten Auge.- Der Blinddarm - ein Fluch!

9.1 Zürich: Diogenes, 1966; 1.–4. Tausend.
9.2 Zürich: Diogenes, 1972; 5.–12. Tausend. (Sonderausgabe).
9.3 Zürich: Diogenes, 1978; 13.–22. Tausend. (Taschenbuch).
9.4 Zürich: Diogenes, 1981; 23.–26. Tausend. (Taschenbuch).
9.5 Zürich: Diogenes, 1983; 27.–28. Tausend. (Taschenbuch).
9.6 Zürich: Diogenes, 1987; 29.-–36. Tausend. (Taschenbuch).
9.7 Zürich: Diogenes, 1993; 37.–42. Tausend. (Taschenbuch).

Hermann Harry Schmitz: Katastrofale Verhalen.

Mit einem Vorwort des Herausgebers **Otto Jägersberg**. Übersetzung ins Niederländische von **Gerrit Komrij**. Einbandgestaltung von **Hans Buys**, Textillustrationen von **Horst Hussel**.

Enthält: De zuigeling.- De doop.- Het uitgeleende boek.- De verloving van Lilith.- De blouse.- High Society.- Het gouden hart.- De dieren-vriend.- Het gevaar op vier benen.- Het voortreffelijke koffieapparaat.- De diva en de noodrem.- Verhuizing.- De nieuwe auto.- Oom Willibald wil in bad.- Hoe gecompliceerd het was voor ik mijn vacantiedoel bereikte.- Wat mij aan de table d'hôte in mijn vacantiedoel overkwam.- Kent u het land, waar de citroenen bloeien? - Over mannen die achter loketten zitten.- De geteerde straat.- De o zo voorname coiffeur.- De stationszending.- In het sanatorium.- De man met het ingeslikte oog.- De blindedarm – een vloek!

10. Amsterdam: Van Ditmar, 1968; Übersetzung von 9.

Hermann Harry Schmitz: Feine Gesellschaft und andere Katastrophen. Vierundzwanzig tragikomische Geschichten.

Mit einem Vorwort des Herausgebers **Otto Jägersberg**. Einbandgestaltung und Textillustrationen von **Horst Hussel**.

Enthält: Der Säugling.- Die Taufe.- Das verliehene Buch.- Lillichens Verlobung.- Die Bluse.- Feine Gesellschaft.- Der gute Mensch.- Der Tierfreund.- Die vierbeinige Gefahr.- Die vorzügliche Kaffeemaschine.- Die Diva und die Notbremse.- Umzug.- Das neue Auto.- Onkel Willibald will baden.- Wie es kompliziert war, bis ich in die Sommerfrische kam.- Was mir an der Table d'hôte in der Sommerfrische passierte.- Kennen Sie das Land, wo die Zitronen blühen? – Von Männern, die an Schaltern sitzen.- Die geteerte Straße.- Der überaus vornehme Friseur.- Die Bahnhofsmission.- Im Sanatorium.- Der Mann mit dem verschluckten Auge.- Der Blinddarm – ein Fluch!

11. Zürich: Buchclub Ex Libris, 1976;
ungekürzte Lizenzausgabe von 9.

Hermann Harry Schmitz: Katastrofale Verhalen.

Übersetzung ins Niederländische von **Gerrit Komrij**. Einbandgestaltung und Textillustrationen von **Joost Roelofsz**. Ohne Vorwort von **Otto Jägersberg**; sonst textidentisch mit 10 in neuer Abfolge.

Enthält: Het voortreffelijke koffieapparaat.- Over mannen die achter loketten zitten.- De blouse.- Het uitgeleende boek.- De verhuizing.- Hoe gecompliceerd het was voor ik mijn vacantiedoel bereikte.- Wat mij aan de table d'hôte in mijn vacantiedoel overkwam.- Kent u het land, waar de citroenen bloeien? - De verloving van Lilith.- Het gouden hart.- De nieuwe auto.- De geteerde straat.- De diva en de noodrem.- De dierenvriend.- De zuigeling.- High Society.- De o zo voorname coiffeur.- In het sanatorium.- De blindedarm - een vloek! - Het gevaar op vier benen.- De doop.- De stationszending.- Oom Willibald wil in bad.- De man met het ingeslikte oog.

12. Amsterdam: Uitgeverij De Arbeiderspers/Grote ABC, 1977.

Hermann Harry Schmitz: Wie ich mich entschloß, auf Händen zu gehen. 30 Katastrophengeschichten.

Mit einem Nachwort der Herausgeber **Alice** und **Karl Heinz Berger**. Einbandgestaltung und Textillustrationen von **Horst Hussel**.

Enthält: Der Säugling.- Die Taufe.- Onkel Willibald will baden.- Die Bahnhofsmission.- Die Bluse.- Der überaus vornehme Friseur.- Feine Gesellschaft.- Die Promenade.- Die Diva und die Notbremse.- Von Männern, die an Schaltern sitzen.- Das neue Auto.- Die vorzügliche Kaffeemaschine.- Umzug.- Wie ich mich entschloß, auf Händen zu gehen.- Die geteerte Straße.- Der Blinddarm – ein Fluch! – Der Tierfreund.- Hitze! Hitze! – Drei Fabeln ohne Moral.- Onkel Bogumil trinkt.- Wie es kompliziert war, bis ich in die Sommerfrische kam.- Was mir an der Table d'hôte in der Sommerfrische passierte.- Als ich gen Italien fuhr.- Kennen Sie das Land, wo die Zitronen blühen? – Im Sanatorium.- Vom treuen Leser.- Das verliehene Buch.- Lillichens Verlobung.- Der interessante Kopf.- Das Denkmal Noahs.

13.1 Berlin (DDR): Eulenspiegel, 1987.
13.2 Berlin (DDR): Eulenspiegel, 1989.
13.3 Berlin: Eulenspiegel–Das Neue Berlin, 1999.

Hermann Harry Schmitz: Die Bluse und andere Grotesken. Sämtliche Werke Band 1.

Mit Anmerkungen, einer editorischen Notiz der Herausgeber **Bruno Kehrein** und **Michael Matzigkeit** und einem biographischen Nachwort von **Michael Matzigkeit**. Einbandgestaltung von **Nikolaus Heidelbach**.

Enthält: Das verliehene Buch.- Der Einbruch.- O Gott, bei Benders ist Hausputz! - Der Säugling.- Die Bahnhofsmission.- Die Promenade.- Von Männern, die an Schaltern sitzen.- Die geteerte Straße.- Die feine Gesellschaft – die feine Gesellschaft.- Vom treuen Leser.- Herr Durchschuß – mein Todfeind oder: Wie ich Plagiator wurde.- Der überaus vornehme Friseur.- Das Denkmal Noahs.- Was Tante Gottmeih Schlüngel in der Stadt passierte.- Vom Hosenrock.- Warum mein Beitrag ungeschrieben blieb.- Die Büste.- Theater.- Die Bluse.- Der Hutnadelkrieg.- Der interessante Kopf.- Hitze! Hitze! – Die vorzügliche Kaffeemaschine.- Wie ich mich entschloß, auf den Händen zu gehen.- Der Umzug.- Die Diva und die Notbremse.- Das neue Auto.- Die vierbeinige Gefahr.- Der Tierfreund.

14.I.1 Zürich: Haffmans, 1988;
1.–4. Tausend.

Mit Anmerkungen der Herausgeber **Michael Matzigkeit** und **Bruno Kehrein**. Einbandgestaltung von **Theodor Bayer-Eynck**.

14.I.2 Düsseldorf: Econ, 1996; 1.–5. Tausend.

Hermann Harry Schmitz: Reisen und andere Katastrophen. Sämtliche Werke Band 2.

Mit Anmerkungen der Herausgeber **Bruno Kehrein** und **Michael Matzigkeit**. Einbandgestaltung von **Nikolaus Heidelbach**.

Enthält: Die Taufe.- Lillichens Verlobung.- Das stille Villenviertel.- Der gute Mensch.- Onkel Bogumil trinkt. Eine stark alkoholhaltige Geschichte.- Wie es kompliziert war, bis ich in die Sommerfrische kam.- Wie es noch weiter kompliziert war, bis ich in die Sommerfrische kam.- In der Sommerfrische. Mein erster Tag an der Table d'hôte und was daraus entstand.- Herbsttage am Rhein.- Aus einem rheinischen Städtchen: Turbine Muhlmann. Das Elslein von Caub.- Als ich gen Italien fuhr.- Kennen Sie das Land, wo die Zitronen blühen? – Ventimiglia,Ventimiglia oder: Haben Sie nichts zu verzollen? – Im Riviera Splendid Palace oder: Mein Debüt als Hoteldieb.- Im Kater Hiddigeigei.- O Rom, o Rom! – Von alten Frauen, Pferden und mißhandelter Kunst.- Im Sanatorium.- Onkel Willibald will baden.- Der Mann mit dem verschluckten Auge.- Von meiner Lunge.- Der Blinddarm – ein Fluch!

14.II.1 Zürich: Haffmans, 1988; 1.–4. Tausend.

Mit Anmerkungen der Herausgeber **Michael Matzigkeit** und **Bruno Kehrein**. Einbandgestaltung von **Theodor Bayer-Eynck**.

14.II.2 Düsseldorf: Econ, 1996; 1.–5. Tausend.

Hermann Harry Schmitz: Der Ästhet und andere Tragikomödien. Sämtliche Werke Band 3.

Mit Anmerkungen der Herausgeber **Bruno Kehrein** und **Michael Matzigkeit** und einer Bibliographie von **Michael Matzigkeit**. Einbandgestaltung von **Nikolaus Heidelbach**.

Enthält: Der Fremde.- Circulus vitiosus.- Der Aesthet. Eine immerhin recht merkwürdige Geschichte.- Nr. 42. Ein Alpdruck.- Die Philosophen. Das Mysterium des Sonnenstichs.- ...ist wohlgetan, ...ist wohlgetan.- Titti, das Schneelämmchen auf der Pfarrwiese.- Drei Fabeln ohne Moral: Der Fuchs und die Trauben. Der Hahn und der Regenwurm.- Die Rangierlokomotive und der Prellbock.- Die Geschichte mit Jerobeams Daumen.- Bäcker Bauke und der Buhmann.- Vereinfachung im Eisenbahn-Verkehr.- Herbert Eulenbergs »Ritter Blaubart« auf den Hagener Festspielen.- Fuegos Fatuos. Fragment aus dem Leben eines phantasierenden Müßiggängers.- Der Mann mit der Maske.- Hanns Heinz Ewers als Reiseschriftsteller.- Eine Eulenberg-Premiere in Koblenz.- Katinka, die Fliege. Herbert Eulenbergs neuer Roman.- Renaissance.- Ein telepathisches Phänomen.- Gedichte: Anemonen. Frühling. Die Angst.

14.III.1 Zürich: Haffmans, 1988; 1.–4. Tausend.

Mit Anmerkungen der Herausgeber **Michael Matzigkeit** und **Bruno Kehrein** und einer aktualisierten Bibliographie von **Michael Matzigkeit**. Einbandgestaltung von **Theodor Bayer-Eynck**.

14.III.2 Düsseldorf: Econ, 1996; 1.–5. Tausend.

Hermann Harry Schmitz: Der Säugling und andere Katastrophen.

Umschlaggestaltung und Textillustrationen von **Luise Wulff**.

Enthält: Der Säugling.- Der Einbruch.- Feine Gesellschaft.- Der gute Mensch.- Die Bluse.- Umzug.- Der Blinddarm – ein Fluch!- Das neue Auto.- Die geteerte Straße.

15. Gütersloh: Bertelsmann Club GmbH u.a., o.J. [1988]

Hermann Harry Schmitz: Die Philosophen.

Zum Druck befördert durch die Hermann-Harry-Schmitz-Societät. Der Öffentlichkeit vorgestellt am 12. Juli 1991, dem 111. Geburtstag des Dichters Hermann Harry Schmitz. 9 vom Stock gedruckte Holzschnitte – davon zwei farbig – von **Wolfgang E. Herbst**.

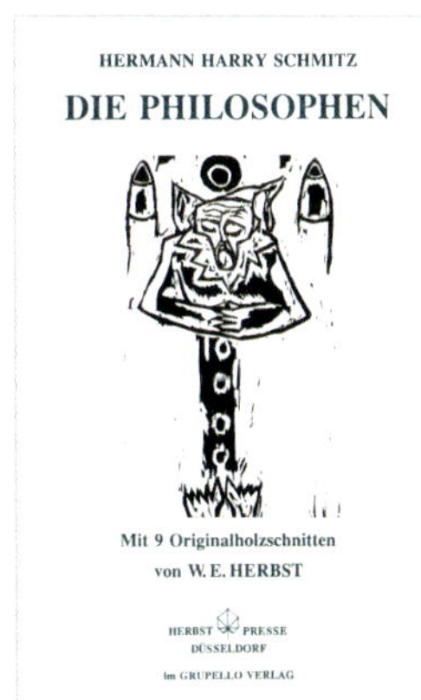

16. Düsseldorf: Herbst Presse Düsseldorf im Grupello Verlag, 1991; 142 nummerierte, vom Künstler handsignierte Exemplare

Als Separatauflage gleichzeitig erschienen:
Wolfgang E. Herbst: 9 Original-Holzschnitte zu „Die Philosophen" von Hermann Harry Schmitz. Düsseldorf: Herbst Presse, 1991; Auflage: 10, vom Künstler nummerierte und handsignierte Exemplare

Hermann Harry Schmitz: Das Buch der Katastrophen.

33 Irrzählungen

Ausgewählt, präsentiert und benachwortet von **Frank Meyer** im Auftrag der Hermann-Harry-Schmitz-Societät. Einbandillustration von **Nikolaus Heidelbach**.

Enthält: Der Säugling.- Die Taufe.- Die vorzügliche Kaffeemaschine.- O Gott, bei Benders ist Hausputz! – Lillichens Verlobung – eine wahrhaft brave Geschichte.- Die geteerte Straße.- Die Promenade.- Der überaus vornehme Friseur.- Von Männern, die an Schaltern sitzen.- Wie es kompliziert war, bis ich in die Sommerfrische kam.- In der Sommerfrische – Mein erster Tag an der Table d'hôte und was daraus entstand.- Als ich gen Italien fuhr.- Kennen Sie das Land, wo die Zitronen blühen? – Herr Durchschuß – mein Todfeind.- Was Tante Gottmeih Schlüngel in der Stadt passierte.- Der interessante Kopf.- Das Denkmal Noahs.- Im Sanatorium.- Von meiner Lunge.- Der Binddarm – ein Fluch!- Die Bluse.- Die Diva und die Notbremse.- Hitze! Hitze!- Der Mann mit dem verschluckten Auge.- Der Umzug.- Das neue Auto.- Nr. 42 – Ein Albdruck.- Die Philosophen – Das Mysterium des Sonnenstichs.- ...ist wohlgetan ... ist wohlgetan.- Fabeln ohne Moral.- Vereinfachung im Eisenbahnverkehr.

17. Düsseldorf: L + L Verlag, 1996; 1.–4. Tausend.

Hermann Harry Schmitz: Die Bluse. Eine Tragikomödie.

Gestaltet von **Alexandra Engelberts**.

18. Frankfurt/Main: Anabas-Verlag, 1998.

Hermann Harry Schmitz: Ich bin der drittgrößte Mann des Jahrhunderts.

Texte aus dem Nachlaß. Mit Zeichnungen des Autors und 7 Illustrationen von **Thomas Klefisch**. Herausgegeben von **Bernd Kortländer**.

Enthält: Toni Bender, der Defraudant.- Notizen zur Moritat.- Von fliegenden Menschen.- Der Wasserkrahnen.- Fragment: die für die wüste noch nicht reif sind... – In der Nähe des Residenzstädtchens ... – Zu: Aus einem rheinischen Städtchen (Turbine Muhlmann / Das Elslein von Caub).- Der Einbruch.- Die vorzügliche Kaffeemaschine.- Notizen zu: Vom Hosenrock.- Zu: Der Aesthet. Eine immerhin recht merkwürdige Geschichte.- Brief von Hermann Harry Schmitz an Victor M. Mai.- Anhang.

19. Düsseldorf: Grupello Verlag, 2000.

Hermann Harry Schmitz: Der Säugling und andere Tragikomödien.

Satirische Kurzgeschichten. Herausgegeben von **Olaf R. Spittel**.

Enthält: Der Säugling.- Die Taufe.- Die vorzügliche Kaffeemaschine.- O Gott, bei Benders ist Hausputz.- Was Tante Gottmeih Schlüngel in der Stadt passierte.- Der Einbruch.- Onkel Willibald will baden.- Das verliehene Buch.- Die Promenade.- Der überaus vornehme Friseur.- Von Männern, die an Schaltern sitzen.- Die Bahnhofs-mission.- Die geteerte Straße.- Als ich gen Italien fuhr. – Kennen Sie das Land, wo die Zitronen blühen? – Im Riviera Splendid Palace.- Ventimiglia, Ventimiglia oder Haben Sie nichts zu verzollen? – Herbsttage am Rhein.- Wie es kompliziert war, bis ich in die Sommerfrische kam.- Was mir an der Table d' hôte in der Sommerfrische passierte.- Von meiner Lunge.- Im Sanatorium.- Der Blinddarm – ein Fluch.

20. Barnstorf: Verlag 28 Eichen, 2004. [book on demand]

Hermann Harry Schmitz: Buch der Katastrophen.

Satirische Kurzgeschichten. Herausgegeben von **Olaf R. Spittel**.

Enthält: Aus einem rheinischen Städtchen: Turbine Muhlmann. Das Elslein von Caub.- Der gute Mensch.- Onkel Bogumil trinkt.- Die Bluse.- Vom treuen Leser.- Lillichens Verlobung.- Der Tierfreund.- Die vierbeinige Gefahr.- Theater.- Der interessante Kopf.- Beethoven.- Das Denkmal Noahs.- Wie ich mich entschloß, auf den Händen zu gehen.- Die Diva und die Notbremse.- Umzug.- Das neue Auto.- Feine Gesellschaft.- Hitze! Hitze! Drei Fabeln ohne Moral: Der Fuchs und die Trauben. Der Hahn und der Wurm. Die Rangierlokomotive und der Prellbock.- Der Mann mit dem verschluckten Auge.

21. Barnstorf: Verlag 28 Eichen, 2004. [book on demand]

III. VERÖFFENTLICHUNGEN IN ANTHOLOGIEN, ALMANACHEN UND KALENDERN

1. Wie es kompliziert war, bis ich in die Sommerfrische kam. In: Das lustige Salzer-Buch. Heitere Lektüre- und Vortrags-Stücke. Gesammelt und herausgegeben von Marcell Salzer. Neue Folge [= Bd. 2]. Hamburg: Anton J. Benjamin, 1913; [1.–20. Tausend] S. 195 - 202.

2. Herr Lux mein Todfeind. Oder: Wie ich Plagiator wurde. In: Presseball 1913 im Breidenbacher Hof zu Düsseldorf am 4. Januar. Düsseldorf: A. Bagel, 1913, S. [20 - 27].

3. Die Bluse. In: Das Neue Geschichtenbuch. Ein Almanach. Leipzig: Kurt Wolff, 1918, S. 116 - 125.

4. Im Sanatorium. In: Das lustige Vortragsbuch. Herausgegeben von Senff-Georgi. Berlin: Max Hesse, 1921; [1.–10. Tausend] S. 75 - 83.

5. Der Säugling. In: Das lustige Vortragsbuch. Herausgegeben von Senff-Georgi. Berlin: Max Hesse, 1921; [1.–10. Tausend] S. 124 - 131.

6. Der Einbruch. In: Das lustige Vortragsbuch. Herausgegeben von Senff-Georgi. Berlin: Max Hesse, 1921; [1.–10. Tausend] S. 149 - 156.

7. Als ich gen Italien fuhr. In: Das lustige Salzer-Buch. Heitere Lese- und Vortrags-Stücke. Gesammelt und herausgegeben von Marcell Salzer. Bd. 3. Hamburg/Leipzig: Anton J. Benjamin, 1922, S. 221 - 225.

8. Der Mann mit dem verschluckten Auge. In: Das lustige Salzer-Buch. Heitere Lese- und Vortrags-Stücke. Gesammelt und herausgegeben von Marcell Salzer. Bd. 4. Hamburg/Leipzig/Mailand: Anton J. Benjamin, 1922, S. 209 - 223.

9. Die Taufe. In: Drei Bücher des Lachens. Die schönsten heiteren Geschichten von heute. Bd. 2. Berlin: Ullstein, 1928, S. 137 - 151.

10. Die Taufe. In: Der lachende Rhein. Tausend Jahre rheinischen Humors in Wort und Bild. Gesammelt und herausgegeben von Jörg Ritzel. Köln: Hoursch & Bechstedt, 1930, S. 327 – 330. [Gekürzte Fassung]. Mit drei Illustrationen von Schreiber.

11. Wie es kompliziert war, bis ich in die Sommerfrische kam. In: Die schönsten Stories, Rezitationen und Anekdoten aus den lustigen Marcell-Salzer-Büchern. Herausgegeben von Gustl Ludwig Bergschicker. Bd. 1, Neue revidierte Ausgabe. Hamburg: Anton J. Benjamin, 1957. S. 181 – 190.

12. Die Bahnhofsmission. In: Heiterkeit in Dur und Moll. Eingeleitet und gesammelt von Erich Kästner. Hannover: Fackelträger-Verlag, [Schmidt-Küster],1958, S. 143 – 148.

13. Die Bluse. In: Heiterkeit in Dur und Moll. Eingeleitet und gesammelt von Erich Kästner. Hannover: Fackelträger-Verlag, [Schmidt-Küster], 1958, S. 148 – 153.

14. Der Einbruch. In: Mein Ehrenwort, ich bin ein Schaf. Curiöse Geschichten zum Lesen und Vorlesen herausgegeben von Helmut Hardenberg. Recklinghausen: Paulus Verlag, 1959, S. 24 – 31.

15. Die Bahnhofsmission. In: Die Gloria-Hose und andere heiter-frivole Geschichten. Zusammengestellt von O. Kollex. München: Nymphenburger Verlagshandlung, 1966, S. 101 – 109.

16. Der Umzug. In: Das Diogenes Lesebuch. Herausgegeben von Gerd Haffmans. Zürich: Diogenes Verlag, 1973.

17. Die vorzügliche Kaffeemaschine. In: 15 Katastrophenstories. Herausgegeben von Manfred Kluge. München: Wilhelm Heyne Verlag; Heyne-Anthologien, Nr. 51, 1976, S. 139 – 144.

18. Der Umzug. In: Klassische Science Fiction Geschichten. Zürich: Diogenes Verlag, 1979, S. 349 – 358.

19. Der Umzug. In: Die besten klassischen Science Fiction Geschichten. Herausgegeben von William Matheson. Zürich: Diogenes Verlag, 1983.

20. Das neue Auto. In: Der Traumfabrikant. Herausgegeben von Erik Simon und Olaf Spittel. Berlin/DDR: Das neue Berlin, 1985.

21. Der Blinddarm – ein Fluch! In: Humor des 20. Jahrhunderts. Vierundvierzig Erzähler aus sieben Ländern und sieben Jahrzehnten. Ausgewählt von Heinrich Maria Ledig-Rowohlt. Reinbek/b. Hamburg: Rowohlt, 1985, S. 261 – 273.

22. Der Umzug. In: Kleine Bettlektüre mit den horribelsten Horrorgeschichten. Herausgegeben von Ursula Gail. Bern/Stuttgart/Wien: Scherz Verlag, o.J. (1985).

23. Die vierbeinige Gefahr. In: Phantastische Tier-Geschichten. Herausgegeben von Ernst M. Frank. München: Wilhelm Heyne Verlag, 1985.

24. Das verliehene Buch. In: Erzähler des 20. Jahrhunderts. Eine literarhistorische und thematische Sammlung deutsch sprachiger Erzählungen. Herausgegeben von Rolf Kauffeldt. Düsseldorf: Schwann-Bagel, 1986, S. 76 – 78.

25. Was mir an der Table d'hôte in der Sommerfrische passierte. In: Das große Buch des Lachens. Eine Reise durch die Welt des Humors. Herausgegeben von Klaus Waller. Gütersloh: Bertelsmann, 1987.

26. Der Säugling. In: Das Familienlesebuch. Herausgegeben von Ernst M. Frank. München: Wilhelm Heyne Verlag, 1988, S. 48 – 56.

27. Der Hahn und der Wurm. In: Das Hausbuch der fabelhaften Fabeln. Fröhliche, fiese und frivole Fabeln von Aesop bis Robert Gernhardt. Herausgegeben von Pedro Zimmermann. Zürich: Haffmans, 1989, S. 50.

28. Von Männern, die an Schaltern sitzen. In: Gute Laune. Herausgegeben von Ernst M. Frank. München: Wilhelm Heyne Verlag, 1989.

29. Was mir an der Table d'hôte in der Sommerfrische passierte. In: Das große Buch des Lachens. Eine Reise durch die Welt des Humors. Herausgegeben von Klaus Waller. Reinbek: Rowohlt/Wunderlich, 1990, S. 90 – 92.

Porträtbüste HHS von Rudolf Wulfertange, um 1912/13, Stadtmuseum Düsseldorf. Foto: Rolf Lantin, Stadtarchiv Düsseldorf

IV. VERÖFFENTLICHUNGEN IN PERIODIKA

Abkürzungen

[E] Erstdruck
[D] Buchfassung
[MA] Morgenausgabe
[Z] Zweitdruck

1906

1. [E] Die Bahnhofsmission. In: Simplizissimus, München, Jg. 10 (1906), Nr. 46, S. 546 – 547.

1907

2. [E] Drei Fabeln ohne Moral. [Der Fuchs und die Trauben.- Der Hahn und der Wurm.- Die Rangierlokomotive und der Prellbock.] In: Sonntagsblatt des »Düsseldorfer General-Anzeiger« vom 29.12.1907, Nr. 52.

   [Z] [Unter dem Titel: Zwei Fabeln ohne Moral: Der Fuchs und die Trauben.- Der Hahn und der Wurm.] In: Mosaik. Unterhaltungsbeilage des Stadt-Anzeigers für Köln und Umgebung vom 21.9.1925, Nr. 2.

1908

3. [E] Das verliehene Buch. In: Sonntagsblatt des »Düsseldorfer General-Anzeiger« vom 16.2.1908, Nr. 7.

   [Z] [Unter dem Titel: Die Katastrophen mit dem verliehenen Buch. Schauderhaft, höchst schauderhaft: der Vater springt zum Fenster hinaus.] In: Münchner Merkur vom 16./ 18.6.1972.

   [Z] In: Litfass, Jg. 4 (1979/1980), H. 14, S. 78 – 81.

4. [E] Die Promenade. In: Sonntagsblatt des »Düsseldorfer General-Anzeiger« vom 12.4.1908, Nr. 15.

5. [E] Der Fremde. In: Sonntagsblatt des »Düsseldorfer General-Anzeiger« vom 28.6.1908, Nr. 26, 5.7.1908, Nr. 27 und 12.7.1908, Nr. 28.

6. [E] Wie es kompliziert war, bis ich in die Sommerfrische kam. In: Sonntagsblatt des »Düsseldorfer General-Anzeiger« vom 3.8.1908, Nr. 34.

7. [E] Wie es noch weiter kompliziert war, bis ich in die Sommerfrische kam. In: Sonntagsblatt des »Düsseldorfer General-Anzeiger« vom 6.9.1908, Nr. 36.

8. [E] In der Sommerfrische. In: Sonntagsblatt des »Düsseldorfer General-Anzeiger« vom 20.9.1908, Nr. 38.

9. [E] Der hundertjährige Schlaf. In: Düsseldorfer General-Anzeiger vom 22.11.1908.

[D] Unter dem Titel »Circulus vitiosus« in: Professor Mauzfies und andere Tragödien, München 1941, S. 129 – 144. Diese Fassung wurde von Victor M. Mai stark bearbeitet.

10. [E] Die Taufe. In: Simplizissimus-Kalender für 1909. München: Albert Langen, Verlag für Litteratur und Kunst, o.J. [1908, S. 53 – 58, 60, 62 – 65, 68 – 69, 71.

1909

11. [E] Als ich gen Italien fuhr. In: Düsseldorfer General-Anzeiger vom 2.5.1909, Nr. 121.

12. [E] Kennen Sie das Land, wo die Zitronen blühen und so? In: Düsseldorfer General-Anzeiger vom 30.5.1909, Nr. 149.

13. [E] Ventimiglia, Ventimiglia oder Haben Sie nichts zu verzollen? In: Düsseldorfer General-Anzeiger vom 27.6.1909, Nr. 176.

14. [E] Herbert Eulenbergs »Ritter Blaubart« auf den Hagener Festspielen. In: Düsseldorfer General-Anzeiger vom 5.7.1909, Nr. 184.

15. [E] Im Riviera Splendid Palace oder Mein Debüt als Hoteldieb. In: Düsseldorfer General-Anzeiger vom 26.9.1909, Nr. 267.

16. [E] Herbsttage am Rhein. In: Düsseldorfer General-Anzeiger vom 3.10.1909, Nr. 274.

17. [E] Aus einem rheinischen Städtchen. In: Düsseldorfer General-Anzeiger vom 10.10.1909, Nr. 281.

[Z] [Daraus: Turbine Muhlmann]. In: Die Bilker Sternwarte, (Düsseldorf), Jg. 15 (1969), H. 2, S. 16 – 17.

[Z] [Daraus: Das Elslein von Caub] In: Die Bilker Sternwarte, (Düsseldorf), Jg. 15 (1969), H. 4, S. 46.

18. [E] Fuegos Fatuos. Fragment aus dem Leben eines phantasierenden Müßiggängers. [Rezension zum gleichnamigen Roman von Otto Boyer]. In: Sonntagsblatt des »Düsseldorfer General-Anzeiger« vom 28.11.1909, Nr. 48.

1910

19. [E] Der überaus vornehme Friseur. In: Düsseldorfer General-Anzeiger vom 20.2.1910, Nr. 50.

20. [E] Der Mann mit der Maske. [Über Hanns Heinz Ewers]. In: Unterhaltungsbeilage zum »Düsseldorfer General-Anzeiger« vom 27.2.1910, Nr. 49.

21. [E] Die vorzügliche Kaffeemaschine. In: Düsseldorfer General-Anzeiger vom 8.5.1910, Nr. 126.

[Z] In: Düsseldorfer Nachrichten vom 23.7.1966.

22. [E] Der Einbruch. In: Düsseldorfer General-Anzeiger vom 19.7.1910, Nr. 167.

23. [E] Von alten Frauen, Pferden und mißhandelter Kunst. In: Düsseldorfer General-Anzeiger vom 12.11.1910, Nr. 313.

[Z] In: Deutsche Montags-Zeitung, (Berlin) vom 6.2.1911.

24. [E] Im Kater Hiddigeigei. In: Düsseldorfer General-Anzeiger vom 27.11.1910, Nr. 328.

1911

25. [E] Das Denkmal Noahs. In: Düsseldorfer General-Anzeiger vom 26.2.1911, Nr. 57.

[Z] In: Deutsche Montags-Zeitung, (Berlin) vom 13.3.1911.

26. [E] Was Tante Gottmeih Schlüngel in der Stadt passierte. In: Düsseldorfer General-Anzeiger vom 12.3.1911, Nr. 71.

27. [E] Vom Hosenrock. In: Düsseldorfer General-Anzeiger vom 19.3.1911, Nr. 78.

28. [E] O Rom, o Rom! In: Düsseldorfer General-Anzeiger vom 2.4.1911, Nr. 92.

29. [E] Von meiner Lunge. In: Düsseldorfer General-Anzeiger vom 23.4.1911, Nr. 112.

[Z] In: Der Strom, (Wien), Jg. 2 (1912/1913), S. 150 - 154.

30. [E] O Gott, bei Benders ist Hausputz! In: Düsseldorfer General-Anzeiger vom 7.5.1911, Nr. 126.

[Z] In: Stadt-Anzeiger (Köln) vom 20.9.1925, Nr. 478 [MA].

[Z] In: Die Werag, Köln, Jg. 3 (1928), Nr. 8, S. 5, 15, 17, 19

[Z] In: Überblick, (Düsseldorf), Jg. 7 (1983), Nr. 6, 92-93. [Reihe: Völlig aus dem Nichts. Literatur im Überblick: Folge 14/Juni '83]

31. [E] Im Sanatorium. In: Düsseldorfer General-Anzeiger vom 14.5.1911, Nr. 133.

32. [E] Von Männern, die an Schaltern sitzen. In: Düsseldorfer General-Anzeiger vom 4.6.1911, Nr. 154.

[Z] [Separatdruck:] Beigabe zur Lotterie der Internationalen Presse-Ausstellung, Köln 1928, Bd. 1. Auflage: 2500. Ausstattung: Prof. Steiner-Prag.

33. [E] Die geteerte Straße. In: Düsseldorfer General-Anzeiger vom 11.6.1911, Nr. 160.

[Z] In: Das Tor. Düsseldorfer Heimatblätter, Jg. 19 (1953), H. 2, S. 28 - 30.

34. [E] Onkel Willibald will baden. In: Düsseldorfer General-Anzeiger vom 25.6.1911, Nr. 174.

35. [E] Der Säugling. In: Düsseldorfer General-Anzeiger vom 23.7.1911, Nr. 202.

36. [E] Hanns Heinz Ewers als Reiseschriftsteller. In: Düsseldorfer General-Anzeiger vom 29.10.1911, Nr. 300.

37. [E] Eine Eulenberg-Premiere in Koblenz. [Zu »Alles um Geld«] In: Düsseldorfer General-Anzeiger vom 4.11.1911, Nr. 306.

38. [E] Lillichens Verlobung. Eine wahrhaft brave Geschichte. In: Unterhaltungsbeilage zum »Düsseldorfer General-Anzeiger« vom 19.11.1911, Nr. 273.

39. [E] Katinka die Fliege. Herbert Eulenbergs neuer Roman. In: Düsseldorfer General-Anzeiger vom 17.12.1911, Nr. 349.

40. [E] Renaissance. [Rezension zu Joseph Arthur Gobineaus gleichnamigen Bühnenwerk]. In: Düsseldorfer General-Anzeiger vom 27.12.1911, Nr. 357.

1912

41. [E] Die Büste. In: Düsseldorfer General-Anzeiger vom 10.3.1912, Nr. 69.

42. [E] Die vierbeinige Gefahr. In: Düsseldorfer General-Anzeiger vom 31.3.1912, Nr. 90.

43. [E] Warum mein Beitrag ungeschrieben blieb. In: Düsseldorfer Theaterwoche vom 20.4.1912, Heft 85, S. 2 - 4.

[Z] In: Die Bilker Sternwarte, (Düsseldorf), Jg. 8 (1962), H. 4, S. 39.

44. [E] Wie ich mich entschloß, auf den Händen zu gehen. In: Düsseldorfer General-Anzeiger vom 26.5.1912, Nr. 145.

45. [E] Theater. In: Düsseldorfer General-Anzeiger vom 16.6.1912, Nr. 165.

[Z] [Unter dem Titel: Mustang] In: Mosaik. Unterhaltungsbeilage des Stadt-Anzeigers für Köln und Umgebung vom 21.9.1925, Nr. 2.

46. [E] Das stille Villenviertel. In: Düsseldorfer General-Anzeiger vom 18.8.1912, Nr. 228.

47. [E] Die Bluse. In: Düsseldorfer General-Anzeiger vom 13.10.1912, Nr. 284.

[Z] In: Volksbühnenblätter, (Düsseldorf), Jg. 1 (1923), Nr. 4, S. 36 – 38.

[Z] In: Die Bilker Sternwarte, (Düsseldorf), Jg. 15 (1969), H. 8, S. 94 – 95.

48. [E] Der Hutnadelkrieg. Eine Enquete und ein Erlebnis. In: Düsseldorfer General-Anzeiger vom 20.10.1912, Nr. 291.

49. [E] Ein telepathisches Phänomen. [Essay]. In: Düsseldorfer General-Anzeiger vom 26.10.1912, Nr. 297.

50. [E] Der Umzug. In: Unterhaltungsbeilage zum »Düsseldorfer General-Anzeiger« vom 10.11.1912, Nr. 312.

51. [E] Der Tierfreund. In: Düsseldorfer General-Anzeiger vom 1.12.1912, Nr. 333.

52. [E] Die Diva und die Notbremse. In: Düsseldorfer General-Anzeiger vom 8.12.1912, Nr. 340.

[Z] In: National Zeitung, Basel, vom 13.11.1966.

53. [E] Der gute Mensch. In: Düsseldorfer General-Anzeiger vom 15.12.1912, Nr. 347.

[Z] In: Donau-Zeitung (Ingolstadt) vom 23.7.1966.

[Z] In: Die Bilker Sternwarte, (Düsseldorf), Jg. 15 (1969), H. 3, S. 26 – 27.

1913

54. [E] Herr Lux mein Todfeind. Oder: Wie ich Plagiator wurde. In: (Festschrift) Presseball 1913 im Breidenbacher Hof zu Düsseldorf am 4. Januar, o.P.

55. [E] Das neue Auto. In: Düsseldorfer General-Anzeiger vom 26.1.1913, Nr. 26.

56. [E] Onkel Bogumil trinkt. Eine stark alkoholisierte Geschichte. In: Düsseldorfer General-Anzeiger vom 23.2.1913, Nr. 54.

[Z] In: Die Bilker Sternwarte, (Düsseldorf), Jg. 15 (1969), H. 7, S. 76 – 77.

57. [E] Die feine Gesellschaft die feine Gesellschaft. In: Düsseldorfer General-Anzeiger vom 23.3.1913, Nr. 82.

1914

58. [E] Drei Gedichte. [Anemonen.- Der Frühling.- Die Angst.] In: Unterhaltungsbeilage zum »Düsseldorfer General-Anzeiger« vom 12.4.1914, Nr. 102.

1921

59. [E] Der Aesthet. In: Düsseldorfer Nachrichten vom 6.2.1921, Nr. 65/66; 7.2.1921, Nr. 67; 8.2.1921, Nr. 69; 9.2.1921, Nr. 71; 10.2.1921, Nr. 73; 11.2.1921, Nr. 75; 12.2.1921, Nr. 77 und 13.2.1921, Nr. 78/79.

60. [E] Vereinfachung im Eisenbahnverkehr. In: Der Querschnitt durch 1921. Marginalien der Galerie Flechtheim, (Berlin/ Düsseldorf/Frankfurt a.M.), (Ende Mai 1921), H. 2/3, S. 80.

1923

61. [E] Bäcker Bauke und der Buhmann. In: Düsseldorfer Nachrichten vom 9.8.1923, Nr. 308.

62. [E] Der Platz an der Sonne. Die Tragödie aller Marionetten. In: Düsseldorfer Nachrichten, ([Sonderbeilage] 50 Jahre Düsseldorfer Nachrichten), 5.5.1926, Nr. 226.

Die folgenden Texte liegen offenbar nur in Buchfassung vor:

63. [E/D] Der Blinddarm - ein Fluch! In: Der Säugling und andere Tragikomödien Leipzig 1911, S. 234 – 250.

64. [E/D] Vom treuen Leser. In: Buch der Katastrophen, Leipzig 1916, S. 54 – 60.

[Z] In: Düsseldorfer Nachrichten vom 10.8.1963, Nr. 184.

[Z] In: Die Bilker Sternwarte, (Düsseldorf), Jg. 15 (1969), H. 9, S. 100 – 101.

65. [E/D] Der interessante Kopf. In: Buch der Katastrophen, Leipzig 1916, S. 112 – 118.

66. [E/D] Hitze! Hitze! In: Buch der Katastrophen, Leipzig 1916, S. 200 – 206.

[Z] In: Düsseldorfer Nachrichten vom 7.8.1938, Nr. 396 [MA].

67. [E/D] Der Mann mit dem verschluckten Auge. In: Buch der Katastrophen, Leipzig 1916, S. 212 – 230.

Die folgenden Texte konnten nicht ermittelt werden:

68. Rezension zu dem Erzählband »Die Liebe des Vinzenz Leuther« von Kurt Kamlah [um 1912].

69. [E] Die Geschichte mit Jerobeams Daumen. In: Düsseldorfer Nachrichten [nach 1921].

V. AUDIO-VISUELLE MEDIEN

1. Rundfunk (berücksichtigt wurden Ort und Zeitpunkt der Erstausstrahlung)

Lesungen

Das geschieht dem Tölpel recht.

Südwestdeutscher Rundfunk 2, 3.3.1998
Sprecher: Reinhart von Stoltzmann

Das verliehene Buch.

Bayrischer Rundfunk, 10.2.1985
Sprecher: Hanns Dieter Hüsch

Bayrischer Rundfunk, Bayern2Radio, 15.10.2000
Sprecher: Joachim Wichmann

Mitteldeutscher Rundfunk, Kultur, 12.2.2002
Sprecher: Jürgen Holtz

Das verschluckte Auge und andere Tragikomödien – Die Grotesken des vergessenen Satirikers Hermann Harry Schmitz

Bayrischer Rundfunk, radioFeature, 27.3.2005
Sprecher: Joachim Höppner

Der Einbruch.

Schlesische Funkstunde, Breslau, 19.5.1929
Sprecherin: Marianne Rub

Der gute Mensch.

Westdeutscher Rundfunk, WDR3.pm
Sprecher: Matthias Haase

Der Hahn und der Wurm.

Bayrischer Rundfunk, 3.9.1989
Sprecher: Volker Spahr

Bayrischer Rundfunk, Bayern2Radio, 10.5.1992
Sprecherin: Helga Roloff

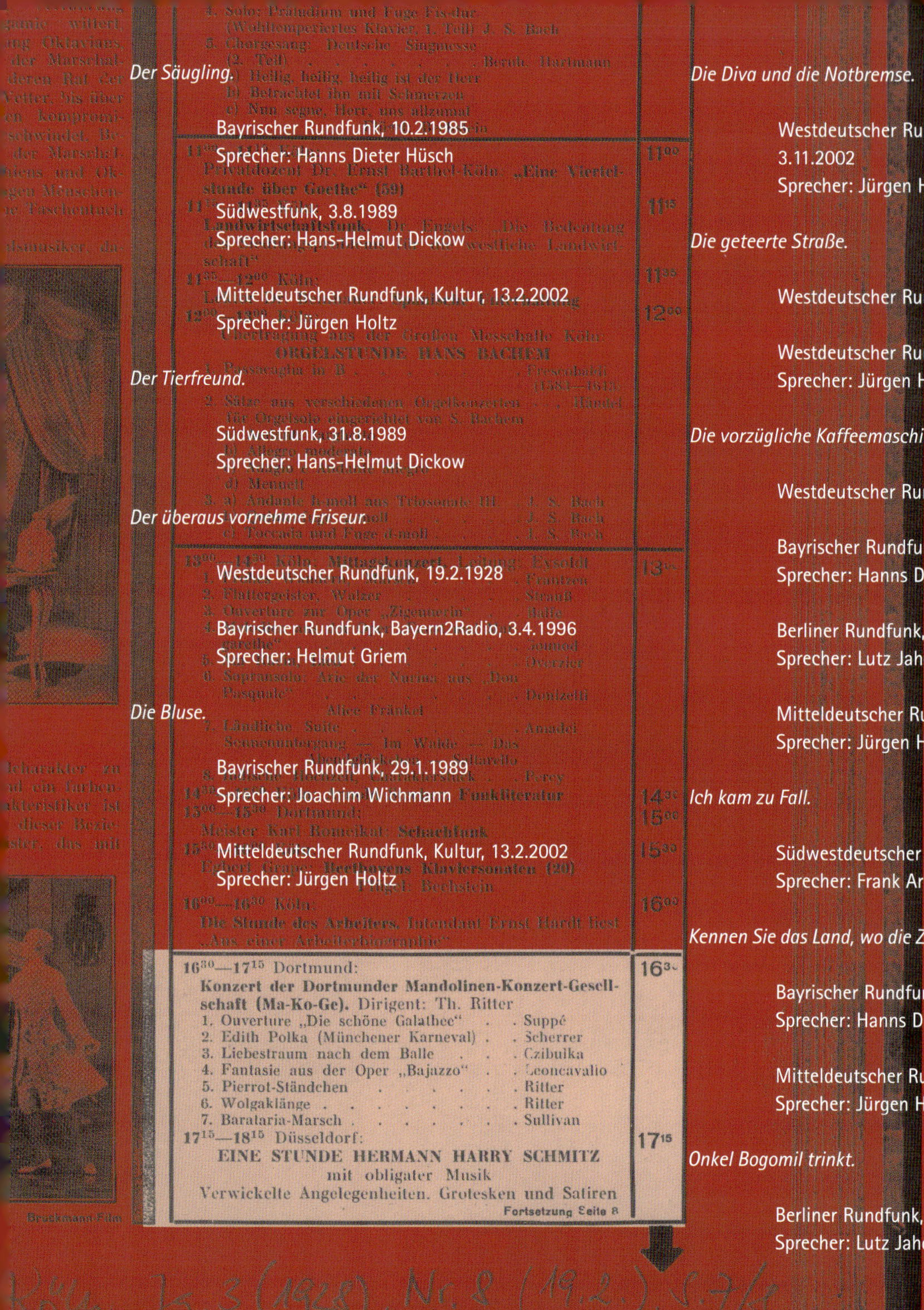
16³⁰—17¹⁵ Dortmund:
Konzert der Dortmunder Mandolinen-Konzert-Gesellschaft (Ma-Ko-Ge). Dirigent: Th. Ritter
1. Ouverture „Die schöne Galathee" . . Suppé
2. Edith Polka (Münchener Karneval) . . Scherrer
3. Liebestraum nach dem Balle . . . Czibulka
4. Fantasie aus der Oper „Bajazzo" . . Leoncavallo
5. Pierrot-Ständchen . . . . . Ritter
6. Wolgaklänge . . . . Ritter
7. Barataria-Marsch . . . . . . Sullivan
17¹⁵—18¹⁵ Düsseldorf:
EINE STUNDE HERMANN HARRY SCHMITZ
mit obligater Musik
Verwickelte Angelegenheiten. Grotesken und Satiren
Fortsetzung Seite 8

Der Säugling.

Bayrischer Rundfunk, 10.2.1985
Sprecher: Hanns Dieter Hüsch

Südwestfunk, 3.8.1989
Sprecher: Hans-Helmut Dickow

Mitteldeutscher Rundfunk, Kultur, 13.2.2002
Sprecher: Jürgen Holtz

Der Tierfreund.

Südwestfunk, 31.8.1989
Sprecher: Hans-Helmut Dickow

Der überaus vornehme Friseur.

Westdeutscher Rundfunk, 19.2.1928

Bayrischer Rundfunk, Bayern2Radio, 3.4.1996
Sprecher: Helmut Griem

Die Bluse.

Bayrischer Rundfunk, 29.1.1989
Sprecher: Joachim Wichmann

Mitteldeutscher Rundfunk, Kultur, 13.2.2002
Sprecher: Jürgen Holtz

Die Diva und die Notbremse.

Westdeutscher Rundfunk, WDR 5, Ohrenweide, 3.11.2002
Sprecher: Jürgen Holtz

Die geteerte Straße.

Westdeutscher Rundfunk, 19.2.1928

Westdeutscher Rundfunk, WDR 5, 8.12.2002
Sprecher: Jürgen Holtz

Die vorzügliche Kaffeemaschine.

Westdeutscher Rundfunk, 19.2.1928

Bayrischer Rundfunk, 10.2.1985
Sprecher: Hanns Dieter Hüsch

Berliner Rundfunk, DDR, 27.7.1988
Sprecher: Lutz Jahoda

Mitteldeutscher Rundfunk, Kultur, 11.2.2002
Sprecher: Jürgen Holtz

Ich kam zu Fall.

Südwestdeutscher Rundfunk, 4.8.1998
Sprecher: Frank Arnold

Kennen Sie das Land, wo die Zitronen blühen?

Bayrischer Rundfunk, 10.2.1985
Sprecher: Hanns Dieter Hüsch

Mitteldeutscher Rundfunk, Kultur, 14.2.2002
Sprecher: Jürgen Holtz

Onkel Bogomil trinkt.

Berliner Rundfunk, DDR, 27.7.1988
Sprecher: Lutz Jahoda

Umzug.

Deutsche Stunde in Bayern, München, 14.5.1927
Sprecher: Albert Spenger

Bayrischer Rundfunk, 10.2.1985
Sprecher: Hanns Dieter Hüsch

Mitteldeutscher Rundfunk, Kultur, 12.2.2002
Sprecher: Jürgen Holtz

Von Männern, die an Schaltern sitzen

Westdeutscher Rundfunk, 19.2.1928

Was mir an der table d'hote in der Sommerfrische passierte

Bayrischer Rundfunk, 10.2.1985
Sprecher: Hanns Dieter Hüsch

Mitteldeutscher Rundfunk, Kultur, 14.2.2002
Sprecher: Jürgen Holtz

Wie ich mich entschloß, auf Händen zu gehen.

Mitteldeutscher Rundfunk, Kultur, 11.2.2002
Sprecher: Jürgen Holtz

Zwei Fabeln ohne Moral
- Die Rangierlokomotive und der Prellbock
- Der Hahn und der Wurm

Westdeutscher Rundfunk, 19.2.1928

Hörspiele

Kleine Funkrevue nach Hermann Harry Schmitz

Funkstunde, Berlin, 12.11.1931
Autor: Hans Winge,
Regie: Walter Gronostay,
Mitwirkende: Karl Heinz Carell, Bruno Fritz, Carl Schnog u.a.m.

Einbruch

Westdeutscher Rundfunk, 9.2.1956
Bearbeiter: Rudolf Jardon,
Regie: Leopold Reinicke
Mitwirkende: Peter René Körner, Willy Millowitsch, Maria Alex, Anneliese Ramin, Dieter Löbach, Helmut Michael, Carla Neizel, Tana Schanzara

Die Nudel, der Friseur und das gräfliche Fräulein – Rheinische Tragödien

Westdeutscher Rundfunk, 27.6.1992
Bearbeiter: Michael Erdmann
Regie: Michael Erdmann
Mitwirkende: Uwe Friedrichsen, Werner Wölbern

Katastrophen!

DeutschlandRadio, 12.9.2002
Bearbeiter: Wolfgang Rindfleisch
Regie: Wolfgang Rindfleisch / Frank Tröger
Mitwirkende: Margit Bendokat, Eberhard Esche

Die Bluse

Westdeutscher Rundfunk, 9.6.2002
Bearbeiterin: Heike Tauch
Regie: Heike Tauch
Mitwirkende: Graham F. Valentine, Hendrik Röder, Tobias Wangemann, Irm Hermann, Gertrud Maaß

V.2. HÖRBÜCHER

Der Tierfreund

Sprecherin: Verena von Kerssenbrock.
In: **Heitere Hundegeschichten.** Naxos, 1999
[NHB 10262]

Das Hörbuch der Katastrophen.

Gesprochen von:
Wolf Euba: I,2; I,5; II, 9; II,12
Adele Neuhauser: I,3; II,8; II,11
Alexander Netschájew: I,4; II,10
Manes Meckenstock: I,1; I,6; II,7; II,13

CD I:

1. Meine Wiege stand in Newiges
2. Im Sanatorium
3. Die Diva und die Notbremse
4. Der Mann mit dem verschluckten Auge
5. Die vorzügliche Kaffeemaschine
6. Die Taufe (1. Teil)

Gesamtspielzeit: 78:59.

CD II:

7. Ich bin in Dülken geboren
8. Der Säugling
9. Der Binddarm - ein Fluch!
10. Die Bluse
11. Lillichens Verlobung
12. Das verliehene Buch
13. Die Taufe (2. Teil)

Gesamtspielzeit: 78:46. München: pro arte tonlabor, 2004
[ISBN 3-9808596-4-9]

VI. SEKUNDÄRLITERATUR

VI.1 BIBLIOGRAPHIEN

Bode, Ingrid: Die Autobiographien zur deutschen Literatur, Kunst und Musik 1900 - 1965. Stuttgart: Metzler, 1966, S. 257.

Chronologisches Gesamtverzeichnis der Veröffentlichungen des Rowohlt Verlages 1908 - 1961. In: Rowohlt Almanach 1908 - 1962. Hrsg. Mara Hintermeier und Fritz J. Raddatz. Reinbek/b. Hamburg: Rowohlt, 1962, S. 602.

Gesamtverzeichnis des deutschsprachigen Schrifttums [GV] 1911 - 1965. Hrsg. Reinhard Oberschelp. München/New York/ London/ Paris: Saur, 1980, Bd. 115, S. 508.

Göbel, Wolfram: Der Kurt Wolff Verlag 1913 - 1930. Expressionismus als verlegerische Aufgabe. Frankfurt/Main: Buchhändler-Vereinigung, 1977, Sp. 1310, 1332.

Kohnle, Uli: Hermann Harry Schmitz - Bibliographie. In: Bibliographisches Lexikon der utopisch-phantastischen Literatur. Hrsg. Joachim Körber. Meitingen: Corian-Verlag Heinrich Wimmer, (17. Ergänzungslieferung, März) 1989, S. 1 - 24.

Lübbert, Hiltrud/Peter Röske: Horst Hussel. Werkverzeichnis der Druckgrafik und Bücher 1954–1993. Berlin: Berliner Grafikpresse 1993

Matzigkeit, Michael: Bibliographie (sämtlicher Erstveröffentlichungen von Hermann Harry Schmitz). In: Hermann Harry Schmitz: Der Aesthet und andere Tragikomödien. Zürich: Haffmans Verlag, 1988, S. 223 - 230; aktualisierte Fassung in: Hermann Harry Schmitz: Der Ästhet und andere Tragikomödien. Düsseldorf: Econ, 1996, S. 223 - 232.

VI.2 BEITRÄGE IN LEXIKA / HANDBÜCHERN

Anonym: Hermann Harry Schmitz. In: Brockhaus Enzyklopädie, Wiesbaden: Brockhaus, 171976, Bd. 23, S. 480.

Anonym [D. K. = Dieter Krywalski]: Hermann Harry Schmitz. In: Knaurs Lexikon der Weltliteratur. München/Zürich: Knaur, 1979, S. 666 - 667.

Anonym [M. S. = Michael Schulte]: Hermann Harry Schmitz. In: Literaturlexikon 20. Jahrhundert. Hrsg. Helmut Olles. Reinbek b. Hamburg: Rowohlt, 1971, Bd. 3, S. 709.

Brand, Guido K.: Werden und Wandlung. Eine Geschichte der deutschen Literatur von 1880 bis heute. Berlin: Kurt Wolff, 1933, S. 221 – 222.

Matzigkeit, Michael: Schmitz, Hermann (Harry). In: Literaturlexikon. Autoren und Werke in deutscher Sprache. Hrsg. Walter Killy. München: Bertelsmann Lexikon Verlag, 1991, Bd. 10, S. 322.

Rottensteiner, Franz: Hermann Harry Schmitz (Deutschland) 1880 – 1913. In: Bibliographisches Lexikon der utopisch-phantastischen Literatur. Hrsg. Joachim Körber. Meitingen: Corian – Verlag Heinrich Wimmer, 17. Ergänzungslieferung März 1989, (Hermann Harry Schmitz – Biographie) S. 1 – 5.

VI.3 WISSENSCHAFTLICHE UNTERSUCHUNGEN

Hoffmann, Fernand: Hermann Harry Schmitz, ein deutscher Vorläufer des Surrealismus. In: Recherches Germaniques, Revue Annuelle, Strasburg, 1978, Nr. 8, S. 50-69.

Kohtes, Michael: Hermann Harry Schmitz. In: Ders., Literarische Abenteurer. Dreizehn Portraits. Frankfurt/Main: Suhrkamp; stb 2512, 1996, S. 24 - 34.

Matzigkeit, Michael: Der Schriftsteller Hermann Harry Schmitz. Düsseldorf: [Stadtmuseum, 1983. S. 5; 7-33; 38–44. [Darin außerdem: Vorwort von Wieland König (S. 6) und Beitrag von Jörg Engelbrecht: Motive im Werk von H.H.S., S. 35–37]

Matzigkeit, Michael: Der Schriftsteller Hermann Harry Schmitz (1880–1913). Düsseldorf 1984. 107 S., XLVI S. [Schriftliche Hausarbeit im Rahmen der Ersten Staatsprüfung für das Lehramt]

Matzigkeit, Michael: Hermann Harry Schmitz und die literarische Szene in Düsseldorf vor dem 1. Weltkrieg. In: Ders, Literatur im Aufbruch. Schriftsteller und Theater in Düsseldorf 1900–1933. Düsseldorf: Verlag der Goethe-Buchhandlung, 1990, S. 19–58 [Diss. phil.].

Matzigkeit, Michael: Der Düsseldorfer Groteskenautor Herrmann Harry Schmitz (1880 - 1913) – einem Phantom auf der Spur. In: Literarische Fundstücke. Wiederentdeckungen und Neuentdeckungen. Festschrift für Manfred Windfuhr, hrsg. von Ariane Neuhaus-Koch/Gertrude Cepl-Kaufmann. Heidelberg: Universitätsverlag C. Winter 2002, S. 236 - 255.

Meyer, Frank: Untersuchungen zum Werk von H.H. Schmitz (mit besonderer Berücksichtigung des Problems des Grotesken), Köln 1975. [Hausarbeit zur Ersten Staatsprüfung für das Lehramt an Gymnasien]

VI.4 WÜRDIGUNGEN (Auswahl)

Anonym: Thaja. Theater-Akademie-Jahrmarktsaufführungen. In: Düsseldorfer Zeitung, vom 24.10.1909

Anonym: Thaja. In: Düsseldorfer General-Anzeiger vom 25.10.1909, Nr. 295 (Feuilleton)

Anonym: Thaja. In: Düsseldorfer General-Anzeiger vom 25.10.1909, Nr. 295 (Feuilleton)

Anonym: Thaja. In: Düsseldorfer Tageblatt vom 24.10.1909

Anonym: Düsseldorfer Theater-Akademie. In: Kölnische Volkszeitung vom 25.10.1909

Anonym: Düsseldorfer Schauspielhaus. In: Frauenzeitung vom 7.11.1909

Anonym: Thaja. In: Düsseldorfer General-Anzeiger vom 11.11.1911, Jg. 36, Nr. 313

Anonym: Düsseldorfer Schauspielhaus. In: Frauenzeitung vom 11.11.1911

Anonym: Thaja 1911, In: Düsseldorfer Tageblatt vom 12. 11.1911

Anonym (H.E).: Hanns Heinz Ewers 60 Jahre alt! In: Düsseldorfer Stadtanzeiger, vom 3.11.1931

Anonym: Geschichten aus der Altstadt. In: Das Tor. Düsseldorfer Heimatblätter, Jg 19, 1953, H. 7, S. 122 – 124.

Anonym: Hermann Harry Schmitz geht zum Maskenball. In: Das Tor, Düsseldorfer Heimatblätter, Jg. 19, 1953, H. 2, S. 30.

Anonym: Dü-Bü-Ba 1912 und Hermann Harry Schmitz. In: Die Bilker Sternwarte, Düsseldorf, Jg. 8, vom April 1962, S. 38.

Berger, Karl Heinz: Katastrophenhumor. In: Hermann Harry Schmitz. Die Taufe und andere Katastrophen. Berlin: Eulenspiegel Verlag 1965, S. 159 – 163.

Berger, Karl Heinz/Berger, Alice: Nachwort. Katastrophenhumor. In: Hermann Harry Schmitz. Wie ich mich entschloß, auf Händen zu gehen. Berlin: Eulenspiegel Verlag 1987, S. 303 – 309.

Bode, Wolfhard: Hermann Harry Schmitz. Ein Plädoyer. In: Düsseldorfer Illustrierte. Sonderheft zum Bücherbummel, 20. – 23. 9.1990

Bongs, Rolf Klaus: Aus einer Düsseldorfer Autographensammlung. In: Jan Wellem. Monatszeitschrift für Düsseldorf, Niederrhein und Bergisches Land, 3. Jg. (1928), Oktober, Nr. 10, S. 324 – 327.

Bongs, Rolf: Einer der merkwürdigsten Söhne Düsseldorfs. In: Düsseldorfer Nachrichten vom 8.8.1953

Delabar, Walter: Katastrophen, Tragikomödien und Grotesken. Hermann Harry Schmitz (1880 – 1913). In: Neues Rheinland. Jg. 37, 1994, Nr. 4, S. 38

Eulenberg, Hedda: Im Doppelglück von Kunst und Leben. Düsseldorf Die Fähre, 1952, S. 252f.

Eulenberg, Herbert: Hermann Harry Schmitz. In: Maximilian Harden (Hrsg.): Die Zukunft. Berlin: Verlag der Zukunft, 1912, S. 355 – 358.

Eulenberg, Herbert: Auf den Tod von Hermann Harry Schmitz. In: Düsseldorfer General-Anzeiger, Jg. 38 vom 14.8.1913, Nr. 224.

Eulenberg, Herbert: Hermann Harry Schmitz. Worte zu seinem Wesen. Gesprochen bei der Gedenkfeier im Düsseldorfer Schauspielhaus am 15. März 1914, In: Düsseldorfer General-Anzeiger vom 22.3.1914

Eulenberg, Herbert: Zum Geleit! In: Hermann Harry Schmitz, Buch der Katastrophen. Leipzig: KurtWolff Verlag, 1916, S. 11 - 18.

Eulenberg, Herbert: Der Düsseldorfer Mark Twain. Auf daß er nicht vergessen werde! In: Düsseldorfer Nachrichten vom 21.12.1935

Eulenberg, Herbert: Hermann Harry Schmitz. In: Hermann Harry Schmitz, Buch der Katastrophen. München: Fortschritt-Sprachenverlag Richard Pille-, 1940, S. 9-15. Zeitbedingte, inhaltlich überarbeitete Version.

Eulenberg, Herbert (Pseudonym: Siebenkäs): Hermann Harry Schmitz und sein Humor. In: Der Mittag, Düsseldorf, vom 8.6.1940

Eulenberg, Herbert (Siebenkäs): Der wiedererstandene Hermann Harry Schmitz. In: Der Mittag vom 19.7.1941

Eulenberg, Herbert: So war mein Leben. Die Fähre, Düsseldorf 1949, S. 254.

Ewers-Wunderwald, Ilna: Ein Gespräch zwischen Erich Nikutowski und Hermann Harry Schmitz. In: Wilhelm Bredhorn (Hrsg.): Die deutschen Gaststätten. Bilder aus ihrer Vergangenheit und Gegenwart, Bd.1, Westdeutsche Ausgabe. Pestalozzi-Verlag, Düsseldorf 1925, S. 76 – 77.

Gatter, Nikolaus: Hermann Harry Schmitz. In: Westdeutscher Rundfunk, ZeitZeichen, Stichtag heute vom 12.6.1980

Jägersberg, Otto: Weltende. In: Hermann Harry Schmitz. Buch der Katastrophen, Zürich: Diogenes Verlag 1966, S. 7 – 12.

Kamlah, Kurt: Otto Boyer +. In: Düsseldorfer General-Anzeiger vom 31.12.1912, Nr. 362

Kamlah, Kurt: Genesis. In: Galerie Flechtheim. Eröffnungskatalog. Düsseldorf 1913, S. 13 – 15. (Nachdruck In: Düsseldorf. Impressionen und Profile, hrsg. von Erich Wenzel, Honnef 1956, S. 162 - 165.)

Kamlah, Kurt: Erich Nikutowski, In: Düsseldorfer Nachrichten vom 13.1.1921, Nr. 22 (Abendausgabe)

Kauhausen, Paul (Beitrag nicht gezeichnet): Die Muse auf dem Kontorbock. In: Düsseldorfer Nachrichten, vom 19.8.1949

Kastenholz, Klaus: Berühmte und berüchtigte Düsseldorfer. 30 Porträts. Wuppertal: Verlag M. Krumbeck, Graphium press, 1991, S. 89 – 92.

Keim, H.W.: Noch einmal Hermann Harry Schmitz. In: Düsseldorfer Nachrichten vom 20.11.1941

Kemp, Paul: Blühendes Unkraut. Heiteres aus meinem Leben. Bonn: Athenäum-Verlag 1953, S. 67.

K[ersting], Bernd: H.H. Schmitz oder Mollys auf Omas Plüsch. In: Destruct. Der lässige Landbote. Abhängiges, parteiliches alternativ Blatt, Februar 1974, Nr. 8, S. 13 – 16.

Klapheck, Richard: Das Rosenkränzchen. Erinnerungen an eine verschwundene Bürger- und Künstlerweinschenke am Stiftsplatz zu Düsseldorf (Ein Fragment). In: Düsseldorfer Heimatblätter, hrsg. von den Düsseldorfer Jonges, Jg 8., (1939), H. 8, S. 171 – 182.

Lodenstein, Josef: „Ein Bursche von unendlichem Humor". Zum 25. Todestag am 8. August. In: Der Mittag, Jg. 19 vom 3.8.1938

Lodenstein, Josef: Tragikomödien! Katastrophen! Hermann Harry Schmitz, dem Meister der Groteske, zum Gedenken. In: Düsseldorfer Heimatblätter, hrsg. von den Düsseldorfer Jonges, Jg. 7., (1938), H. 9, S. 210 – 212.

Lodenstein, Josef: Er war ein Bursche von „unendlichem Humor". In: Die Volksbühne, Jg. 5., (1953), Februar / März, S. 11 f.

Lodenstein, Josef: Ein Gedenkblatt für Hermann Harry Schmitz zum 8. August. In: Heimatblätter, Vereinszeitung des Heimatvereins „Alde Düsseldorfer" vom August 1953, Nr. 85

Lodenstein, Josef: Auch er war ein Dichter. In: Düsseldorfer Hefte, Jg. 5., 16 – 31. August (1960), S. 461 – 470.

Lodenstein, Josef: Eine Kur für Humorlose. Mit Hermann Harry Schmitz. In: Das Tor. Düsseldorfer Heimatblätter, Jg. 26, vom November 1960, H. 11, S. 211 – 216.

Lodenstein, Josef: Hermann Harry – wunderliche Gestalt. In: Das Tor. Düsseldorfer Heimatblätter, Jg. 38 vom Juni 1972, S. 262 – 264.

[Mai, Victor M.]: Hermann Harry Schmitz +. In: Düsseldorfer General-Anzeiger, Jg. 38 vom 10. August 1913, Nr. 221.

Mai, Victor M.: Ein paar Worte des Herausgebers. In: Hermann Harry Schmitz, Buch der Katastrophen. Leipzig: Kurt Wolff Verlag, 1916, S. 7 - 10.

Mai, Victor M.: Hermann Harry Schmitz. In: H.W. Keim / Karl Koetschau (Hrsg.): Sammlung kleiner Düsseldorfer Kunstschriften, Heft 8. Düsseldorf 1925

Mai, Victor M.: Hermann Harry Schmitz zum Gedächtnis. 1913 – 8. August – 1938. In: Düsseldorfer Nachrichten vom 7.8.1938

Mai, Victor M.: Vorwort. In: Hermann Harry Schmitz, Der Säugling und andere Tragikomödien. München: Fortschritt-Sprachenverlag Richard Pille, 1940, S. 7 - 14.

Mai, Victor M.: Vorwort. In: Hermann Harry Schmitz, Buch der Katastrophen. München: Fortschritt-Sprachenverlag Richard Pille-, 1940, S. 7 - 8.

Mai, Victor M.: Vorwort. In: Hermann Harry Schmitz / Victor M. Mai: Professor Mauzfies und andere Tragödien. München: Fortschritt - Sprachenverlag Richard Pille, 1941, S. 7 - 8.

Mai, Victor M.: Der fünfzigjährigen Jubelfeier entgegen. In: Hundert Jahre Künstlerverein Malkasten. Düsseldorf: Bagel 1948, S. 48, 160

Mai, Victor M: Hermann Harry Schmitz. In: Das Tor, Düsseldorfer Heimatblätter, Jg. 19., (1953), H. 2, S. 24 – 28.

Mai, Victor M.: Nikotin. Die Beschwörung einer fröhlichen Schattens. In: Der Malkasten, (1962), Mai, S. 6 – 11.

Matzigkeit, Michael: Wer war Hermann Harry Schmitz? In: Überblick, Düsseldorf, Mai 1983, S. 10 – 12.

Matzigkeit, Michael: Betrifft: Hermann Harry Schmitz. In: Die Bilker Sternwarte, Düsseldorf, vom Dezember 1988, H. 12, S. 350 – 353.

Matzigkeit, Michael: Hermann Harry Schmitz. Der Düsseldorfer Kishon der Jahrhundertwende. In: Westdeutscher Rundfunk, Mosaik vom 14.12.1988.

Matzigkeit, Michael: „Mir träumte, ich sei eine Hängematte." Die Lebens- und Leidensgeschichte des legendären Literaten Hermann Harry Schmitz. In: Westdeutsche Zeitung, BücherZeitung vom 12.9.1989, S. 5

Matzigkeit, Michael: Interview mit Dirk Jürgensen von der Online-Zeitschrift „Einseitig", November 2004. (www.einseitig.info)

Müller-Schlösser, Hans: Die Stadt an der Düssel. Düsseldorf: Droste Verlag, 1937, S. 227.

Otto, K.W.: Altstädtische Weinkneipen. In: Jan Wellem. Monatsschrift für Düsseldorf, Niederrhein und Bergisches Land, Jg. 3, 1928, S. 346 - 348.

Petersen, Walter: Vor großen Zeitgenossen. Erinnerungen eines Malers. Verlag Karl Siegismund, Berlin 1937, S. 20.

S., Stephan: H.H. Schmitz. Dokumentation einer Katastrophe. In: Destruct. Der lässige Landbote. Abhängiges, parteiliches alternativ Blatt, Februar 1974, Nr. 8, S. 12 f.

Schmidt, Claus-Torsten: Zum Beispiel Düsseldorf. Künstlerfeste und Basare in zeitgenössischen Berichten und Künstlerpostkarten, Folge VIII, In: Ak Epress, Nr. 58, Januar – März 1991, S. 13 – 17.

Schmidt, Claus-Torsten: Zum Beispiel Düsseldorf. Künstlerfeste und Basare in zeitgenössischen Berichten und Künstlerpostkarten, Folge IX, In: Ak Epress, Nr. 59, April – Juni 1991, S. 10 – 14.

Scholl, Joachim: Merkmal. Der Dandy und die deutsche Bürgerseele. Der Satiriker Harry Hermann Schmitz [sic!]. In: DeutschlandRadio, Berlin, vom 15.3.2001

Stolz, Heinz: Thaja. In: Rheinisch-Westfälische Zeitung (Essen) vom 13.11.1911

Stolz, Heinz: Tragikomödien. Zu dem neuen Buch von Hermann Harry Schmitz. In: Düsseldorfer General-Anzeiger, Jg. 36 vom 3.12.1911

Stolz, Heinz: Hermann Harry Schmitz. In: Rheinisch-Westfälische Zeitung, Essen, vom 16.3.1914

Stolz, Heinz: Hermann Harry Schmitz. Zu seinem „Buch der Katastrophen". In: Düsseldorfer General-Anzeiger vom 11.2.1917

Stolz, Heinz: Sonderbare Geschichten. In: Düsseldorfer Nachrichten vom 13.3.1918

Stolz, Heinz: Hermann Harry Schmitz. In: Das Literarische Echo, Berlin, Jg. 20, 1918, 15. Juni, H. 18, Sp. 1085 – 1088.

Stolz, Heinz: Düsseldorf in der Dichtung. In: Düsseldorfer Dichter 1930, hrsg. vom Freihochschulbund Düsseldorf, S. 1 - 16 (H.H.S. wird auf den Seiten 12 f. erwähnt.)

Stolz, Heinz: Rheinische Dichter von heute. In: Düsseldorfer Nachrichten vom 9.4.1933

Stolz, Heinz: Hermann Harry Schmitz. An seinem 20. Todestag. In: Düsseldorfer Nachrichten, Morgenausgabe, vom 3.8.1933

Stolz, Heinz: Düsseldorf in der Dichtung. In: Düsseldorfer Dichter 1930, hrsg. vom Freihochschulbund Düsseldorf, S. 12f.

Stolz, Heinz: Hermann Harry Schmitz. Zum 50. Todestag. In: Rheinische Post vom 7.8.1963

Stolz, Heinz: Hermann Harry Schmitz. In: Hermann Harry Schmitz: Der Säugling und andere Katastrophen. Düsseldorf: Droste, 1964, S. 7 - 11.

Storch, Rafaela: Ein Dandy und Spötter. Das Stadtmuseum erinnert an Hermann Harry Schmitz. In: Düsseldorfer Hefte, H. 10 vom 16.5.1983, S. 9 f.

Ströter, Maximilian Maria: Hermann Harry Schmitz und sein Frühlingsgedicht. In: Das Tor. Düsseldorfer Heimatblätter, Jg. 26, 1960, H. 4, S. 64 – 66.

Uzarski, Adolf (Lambert Broich): Hermann Harry, neu erschienen. In: Düsseldorfer Nachrichten vom 29.5.1941

Uzarski, Adolf: Hermann Harry Schmitz. Neue Rhein Zeitung, Düsseldorf vom 22.11.1969

Vogelpoth, P: Die wunderlichste Gestalt seit Grabbe. Ein Gedenkblatt für Hermann Harry Schmitz zu seinem 40. Todestag. In: Der Mittag vom 10.8.1953, Nr. 183 (Düsseldorfer Stadtanzeiger)

Wippermann, F.: Ein Düsseldorfer Meister der Groteske. Zu Hermann Harry Schmitz' 25. Todestag. In: Düsseldorfer Tageblatt, Jg. 72 vom 6.8.1938

VI.5 REZENSIONEN (Auswahl)

Anonym: Buch der Katastrophen. In: Siegener Zeitung vom 3.8.1966

Anonym: Buch der Katastrophen. In: Rheinischer Merkur, Köln, vom 23.9.1966

Anonym: Hermann Harry Schmitz. Buch der Katastrophen. In: Reutlinger Generalanzeiger vom 22.7.1966

Anonym: Hermann Harry Schmitz. Buch der Katastrophen. In: Freiheit vom August 1966

Anonym: Hermann Harry Schmitz. Buch der Katastrophen. In: Vorwärts vom 21.10.1966

Anonym: Hermann Harry Schmitz. Buch der Katastrophen. In: Domino, Zürich, vom 10.11.1966

Anonym: Hermann Harry Schmitz. Buch der Katastrophen. In: Basler Büchertip vom Dezember 1966

Anonym: Hermann Harry Schmitz. Buch der Katastrophen. In: Theater Salzburg, 1966/67, Ausgabe 1

Anonym: Hermann Harry Schmitz. Buch der Katastrophen. In: Akademische Monatsblätter, Dortmund, vom 11.2.1967

Anonym: Hermann Harry Schmitz. Buch der Katastrophen. In: Bücherschiff, Oberursel/Taunus, 1967, Ausgabe 4

Anonym: Hermann Harry Schmitz. Buch der Katastrophen. In: Die Welt der Bücher, Freiburg, 1967, Heft 7

Anonym: Hermann Harry Schmitz. Buch der Katastrophen. In: Bücherei Nachrichten, Salzburg, 1966/67

Anonym: Hermann Harry Schmitz. Buch der Katastrophen. In: Literarischer Ratgeber, Frankfurt, 1966/67

Anonym: Hermann Harry Schmitz. Buch der Katastrophen. In: Berliner Welle vom 17.1.1967

Anonym: Schmonzetten zum Nachdenken. In: NRZ vom 6.8.1972

Anonym (abu): Hermann Harry Schmitz. Buch der Katastrophen. In: Saarbrücker Zeitung vom 20.1.1967

Anonym (esw): Hermann Harry Schmitz. Buch der Katastrophen. In: Stuttgarter Zeitung vom 23.11.1966

Anonym (E.H.): Hermann Harry Schmitz. Buch der Katastrophen. In: Neue Züricher Zeitung Mittagsausgabe, vom 14.10.1966

Anonym (hls): Hermann Harry Schmitz. Buch der Katastrophen. In: Welt am Sonntag vom 16.4.1972

Anonym (A.M.): Hermann Harry Schmitz. Buch der Katastrophen. In: Mitteilungsblatt der schweizerischen Arbeiterbildung-Zentrale, vom September 1966, H. 5

Anonym (J.M.): Hermann Harry Schmitz. Buch der Katastrophen. In: Kölnische Rundschau vom 3.12.1966

Anonym (A.S.): Hermann Harry Schmitz. Buch der Katastrophen. In: Grafik, München, vom November 1966

Anonym (A.S.): Hermann Harry Schmitz. Buch der Katastrophen. In: Wochenpresse, Wien, vom 2.11.1966

Anonym (üs): Hermann Harry Schmitz. Buch der Katastrophen. In: Nacht-Depesche, Berlin, vom 18.11.1966

Anonym (wy): Hermann Harry Schmitz. Buch der Katastrophen. In: Die Frau, Zürich, vom Februar 1967

Anonym (Zi): Hermann Harry Schmitz. Buch der Katastrophen. In: Osnabrücker Tageblatt vom 18. 7.1966

Anonym (Ki): Kafka fürs Volk. In: Kölner Stadt-Anzeiger, 1966/67

Anonym (Lo): Merkwürdige Geschichten. In: Basler Nachrichten vom 9.9.1966

Anonym (W.B): Nichts als Katastrophen. Hermann Harry Schmitz. Buch der Katastrophen. In: Tages-Anzeiger Zürich, vom 10.12.1966

Anonym (Ro): Selten sooo gelacht! In: Volksrecht vom 10.10.1966

Anonym (hom): Und plötzlich platzen die Ammen. In: Mannheimer Morgen vom 27.9.1967

Baier, Lothar: Grotesk. Geschichten von H.H. Schmitz. In: FAZ vom 15.3.1966

Bitter, Rudolf von: Jux für alle. Eine Neuausgabe des Satirikers Hermann Harry Schmitz. In: Süddeutsche Zeitung vom 14.12.1988

Böhm, Gotthard: Wer war eigentlich dieser Schmitz? In: Presse, Wien, vom 10.5.1972

Delfs, Barbara: Hermann Harry Schmitz. Buch der Katastrophen. In: Die Bücherei, Koblenz, 1966, Ausgabe 7/8

Delfs, Barbara: Hermann Harry Schmitz. Buch der Katastrophen. In: Buchanzeiger für öffentliche Büchereien vom August/September 1966

Fontana, Oskar Maurus: Ein Buch Grotesken [über: Hermann Harry Schmitz. Der Säugling und andere Tragikomödien. Leipzig 1912] In: Der Strom, Wien, Jg. 2, 1912/1913, S. 159 f.

Gondorf, Ulrike: Komische Katastrophen. Ausstellung für Hermann Harry Schmitz im Stadtmuseum. In: Westdeutsche Zeitung vom 27.5.1983

Greven, Jochen: Hermann Harry Schmitz. Buch der Katastrophen. In: Westdeutscher Rundfunk, Kulturelles Wort vom 6.3.1967

Grundmann, Ute: Groteske Geschichten. Harry Schmitz: Spott über die Spießer. In: Neue Rhein Zeitung vom 28.5.1983

Grundmann, Ute: Neue Gesamtausgabe und eine Lesung. Onkel Bohumil und der Wein. In: Neue Rhein Zeitung vom 18.10.1988

Grundmann, Ute: Bernd Hahn liest Hermann Harry Schmitz. Verzeihen Sie, ich bin eine Stricknadel. In: Neue Rhein Zeitung vom 27.12.1988

Grundmann, Ute: Fünfter Bücherbummel – Kein Interesse für Ernst Jandl? Poesie und Schwoof entlang der Kö. In: Neue Rhein Zeitung vom 2.9.1989

Grundmann, Ute: Zum Bücherbummel gibt's ein durch und durch verrücktes Stück. Da wird der Manager irre ... In: Neue Rhein Zeitung vom 12.9.1989

Grundmann, Ute: Prominente spielen Theater. Ein irrer Spaß im Spiegelzelt. In: Neue Rhein Zeitung vom 16.9.1989

Grundmann, Ute: Eine Groteske zum Bücherbummel und ein kunstvolles Buch. Verschmitzt im Spiegelzelt. In: Neue Rhein Zeitung vom 5.7.1991

Halter, Martin: Verschmitzt. In: Baseler Zeitung vom 4.11.1988

Heidenreich, Elke: Bücher für den Weihnachtstisch. Hermann Harry Schmitz. In: Bayrischer Rundfunk, Bayern 2, Kulturkritik vom 18.12.1988

Heuer, Otto: Hermann Harry Schmitz. Ein Dandy am Rhein. In: Rheinische Post vom 27.5.1983

Heuer, Otto: Hermann-Harry-Schmitz Anthologie im Stadtmuseum. Das Luxus-Auto als Mordmaschine. In: Rheinische Post vom 13.6.1983

Heuer, Otto: Hermann-Harry-Schmitz-Abend im Spiegelzelt. Tückische Bandnudel. In: Rheinische Post vom 16.9.1989

Hilsbecher, Walter: Hermann Harry Schmitz. Buch der Katastrophen. In: Südwestfunk, Kulturelles Wort vom 4.2.1967

Hoehl, Egbert: Hermann Harry Schmitz. Buch der Katastrophen. In: Die andere Zeitung, Hamburg, vom 10.8.1967

Kaltwasser, Gerda: Hermann Harry Schmitz. Werke in drei Bänden. Dandy und Grotesker. In: Rheinische Post vom 12.10.1988

Kaltwasser, Gerda: Bernd Hahn las Hermann Harry Schmitz. Lawine des Kircherns. In: Rheinische Post vom 17.10.1988

Kaltwasser, Gerda: Hermann Harry Schmitz. Groteskes auch in Briefen. In: Rheinische Post vom 21.11.1988

Kaltwasser, Gerda: Groteskes. In: Rheinische Post vom 29.5.1989

Kaltwasser, Gerda: Hermann Harry Schmitz. Societät für die Groteske. In: Rheinische Post vom 28.2.1990

Kaltwasser, Gerda: Literarische Nacht für Groteskenautor. Hermann Harry Schmitz im Palais Wittgenstein. Noch zielgenau 77 Jahre nach seinem Tod. In: Rheinishe Post vom 10.8.1990

Kaltwasser, Gerda: Der Künstler Wolfgang Herbst und der Satiriker Hermann Harry Schmitz. Holzschnitt ist spröde Kunst aus der Not. In: Rheinische Post vom 16.5.1991

Kaltwasser, Gerda: Hermann Harry Schmitz – ein 111. Geburtstag. Groteske Blüten. In: Rheinische Post vom 10.7.1991

Kappel, Sonja: Buch der Woche. Hermann Harry Schmitz Sämtliche Werke. In: WDR, Forum West, vom 20.1.1989

Kapper, Christof: Der diabolische Humor des Hermann Harry Schmitz. In: Welt am Sonntag, Hamburg, vom 9.10.1966

Klinger, Cornelia: Buchtip vom Radio RPR. Hermann Harry Schmitz 3-bändige Ausgabe. In: Radistudio Rheinhessen vom 26.8.1989

Köllmann, Timm: Hermann Harry Schmitz. Buch der Katastrophen. In: Westdeutscher Rundfunk vom 16.12.1972

Kramberg, K.H.: Abschied vom Säugling. In: Süddeutsche Zeitung vom 11./12.3.1967

Kussmann, Andreas: Hermann Harry Schmitz. Die Bluse und andere Grotesken. In: Düsseldorfer Jahrbuch 1991, S. 244 – 246.

Landmann, Salcia: Jux mit Horror. In: St. Galler Tagblatt vom 15.4.1973

Lektor, Johannes: Hermann Harry Schmitz. Buch der Katastrophen. In: Nebelspalter vom 26. April 1967

Loewy, Hanno: Alltägliches Weltende. Die Gesamtausgabe der Schriften von Hermann Harry Schmitz. In: Frankfurter Rundschau vom 4.3.1989

Lohmann, Karl Wilhelm: Hermann Harry Schmitz. Werke in drei Bänden. In: Abendjournal vom 15.12.1988

Meier, Reinhard: Buch der Katastrophen. In: Züricher Zeitung vom 25.7.1966

Meister, Helga: Valentin vom Rhein. Gesamtausgabe für Hermann Harry Schmitz. In: Westdeutsche Zeitung vom 12.10.1988

Meyer, Heinrich: Hermann Harry Schmitz. Buch der Katastrophen. In: Books Abroad, Oklahoma, vom April 1967

Moeller, Jürgen: Ein deutscher Spaßvogel. In: Twen vom September 1966

Müller, Herbert: Ein Phantast von vorgestern. In: Rheinpfalz, Ludwigshafen vom 7.10.1966

Ruhrig, Helmut E.: Die Schrecknisse visionärer Erfahrung. Erzählungen von Hermann Harry Schmitz. In: Badische Zeitung, Freiburg i. Br. vom 11.8.1966

Schmitz, Karl: Buch der Katastrophen. In: Bücherkommentare Freiburg vom 15.9.1966

Schmitz, Rainer: Ästhetik des Unheils. Das Werk des Humoristen Hermann Harry Schmitz. In: Allgemeine Zeitung, Mainz, vom 23.9.1989

Schödel, Siegfried: Grausame Komik. Schwarzer Humor von 1914. In: Welt der Literatur, Hamburg, vom 22.9.1966

Schönenberger, Edith: Hermann Harry Schmitz. Buch der Katastrophen. In: Radio Basel vom 25.7.1967

Scholl, Heinz: Hermann Harry Schmitz. Buch der Katastrophen. In: Deutsche Post, Frankfurt a.M., vom 5.12.1966

Schroer, Rolfrafael: Gastkritik. Hermann Harry Schmitz: Sämtliche Werke in drei Bänden. In: Düsseldorfer Illustrierte von Dezember 1988, S. 62.

Sevenich, Gabriele: Erstmals Gesamtausgabe Hermann Harry Schmitz. Düsseldorfer Dandy. In: Rheinbote, Düsseldorf vom 23.11.1988

Sommer, Stefan: Weltaufführung von Hermann Harry Schmitz' „Nr. 42, ein Albdruck". In: Rheinische Post vom 12.9.1989

Storch, Rafaela: Ein Satiriker der Jahrhundertwende. Zur neuen Gesamtausgabe der Werke von Hermann Harry Schmitz. In: Düsseldorfer Hefte vom 16.11.1988

Suhrbier, Hartwig: Hermann Harry Schmitz Ausstellung in Düsseldorf. In: WDR, Forum West vom 10.6.1983

Tefelski, Norbert: „Ääh, ääh, ääh".
In: Tip, Berlin, Juni 1989, S. 80 – 81.

Thelen, L.: Hermann Harry Schmitz.
Buch der Katastrophen. In: Schweizer Radio, Zürich vom 6.10.1966

Weber, Rudolf: Das Buch der Katastrophen. Ein turbulenter Band von Hermann Harry Schmitz. In: Das Tor, Düsseldorfer Heimatblätter, 1972, Heft 7, S. 289.

Werz, Sabine: Der irrste Verein der Welt. Düsseldorfer Prominente prämieren Katastrophen. In: Express vom 11.1.1991

Willems, Sophia: Mühsal auf Mühsal.
Fünf Jahre bis zur Schmitz-Gesamtausgabe.
In: Westdeutsche Zeitung, BücherZeitung vom 12.9.1989, S. 5.

Winkels, Hubert: Viel Stoff. Düsseldorf und die Bücher. In: Düsseldorfer Illustrierte von Dezember 1988, S. 46.

Fotopostkarte mit „Rotem Radler", um 1910

12. Juli 1880

Hermann Harry Schmitz – Chronologie

8. August 1913

12. 7.1880 — HHS wird als Sohn des kaufmännischen Angestellten Friedrich (Fritz) Schmitz und seiner Frau Caroline, geborene Hörner in Düsseldorf geboren. Nur zwei seiner insgesamt sechs Geschwister (Christian Robert, * 31.10.1877; † 14.2.1907 und Cornelia Berta * 31.5.1882; † 1.12.1951) überlebten das dritte Lebensjahr. Die Familie wohnt zu diesem Zeitpunkt auf der Ellerstraße 14.

11.1.1883 — Umzug auf die Zimmerstraße 1.

Ab 1886 — Besuch der Friedrichstädter Schule auf der Kirchfeldstraße.

15.5.1889 — Familie Schmitz kehrt als Eigentümer in das Haus, Ellerstraße 14 zurück. Dieses Haus muß 1897 der Errichtung des Hauptbahnhofs mit seiner neuen Streckenführung weichen.

Ab 1890 — Besuch des Städtischen Realgymnasiums an der Klosterstraße.

1892 — Fritz Schmitz wird zum Fabrikdirektor der Firma Piedboeuf ernannt; gleichzeitig bekleidet er die Funktion eines Geschäftsführers („Gerant") des Königlich-Belgischen Konsulats-Comptoirs auf der Albertstr. 3.

1894 — Erster öffentlicher Auftritt von HHS im väterlichen Heimatort Roggendorf in der Eifel. Als orientalischer Magier verkleidet, bietet er dem dörflichen Publikum an einem Sonntag in den Sommerferien im Tanzsaal der „Krone" eine Gala-Zaubervorstellung.

21.5.1895 — Erneuter Wohnungswechsel, diesmal in das vornehme Villenviertel am Zoo, Schumannstraße 13. Heute befindet sich dort die Werner-von Siemens-Realschule.

Winter 1895/96 — Mit 15 Jahren zieht er sich eine schwere Lungenentzündung zu, von der er sich nur langsam erholt.

8.2.1896 — Die Mutter stirbt.

HHS soll seine Lungenkrankheit auf Korsika auskurieren. Mitte November 1896 verlässt HHS Düsseldorf, um in Paris mehrere Wochen Zwischenstation zu machen, bevor er weiterreist. In Marseille rät ihm ein Facharzt für Lungenkrankheiten, auf einer schematischen Zeichnung der Lunge täglich ein Stück abzustreichen, um so den Verfall seines Organs zu verfolgen. Im Mai 1897 kehrt er von Korsika nach Düsseldorf zurück.

1897 — Auf Druck des Vaters besucht HHS „Dr. Wenderholds Höhere Lehranstalt" in Kassel und erhält am 29.6.1898 sein Zeugnis zur „Mittleren Reife". Am 3.4.1899 bittet der Schulleiter in einem Schreiben an Fritz Schmitz, HHS von der Schule zu nehmen, da „die Verhältnisse in Kassel leider etwas studentischer Art" seien, er andererseits aber „für die Primaner-Prüfung ... noch nicht reif" sei.

1899 – 1911	HHS arbeitet als kaufmännischer Angestellter im Piedboeuf'schen Röhrenwerk in Düsseldorf-Eller, das Vater Fritz Schmitz als Fabrikdirektor leitet.
1906	Die erste Veröffentlichung („Die Bahnhofsmission") erscheint im Satireblatt „Simplizissimus" in München.
14.2.1907	HHS' älterer Bruder Christian Robert stirbt.
7.12.1907	Während der Nikolaus-Kneipe des A.V. Laetitia wird von den Mitgliedern des Vereins der groteske Einakter „No. 42. Ein Albdruck" von HHS uraufgeführt. Aufführungsort ist der Vereinsraum Camphausenstraße 23 im 1. Stock über dem Restaurant „Zum Storch". Bei dieser Gelegenheit lernt HHS den Feuilletonredakteur Victor M. Mai kennen, der ihn auffordert für den „Düsseldorfer General-Anzeiger" zu schreiben.
29.12.1907	Die erste Veröffentlichung („Drei Fabeln ohne Moral") erscheint im „Düsseldorfer General-Anzeiger".
1908	Auf dem Presseball im Schauspielhaus Düsseldorf kommt eine Parodie auf Wilhelm Schmidtbonns „Der Graf von Gleichen" zur Aufführung, der HHS den Titel „Wurptoia, das Mysteriums des Gralhem(e)des" gegeben hat. Beteiligt sind Hermine Körner, Otto Stöckel und Emil Mamelok, die auch bereits in der Originalfassung am 3.2.1908 im Schauspielhaus aufgetreten waren.
1.4. 1908	HHS beteiligt sich am Fest der Deutschen Bühnengenossenschaft, das unter dem Titel „Oktoberfest in München" veranstaltet wird. Unter dem Namen Hermando Harakiri, der Verschmitzte, tritt er als Parodist auf. Das Fest findet in den Räumen der städtischen Tonhalle statt.
Juni 1908	Während des 29. Stiftungsfestes des A.V. Laetitia wird der groteske Einakter „Die Philosophen. Das Mysterium des Sonnenstichs" von HHS im Vereinstreffpunkt Camphausenstraße 23 uraufgeführt.
27.–29.11.1908	Künstlerfest, Kunstpalast, Düsseldorf, Motto: Düsseldorf im Jahre 2000; während des Künstlerfestes trägt Schmitz die dramatische Groteske „Selva Nujje Morn puh" vor. Sie handelt von einer fleischfressenden Pflanze und spielt im Jahre 3006.
1908/09	Zum Jahreswechsel hält sich HHS in Montjoie im französischen Zentralmassiv auf.
März 1909	Erholungsaufenthalt in Überlingen am Bodensee.
April/Mai 1909	HHS bereist zum ersten Mal Italien und die Côte d'Azur.
September/ Oktober 1909	HHS verbringt einen Erholungsaufenthalt in St. Goar und Kaub.

23.- 24.10.1909	Während der THAJA [Theater-Akademie-Jahrmarkts-Aufführung] im Schauspielhaus Düsseldorf gibt HHS seine Moritat von „Toni Bender, dem Defraudanten" zum Besten.
Winter 1909/10 – Winter 1910/11	Im Weinlokal „Rosenkränzchen" in der Düsseldorfer Altstadt am Stiftsplatz trifft sich regelmäßig am Samstagabend eine Gruppe „Gleichgesinnter", um über Kunst, Literatur und Allzumenschliches zu reden. Zum engeren Kreis zählen: Otto Boyer (Maler, Autor), Herbert Eulenberg (Autor), Hedda Eulenberg (Übersetzerin), Hanns Heinz Ewers (Autor), Ilna Ewers-Wunderwald (Malerin, Buchillustratorin) Kurt Kamlah (Regierungsrat, Autor), Gustav Krumbiegel (Kaufmann, Komponist), Erich Nikutowski (Maler), Hermann Harry Schmitz (Kaufmännischer Angestellter, Autor) u.a.
Januar 1910	Schmitz leidet unter „schweren nervösen Komplikationen" und muss zu einem stationären Aufenthalt ins Evangelische Krankenhaus in Düsseldorf.
Ende März 1910	Hanns Heinz Ewers bietet seinem Verleger Georg Müller in München einen Sammelband der Rosenkränzler an unter dem Titel „Im Bewußtsein des Scheidens" an, der aber nicht verwirklicht wird.
Mai 1910	Sanatoriumsaufenthalt in Schloß Spetzgart bei Überlingen am Bodensee.
Herbst 1910	Zweiter Italien-Aufenthalt (Capri, Florenz, Rom)
Januar/ Februar 1911	Längerer Aufenthalt im Evangelischen Krankenhaus, Düsseldorf wegen eines Leistenbruchs mit Komplikationen.
Ab Juli 1911	Durch Vermittlung von Herbert Eulenberg erhält HHS Kontakt zu dessen Verleger Ernst Rowohlt in Leipzig und führt intensive Vertragsverhandlungen, die er erfolgreich abschließt.
August 1911	HHS hält sich längere Zeit in München [Anschrift: Schwabing, Giselastr. 27 part.] auf, wo er mit dem Verleger Georg Müller zusammentrifft, der sich auf Empfehlung von Hanns Heinz Ewers (zuerst vom 7. Mai 1910) ebenfalls für ein gemeinsames Buchprojekt mit Schmitz interessiert. Eine Einigung kommt nicht zustande.
1911	HHS zieht sich eine Blinddarminfektion mit schweren gesundheitlichen Folgen zu.
September 1911	HHS hält sich bei Hanns Heinz Ewers in Berlin für zehn Tage auf, um gemeinsam sein Buch „Der Säugling" für den Druck vorzubereiten; im November liest Ewers mit HHS zusammen in München Korrektur.
10. – 11.11.1911	Während der THAJA [Theater-Akademie-Jahrmarkts-Aufführung] im Schauspielhaus Düsseldorf veranstaltet HHS im Hebbelsaal eine parodistische Moden-Revue unter dem Motto „Märtyrerinnen der Mode".

Dezember 1911	„Der Säugling und andere Tragikomödien" erscheint im Ernst Rowohlt Verlag, Leipzig.
Ende März 1912	HHS wird in den Städtischen Krankenanstalten, Düsseldorf, mittels einer „radikalen Operation" an einer Zyste unter der Zunge operiert.
April 1912	HHS' Beziehung zu einer Frau geht in die Brüche.
15.6.1912	Herbert Eulenberg veröffentlicht in der Berliner Zeitschrift „Die Zukunft" von Maximilian Harden eine fiktive Leichenrede auf den todkranken HHS. Schmitz antwortet mit der Ortsangabe „Tannenwäldchen. Nordfriedhof Grab 76, Reihe 9 links (mit einem zerzausten Geranienstumpf ohne Blüte geschmückt)".
1.7.1912	HHS sagt aus gesundheitlichen Gründen ein gemeinsames Treffen mit dem Autor und Zeichner Adolf Uzarski ab, den er in Tanger treffen wollte. „...ich habe eine Gürtelrose der Saison entsprechend..."
2.7.1912	HHS erhält über eine Künstleragentur das Angebot, einen Monat lang im Wiener Kabarett „Hölle" für die Gage von 1.200,- Mark aufzutreten und erbittet bei der Direktion des Schauspielhaus Düsseldorf ein Zeugnis über seine Conférencen.
26.8.1912	HHS muß sich erneut einer Operation im Evangelischen Krankenhaus in Düsseldorf unterziehen.
September – November 1912	Schwere Depressionen machen eine Fortführung seiner literarischen Tätigkeit unmöglich. Dennoch müht er sich, einen zweiten Band mit seinen veröffentlichten Grotesken zusammenzustellen. Kurze Phasen voller Hoffnung und Zuversicht schließen sich an.
8.8.1913	HHS erschießt sich in der Restauration „Huttenthal" in Bad Münster am Stein, wo er ein letztes Mal gehofft hatte, Erholung zu finden.
11.8.1913	HHS' Leiche wird im Mainzer Krematorium im Kreise seiner engsten Freunde und Verwandten verbrannt.
15.3.1914	Gedenkfeier für Hermann Harry Schmitz im Schauspielhaus Düsseldorf.
14.5.1919	Die Urne von HHS wird auf dem Nordfriedhof in Düsseldorf beigesetzt (Feldnummer 71 27096-97); das Grab wurde mittlerweile eingeebnet.

Piedboeuf'sches Röhrenwerk.
Adalber
Frau We
HERMA
Gerste mit Käfern
Preise der Plätze
Stüber. — Kinder unter 10 Jahren
VISIT PORTRAIT
„Bwana kwenda wapi?“
„Kwenda kwa Porrini!“
„Sababu bwana kwenda kwa porrini?“

Preis eine
Kalender
1909
Restauration zum Storchen.
Düsseldorf nach Fertigstellung der stehenden Rheinbrücke.
GRUSS aus dem Restaurant zum STORCHEN DÜSSELDORF
St. Rochus Kirche
Kaiser Wilhelm I Denkmal.
Reisinger & Co. Köln
von Albert Langen in München
Der N
der N

Dank

FACHLICHE BERATUNG UND UNTERSTÜTZUNG:

Allianz, München: Herr Dr. Schröder

Deutsches Rundfunk Archiv, Frankfurt/Main: Frau Dr. Mohl

einseitig.info, Köln: Herr Jürgensen

Geschichtsbüro Reder, Roeseling & Prüfer, Köln: Herr Dr. Reder

Geschichtswerkstatt, Düsseldorf: Herr Willke

Frau Lorenz, Düsseldorf

Hermann-Harry-Schmitz Societät, Düsseldorf:

Herr Lehmann; Herr Pesch; Herr Dr. Piltz

Herr Meyer, Köln

Herr Quast, Obernkirchen

Herr Wiesemann, Düsseldorf

Westdeutscher Rundfunk, Köln, Historisches Archiv: Frau Dr. Bernard

Wilhelm-Fabry-Museum, Hilden: Herr Dr. Antweiler

LEIHGEBER:

Dr. Becker Klinikgesellschaft, Köln

Heimatverein Bilker Heimatfreunde e.V.: Herr Esser; Herr Michaelis

Heinrich-Heine-Institut, Düsseldorf: Herr Prof. Dr. Kruse; Herr Prof. Dr. Kortländer; Frau Tilch

Medizinhistorische Sammlung der Ruhr-Universität Bochum, Herr Priv. Doz. Dr. Stefan Schulz

Frau Protte, Lüneburg

Rheinbahn, Düsseldorf:

Herr Schumacher, Öffentlichkeitsarbeit

Stadtarchiv, Düsseldorf: Frau Trudewind; Herr Dr. Mauer

Frau Weissert, Düsseldorf

SPONSOREN:

Anton Betz Stiftung der Rheinischen Post e.V.: Frau Dr. Betz

Dembach Goo Informatik, Köln: Herr Dembach; Herr Goo

Glastechnische Werkstatt Dieter Verhees, Neuss: Herr Regener

Maturity Consulting GmbH, München: Herr Nowak

Saturn, Düsseldorf: Frau Luckner; Herr Winkels

Stilwerk, Düsseldorf: Centermanagement, Frau Fehrenbach; C. Bechstein Centrum Düsseldorf: Herr Berger; pesch wohnen: Herr Weyand

Wavy Wellness Wellenschaukel, Schloss Holte-Stuckenbrock: Herr Peemöller

AUDIOPRODUKTION:

Tom Blankenberg Audioproduktion, Düsseldorf

Günter Dybus, Düsseldorf, Schauspieler

Thomas Lang, Köln, Schauspieler

Hanna Seiffert, Düsseldorf, Schauspielerin

REDAKTIONELLE MITARBEIT:

Agnes Augustin, Düsseldorf

Anne Blankenberg, Düsseldorf

Nina Heidrich, Düsseldorf

Rafaela Matzigkeit, Düsseldorf

Schmitz im Ohr

Günter Dybus, Thomas Lang und Hanna Seiffert lesen den Düsseldorfer Groteskenautor

1. Die Bluse 16:05
2. Die feine Gesellschaft – die feine Gesellschaft 16:51
3. Der Säugling 18:03
4. Im Kater Hiddigeigei 15:56
5. O Gott, bei Benders ist Hausputz 11:14

Gesamtspieldauer 78:11

Sprecher:
Günter Dybus (2 und 5)
Thomas Lang (1 und 4)
Hanna Seiffert (3)

Produktion: Skyline Tonfabrik,
Düsseldorf. www.skyline-tonfabrik.de
Regie: Tom Blankenberg